ROBERT JAMES WALLER

Die Brücken am Fluß
Die Liebenden von Cedar Bend

Die Brücken am Fluß

Nur wenige Liebesgeschichten sind von so zeitloser Schönheit wie die von Robert Kincaid und Francesca Johnson. Leise und eindringlich erzählt Robert James Waller von der Begegnung zweier Menschen, von der sie nicht zu träumen gewagt hätten und die sie doch aus tiefstem Herzen suchten: Robert, der Fotograf und Magier des Lichts, und Francesca, die ein stilles Eheglück genießt und doch die Erinnerung an die Träume ihrer Jugend nicht vergessen kann. Für vier Tage und drei Nächte verwerfen sie alle Mahnungen der Vernunft und durchleben ein flüchtiges, rauschhaftes Glück. Robert freilich weiß, das Francesca Mann und Kinder nicht verlassen kann. So bleibt ihnen am Ende fast nichts und doch unendlich viel von ihrem Glück: Die Erinnerung an die Zeit, als sie einmal wagten, ganz zu leben.

Die Liebenden von Cedar Bend

Michael Tillman, Anfang vierzig, Professor der Wirtschaftswissenschaften und Weltenbummler, liebt sein Motorrad und seine Freiheit über alles. Bis er eines Tages Jellie Braden begegnet, der Frau eines Kollegen. Jellie und Michael fühlen sich unwiderstehlich zueinander hingezogen. Doch während Michael sich völlig der Liebe ergibt, wahrt Jellie eine vorsichtige Distanz. Sie ist eine Frau mit Vergangenheit, und dies fasziniert Michael über alle Maßen. Er, der überzeugte Einzelgänger, möchte Jellie ganz für sich; Jellie hingegen fühlt sich unter Druck gesetzt. Unfähig, eine Entscheidung zu treffen, flieht sie nach Asien. Michael folgt ihr bis zu einem einsamen Hotel im Süden des indischen Subkontinents. Und dort scheinen sich seine schlimmsten Befürchtungen zu bewahrheiten. Denn Jellie ist nicht allein ...

Autor

Robert James Waller schreibt, fotografiert und komponiert. Sein Roman *Die Brücken am Fluß* war weltweit ein sensationeller Erfolg und füllte, mit Clint Eastwood und Meryl Streep verfilmt, die Kinos. Auch *Die Liebenden von Cedar Bend* eroberte sofort die Bestsellerlisten. Robert James Waller lebt in Cedar Falls, Iowa.

Robert James
Waller

Die Brücken am Fluß

Die Liebenden von Cedar Bend

Zwei Romane in einem Band

Deutsch von Bernhard Schmid

GOLDMANN

Die Originalausgabe von »Die Brücken am Fluß« erschien 1992 unter dem Titel »The Bridges of Madison County« bei Warner Books, Inc., New York.

Die Originalausgabe von »Die Liebenden von Cedar Bend« erschien 1993 unter dem Titel »Slow Waltz in Cedar Bend« bei Warner Books, Inc., New York.

Umwelthinweis:
Alle bedruckten Materialien dieses Taschenbuches sind chlorfrei und umweltschonend.

Einmalige Sonderausgabe Juni 2002
»Die Brücken am Fluß«

»Die Liebenden von Cedar Bend«

Umschlaggestaltung: Design Team München
Umschlagmotiv: J. Alden Weir
Druck: Elsnerdruck, Berlin
Titelnummer: 13328
TH · Herstellung: sc
Made in Germany
ISBN 3-442-13328-9

www.goldmann-verlag.de

Die Brücken am Fluß

Deutsch von Bernhard Schmid

Antje

Den Wanderfalken

Wie alles begann

Es gibt
Lieder, die entsteigen dem Blau
der Binsenlilien und dem Staub
von Tausenden von Landstraßen.
Das hier ist eines davon.
Eines Spätsommernachmittags im August 1989
sitze ich an meinem Schreibtisch,
den blinkenden Cursor meines Computers
vor mir, als das Telefon schrillt.
Am anderen Ende der Leitung ist

ein Michael Johnson, der aus Iowa stammt und mittlerweile in Florida lebt. Ein Freund aus Iowa hat ihm eins meiner Bücher geschickt. Michael Johnson hat es gelesen; seine Schwester Carolyn hat es gelesen; und jetzt haben die beiden eine Geschichte, die mich ihrer Ansicht nach interessieren könnte. Er ist sehr vorsichtig, lehnt es ab, auch nur das mindeste über diese Geschichte zu sagen, außer daß Carolyn und er auch nach Iowa reisen würden, um sich mit mir darüber zu unterhalten. Daß die beiden bereit sind, sich eine solche Mühe zu machen, läßt mich trotz meiner Skepsis gegenüber derlei Angeboten neugierig werden. Also willige ich ein, mich die Woche darauf mit ihnen in Des Moines zu verabreden. Wir treffen uns in einem Holiday Inn in der Nähe des Flughafens, und die anfängliche Verlegenheit gibt sich, während die beiden mir gegenübersitzen und draußen bei leichtem Schneefall der Abend hereinbricht.

Sie nehmen mir ein Versprechen ab: Sollte ich die Geschichte nicht schreiben wollen, muß ich mich einverstanden erklären, absolutes Stillschweigen zu bewahren über das, was sich seinerzeit, 1965, im Madison County von Iowa und während der folgenden vierundzwanzig Jahre ereignet hat. Na schön, das ist nur recht und billig. Immerhin ist es ihre Geschichte, nicht die meine.

Also höre ich zu, aufmerksam, stelle fleißig Fragen. Und die beiden reden. Schier unaufhörlich. Carolyn weint hin und wieder ungeniert, während Michael tapfer dagegen ankämpft. Sie zeigen mir Dokumente, Ausschnitte aus Zeitschriften und die Tagebücher ihrer Mutter Francesca. Der Etagenkellner geht ein und aus. Wir bestellen Kaffee nach. Während sie erzählen, sehe ich schon die ersten Bilder. Zuerst muß man Bilder haben, die Worte kommen danach. Und schließlich höre ich auch die Worte, sehe sie auf beschriebenen Seiten vor mir. Irgendwann kurz nach Mitternacht erkläre ich mich einverstanden, die Geschichte zu schreiben – oder wenigstens, es zu versuchen.

Der Entschluß, mit ihrem Wissen an die Öffentlichkeit zu gehen, war den beiden nicht leichtgefallen. Die Umstände sind, da es dabei ja um die Mutter und, wenigstens am Rande, auch um den Vater geht, delikat. Michael wie auch Carolyn waren sich darüber im klaren, daß eine Veröffentlichung dieser Geschichte zu geschmacklosem Klatsch und einer unschönen Entwürdigung des Gedenkens an Richard und Francesca Johnson führen könnte.

In einer Welt jedoch, in der persönliche Bindungen in all ihren Spielarten in die Brüche zu gehen scheinen und Liebe nur noch eine Annehmlichkeit ist, hatten die beiden das Gefühl, daß

diese bemerkenswerte Geschichte erzählt werden sollte. Ich war – damals und bin heute mehr denn je – der Ansicht, daß sie mit ihrem Urteil absolut richtig lagen.
Im Lauf meiner Recherchen und der eigentlichen Niederschrift bat ich Michael und Carolyn drei weitere Male um ein Treffen. Und jedesmal reisten sie ohne Murren nach Iowa. So sehr war ihnen daran gelegen, daß die Geschichte auch richtig erzählt würde.
Zuweilen unterhielten wir uns einfach; zuweilen fuhren wir aber auch langsam über die Straßen des Madison County, und sie zeigten mir Örtlichkeiten, die in der Geschichte eine wesentliche Rolle spielen.
Über die Hilfe von Michael und Carolyn hinaus basiert die Geschichte, so wie ich sie hier erzähle, auf Informationen aus den Tagebüchern Francesca Johnsons, auf eigenen Recherchen im Nordwesten der Vereinigten Staaten, vor allem in Seattle und Bellingham, Washington, unauffälligen Nachforschungen im Madison County, Iowa, indirekten Informationen aus Robert Kincaids fotografischen Essays, der Unterstützung diverser Zeitschriftenredakteure, detaillierten Angaben der Hersteller von Filmmaterial und Fotoausrüstungen sowie langen Diskussionen mit einer Reihe von wunderbaren alten Herrschaften im Seniorenheim von Barnesville,

Ohio, die Kincaid noch aus seinen Kindertagen kannten.

Trotz aller Mühe, die ich auf meine Recherchen verwandt habe, bleiben dennoch Lücken. Ich habe in solchen Fällen mit meiner Phantasie etwas nachgeholfen, freilich nur dann, wenn ich mir aufgrund der durch meine Nachforschungen gewonnenen intimen Vertrautheit mit Francesca Johnson und Robert Kincaid ein fundiertes Urteil erlauben konnte. Ich bin überzeugt, dem, was sich tatsächlich zugetragen hat, sehr nahe gekommen zu sein.

Eine wesentliche Lücke umfaßt die Einzelheiten einer Reise Kincaids durch den Norden der Vereinigten Staaten. Wir wissen, daß er diese Reise gemacht hat, weil in der Folge eine ganze Reihe von Fotos veröffentlicht wurden und Francesca Johnson sie kurz in ihrem Tagebuch erwähnt; außerdem hat er beim Herausgeber eines Magazins handschriftliche Notizen hinterlassen. Mit diesen Quellen als Führer habe ich seinen Weg von Bellingham ins Madison County nachgezeichnet, so wie er ihn meiner Ansicht nach im August 1965 zurückgelegt haben muß. Als ich mich gegen Ende meiner eigenen Reise dem Madison County näherte, hatte ich das Gefühl, in vieler Hinsicht selbst zu Robert Kincaid geworden zu sein.

Dennoch war mir der Versuch, das Wesen Kincaids zu begreifen, sowohl bei meinen Recherchen als auch bei der eigentlichen Niederschrift die größte Herausforderung. Er ist eine nur schwer faßbare Gestalt. Zuweilen scheint er einem recht gewöhnlich. Dann wieder erdentrückt, wenn nicht gar geisterhaft. Was seine Arbeit anbelangte, war er ein absoluter Profi. Ungeachtet dessen sah er sich als eine merkwürdige Art männliches Tier, das sich in einer zunehmend durchstrukturierten Welt langsam, aber sicher überlebte. Er sprach einmal vom »unbarmherzigen Heulen« der Zeit in seinem Kopf, und Francesca Johnson charakterisierte ihn als einen, der »in merkwürdigen, schattenhaften Gefilden tief an den Wurzeln Darwinscher Logik« zu Hause sei.

Es gibt noch zwei andere faszinierende Fragen, die bisher ohne Antwort geblieben sind. Zunächst einmal konnten wir nicht feststellen, was aus Kincaids Foto-Archiv geworden ist. Bei seiner Arbeitsweise muß er Tausende, wahrscheinlich Hunderttausende von Negativen besessen haben, die bisher nirgendwo aufgetaucht sind. Wir können nur vermuten – und es wäre durchaus im Einklang mit seinen Ansichten über sich und seinen Platz in der Welt –, daß er sie vor seinem Tod vernichtet hat.

Die zweite Frage ist die nach seinem Leben zwischen 1975 und 1982. Hierüber gibt es nur sehr wenige Informationen. Wir wissen, daß er sich in Seattle einige Jahre lang mehr schlecht als recht als Porträtfotograf durchgeschlagen und dabei nach wie vor die Gegend um den Puget Sound fotografiert hat. Das ist alles, was wir haben. Interessant ist, daß er sämtliche Briefe der Sozialkasse und des Bundesveteranenamtes handschriftlich mit dem Vermerk »Annahme verweigert« versehen und zurückgeschickt hat.

Die Arbeit an diesem Buch hat meine Weltsicht verändert, meine Art zu denken. Vor allem aber habe ich gelernt, das, was in der Arena zwischenmenschlicher Beziehungen möglich ist, mit weniger Zynismus zu betrachten.

Francesca Johnson und Robert Kincaid, wie ich sie im Lauf meiner Recherchen kennenlernen konnte, haben mir gezeigt, daß die Grenzen solcher Beziehungen um ein Beträchtliches weiter gezogen werden können und müssen, als ich das je für möglich gehalten hätte. Vielleicht werden Sie im Verlauf der Lektüre die gleiche Erfahrung machen.

Leicht wird das freilich nicht. Leben wir in dieser sich zunehmend verhärtenden Welt doch alle mit unserem ganz persönlichen Panzer verschorfter Gefühle. Wo die große Leidenschaft aufhört und der Kitsch beginnt, kann ich nicht mit Sicherheit sagen. Sicher ist jedoch, daß unsere Neigung, uns selbst schon über die Möglichkeit einer solchen großen Leidenschaft zu mokieren und echte, tiefe Gefühle als rührselig abzutun, uns den Zugang zum Reich der Zärtlichkeit erschwert, in dem allein die Geschichte von Francesca Johnson und Robert Kincaid zu verstehen ist. Ich jedenfalls mußte diese Neigung erst einmal überwinden, bevor ich mit dem Schreiben beginnen konnte.

Wenn Sie jedoch das nun folgende mit einem, wie Coleridge es formulierte, bewußten Außerkraftsetzen des Unglaubens angehen, so werden Sie sicherlich die gleiche Erfahrung machen wie ich.

Vielleicht finden Sie, wie Francesca Johnson, in den gleichgültigen Räumen Ihres Herzens wieder Platz zum Tanzen.

Sommer 1991

Robert Kincaid

Am
Morgen des 8. August 1965
verschloß Robert Kincaid
seine kleine Zweizimmerwohnung
im zweiten Stock eines weitläufigen
Mietshauses in Bellingham, Washington.
Er trug einen Rucksack voller Fotoausrüstung
und einen Koffer die hölzerne Stiege
hinunter und durch einen Korridor
nach hinten hinaus zu seinem alten

Chevrolet-Pickup, der auf einem für die Bewohner des Hauses reservierten Parkplatz stand.

In dem kleinen Laster lagen bereits ein zweiter Rucksack, eine mittelgroße Kühlbox, zwei Stative, mehrere Stangen Camels, eine Thermosflasche und eine große Tüte mit Obst. Hinten auf der Ladefläche lag ein Gitarrenkoffer. Kincaid plazierte die beiden Rucksäcke sorgfältig auf dem Sitz und Kühlbox und Stative auf dem Boden davor. Er kletterte auf die Ladefläche und verkeilte Gitarre und Koffer in einer Ecke, stützte sie mit einem flach auf dem Boden liegenden Ersatzreifen ab und zurrte die beiden Koffer dann mit einem Stück Wäscheleine an dem Reifen fest. Unter den abgefahrenen Ersatzreifen schob er eine schwarze Plane.

Er setzte sich ans Steuer, steckte sich eine Camel an und ging in Gedanken eine Checkliste durch: zweihundert Filme diverser Sorten, größtenteils wenig empfindliches Kodachromematerial; die Stative; die Kühlbox; drei Kameras mit fünf Objektiven; die Jeans; die Khakihose; Hemden; die Foto-Weste hatte er bereits an. Okay. Alles andere konnte er unterwegs kaufen, falls er etwas vergessen haben sollte. Kincaid trug verwaschene Levis, gut eingelaufene Armeestiefel, Khakihemd und orangefarbene Hosenträger. An seinem breiten Gürtel hatte er ein Futteral mit einem Schweizer Offiziersmesser.

Er warf einen Blick auf seine Armbanduhr: acht Uhr siebzehn. Der kleine Laster sprang beim zweiten Versuch an, und er manövrierte ihn rückwärts aus der Parkbucht, legte den ersten Gang ein und fuhr dann langsam die im dunstigen Sonnenlicht liegende Gasse hinunter. Dann ging es durch die Straßen von Bellingham Richtung Süden auf die Staatsstraße 11, die ihn einige Meilen die Küste des Puget Sound entlangführte, bevor sie sich nach einem kleinen Schlenker landeinwärts mit der Bundesstraße 20 traf.
Auf dieser machte er sich, die Morgensonne direkt im Gesicht, an die lange und windungsreiche Fahrt durch die Cascades. Er mochte dieses Land und verspürte nicht die geringste Eile, legte hin und wieder sogar einen Stop ein, um sich an Stellen, die ihm interessant genug für künftige Ausflüge schienen, Notizen zu machen und »Gedächtnisstützen« zu schießen, wie er solche Fotos nannte. Ihr Zweck bestand darin, ihn an Orte zu erinnern, an die er vielleicht einmal zurückkommen wollte, um sie sich ernsthaft vorzunehmen. Am späten Nachmittag nahm er in Spokane die Bundesstraße 2 Richtung Norden, die ihn über den halben Kontinent nach Duluth in Minnesota bringen sollte.
Zum tausendstenmal im Leben wünschte er sich, einen Hund zu haben, einen Golden Re-

triever vielleicht, um auf Reisen wie dieser nicht allein zu sein und zu Hause etwas Gesellschaft zu haben. Aber er war so oft im Ausland, meist in Übersee, daß es dem Tier gegenüber nicht fair gewesen wäre. Trotzdem, dran denken mußte er immer wieder. In einigen Jahren schon würde er zu alt sein für den kraftraubenden Einsatz im Außendienst. »Vielleicht schaff ich mir dann einen Hund an«, sagte er zu dem nadeligen Grün, das am Fenster des Pickups vorüberwogte.

Fahrten wie diese machten ihm stets Laune auf eine Bestandsaufnahme. Der Hund gehörte dazu. Robert Kincaid war so allein, wie man es nur sein konnte – ein Einzelkind, beide Eltern tot, entfernte Verwandte, die ihn längst aus den Augen verloren hatten ebenso wie er sie, ohne einen einzigen engen Freund.

Er kannte den Namen des Mannes, dem in Bellingham der Lebensmittelmarkt an der Ecke gehörte, und den vom Besitzer der Fotohandlung, in der er seine Ausrüstung kaufte. Und dann hatte er förmliche, weil rein berufliche Beziehungen zu mehreren Redakteuren von Zeitschriften. Darüber hinaus kannte er so gut wie niemanden, jedenfalls nicht näher, und den anderen ging es genauso mit ihm.

Er dachte an Marian. Sie hatte ihn vor neun Jahren verlassen, nach fünf Jahren Ehe. Er war jetzt zweiundfünfzig, sie wäre also im Augenblick knapp unter vierzig. Marian hatte von einer Karriere als Musikerin geträumt; sie wäre gern Folksängerin geworden. Sie konnte sämtliche Songs der Weavers und sang sie, ziemlich gut sogar, in den Kaffeehäusern von Seattle. Wann immer er in dieser guten alten Zeit zu Hause gewesen war, hatte er sie zu ihren Auftritten gefahren und sich dann unters Publikum gesetzt, während sie sang.

Seine langen Abwesenheiten – zuweilen gleich zwei, drei Monate – zehrten die Ehe aus. Er wußte das. Sie war sich darüber im klaren gewesen, was er machte, als sie sich entschlossen hatten zu heiraten. Und beide hatten sie gedacht, sie würden das schon irgendwie hinkriegen. Aber sie hatten sich getäuscht. Als er einmal von einer Fotoexpedition nach Island zurückkam, war sie nicht mehr da. Sie hatte ihm einen Zettel hinterlassen: »Robert, es hat einfach nicht geklappt. Ich hab dir die Gitarre dagelassen. Melde dich mal.«

Er meldete sich nicht. Ebensowenig wie sie. Als ein Jahr später die Scheidungspapiere kamen, unterschrieb er sie und stieg tags darauf in eine Maschine nach Australien. Sie hatte nichts verlangt außer ihrer Freiheit.

In Kalispell, Montana, machte er halt für die Nacht. Es war schon spät. Das Cozy Inn machte ihm einen erschwinglichen Eindruck, und das war es denn auch. Er trug seine Ausrüstung in ein Zimmer mit zwei Tischlampen, eine davon mit einer durchgebrannten Birne. Im Bett las er bei einer Flasche Bier *Die Grünen Hügel Afrikas* und konnte dabei die Papiermühlen von Kalispell riechen. Am Morgen joggte er vierzig Minuten, machte fünfzig Liegestütze und erledigte, mit seinen Kameras als leichten Handgewichten, den Rest seines Pensums.

Er fuhr, immer parallel zur oberen Grenze von Montana, nach North Dakota hinein, und das karge, flache Land, das er hier fand, faszinierte ihn nicht weniger als die Berge oder das Meer. Das Land war von einer herben Schönheit, und er hielt mehrere Male an, baute ein Stativ auf und schoß Schwarzweißaufnahmen von alten Farmgebäuden. Diese Landschaft entsprach seinen minimalistischen Neigungen. Die Indianerreservate waren deprimierend, aus all den Gründen, die jeder kennt und ignoriert. Freilich waren diese Siedlungen auch im Nordwesten Washingtons nicht besser, dort nicht und wo immer sonst er ihnen begegnet war.

Am Morgen des 14. August, zwei Autostunden vor Duluth, bog er in nordöstlicher Richtung ab und nahm eine Landstraße hinauf nach Hibbings, zu den Eisenminen. Roter Staub lag hier in der Luft; überall standen riesige Maschinen und Züge mit Spezialwaggons, die das Erz zu den Frachtern in Two Harbors am Lake Superior transportierten. Er verbrachte den Nachmittag damit, sich in Hibbings umzusehen, fand es aber nicht nach seinem Geschmack; auch daß Bob Zimmermann-Dylan von hier stammte, änderte nichts daran. Der einzige Dylan-Song, für den er je wirklich etwas übrig gehabt hatte, war »Girl from the North Country« gewesen. Den konnte er spielen und singen. Er summte die Worte vor sich hin, als er dieses Land mit den gigantischen roten Löchern in der Erde wieder verließ. Marian hatte ihm ein paar Griffe und einige simple Arpeggiotechniken beigebracht, so daß er sich begleiten konnte. »Sie hat mir mehr hinterlassen als ich ihr«, hatte er einmal zu einem versoffenen Flußschiffer gesagt in einer Pinte namens McElroy's Bar irgendwo im Amazonasbecken. Und so war es auch.

Der Superior-Nationalpark war ein herrliches Waldgebiet; hier gefiel es ihm. Ein Land wie zu Zeiten der Trapper, die dieses Gebiet erforscht hatten. Als er noch jung war, hatte er sich immer gewünscht, in jenen Tagen zu leben, um selbst Forschungsreisender werden zu können. Er fuhr an Wiesen vorbei, sah drei Elche, einen Rotfuchs und jede Menge Damwild. An einem kleinen See machte er halt und fotografierte die Spiegelungen eines merkwürdig gewachsenen Astes auf dem Wasser. Als er fertig war, setzte er sich auf das Trittbrett seines Lasters, trank Kaffee, rauchte eine Zigarette und lauschte auf den Wind in den Birken.

»Es wäre schon gut, jemanden zu haben, eine Frau«, dachte er und sah dem Rauch seiner Zigarette nach. »Wenn man älter wird, kommt man nun mal auf solche Gedanken.« Aber so oft, wie er weg war, wäre das nicht gerade leicht für den, der zu Hause blieb. Das hatte er ja bereits erfahren müssen.

Wenn er zu Hause in Bellingham war, dann traf er sich gelegentlich mit der künstlerischen Leiterin einer in Seattle ansässigen Werbeagentur. Er hatte sie während eines Auftrags für die Industrie kennengelernt. Sie war zweiundvierzig, intelligent und ein netter Typ, aber er liebte sie eben nicht und würde sie auch niemals lieben. Manchmal jedoch wurde ihnen beiden etwas einsam ums Herz, und dann verbrachten sie einen Abend zusammen, gingen ins Kino, genehmigten sich ein paar Biere und beendeten den Abend mit einem recht ordentlichen Schäferstündchen. Sie war eine Frau mit Erfahrung – zwei Ehen und Jobs in diversen Bars, mit denen sie ihr Studium finanzierte. Jedesmal wenn sie einander geliebt hatten und noch beieinander lagen, sagte sie ihm unweigerlich: »Du bist der Größte, Robert, mit Abstand, an dich kommt keiner ran.«

Er nahm an, daß es in Ordnung war, das als Mann gesagt zu bekommen, verfügte aber über soviel Erfahrung auch wieder nicht und hätte ohnehin nicht sagen können, ob sie es nun ehrlich meinte oder nicht. Aber einmal hatte sie etwas gesagt, was ihm nicht mehr aus dem Kopf gehen wollte: »Robert, in dir steckt ein Wesen, das herauszubringen ich nicht gut genug und das zu erreichen ich nicht stark genug bin. Ich habe manchmal das Gefühl, du bist schon sehr lange hier, mehr als nur ein Leben, und daß du an Orten gelebt hast, von denen wir anderen noch nicht mal träumen. Du jagst mir Angst ein, auch wenn du zärtlich zu mir bist. Würde ich mich bei dir nicht mit aller Kraft unter Kontrolle halten, ich habe das Gefühl, ich würde mich völlig verlieren und nie wieder zurückbekommen.«
Er ahnte dunkel, was sie meinte. Aber auch er selbst konnte es nicht greifen. Seine Gedanken hatten die Eigenart, ihm hin und wieder zu entgleiten, und er verfügte über ein wehmütiges Gespür für das Tragische kombiniert mit großer körperlicher und intellektueller Kraft, schon damals während seiner Kindheit in einer Kleinstadt in Ohio. Während andere Kinder »Row, Row, Row Your Boat« sangen, lernte er die englische Version eines französischen Variété-Chansons.

Er mochte Wörter und Bilder. Eines seiner Lieblingswörter war »blau«. Er mochte das Gefühl auf Lippen und Zunge, wenn er es sagte. Wörter, so erinnerte er sich an seine Gedanken von damals, haben nicht nur eine Bedeutung, man kann sie auch spüren. Er mochte noch andere Wörter, »Ferne« zum Beispiel, »Waldkauz«, »Highway«, »uralt«, »Passage«, »Reisende« und »Indien«, allesamt wegen ihres Klangs wie auch wegen ihres Geschmacks und der Bilder wegen, die sie in ihm entstehen ließen. Er machte Listen der Wörter, die er besonders gern hatte, und pinnte sie an die Wände seines Zimmers.
Dann fügte er die Wörter zu Sätzen und pinnte auch sie an die Wände.

Zu nah am Feuer.

Ich kam aus dem Osten mit einer kleinen Gruppe Reisender.

Das beständige Gezirpe derer, die mich retten wollen, und derer, die mich verkaufen würden.

Talisman, Talisman, deine Geheimnisse, ich möchte sie sehen.
Steuermann, Steuermann, kehr um und bring mich nach Haus.

Nackt zu liegen, wo Blauwale schwimmen.

Ich wünschte ihm Züge, die aus verschneiten Bahnhöfen dampfen.

Bevor ich zum Manne wurde, war ich ein Pfeil – vor langer Zeit.

Dann gab es da noch die Orte, deren Namen er mochte: Somalibecken, Big Hatchet Mountain, Straße von Malakka und eine ganze lange Liste mehr. Die Zettel voller Wörter, Sätze und Orte bedeckten schließlich sämtliche Wände seines Zimmers.
Selbst seiner Mutter fiel auf, daß er anders war. Er sprach nicht ein Wort, bevor er drei war, und redete dann sofort in vollständigen Sätzen, und schon mit fünf las er ganz außergewöhnlich gut. An der Schule war er nicht interessiert, ein frustrierender Schüler für seine Lehrer.
Sie sahen sich die Ergebnisse seiner Intelligenztests an und sprachen mit ihm über Leistung, darüber, wozu er fähig wäre und daß er werden könne, was er nur wolle. Einer seiner High-School-Lehrer schrieb in einem Zeugnis folgendes über ihn: »Er ist der Ansicht, ›mit Intelligenztests lassen sich kaum Aussagen über die Fähigkeiten eines Menschen machen, weil sie seinen Zauber außer acht lassen, der seine ei-

gene Bedeutung hat, sowohl für sich genommen als auch als Ergänzung zur Logik‹. Ich schlage eine Rücksprache mit den Eltern vor.«

Seine Mutter traf sich mit mehreren seiner Lehrer. Als die sich über Roberts stillschweigende Widerspenstigkeit im Lichte seiner Fähigkeiten beklagten, sagte sie: »Robert lebt in seiner eigenen Welt. Ich weiß, daß er mein Sohn ist, aber manchmal habe ich das Gefühl, er stammt nicht von meinem Mann und mir, sondern von ganz woanders her, wohin er jetzt zurückzukehren versucht. Ich weiß Ihr Interesse an ihm zu schätzen, und ich werde noch mal versuchen, ihn dazu zu bekommen, sich in der Schule mehr Mühe zu geben.«

Er jedoch hatte sich damit begnügt, sämtliche Abenteuerbücher und Reisebeschreibungen in der Stadtbibliothek zu verschlingen, und sich ansonsten abgesondert. Er verbrachte seine Tage lieber am Fluß, der den Stadtrand streifte, ignorierte Schulbälle und Footballspiele und alles, was ihn sonst noch langweilte. Er angelte, schwamm, ging spazieren, lag im hohen Gras und lauschte fernen Stimmen, die seiner Vorstellung nach nur er hören konnte. »Es gibt Zauberer da draußen«, pflegte er sich zu sagen. »Wenn du nur still und offen genug bist, sie zu hören, sie sind da draußen.« Und er wünschte, er hätte einen Hund, um diese Augenblicke zu teilen.

Fürs College fehlte das Geld. Aber er hatte ohnehin kein Verlangen danach. Sein Vater war ein tüchtiger Arbeiter und gut zu seiner Mutter und ihm, aber seine Stellung in einer Ventilfabrik erlaubte keine großen Sprünge, auch an einen Hund war gar nicht zu denken.

Robert war achtzehn Jahre alt, als sein Vater starb, und da die Weltwirtschaftskrise schwer auf dem Land lastete, ging er zum Militär, um seine Mutter und sich durchzubringen. Er blieb vier Jahre dabei, aber diese vier Jahre veränderten sein Leben.

Aus Gründen, die wohl nur von einem Kommißgehirn nachzuvollziehen sind, machte man ihn, der noch nicht einmal einen Film hätte einlegen können, zum Fotoassistenten. Aber in ebendieser Arbeit entdeckte er seinen Beruf. Die technische Seite bereitete ihm keinerlei Probleme. Es dauerte nur einen Monat, und er erledigte nicht nur die Dunkelkammerarbeit für zwei der Stabsfotografen, sondern durfte überdies auch schon einfache Projekte selbst übernehmen. Einer der Fotografen, ein gewisser Jim Peterson, konnte ihn gut leiden und verbrachte einen Teil seiner Freizeit damit, ihm die Feinheiten der Fotografie beizubringen. Robert Kincaid besorgte sich Foto- und Kunstbände aus der Stadtbibliothek von Fort Monmouth und studierte sie. Schon früh hatten es ihm besonders die französischen

Impressionisten und Rembrandts Umgang mit Licht angetan.
Schließlich begann er dann zu verstehen, daß er überhaupt nur Licht fotografierte, nicht etwa Gegenstände. Die Gegenstände waren nichts weiter als Vehikel für das Licht. Solange nur das Licht gut war, fand man immer etwas zu fotografieren. Damals begann sich die 35-mm-Kamera durchzusetzen, und er kaufte sich in einem Fotogeschäft am Ort eine gebrauchte Leica. Die nahm er mit hinunter nach Cape May in New Jersey und verbrachte eine Woche seines Urlaubs damit, das Leben entlang der Küste zu fotografieren.
Ein andermal nahm er den Bus nach Maine und fuhr dann per Anhalter die Küste hinauf, erwischte in Stonington das morgendliche Postschiff hinaus zur Isle Au Haut, wo er sein Zelt aufschlug. Schließlich nahm er eine Fähre über die Bucht von Fundy nach Nova Scotia. Er fing damals auch damit an, sich Notizen zu Blendeneinstellungen und Verschlußzeiten zu machen und sich Orte zu notieren, an die er noch einmal zurückkehren wollte. Als er die Armee mit zweiundzwanzig verließ, war er ein ganz ordentlicher Fotograf geworden und fand in New York Arbeit als Assistent eines bekannten Modefotografen.
Die weiblichen Models waren hübsch, er traf sich mit einigen und verliebte sich sogar ein biß-

chen in eine von ihnen, bevor sie nach Paris zog und sie einander aus den Augen verloren. »Robert«, hatte sie zu ihm gesagt, »ich weiß nicht so recht, wer oder was du bist, aber bitte komm mich in Paris besuchen.« Er sagte, das würde er tun, und meinte es durchaus ernst, aber er kam einfach nie dazu. Jahre später, bei einem Job an der normannischen Küste, fand er ihren Namen im Pariser Telefonbuch, rief sie an und traf sich mit ihr in einem Straßencafé. Sie war mit einem Filmregisseur verheiratet und hatte inzwischen drei Kinder.

Für die Mode selbst vermochte er sich nie so recht zu begeistern. Daß Leute absolut einwandfreie Kleidungsstücke auf den Müll warfen oder sie auf den Wink eines europäischen Modediktators hin in aller Eile abändern ließen, schien ihm die reine Dummheit, und er fand es unter seiner Würde, dafür zu fotografieren. »Man ist, was man produziert«, sagte er, als er seine Stellung aufgab.

Seine Mutter starb während seines zweiten Jahres in New York. Er ging zurück nach Ohio, sorgte für ihre Beerdigung und saß dann vor einem Anwalt, der ihm das Testament vorlas. Viel war nicht da. Nicht daß er etwas erwartet hätte. Immerhin stellte er zu seiner Überraschung fest, daß sich seine Eltern mit dem winzigen Häuschen in der Franklin Street, in dem sie ihre gesamte Ehe hindurch wohnten, durchaus ein kleines Kapital geschaffen hatten. Er verkaufte das Haus und erstand mit dem Erlös eine erstklassige Kameraausrüstung. Als er den Fotohändler bezahlte, mußte er an all die Jahre denken, die sein Vater für diese Dollars geschuftet hatte, und an das einfache Leben, das seine Eltern geführt hatten.

In kleinen Magazinen begannen einige seiner Arbeiten zu erscheinen. Dann rief *National Geographic* bei ihm an. Man hatte ein Kalenderfoto gesehen, das er draußen auf Cape May geschossen hatte. Er unterhielt sich mit den Leuten und bekam einen kleinen Auftrag, führte diesen professionell aus und war damit auf dem Weg nach oben.

1943 holte ihn das Militär zurück. Er ging zur Marine, schleppte sich im Südpazifik mit baumelnden Kameras ungezählte Strände hinauf, legte sich auf den Rücken und fotografierte die Männer, wenn sie von den Landungsbooten sprangen. Er sah den Schrecken auf ihren Gesichtern und verspürte ihn selbst. Er sah, wie Maschinengewehrgarben sie in Stücke rissen, sah sie Gott und ihre Mütter um Hilfe anflehen. Er bannte all das auf Zelluloid und überlebte es, ohne süchtig zu werden nach der vermeintlich romantischen Glorie der Kriegsfotografie.

Als er 1945 aus dem Militärdienst ausschied, rief

er bei *National Geographic* an. Dort hatte man Arbeit für ihn, jederzeit. Er kaufte sich in San Francisco ein Motorrad, fuhr damit an den Big Sur im Süden, liebte am Strand eine Cellistin aus Carmel und wandte sich dann nach Norden, um Washington zu erkunden. Es gefiel ihm, und er entschloß sich, dort seine Zelte aufzuschlagen.

Jetzt, mit zweiundfünfzig, beobachtete er noch immer das Licht. Er hatte die meisten Orte gesehen, deren Namen er als Junge an die Wände gepinnt hatte, und jedesmal konnte er es kaum begreifen, tatsächlich dort zu sein. In der Raffles Bar zu sitzen, in einem schnaufenden Flußboot den Amazonas hinaufzutuckern, auf einem Kamel durch die Wüste von Radschasthan zu schaukeln.

Die Küste des Lake Superior war wirklich so schön, wie er gehört hatte. Er notierte sich einige Stellen, schoß ein paar Fotos, um später seinem Gedächtnis auf die Sprünge zu helfen, und fuhr dann den Mississippi entlang Richtung Iowa. Er war noch nie in Iowa gewesen, aber die Hügel im Nordosten des Staates, am Fluß entlang, begeisterten ihn sofort. Bei einem Halt in der kleinen Stadt Clayton stieg er in einem Anglermotel ab und fotografierte zwei Vormittage lang die Schleppdampfer und verbrachte auf Einladung eines Lotsen, den er in einer Bar am Ort kennen-

gelernt hatte, auch einen Nachmittag auf einem dieser Schiffe.
Nach einem großen Schlenker hinüber auf die Bundesstraße 65 durchquerte er am Montag, dem 16. August 1965, frühmorgens Des Moines, wandte sich dahinter auf der Staatsstraße 92 nach Westen und fuhr schnurstracks in Richtung Madison County mit seinen überdachten Brücken, die es laut *National Geographic* dort geben sollte. Oh, die gebe es tatsächlich, jedenfalls sagte das der Mann an der Texaco-Tankstelle und beschrieb ihm, so ungefähr, zu allen sieben von ihnen den Weg.
Die ersten sechs waren leicht zu finden, während er sich seine Strategie für die Ablichtung der Brücken zurechtlegte. Die siebte, genannt Roseman Bridge, konnte er allerdings nicht entdekken. Es war heiß, sehr heiß, und auch Harry – seinem Laster – war es zu heiß, wie er so über geschotterte Straßen karjuckelte, die nirgendwo anders hinzuführen schienen als auf die nächste geschotterte Straße.
Im Ausland verfuhr er in solchen Fällen nach der Faustregel »Immer dreimal fragen«. Er hatte die Erfahrung gemacht, daß drei Antworten, und mochten sie auch alle drei falsch sein, einen dem Ziel doch nach und nach näher brachten. Vielleicht würden hier sogar zwei genügen.
Ein Briefkasten tauchte auf. Er stand am Ende

eines Sträßchens von vielleicht hundert Metern Länge. Der Name auf dem roten Kasten lautete »Richard Johnson, RR 2«. Er verlangsamte seine Fahrt und bog, auf der Suche nach einem Hinweis, in das Sträßchen ein.

Als er in den Hof fuhr, saß eine Frau auf der Veranda vor dem Haus. Es sah kühl aus da oben, und sie trank etwas, was noch viel kühler aussah. Sie stieg von der Veranda und kam zu ihm herüber. Er kletterte aus dem kleinen Laster und sah sie an, sah dann etwas genauer hin und schließlich ganz genau. Sie war wunderschön, war es wenigstens einmal gewesen oder könnte es auch wieder sein. Und auf der Stelle verspürte er wieder seine alte Unbeholfenheit, die ihn immer dann befiel, wenn er sich auch nur im geringsten von einer Frau angezogen fühlte.

Francesca

Spätherbst
war für Francesca Geburtstagszeit.
Kalte Regenschauer klatschten
gegen ihr ganz aus Holz gebautes Haus
im ländlichen Süden von Iowa.
Sie schaute dem Regen zu und dachte dabei
an Richard.
An einem Tag wie diesem war er gestorben,
acht Jahre war das nun her,
an etwas mit einem Namen, den sie

am liebsten vergessen würde. Jetzt mußte Francesca an ihn denken, an seine unerschütterliche Herzensgüte, seine solide Lebensweise und das ausgeglichene, ruhige Leben, das er ihr ermöglicht hatte.
Die Kinder hatten angerufen. Auch dieses Jahr hatten sie es nicht einrichten können, zu ihrem Geburtstag vorbeizuschauen, obwohl es ihr siebenundsechzigster war. Sie verstand sie, wie sie immer alles verstand. Immer alles verstanden hatte. Immer alles verstehen würde. Beide standen sie mitten im Berufsleben, strampelten sich ab, der eine als Leiter eines Krankenhauses, die andere als Lehrerin, Michael kurz vor einer zweiten Ehe, Carolyn vollauf beschäftigt mit ihrer ersten. Insgeheim war sie froh, daß die beiden es offenbar nie einrichten konnten, sie an ihrem Geburtstag zu besuchen; sie hatte ihre eigenen Zeremonien für diesen speziellen Tag.
Am Vormittag waren ihre Freunde aus Winterset mit einem Geburtstagskuchen vorbeigekommen. Während Francesca Kaffee machte, hatten sie sich unterhalten: über Enkelkinder, das Stadtgeschehen, Erntedank und darüber, was man wohl wem zu Weihnachten schenken sollte. Das leise Lachen und das Auf und Ab der Unterhaltung aus dem Wohnzimmer hatten in ihrer Vertrautheit etwas Tröstliches und erinnerten Francesca an einen der Gründe, einen ganz klei-

nen, warum sie nach Richards Tod hier wohnen geblieben war.
Michael hatte ihr Florida einreden wollen, Carolyn Neuengland. Aber sie war hier in den Hügeln des südlichen Iowa geblieben, auf dem Land, hatte die alte Adresse aus einem ganz speziellen Grund beibehalten und war froh, es so und nicht anders gemacht zu haben.
Francesca hatte ihnen hinterhergesehen, als sie zur Mittagszeit wieder gefahren waren. In ihren Buicks und Fords rollten sie das Sträßchen hinunter, bogen auf die asphaltierte Kreisstraße ein und verschwanden mit gegen den Regen ankämpfenden Scheibenwischern in Richtung Winterset. Es waren gute Freunde, auch wenn sie niemals verstehen würden, was in ihr ruhte; selbst wenn sie es ihnen gesagt hätte, sie würden es nicht verstehen. Ihr Mann hatte gesagt, sie würde hier gute Freunde finden, als er sie nach dem Krieg hergebracht hatte, aus Neapel. »Die Leute in Iowa«, sagte er ihr, »mögen ihre Fehler haben, aber einen Mangel an Anteilnahme kann man ihnen nun wirklich nicht nachsagen.« Und damit hatte er damals ebenso wie heute recht.
Sie war fünfundzwanzig gewesen, als sie einander kennenlernten – drei Jahre nach ihrem Studium, sie unterrichtete damals an einer Privatschule für Mädchen und machte sich Gedanken über ihr Leben. Die meisten jungen Italiener

waren gefallen, verwundet, in Gefangenschaft oder vom Krieg gebrochen. Ihre Affäre mit Niccolo, einem Professor für bildende Künste, der den ganzen Tag über malte und sie abends auf wilde, verwegene Ausflüge auf die Nachtseite Neapels mitnahm, war schon seit einem Jahr vorbei; die unnachgiebige Mißbilligung seitens ihrer traditionsgebundenen Eltern hatte ihr schließlich den Rest gegeben.
Sie trug Schleifen im schwarzen Haar und hielt an ihren Träumen fest. Aber nicht ein schöner Matrose ging von Bord auf der Suche nach ihr, keine Stimmen drangen von der Straße herauf an ihr Fenster. Unter dem harten Druck der Realität kam sie zu der Erkenntnis, daß ihre Möglichkeiten beschränkt waren. Richard bot ihr eine vernünftige Alternative: Herzensgüte und das süße Versprechen Amerikas.
Sie hatte ihn sich genau angesehen in seiner Uniform, als sie zusammen in einem Café unter der mediterranen Sonne saßen, sah seinen ernsten Blick auf ihr ruhen, den Blick eines Menschen aus dem amerikanischen Mittelwesten, und ging mit ihm nach Iowa. Ging mit ihm, um mit ihm Kinder zu haben, Michael an kalten Oktoberabenden beim Footballspielen zuzusehen und Carolyn nach Des Moines zu fahren, wenn sie ein Kleid für den großen jährlichen Schulball brauchte. Sie schrieb sich mit ihrer

Schwester in Neapel mehrmals im Jahr Briefe und war zweimal dorthin zurückgekehrt, jeweils beim Tod eines Elternteils. Aber ihr Zuhause war jetzt das Madison County, und sie verspürte keinerlei Sehnsucht nach ihrer Heimat.

Am Nachmittag hörte der Regen auf, setzte aber noch kurz vor Abend wieder ein. Im Zwielicht schenkte Francesca sich ein Gläschen Brandy ein und öffnete die unterste Lade von Richards Schreibtisch, ein gutes Walnußmöbel mit einer Rolljalousie, das man in seiner Familie drei Generationen lang weitergegeben hatte. Sie holte ein großes braunes Kuvert heraus und fuhr langsam mit der Hand darüber, so wie sie es Jahr für Jahr an diesem Tag tat.

Auf dem Poststempel stand »Seattle, WA, 12. September 1965«. Jedesmal sah sie sich zuerst den Poststempel an. Das gehörte zum Ritual. Dann die Anschrift, die von Hand geschrieben war: »Francesca Johnson, RR 2, Winterset, Iowa«. Als nächstes den Absender, sorglos in die linke obere Ecke gekritzelt: »Pf. 642, Bellingham, Washington«. Sie setzte sich in einen Stuhl am Fenster, besah sich die beiden Adressen, konzentriert, weil sie die Bewegung seiner Hände enthielten und sie das Gefühl dieser Hände auf ihr zurückbringen wollte, die sie vor zweiundzwanzig Jahren berührt hatten.

Sobald sie die Berührung seiner Hände spürte,

öffnete sie den Umschlag, entnahm ihm behutsam drei Briefe, ein kurzes Manuskript, zwei Fotografien und eine komplette Nummer des *National Geographic* nebst Ausschnitten aus anderen Ausgaben dieses Magazins. Dann saß sie im schwindenden grauen Licht, nippte an ihrem Brandy und schaute über den Rand des Glases auf die handgeschriebene, mit einer Büroklammer an das getippte Manuskript geheftete Notiz. Der Brief war auf seinem Briefpapier geschrieben, schmuckloses Briefpapier, dessen Kopf in unauffälligen Buchstaben nichts weiter als »Robert Kincaid, Photograph & Autor« besagte.

10. September 1965

Liebe Francesca,
Beiliegend zwei Photos. Eines davon ist der Schnappschuß, den ich von Dir bei Sonnenaufgang auf der Weide gemacht habe. Ich hoffe, es gefällt Dir so gut wie mir. Das andere ist von der Roseman Bridge, bevor ich die Nachricht weggenommen habe, die Du drangespießt hattest.
Ich sitze hier und fische in den grauen Gewässern meiner Erinnerung nach jeder Einzelheit, jedem Augenblick unserer Zeit zusammen. Immer und immer wieder frage ich mich das eine: »Was ist mir nur im Madison County in Iowa passiert?« Und dann mühe ich mich ab, alles zusammenzukriegen. Deshalb habe ich das kleine Stück geschrie-

ben, »Sturz aus der Dimension Z«, das ich Dir beigelegt habe, als Versuch, Klarheit in meine Verwirrung zu bringen.
Ich schaue ein Objektiv entlang und sehe Dich am anderen Ende. Ich beginne mit der Arbeit an einem Artikel, und ich schreibe über Dich. Ich weiß noch nicht mal so recht, wie ich von Iowa wieder nach Hause gekommen bin. Irgendwie hat mein alter Laster mich wohl heimgebracht, aber ich erinnere mich kaum noch daran, wie ich all die Meilen hinter mich gebracht habe.
Vor einigen Wochen noch war ich ausgeglichen und durchaus zufrieden. Vielleicht nicht der glücklichste Mensch der Welt, vielleicht ein bißchen einsam, aber immerhin zufrieden. Das hat sich gründlich geändert.
Mir ist jetzt klar, daß ich mich schon seit langem auf Dich zubewegt habe und Du Dich auf mich. Obwohl keiner sich des anderen bewußt gewesen ist, bevor wir einander kennengelernt haben, so summte doch unter unserer Unwissenheit fröhlich und munter eine Art blinde Gewißheit, die sicherstellte, daß wir zueinanderfanden. Wie zwei einsame Vögel über den großen Prärien ihren Weg mit Hilfe der Gestirne bestimmen, haben wir uns all die Jahre, ja unser ganzes Leben lang, aufeinander zubewegt.
Die Straße ist eine merkwürdige Sache. Ich schlurfe so vor mich hin, hebe den Kopf, und da

kommst eines Augusttages Du übers Gras herüber auf meinen Laster zu. Im nachhinein betrachtet scheint es unausweichlich – es hätte gar nicht anders passieren können –, typischer Fall von hoher Wahrscheinlichkeit des Unwahrscheinlichen, würde ich sagen.
So laufe ich also jetzt mit einem anderen Menschen in mir herum. Obwohl ich glaube, ich habe mich besser ausgedrückt an dem Tag, an dem wir auseinandergegangen sind, als ich sagte, wir hätten aus uns beiden eine dritte Person geschaffen. Jetzt werde ich von diesem anderen Wesen verfolgt.
Irgendwie müssen wir einander wiedersehen. Egal wo, egal wann.
Ruf mich an, wenn Du irgend etwas brauchen solltest oder mich ganz einfach nur wiedersehen willst. Ich werde da sein, und zwar sofort. Laß es mich wissen, wenn Du irgendwann einmal hier rüberkommen kannst – egal wann. Ich kann das mit dem Flug erledigen, falls das ein Problem sein sollte. Ich fliege nächste Woche nach Südostindien, bin aber Ende Oktober wieder zurück.
Ich liebe Dich,
Robert

P. S. Aus dem Photoprojekt im Madison County ist richtig was geworden. Kannst es nächstes Jahr im NG nachblättern. Oder sag mir einfach, ob ich Dir die entsprechende Nummer schicken soll, wenn sie herauskommt.

Francesca Johnson stellte ihr Glas Brandy auf das breite eichene Fensterbrett und starrte auf das acht mal zehn Zoll große Schwarzweißfoto von ihr selbst. Zuweilen fiel es ihr schwer, sich daran zu erinnern, wie sie damals, vor zweiundzwanzig Jahren, ausgesehen hatte. In engen, verwaschenen Jeans, Sandalen und einem weißen T-Shirt, das Haar im Morgenwind, gegen einen Zaunpfosten gelehnt.
Von ihrem Platz am Fenster aus sah sie durch den Regen noch immer diesen Pfosten, dort, wo der alte Zaun die Weide umschloß. Nach Richards Tod hatte sie das Land nur unter der Bedingung verpachtet, daß die Weide intakt blieb, niemand dürfte sie anrühren; auch wenn sie jetzt leer und mit ganz gewöhnlichem Unkraut überwuchert war.
Auf dem Foto zeigten sich eben die ersten ernst zu nehmenden Falten in ihrem Gesicht. Seine Kamera hatte sie gefunden. Trotzdem, sie war sehr zufrieden mit dem, was sie sah. Ihr Haar war schwarz, ihr Körper voll und warm; er füllte die Jeans gerade richtig. Und dennoch war es ihr Gesicht, das sie da anstarrte. Es war das Gesicht einer Frau, die hoffnungslos verliebt war in den Mann, der das Foto schoß.

Sie sah jetzt auch ihn wieder deutlich vor sich, weit hinten auf dem Fluß ihrer Erinnerung. Jahr für Jahr ließ sie sämtliche Bilder an sich vorüberziehen, mit peinlicher Genauigkeit, erinnerte sich an jede Einzelheit, vergaß auch nicht das Geringste, prägte sich alles ein, für immer und ewig, so wie manche Stämme ihre Geschichten von Generation zu Generation weitergeben. Er war hochgewachsen, schlank und hart und bewegte sich wie das Gras, mühelos und anmutig. Sein silbergraues Haar reichte ihm ein gutes Stück über die Ohren und war fast immer völlig zerzaust, so als komme er eben von einer langen Seereise durch einen steifen Wind und hätte es gerade mal mit den Händen zurechtzukämmen versucht. Sein schmales Gesicht, die hohen Wangenknochen, das Haar in der Stirn betonten seine hellblauen Augen, die unablässig nach dem nächsten Foto zu suchen schienen. Er hatte sie angelächelt, ihr gesagt, wie schön und warm sie im Morgenlicht aussehe, sie gebeten, sich gegen den Pfosten zu lehnen, und sie dann in einem weiten Bogen umkreist, sie aus Kniehöhe fotografiert, dann stehend, dann auf dem Rükken liegend, die Kamera im schrägen Winkel nach oben gerichtet.
Es war ihr etwas peinlich gewesen, daß er ihretwegen so viele Filme verschoß, aber es hatte sie auch gefreut, da er ihr so viel Aufmerksamkeit

schenkte. Sie hoffte nur, daß keiner der Nachbarn so früh schon mit dem Traktor unterwegs wäre. Obwohl sie sich an diesem besonderen Morgen keine allzu großen Gedanken gemacht hatte um die Nachbarn und das, was sie denken mochten.
Er knipste, legte Filme ein, wechselte Objektive, wechselte Kameras, knipste wieder und redete, während er so vor sich hin arbeitete, leise auf sie ein, sagte ihr, wie gut sie ihm gefalle und wie sehr er sie liebe. »Du bist unglaublich schön, Francesca.« Mitunter hielt er einfach inne und starrte sie nur an, durch sie hindurch, um sie herum, in sie hinein. Deutlich waren ihre Brustwarzen zu sehen, wo sie gegen das baumwollene T-Shirt drückten. Es hatte ihr merkwürdigerweise überhaupt nichts ausgemacht, auch nicht, daß sie nackt war unter dem Hemd. Im Gegenteil, sie war froh darüber und verspürte eine gewisse Wärme bei dem Gedanken, daß er ihre Brüste durch seine Linsen so deutlich sehen konnte. Nie und nimmer hätte sie sich in Richards Gegenwart so angezogen. Er hätte so etwas nicht gut gefunden. Ja, bevor sie Robert Kincaid kennengelernt hatte, hätte sie sich überhaupt niemals in diesem Aufzug sehen lassen.
Robert hatte sie gebeten, das Kreuz durchzudrücken, aber ganz, ganz leicht nur, und dann geflüstert: »Ja, ja, genau so, bleib so.« Das war

der Augenblick, in dem er das Foto geschossen hatte, das sie jetzt anstarrte. Das Licht war perfekt, hatte er jedenfalls gesagt – »strahlend bewölkt« hatte er es genannt –, und während er sich um sie herumbewegte, hatte rhythmisch der Verschluß seiner Kamera geklickt.

Er war geschmeidig – genau das war das Wort, an das sie hatte denken müssen, während sie ihn so beobachtete. Trotz seiner zweiundfünfzig Jahre bestand sein Körper aus nichts als Muskeln, Muskeln, deren Spiel von einer Intensität und Kraft war, wie nur Männer sie entwickeln, die bei all ihrer schweren Arbeit auch auf sich achten. Er erzählte ihr, daß er Frontfotograf im Pazifik gewesen sei, und Francesca konnte sich vorstellen, wie er zusammen mit den Marinesoldaten in Pulverdampf gehüllte Strände heraufkam, die Kameras gegen seinen Körper schlagend, eine am Auge, deren Verschluß schier glühte, so rasend wie er seine Bilder schoß.

Sie sah sich das Bild noch einmal an, studierte es. Ich hab gar nicht so schlecht ausgesehen, dachte sie und lächelte über diesen milden Anfall von Selbstbewunderung. »Ich habe weder vorher noch nachher jemals so gut ausgesehen. Das war er.« Worauf sie sich wieder ein Schlückchen Brandy genehmigte, während der Regen sich auf den Rücken des Novemberwinds schwang und auf ihm über die Hügel fegte.

Robert Kincaid war in gewisser Hinsicht ein Zauberer, der in sich selbst an merkwürdigen, fast schon bedrohlichen Orten lebte. Francesca hatte das sogleich gespürt, als er an jenem heißen, trockenen Montag im August 1965 auf ihrer Auffahrt aus seinem Wagen stieg. Richard und die Kinder waren auf der Landwirtschaftsausstellung im benachbarten Illinois, um ihren eigens für den Wettbewerb gemästeten Ochsen auszustellen, dem man weit mehr Aufmerksamkeit schenkte als ihr, so daß sie die ganze Woche für sich allein hatte.

Eistee trinkend hatte sie vor dem Haus auf der Veranda gesessen und ganz beiläufig die Staubspirale des Pickups beobachtet, der da die Kreisstraße langgekommen war. Er bewegte sich ziemlich langsam, so als wäre der Fahrer auf der Suche nach etwas, hielt dann vor ihrer Zufahrt kurz an und bog dann ab, um auf das Haus zuzukommen. Großer Gott, hatte sie gedacht. Wer ist das?

Sie war barfuß, trug Jeans und ein verblichenes blaues Arbeitshemd mit aufgerollten Ärmeln, der Hemdzipfel hing heraus. Ihr langes schwarzes Haar wurde von einem Schildpattkamm gehalten, den ihr ihr Vater zum Abschied von der Heimat geschenkt hatte. Der kleine Laster rollte das Sträßchen herauf und hielt in der Nähe des Gatters im Drahtzaun, der das Haus umgab.

Francesca trat von der Veranda und ging ohne Eile durchs Gras in Richtung des Gatters. Und dann stieg aus dem Laster Robert Kincaid, der aussah, als sei er soeben einer illustrierten Geschichte der Schamanen entsprungen.

Das braune, militärisch geschnittene Hemd klebte ihm vor Schweiß auf dem Rücken; unter den Armen hatte er breite dunkle Ringe. Die obersten drei Knöpfe standen offen, und sie sah die strammen Brustmuskeln direkt unter dem schlichten Silberkettchen um seinen Hals. Über den Schultern hatte er breite orangefarbene Hosenträger, solche, wie Leute sie tragen, die viel Zeit in der Wildnis zubringen.

Er lächelte. »Tut mir leid, Sie so zu überfallen, aber ich bin auf der Suche nach einer überdachten Brücke, die irgendwo hier draußen sein soll, und ich kann sie einfach nicht finden. Ich fürchte, ich weiß im Augenblick nicht mehr, wo ich bin.« Er wischte sich mit einem blauen Halstuch über die Stirn und lächelte wieder.

Seine Augen sahen sie unverhohlen an, und sie spürte irgend etwas in ihr einen Hüpfer tun. Die Augen, die Stimme, das Gesicht, das silbrige Haar, die ungezwungene Art, mit der er sich bewegte, eine alte Art, eine beunruhigende Art, eine Art, die einen unwillkürlich in ihren Bann schlägt. Jene Art, deren Flüstern man vernimmt in den letzten Augenblicken, bevor einen der

Schlaf übermannt, wenn alle Barrieren gefallen sind. Eine Art, ein Instinkt, der bei allen Lebewesen die Moleküle im Raum zwischen den Geschlechtern verschiebt.
Auf Generationen müssen Generationen folgen; von diesem einen Gebot flüstert diese Art und sonst nichts. Ihre Macht ist unendlich, das Konzept dahinter von erhabener Eleganz. Diese Art ist unbeirrbar, ihr Ziel völlig klar. Diese alten Gesetze sind einfach; wir allein haben dafür gesorgt, daß sie kompliziert erscheinen. Francesca spürte dies, ohne zu wissen, daß sie es spürte. Und im selben Augenblick setzte etwas ein, das ihr Leben für immer verändern sollte.
Auf der Straße fuhr, eine Staubfahne hinter sich herziehend, ein Auto vorbei und hupte. Francesca winkte Floyd Clarks sonnengebräuntem Arm, der aus dem Fenster seines Chevy stak, und wandte sich wieder dem Fremden zu. »Sie sind nah dran. Die Brücke ist nur zirka zwei Meilen von hier.« Und dann, nach zwanzig Jahren in dieser engen Welt, einer Welt voller unantastbarer Verhaltensregeln und versteckter Gefühle, wie sie die ländliche Kultur nun mal verlangte, sagte Francesca Johnson zu ihrer eigenen Überraschung: »Ich kann sie Ihnen gerne zeigen, wenn Sie wollen.«
Warum sie das getan hatte, das war ihr nie so recht klargeworden. Vielleicht die Gefühle jenes

jungen Mädchens in ihr, die nach all den Jahren wie eine Blase im Wasser aufstiegen und an der Oberfläche zerplatzten. Nicht daß sie schüchtern gewesen wäre, aber draufgängerisch war sie nun auch nicht gerade. Das einzige, was sie sich denken konnte, war, daß Robert Kincaid sie auf irgendeine Art und Weise in seinen Bann geschlagen hatte, und das schon nach den ersten paar Sekunden mit ihm.

Ihr Angebot überraschte ihn ganz offensichtlich. Aber er erholte sich rasch und meinte mit ernster Miene, daß er ihr in diesem Fall wirklich dankbar wäre. Von der Treppe vor der Hintertür holte sie ihre Cowboystiefel, die sie bei der Farmarbeit trug, und ging zurück zu seinem Laster, folgte ihm um diesen herum zur Beifahrertür.

»Ich brauche nur einen Augenblick, um Ihnen Platz zu machen – bei dem ganzen Krempel hier drin.«

Er murmelte vor sich hin, während er damit beschäftigt war, mehr an die eigene Adresse als an die ihre, und sie sah, daß ihn diese Geschichte etwas aus dem Konzept gebracht hatte und er nicht so recht wußte, was er davon halten sollte. Er schichtete grobleinene Rucksäcke und Stative um, eine Thermosflasche, Papiertüten. Hinten auf der Ladefläche sah sie, mit einem Stück Wäscheleine an einen Ersatzreifen gebunden, einen großen braunen Samsonite und einen

Gitarrenkoffer, beide arg ramponiert und völlig verstaubt.
Die Tür des Lasters fiel zu und schlug ihm gegen den Hintern, während er herumsortierte und Pappkaffeebecher und Bananenschalen in eine braune Einkaufstüte steckte, die er dann in den Stauraum warf, als er fertig war. Schließlich nahm er noch eine blauweiße Kühlbox vom Sitz und stellte auch sie nach hinten. In verblaßten roten Buchstaben stand auf der grünen Tür des Lasters »Kincaid, Photographie, Bellingham, Washington«.
»Okay, ich denke, Sie können sich jetzt reinquetschen.« Er hielt ihr die Tür auf, schloß sie hinter ihr, ging dann zur Fahrerseite und stieg mit einer eigenartigen, tiergleichen Anmut hinters Steuer. Er sah sie mit einem kurzen Blick an, lächelte dann verhalten und sagte: »Also, in welche Richtung?«
»Rechts.« Er drehte den Schlüssel, und die völlig verstellte Zündung brachte den Motor mühsam in Gang. Dann ging es die Auffahrt hinunter zur Straße, eine holprige Fahrt. Seine langen Beine bedienten die Pedale ganz automatisch; die alte Levis reichte ihm über die braunen ledergeschnürten Stiefel, die offensichtlich schon viele lange Fußmärsche hinter sich hatten.
Er beugte sich herüber und griff ins Handschuhfach, wobei sein Unterarm versehentlich ihren

Schenkel streifte. Den Blick halb durch die Windschutzscheibe, halb ins Handschuhfach gerichtet, holte er eine Visitenkarte heraus und gab sie ihr. »Robert Kincaid, Photograph & Autor«. Auch seine Adresse stand darauf, zusammen mit einer Telefonnummer.

»Ich bin hier im Auftrag von *National Geographic*«, sagte er. »Kennen Sie die Zeitschrift?«

»Ja.« Francesca nickte und dachte: Kennt die nicht jeder?

»Die machen was über überdachte Brücken, und das Madison County hier in Iowa hat offensichtlich ein paar besonders interessante. Sechs habe ich bereits entdeckt, aber ich denke, es gibt noch mindestens eine weitere, und die soll irgendwo in dieser Richtung sein.«

»Das ist die Roseman Bridge«, sagte Francesca über den Lärm des Windes, der Reifen und des Motors hinweg. Ihre Stimme hörte sich merkwürdig an, als gehöre sie jemand anderem, einem Teenager, der sich in Neapel aus einem Fenster lehnt, weit durch die Straßen der Stadt in Richtung der Züge schaut oder hinaus zum Hafen späht und von fernen Liebhabern träumt, die noch kommen würden. Während sie sprach, beobachtete sie das Spiel der Muskeln auf seinem Unterarm, wann immer er einen anderen Gang einlegte.

Neben ihr lagen zwei Rucksäcke. Die Klappe des

einen war geschlossen, die des anderen jedoch zurückgeschlagen, und sie sah das silbrige Gehäuse und die schwarze Rückwand einer Kamera herauslugen. Die Klappe einer Filmschachtel, »Kodachrome II, 25. 36 Aufnahmen«, war mit Klebstreifen auf die Rückwand geklebt. Hinter die Rucksäcke gestopft sah sie eine braune Weste mit unzähligen Taschen. Aus einer der Taschen baumelte eine dünne Schnur mit einem Drücker am Ende.

Hinter ihren Füßen lagen zwei Stative. Sie waren stark verkratzt, aber sie konnte noch einen Teil des arg mitgenommenen Schildchens lesen: »Gitzo«. Als er das Handschuhfach aufgemacht hatte, war ihr aufgefallen, daß es neben einer Stange Camels voller Notizbücher, Karten, Kugelschreiber, leerer Filmdosen und loser Münzen war.

»Biegen Sie an der nächsten Ecke rechts ab«, sagte sie. Was ihr Gelegenheit gab, einen raschen Blick auf Robert Kincaids Profil zu werfen. Seine Haut war gebräunt und glatt und glänzte vor Schweiß. Er hatte hübsche Lippen; aus irgendeinem Grund war ihr das gleich aufgefallen. Und seine Nase ähnelte jenen, die sie bei einem Familienurlaub drüben im Westen, die Kinder waren damals noch klein gewesen, bei Indianern gesehen hatte.

Er war nicht schön, jedenfalls nicht im her-

kömmlichen Sinn. Aber er war auch nicht unansehnlich. Beide Worte schienen irgendwie nicht auf ihn zu passen. Aber irgend etwas war da, er hatte etwas an sich. Etwas sehr Altes, von den Jahren leicht Ramponiertes, nicht in seiner Erscheinung, sondern in den Augen.
Am linken Handgelenk hatte er eine kompliziert aussehende Uhr an einem braunen, schweißfleckigen Lederband. Am rechten hing ein filigran geflochtenes silbernes Kettchen. Es hätte eine ordentliche Abreibung mit Silberpolitur nötig gehabt, dachte sie und schalt sich sofort dafür, derart in den Nichtigkeiten des Kleinstadtlebens verfangen zu sein, gegen das sie all die Jahre stillschweigend rebelliert hatte.
Robert Kincaid zog eine Schachtel Zigaretten aus seiner Brusttasche, schüttelte eine zur Hälfte heraus und bot sie ihr an. Und zum zweitenmal innerhalb von Minuten überraschte sie sich selbst, indem sie die Zigarette nahm. Was mache ich nur? dachte sie. Sie hatte vor Jahren einmal geraucht, es dann aber unter dem steten Druck von Richards Kritik aufgegeben. Er schüttelte eine zweite heraus, steckte sie sich zwischen die Lippen und schlug ein goldenes Zippo an, das er ihr dann hinüberhielt, wobei er die Augen nicht einen Augenblick von der Straße nahm.
Sie legte die Hände schützend um die Flamme, um den Fahrtwind abzuhalten, und berührte,

indem sie sich gegen das Geschaukel des Lasters abstützte, seine Hand. Sie brauchte nur einen Augenblick, die Zigarette anzuzünden, aber es war lange genug, um die Wärme seiner Hand und die winzigen Härchen auf ihrem Rücken zu spüren. Sie lehnte sich in den Sitz, und er schwenkte das Feuerzeug in Richtung seiner eigenen Zigarette, bildete mit einer gekonnten Bewegung einen Paravent, ohne dabei die Hände länger als eine Sekunde vom Steuer zu nehmen.

Francesca Johnson, Farmersgattin, saß in den staubigen Sitz des Lasters gelehnt, rauchte die Zigarette und wies nach vorn: »Da ist sie, gleich hinter der Kurve.« Die alte Brücke, mit ihrer abblätternden roten Farbe, neigte sich etwas zur Seite nach all den Jahren, die sie sich nun schon über den kleinen Bach spannte.

Dann hatte Robert Kincaid gelächelt. Er warf ihr einen raschen Blick zu und sagte: »Toll. Da mach ich eine Aufnahme bei Sonnenaufgang.« Etwa dreißig Meter vor der Brücke hielt er an und stieg, den offenen Rucksack in der Hand, aus. »Ich gehe mal ein paar Minuten auf Erkundung, wenn's Ihnen nichts ausmacht.« Kopfschüttelnd erwiderte sie sein Lächeln.

Francesca sah ihm zu, wie er die Landstraße entlangging, eine Kamera aus dem Rucksack nahm und den Sack dann über die linke Schulter schlang. Es war eine so flüssige Bewegung, daß er sie schon Tausende von Malen gemacht haben mußte. Als er so ging, stand sein Kopf keinen Augenblick still; er blickte von einer Seite auf die andere, dann auf die Brücke, auf die Bäume dahinter. Einmal drehte er sich um und schaute mit ernster Miene zu ihr zurück.

Im Gegensatz zu den Leuten hier, die sich von Bratensoße, Kartoffeln und rotem Fleisch ernährten, einige von ihnen dreimal am Tag, sah Robert Kincaid ganz so aus, als äße er nichts als Obst, Nüsse und Gemüse. Ein zäher Kerl, dachte sie. Kein Gramm Fett an diesem Körper, so wie es aussah. Ihr fiel auf, wie klein sein Hintern in der engen Jeans war – sie konnte die Umrisse seiner Geldbörse in der linken Gesäßtasche sehen und die des Taschentuchs in der rechten – und daß er sich ohne jede überflüssige Bewegung über die Erde zu bewegen schien.

Es war still. Auf dem Draht eines Zaunes saß ein Sumpfhordenvogel und äugte zu ihr herein. Aus dem Gras neben der Straße rief ein Wiesenstärling herauf. Nichts sonst bewegte sich unter der Weißglut der Augustsonne.

Knapp vor der Brücke blieb Robert Kincaid stehen. Einen Augenblick lang stand er da, ging dann in die Hocke und schaute durch die Kamera. Er ging auf die andere Straßenseite und tat dort das gleiche. Dann trat er unter das Dach der Brücke, studierte Balken und Bodenplanken und warf durch ein Loch in der Seite einen Blick auf den Bach unter ihm.

Francesca drückte ihre Zigarette in den Aschenbecher, schwang die Tür auf und setzte die Stiefel in den Kies. Sie warf einen Blick die Straße hinauf, um sich zu vergewissern, daß auch kein Auto ihrer Nachbarn gefahren kam, und ging dann auf die Brücke zu. Die Sonne wirkte jetzt, am späten Nachmittag, wie ein Hammer, und es sah ganz so aus, als wäre es unter dem Dach der Brücke kühler. Sie sah seine Silhouette am anderen Ende, bis er die Böschung zum Bach hinunter verschwand.

Drinnen hörte sie die Tauben in ihren Nestern im Dachstuhl leise gurren, und als sie eine Hand auf das Geländer legte, spürte sie dessen Wärme. Auf einigen der Planken waren Kritzeleien: »Jimbo – Denison, Iowa«. »Sherry + Dubby«. »Vorwärts, Hawks!« Die Tauben gurrten leise vor sich hin.

Francesca spähte durch einen Spalt zwischen zwei Seitenplanken hinunter zum Bach, wo Robert Kincaid verschwunden war. Sie fand ihn auf einem Stein in der Mitte des winzigen Flüßchens stehend, von wo aus er sich die Brücke besah; als sie ihn winken sah, fuhr sie zusammen. Er sprang zurück ans Ufer und kam mühelos die steile Böschung herauf. Sie beobachtete das Wasser, bis sie seine Stiefel auf den Planken der Brücke spürte.

»Ist wirklich nett hier, richtig hübsch«, sagte er, und seine Stimme hallte unter dem Dach der Brücke.

Francesca nickte. »Ja, das ist es. Für uns hier aus der Gegend sind die alten Brücken nichts Besonderes, hier denkt keiner groß darüber nach.«

Er kam auf sie zu und hielt ihr einen kleinen Strauß Wiesenblumen hin: Goldbälle. »Danke für die Führung.« Ein kleines Lächeln umspielte seinen Mund. »Ich werde in den nächsten Tagen mal in der Morgendämmerung wiederkommen und meine Aufnahmen machen.«

Wieder bewegte sich etwas in ihr. Blumen. Niemand hier schenkte ihr Blumen, noch nicht mal bei besonderen Anlässen.

»Ich weiß nicht mal, wie Sie heißen«, sagte er.

Ihr wurde mit einemmal bewußt, daß sie sich noch gar nicht vorgestellt hatte, und sie kam sich dumm vor deswegen. Als sie es nachgeholt hatte, nickte er und sagte: »Mir ist da eine Spur von einem Akzent aufgefallen. Sind Sie Italienerin?«

»Ja. Ist aber schon lange her.«

Zurück in den grünen Laster. In der untergehenden Sonne über die geschotterten Straßen. Zweimal begegneten sie Autos, aber es war niemand, den Francesca kannte. In den vier Minuten, die sie zurück zur Farm brauchten, begann sie sich treiben zu lassen; sie fühlte sich merkwürdig aufgelöst. Der Grund dafür war, daß sie mehr von Robert Kincaid, Photograph & Autor, wollte. Sie wollte mehr über ihn wissen und hielt krampfhaft und kerzengerade seine Blumen im Schoß, wie ein Schulmädchen, das vom Wandertag kam.

Das Blut war ihr ins Gesicht gestiegen. Sie konnte es spüren. Nicht daß sie etwas getan oder gesagt hätte, aber es kam ihr so vor. Das Radio des Lasters, kaum zu hören beim Rauschen des Windes und der Straße, brachte eine Steel-guitar-Melodie und dann die Fünfuhrnachrichten.

Er lenkte den Laster die Zufahrt hinauf. »Ist Richard Ihr Mann?« Er hatte den Briefkasten gesehen.

»Ja«, sagte sie, etwas außer Atem. Nachdem sie die Worte erst mal herausgelassen hatte, wollten die anderen nicht mehr drinbleiben. »Ist ganz schön heiß. Hätten Sie gern einen Eistee?«

Er sah zu ihr herüber. »Also, wenn's Ihnen recht ist, ich könnte einen vertragen.«

»Es ist mir recht.«

Sie gab ihm – beiläufig genug, so hoffte sie – Anweisungen, den Laster hinter dem Haus zu parken. Das Letzte, was sie wollte, war, daß Richard nach Hause kam und einer ihrer Nachbarn ihm sagte: »Hey, Dick, läßt wohl was reparieren bei dir? Weil ich vorige Woche einen grünen Pickup bei dir vorm Haus gesehen hab. Aber ich hab ja gewußt, daß Frannie daheim ist, da hab ich nicht extra nachgeschaut.«

Die rissigen Betonstufen zur Tür an der hinteren Veranda hinauf. Er hielt ihr, seine Kamerasäcke in der Hand, die Tür auf. »Ist viel zu heiß, um die Ausrüstung im Wagen zu lassen«, hatte er gesagt, als er sie herausgezogen hatte.

In der Küche war es ein wenig kühler, aber immer noch heiß. Der Collie beschnupperte Kincaids Stiefel, trottete dann hinaus auf die hintere Veranda und machte es sich bequem, während Francesca Eis aus Metallformen brach und aus einem gläsernen 2-Liter-Krug Tee einschenkte. Sie wußte, er beobachtete sie, wie er da am Küchentisch saß, die langen Beine von sich gestreckt, und sich mit beiden Händen durchs Haar fuhr.

»Zitrone?«

»Ja, bitte.«

»Zucker?«

»Nein, danke.«

Der Zitronensaft tröpfelte langsam ein Glas entlang, und auch das sah er. Kaum etwas, das Robert Kincaid entging.

Francesca stellte das Glas vor ihn hin. Stellte ihr eigenes auf die andere Seite des resopalbeschichteten Tisches und ihre Blumen ins Wasser, in ein altes Geleeglas mit Bildern von Donald

Duck. Gegen die Arbeitsplatte der Anrichte gelehnt, balancierte sie auf einem Bein, bückte sich und zog einen Stiefel aus. Stand dann auf einem bloßen Fuß da und wiederholte den Vorgang mit dem anderen Stiefel.

Er nahm einen kleinen Schluck Tee und beobachtete sie. Sie war etwa einssiebenundsechzig, um die Vierzig, vielleicht auch ein bißchen älter, hatte ein hübsches Gesicht und einen schönen, warmen Körper. Aber schönen Frauen begegnete er überall auf seinen Reisen. Diese körperlichen Dinge waren ja durchaus angenehm, aber Intelligenz und aus dem Leben erwachsene Leidenschaft, die Fähigkeit, etwas durch Feinheiten des Geistes und der Seele zu bewegen und selbst davon bewegt zu werden, das war es, was wirklich für ihn zählte. Aus diesem Grund fühlte er sich auch selten von jungen Frauen angezogen, ungeachtet ihrer äußerlichen Schönheit. Sie hatten einfach noch nicht lange genug gelebt, um über jene Qualitäten zu verfügen, die ihn interessierten.

Francesca Johnson jedoch hatte etwas, das sein Interesse erweckte. Sie war intelligent; das konnte er spüren. Und sie war leidenschaftlich, obwohl er nicht so recht dahinterkam, auf was diese Leidenschaft gerichtet war oder ob sie überhaupt eine Richtung hatte.

Später erzählte er ihr, er könne zwar nicht sagen,

warum, aber ihr zuzusehen, wie sie die Stiefel auszog, sei einer der sinnlichsten Augenblicke gewesen, an die er zurückdenken könne. Das Warum war nicht wichtig. Das war nicht seine Art, das Leben anzugehen. »Die Analyse zerstört die Ganzheit. Manche Dinge, magische Dinge, sind einfach als Ganzes gedacht. Betrachtet man ihre Teile, dann verschwinden sie.« Genau das hatte er ihr gesagt.
Sie setzte sich an den Tisch, ein Bein unter den Körper gezogen, schob einige Haarsträhnen nach hinten, die ihr ins Gesicht gefallen waren, befestigte sie wieder mit dem Schildpattkamm. Dann stand sie noch einmal auf und trat ans Geschirregal, nahm einen Aschenbecher herunter und stellte ihn auf den Tisch, so daß er ihn erreichen konnte.
Mit diesem stillschweigenden Einverständnis zog er die Packung Camels heraus und hielt sie ihr hin. Sie nahm eine und bemerkte, daß sie etwas feucht war, weil er so stark schwitzte. Und wieder das gleiche Zeremoniell. Er hielt ihr das goldene Zippo hin, sie berührte seine Hand, um ihr Halt zu geben, spürte durch ihre Fingerspitzen seine Haut und lehnte sich dann zurück. Die Zigarette schmeckte herrlich, und sie lächelte.
»Was genau machen Sie eigentlich – ich meine als Fotograf?«
Er musterte seine Zigarette und sagte dann leise:

»Ich arbeite freiberuflich – äh, als freier Fotograf – für *National Geographic*. Ich habe eine Idee, verkaufe sie der Zeitschrift und krieg dann den Auftrag für die Bilder. Oder die haben etwas, was sie gemacht haben wollen, und setzen sich mit mir in Verbindung. Man hat keine großen künstlerischen Ausdrucksmöglichkeiten, es ist schließlich ein ziemlich konservatives Magazin. Aber sie bezahlen anständig. Nicht großartig, aber anständig, und sie haben immer wieder was. Den Rest der Zeit schreibe und fotografiere ich auf eigene Kappe und schicke die Artikel dann an andere Zeitschriften. Wenn es mal nicht so gut läuft, dann arbeite ich auch schon mal für die Industrie, obwohl ich das fürchterlich beengend finde.

Manchmal schreibe ich auch Gedichte, nur so für mich selbst. Hin und wieder versuche ich mich an einer Geschichte, aber ich scheine nicht das rechte Feeling für so was zu haben. Ich lebe nördlich von Seattle und arbeite manchmal auch in der Gegend. Ich fotografiere gern die Fischerboote und die Indianersiedlungen, und dann Landschaften.

Die Arbeit für *National Geographic* bringt es mit sich, daß ich manchmal monatelang irgendwo festhänge, vor allem, wenn es um eine große Story geht wie über einen Teil des Amazonas oder die nordafrikanische Wüste. Normalerweise nehme ich den Flieger für einen Auftrag wie den hier und miete mir dann einen Wagen. Aber mir war einfach danach, ein bißchen durch die Gegend zu fahren und sie auf künftige Möglichkeiten hin auszukundschaften. Ich bin den Lake Superior heruntergekommen, zurück fahre ich durch die Black Hills. Und was machen Sie?«

Francesca hatte die Frage nicht erwartet. Sie stammelte einen Augenblick. »Ach, na ja, bestimmt nicht so was wie Sie. Ich habe Vergleichende Literaturwissenschaften studiert. Und in Winterset hatte man grade Schwierigkeiten, Lehrer zu finden, als ich 1946 hierherkam, und die Tatsache, daß ich einen Mann aus der Gegend und obendrein einen Kriegsteilnehmer geheiratet hatte, machte mich für die Leute akzeptabel. Also habe ich die Lehrerprüfung gemacht und an der High-School einige Jahre Englisch unterrichtet. Aber Richard paßte es nicht, daß seine Frau arbeitete. Er meinte, er könnte uns durchaus allein ernähren und daß es nicht nötig wäre, vor allem nicht, als dann unsere beiden Kinder größer wurden. Also habe ich aufgehört und bin Farmersfrau geworden – ganztags. Das ist alles.«

Sie merkte, daß sein Eistee fast leer war, und schenkte ihm aus dem Krug nach.

»Danke. Wie gefällt es Ihnen hier in Iowa?«

Es war dies in gewissem Sinne ein Augenblick der Wahrheit. Sie wußte das. Die Standardantwort war: »Och, ganz gut. Es ist ruhig. Die Leute sind wirklich nett.«
Sie antwortete ihm nicht sofort. »Könnte ich noch eine Zigarette haben?« Wieder die Pakkung Camels, das Feuerzeug, wieder die Berührung seiner Hand, ganz sachte. Die Sonne spazierte über die hintere Veranda und erreichte den Hund, der sofort aufstand und sich verkroch. Francesca sah Robert Kincaid zum erstenmal in die Augen.
»Ich sollte jetzt wohl sagen: ›Och, ganz gut. Es ist ruhig. Die Leute sind wirklich nett.‹ Was natürlich auch stimmt. Es ist ruhig hier. Die Leute sind nett, in gewisser Hinsicht jedenfalls. Wir helfen einander aus. Wenn jemand krank wird oder sich verletzt, dann fassen die Nachbarn mit an und ernten Mais oder Hafer, was eben gerade anfällt. In der Stadt kann man sein Auto unverschlossen stehen lassen, und die Kinder können herumlaufen, ohne daß man sich Sorgen um sie machen muß. Die Leute hier haben eine Menge guter Seiten, und ich respektiere sie für diese Qualitäten.
Aber« – sie zögerte, rauchte, blickte über den Tisch hinweg Robert Kincaid an – »es ist nicht das, was ich mir als Mädchen erträumt habe.«
Die Beichte, endlich. Die Worte waren seit Jah-

ren schon dagewesen, aber sie hatte sie nie ausgesprochen. Jetzt hatte sie sie einem Mann mit einem grünen Pickup aus Bellingham in Washington gesagt.

Einen Augenblick lang sagte er nichts. Dann: »Ich habe mir neulich was notiert, falls ich vielleicht irgendwann mal Verwendung dafür habe, nur so ein Gedanke, der mir kam, als ich so vor mich hin gefahren bin. Passiert mir oft, so was. Er geht so: ›Die alten Träume waren gute Träume; sie haben sich nicht erfüllt, aber ich bin froh, sie gehabt zu haben.‹ Ich weiß selbst nicht genau, was es bedeutet, aber ich werde es irgendwo verwenden. Ich will nur sagen, ich glaube, ich weiß ein bißchen, wie Ihnen zumute ist.«

Francesca lächelte ihn daraufhin an. Zum ersten Mal, und ihr Lächeln war warm und kam von Herzen. Und dann siegte die Spielerin in ihr. »Möchten Sie zum Abendessen bleiben? Meine Familie ist nicht da, also habe ich nicht allzuviel im Haus, aber es wird mir schon was einfallen.«

»Na ja, von Lebensmittelläden und Restaurants hab ich die Nase ziemlich voll. Soviel steht mal fest. Also, wenn es Ihnen nicht zu viele Umstände macht, ich hätte nichts dagegen.«

»Mögen Sie Schweinekoteletts? Ich könnte welche machen mit etwas Gemüse aus dem Garten.«

»Das Gemüse allein würde mir völlig genügen. Ich esse kein Fleisch. Schon seit Jahren nicht mehr. Ohne großes Trara, ich fühle mich nur einfach besser so.«
Francesca lächelte wieder. »In dieser Gegend könnten Sie mit Ihrer Einstellung keinen Blumentopf gewinnen. Richard und seine Freunde würden sagen, Sie versuchen, ihnen ihre Existenz kaputtzumachen. Ich esse selbst auch nicht viel Fleisch, ich weiß auch nicht, warum, ich mache mir einfach nichts draus. Aber bei jedem Versuch, meiner Familie ein fleischloses Abendessen vorzusetzen, ernte ich nur Proteste. Also habe ich es schließlich aufgegeben. Es wird mir eine Freude sein, mir zur Abwechslung mal was anderes ausdenken zu können.«
»Na schön, aber machen Sie sich bloß keine großen Umstände wegen mir. Übrigens, ich habe da eine ganze Menge Filme in meiner Kühlbox. Ich muß das geschmolzene Eiswasser ausleeren und ein bißchen Ordnung in meine Sachen bringen. Das wird ein Weilchen dauern.« Er stand auf und trank den Rest seines Tees.
Sie sah ihm zu, wie er zur Küchentür hinaus über die Veranda und in den Garten ging. Er ließ die Fliegentür nicht zuknallen wie alle anderen, sondern machte sie sachte zu. Kurz bevor er hinausging, ging er kurz in die Hocke und tätschelte

den Collie, der ihm die Aufmerksamkeit mit einigen feuchten Zungenschlägen über die Arme quittierte.
Francesca ließ sich oben ein schnelles Bad einlaufen und spähte, während sie sich abtrocknete, über den Saum der Spanngardine in den Hof. Sein Koffer war offen, und er wusch sich an der alten Handpumpe. Sie hätte ihm sagen sollen, daß er sich im Haus duschen könnte, wenn er wollte. Sie hatte es ihm schon sagen wollen, war dann aber einen Augenblick vor dem Maß an Intimität zurückgeschreckt, die dies für sie bedeutet hätte, und hatte es in ihrer Verwirrung dann völlig vergessen.
Aber Robert Kincaid hatte sich schon unter schlechteren Bedingungen gewaschen. In Eimern mit brackigem Wasser im Land der Tiger, mit dem Wasser seiner Feldflasche in der Wüste. In ihrem Hof hatte er sich bis zur Hüfte ausgezogen und benutzte das schmutzige Hemd als Mittelding zwischen Waschlappen und Handtuch. »Ein Handtuch«, schalt sie sich, »wenigstens ein Handtuch hätte ich ihm geben können.«
Auf seinem Rasiermesser, das auf dem Betonsockel der Pumpe lag, fing sich das Licht der Sonne, und sie sah ihm zu, wie er sich einseifte und abschabte. Er war – schon wieder dieses Wort, dachte sie – hart. Er war kein Schrank, vielleicht einsvierundachtzig, eher dünn. Aber er

hatte kräftige Schultermuskeln für seine Statur, und sein Bauch war flach wie eine Messerklinge. Er sah mit Sicherheit jünger aus, als er war, und er sah auch ganz anders aus als die Männer hier aus der Gegend, die schon zum Frühstück zuviel Hefenudeln mit Bratensoße aßen.

Das letzte Mal, als sie in Des Moines einkaufen gewesen war, hatte sie sich ein neues Parfüm mitgebracht – Wind Song –, das benutzte sie jetzt, sparsam. Was sollte sie anziehen? Es schien ihr nicht richtig, sich zu sehr aufzudonnern, da er ja noch immer in Arbeitskleidung war. Eine langärmelige Bluse, die Ärmel bis unter die Ellenbogen gerollt, saubere Jeans, Sandalen. Die goldenen Ohrringe, große Creolen, die sie, laut Richard, wie ein Flittchen aussehen ließen, und einen goldenen Armreif. Das Haar mit einer Spange nach hinten gezogen, so daß es ihr über den Rücken fiel. Das war bestimmt das Richtige.

Als sie in die Küche kam, saß er bei seinen Rucksäcken und der Kühlbox, in einem sauberen Khakihemd, die orangefarbenen Hosenträger darüber. Auf dem Tisch lagen drei Kameras, fünf Objektive und ein frisches Päckchen Camels. Auf allen drei Kameras stand Nikon. Ebenso auf den schwarzen Objektiven, von denen er kurze, mittlere und ein längeres hatte. Die Ausrüstung war verkratzt und hatte hier und da eine Delle. Aber er ging behutsam, wenn auch

lässig damit um, als er sie so abwischte, bürstete oder den Staub wegblies.
Er blickte zu ihr auf, wieder mit seiner ernsten, schüchternen Miene. »Ich habe etwas Bier in der Box. Möchten Sie eins?«
»Ja, sehr gerne.«
Er holte zwei Flaschen Budweiser heraus. Als er den Deckel hob, konnte sie, wie Klafterholz gestapelt, durchsichtige Plastikschalen voller Filme sehen. Außer den beiden Flaschen, die er herausholte, befanden sich noch vier weitere in der Box.
Francesca zog eine Schublade auf und suchte nach einem Öffner. Aber er sagte: »Ich hab einen.« Er nahm das Schweizer Offiziersmesser aus dem Etui am Gürtel und klappte den Flaschenöffner heraus.
Er reichte ihr eine Flasche und hob dann die seine wie zum Gruß: »Auf überdachte Brücken am Spätnachmittag, oder besser noch, an warmen, roten Morgen.« Er grinste.
Francesca sagte nichts, lächelte aber sanft und hob ihre Flasche, zögernd und verlegen, ein wenig an. Ein merkwürdiger Fremder: Blumen, Parfüm, Bier und ein Trinkspruch an einem heißen Montag im Spätsommer. Es war fast schon mehr, als sie verkraften konnte.
»Da hat es vor langer Zeit mal jemanden gegeben, der an einem Augustnachmittag Durst ge-

habt hat. Und wer immer das gewesen ist, er hat seinen Durst studiert, irgendwas zusammengebastelt und das Bier erfunden. Genauso ist das entstanden – und es gab ein Problem weniger.«
Er hantierte an einer Kamera herum, fast hätte man meinen können, er rede mit ihr, als er mit seinem feinen Schraubendreher ein Schräubchen am silbrigen Oberteil des Gehäuses nachzog.
»Ich gehe mal für einen Augenblick in den Garten. Ich bin gleich wieder da.«
»Soll ich helfen?«
Sie schüttelte den Kopf und ging an ihm vorbei, spürte seinen Blick auf ihren Hüften und fragte sich, ob er ihr wohl den ganzen Weg über die Veranda hinterhersah; sie vermutete es. Sie hatte recht. Er sah ihr nach. Schüttelte den Kopf und sah wieder hin. Beobachtete ihren Körper, dachte an die Intelligenz, über die sie, wie er wußte, verfügte, und sinnierte über die anderen Dinge, die er in ihr spürte. Er fühlte sich zu ihr hingezogen; und er kämpfte dagegen an. Der Garten lag jetzt im Schatten. Francesca durchkämmte ihn mit einer rissigen weißen Emailschüssel. Sie sammelte Karotten und Petersilie, Pastinaken, Zwiebeln und weiße Rüben.
Als sie wieder in die Küche trat, war Robert Kincaid eben dabei, seine Rucksäcke zu packen, sauber und methodisch, wie sie bemerkte. Ganz

offensichtlich hatte alles seinen festen Platz. Er hatte sein Bier ausgetrunken und zwei weitere geöffnet, obwohl sie mit dem ihren noch nicht ganz fertig war. Sie legte den Kopf in den Nakken, leerte das erste und reichte ihm die leere Flasche.

»Kann ich was tun?« fragte er.

»Sie können die Wassermelone von der Veranda holen und ein paar Kartoffeln aus dem Eimer draußen.«

Er bewegte sich mit einer solchen Leichtigkeit; sie war richtig erstaunt, wie rasch er auf die Veranda ging und wieder hereinkam, die Melone unterm Arm, vier Kartoffeln in den Händen. »Genügen die?«

Sie nickte und dachte, wie geisterhaft er doch schien. Er legte alles auf die Arbeitsplatte neben der Spüle, wo sie das Gemüse putzte, kehrte dann wieder zu seinem Stuhl zurück und steckte sich eine Camel an, als er sich setzte.

»Wie lange werden Sie hier sein?« fragte sie, den Blick auf das Gemüse gerichtet, das sie bearbeitete.

»Ich weiß noch nicht. Ich bin in dieser Jahreszeit nicht der Schnellste, und bis zu meinem Termin für die Aufnahmen von den Brücken hab ich noch drei Wochen. Ich nehme also an, solange es eben dauert, alles richtig hinzukriegen. Wahrscheinlich so eine Woche.«

»Wo wohnen Sie denn? In der Stadt?«
»Ja. In so einem kleinen Motel mit Blockhütten. Sowieso-Motor Court. Ich habe mich heute morgen erst eingemietet. Ich habe noch nicht mal meine Sachen ausgepackt.«
»Ist auch die einzige Möglichkeit, hier zu übernachten, es sei denn bei Mrs. Carlson, die nimmt auch Gäste. Die Restaurants werden Sie allerdings enttäuschen, noch dazu bei Ihren Eßgewohnheiten.«
»Ich weiß. Das ist überall so. Aber ich habe gelernt, über die Runden zu kommen. Um diese Jahreszeit ist es sowieso nicht so schlimm, da finde ich frisches Gemüse in den Läden und an den Ständen entlang der Straße. Brot und noch ein paar andere Kleinigkeiten, damit komme ich schon so ungefähr hin. Aber es ist schön, so eingeladen zu werden. Ich bin Ihnen wirklich dankbar.«
Sie langte über die Platte und machte ein kleines Radio an, eines mit nur zwei Knöpfen und braunem Stoff vor den Lautsprechern. »Mit Zeit in der Tasche und dem Wetter als Freund«, sang eine Stimme zu dröhnenden Gitarren. Sie stellte den Ton leise.
»Ich bin ziemlich gut im Gemüseschnitzeln«, erbot er sich.
»Okay, hier ist das Schneidebrett, ein Messer ist im Schub rechts darunter. Ich mache uns

einen Eintopf, also würfeln Sie es halt, so gut es geht.«

Er stand einen halben Meter neben ihr, den Blick gesenkt, und schnitt und schnipselte Karotten, Rüben, Pastinaken und Zwiebeln. Francesca schälte die Kartoffeln in die Spüle, sich der Nähe dieses fremden Mannes ständig bewußt. Noch nie hatte sie Kartoffelschälen mit solchen Gefühlen in Verbindung gebracht.

»Spielen Sie Gitarre? Ich habe den Koffer in Ihrem Laster gesehen.«

»So 'n bißchen. Sie leistet mir nur Gesellschaft, mehr nicht. Meine Frau war sozusagen eine der ersten Folksängerinnen, lange bevor die Musik populär wurde. Sie hat mir ein bißchen was beigebracht.«

Bei dem Wort *Frau* war Francesca leicht erstarrt. Warum, das wußte sie nicht. Er hatte ein gutes Recht darauf, verheiratet zu sein, aber irgendwie paßte es nicht zu ihm. Sie wollte nicht, daß er verheiratet war.

»Sie hat meine langen Reisen nicht ausgehalten, wenn ich gleich monatelang weg war. Ich kann's ihr nicht verübeln. Sie hat sich vor neun Jahren verabschiedet. Und sich ein Jahr später scheiden lassen. Da wir keine Kinder hatten, war es nicht weiter kompliziert. Eine Gitarre hat sie mitgenommen, die Zigarrenkiste da draußen hat sie mir dagelassen.«

»Haben Sie seither von ihr gehört?«
»Nein, nie wieder.«
Das war alles, was er dazu sagte. Francesca drang nicht weiter in ihn. Aber sie fühlte sich besser, selbstsüchtigerweise, und fragte sich, warum es ihr so oder so überhaupt etwas ausmachen sollte.
»Ich bin zweimal in Italien gewesen«, sagte er.
»Wo stammen Sie her?«
»Neapel.«
»So weit bin ich nie gekommen. Ich war einmal im Norden zu Aufnahmen am Po. Und das zweite Mal dann wegen einer Fotoserie auf Sizilien.«
Francesca schälte Kartoffeln und dachte kurz an Italien, während sie die Anwesenheit Robert Kincaids neben sich spürte.
Im Westen waren Wolken aufgezogen und hatten die Sonne in schräge Strahlen gespalten, die in verschiedenen Richtungen abstanden. Er sah zum Fenster über der Spüle hinaus und sagte: »Gotteslicht. Kalenderverlage sind ganz scharf darauf. Und religiöse Magazine.«
»Hört sich interessant an, Ihre Arbeit«, sagte Francesca. Sie verspürte das Bedürfnis, eine unverfängliche Unterhaltung aufrechtzuerhalten.
»Das ist sie. Ich mache sie ausgesprochen gern. Ich bin gern unterwegs, und ich mache gern Bilder.«

Ihr fiel auf, daß er sagte, er mache gern »Bilder«, nicht Fotos oder daß er gern fotografiere. »Sie machen Bilder, keine ›Fotos‹?«
»Ja. So sehe ich es jedenfalls. Das ist der Unterschied zwischen Leuten, die sonntags ein paar Schnappschüsse knipsen, und jemandem, der sich damit den Lebensunterhalt verdient. Wenn ich mit der Brücke fertig bin, die wir heute gesehen haben, dann wird sie nicht ganz so aussehen, wie Sie das erwarten. Ich werde etwas eigenes daraus gemacht haben, durch die Wahl meines Objektivs, durch den Aufnahmewinkel, den Bildaufbau ganz allgemein – höchstwahrscheinlich mit einer Mischung aus all diesen Kriterien.
Ich betrachte Dinge nicht einfach als gegeben; ich versuche etwas aus ihnen zu machen, das mein ganz persönliches Bewußtsein reflektiert. Ich versuche die Poesie in einem Bild zu finden. Das Magazin hat seinen eigenen Stil, seine eigenen Vorstellungen, und mein Geschmack deckt sich nicht immer mit dem der Redaktion; genaugenommen tut er das ziemlich selten. Und das stört die dann manchmal, obwohl sie ja entscheiden, was gedruckt und was weggelassen wird. Ich nehme an, die kennen ihre Leser, aber ich wollte, sie würden hin und wieder ein kleines Risiko eingehen. Ich sage ihnen das auch, und es macht ihnen zu schaffen.
Das ist das Problem, sich seinen Lebensunter-

halt mit einer Kunstform zu verdienen. Man hat immer mit Märkten zu tun, und Märkte – Massenmärkte – sind nun mal auf den Durchschnittsgeschmack zugeschnitten. So kommt man zu seiner Auflage. So ist das nun mal, nehme ich an. Aber, wie ich schon gesagt habe, das kann auch ziemlich beengend sein. Sie lassen mich die Aufnahmen behalten, die sie nicht verwenden, so daß ich wenigstens mein eigenes, privates Archiv von solchen Sachen habe.

Und ab und zu mal nimmt eine andere Zeitschrift ein oder zwei davon, oder ich kann einen Artikel über eine Gegend schreiben, in der ich gewesen bin, und sie mit etwas Gewagterem illustrieren, als es dem Geschmack von *National Geographic* entspricht.

Irgendwann schreibe ich noch mal einen Essay mit dem Titel ›Die Vorzüge der Liebhaberei‹. Für all die Leute, die sich wünschen, sie könnten sich ihren Lebensunterhalt mit Kunst verdienen. Nichts ist tödlicher für künstlerische Leidenschaft als der Markt. Alles, was in dieser Welt da draußen zählt, ist Sicherheit, für die meisten jedenfalls. Alle wollen Sicherheit, und die Magazine, die Industrie geben den Leuten diese Sicherheit, geben ihnen Homogenität, geben ihnen das Vertraute und Bequeme – nur nichts in Frage stellen.

Profit und Abonnenten und was sonst noch so

dazugehört, das ist es, was die Kunst beherrscht. Wir alle werden auf das große Rad der Gleichförmigkeit geflochten.
Die Marketingleute sprechen ständig von einem Wesen, das sie ›Konsument‹ nennen. Ich muß dabei immer an einen kleinen dicken Kerl in weiten Bermudashorts denken, Hawaiihemd und Strohhut mit Flaschenöffnern dran – und in der Hand ein Bündel Dollarscheine.«
Francesca lachte leise und dachte dabei an Sicherheit und Bequemlichkeit.
»Nicht daß ich wirklich Grund zum Jammern hätte. Wie gesagt, die Reisen sind toll, und dann mach ich nun mal gern mit Kameras herum und bin gern in der freien Natur. Die Realität sieht natürlich anders aus, als ich mir das anfangs vorgestellt habe, aber es ist beileibe kein schlechtes Leben.«
Francesca nahm an, daß diese Unterhaltung für Robert Kincaid etwas Alltägliches war. Für sie war sie schon fast literarisch. Die Leute im Madison County unterhielten sich nicht so und nicht über derlei Dinge. Hier unterhielt man sich über das Wetter und die Agrarpreise, über Geburten und Beerdigungen, Regierungsmaßnahmen, Football, Baseball. Nicht über Kunst und Träume. Nicht über Realitäten, die die Musik in einem verstummen ließen, oder unter Verschluß gehaltene Träume.

Er hatte das Gemüse gewürfelt. »Kann ich sonst noch was tun?«
Sie schüttelte den Kopf. »Nein, wir sind so gut wie fertig.«
Er setzte sich wieder an den Tisch, rauchte, trank ab und zu einen Schluck Bier. Sie kochte, nippte dabei ab und zu an ihrer eigenen Flasche. Sie begann den Alkohol zu spüren, selbst das bißchen schon. Sie und Richard tranken im Grunde nur an Silvester in der Legion Hall. Darüber hinaus gab es kaum etwas, und abgesehen von der Flasche Brandy, die sie irgendwann einmal in einem vagen Anfall von Hoffnung auf etwas Romantik in ihrem ländlichen Dasein gekauft hatte, war selten Alkohol im Haus. Die Flasche war nie geöffnet worden.
Pflanzenöl, anderthalb Tassen Gemüse. Leicht anbräunen. Mehl hinzugeben und gut verrühren. Wasser hinzufügen, einen halben Liter. Den Rest des Gemüses dazugeben und würzen. Auf kleiner Flamme kochen lassen, etwa vierzig Minuten.
Da der Rest sich von allein erledigte, setzte Francesca sich wieder ihm gegenüber. Eine bescheidene Intimität legte sich über die Küche. Das Kochen hatte irgendwie dafür gesorgt. Abendessen für einen Fremden zu machen, der neben einem Rüben – und damit auch die Distanz – zerstückelte; das hatte ihm etwas von seiner

Fremdheit genommen und Raum für Intimität geschaffen.

Er schob ihr die Zigaretten hinüber, das Feuerzeug auf der Packung. Sie schüttelte eine heraus, hantierte ungeschickt mit dem Feuerzeug herum, kam sich vor, als hätte sie zwei linke Hände. Es wollte keine Flamme kommen. Er lächelte leicht, nahm ihr das Feuerzeug behutsam aus der Hand und drehte den Feuerstein zweimal, bevor der Docht Feuer fing. Er hielt es ihr hin, und sie entzündete ihre Zigarette. Normalerweise fühlte sie sich in Gegenwart von Männern anmutig verglichen mit ihnen. Nicht so bei Robert Kincaid.

Die weiße Sonne hatte sich in einen großen roten Ball verwandelt, der genau über den Maisfeldern lag. Durchs Küchenfenster sah sie einen Falken die ersten Aufwinde des Abends reiten. Im Radio gab es die Siebenuhrnachrichten und den Marktbericht. Und Francesca sah über die gelbe Resopalplatte hinweg Robert Kincaid an, der einen so weiten Weg zurückgelegt hatte, um in ihrer Küche zu landen. Einen weiten Weg, der nicht in Kilometern zu messen war.

»Riecht wirklich gut«, sagte er und deutete auf den Herd. »Es riecht ... nach Stille.« Er sah sie an.

»Nach Stille? Kann etwas nach Stille riechen?« Sie ließ sich den Satz durch den Kopf gehen. Er hatte recht. Nach den Schweinekoteletts, den Steaks und den Braten, die sie ihrer Familie machte, war das hier eine ruhige Küche. Und außer dem Herausreißen des Gemüses nirgendwo in der Nahrungskette auch nur die Spur von Gewalt. Der Eintopf köchelte leise vor sich hin und roch nach Stille. Es war still hier in der Küche.

»Wenn es Ihnen nichts ausmacht, erzählen Sie mir doch was über Ihr Leben in Italien.« Er hatte sich auf dem Stuhl ausgestreckt, das rechte Bein an den Knöcheln übers linke gelegt.

Es war ihr nicht wohl bei so viel Stille in seiner Gegenwart, und so redete sie. Erzählte ihm von ihrer Kindheit, der Privatschule, den Nonnen, ihren Eltern – der Hausfrau und dem Filialleiter einer Bank. Davon, wie sie als Teenager an der Kaimauer gestanden und den Schiffen aus aller Welt zugesehen hatte. Von den amerikanischen Soldaten, die später gekommen waren. Davon, wie sie Richard in einem Café kennenlernte, in dem sie zusammen mit ihrer Freundin einen Kaffee getrunken hatte. Der Krieg hatte so viele Leben entwurzelt, und sie fragten sich, ob sie wohl jemals heiraten würden. Von Niccolo erzählte sie nichts. Er hörte ihr zu, sagte nichts, nickte gelegentlich verständnisvoll. Als sie schließlich innehielt, sagte er: »Und Sie haben Kinder, haben Sie gesagt?«

»Ja. Michael ist siebzehn. Carolyn sechzehn. Sie gehen beide in Winterset zur Schule. Sie sind in der Landjugend, deshalb sind sie auch auf der Landwirtschaftsausstellung drüben in Illinois. Um Carolyns Mastochsen zu präsentieren.
Etwas, an das ich mich nie habe gewöhnen können. Ich verstehe einfach nicht, wie man einem Tier so viel Liebe und Pflege zukommen lassen kann, nur um dann zuzusehen, wie man es an den Schlachthof verkauft. Ich getraue mich freilich nichts zu sagen. Richard und seine Freunde würden mir sofort ins Gesicht springen. Was aber nichts daran ändert, daß die kalte und gefühllose Seite dieses Geschäfts einen gewissen Widerspruch darstellt.«
Sie hatte ein schlechtes Gewissen, als sie Richard erwähnte. Sie hatte nichts getan, nicht das geringste. Und dennoch zwickte sie ihr Gewissen, verspürte sie eine aus vagen Möglichkeiten geborene Schuld. Und sie überlegte schon, wie sie den Rest des Abends überstehen sollte und ob sie sich da in etwas hineinmanövriert hatte, dem sie nicht gewachsen war. Vielleicht würde Robert Kincaid einfach gehen. Er schien einer von der stillen Sorte und nett, sogar ein bißchen schüchtern.
Als sie sich so unterhielten, wurde der Abend blau, dünner Nebel strich über das Gras. Er öffnete zwei weitere Biere, während Francescas

Eintopf still vor sich hin kochte. Sie stand auf und warf Klöße in kochendes Wasser, drehte sich um, lehnte sich gegen die Spüle, erwärmte sich für diesen Robert Kincaid aus Bellingham in Washington. Hoffte, er würde nicht zu früh gehen.

Still und manierlich aß er zwei Portionen von ihrem Eintopf und sagte ihr zweimal, wie gut er sei. Die Wassermelone war ein Gedicht. Das Bier war kalt. Der Abend blau. Francesca Johnson war fünfundvierzig Jahre alt, und Hank Snow sang ein Lied von Zügen auf Radio KMA, Shenandoah, Iowa.

Uralte Nächte, ferne Klänge

Was nun?
dachte Francesca. Das Abendessen
ist vorbei, jetzt sitzen wir da.
Er löste das Problem.
»Was halten Sie von einem Spaziergang
über die Wiese? Es kühlt etwas ab.«
Als sie ja sagte, griff er in einen Rucksack,
holte seine Kamera heraus
und hängte sie sich am Riemen
über die Schulter.

Kincaid öffnete die Tür zur hinteren Veranda und hielt sie ihr auf, folgte ihr dann hinaus und schloß sie sachte wieder. Sie ließen den rissigen Weg hinter sich, überquerten den kiesbestreuten Hof und gelangten auf das Gras östlich des Geräteschuppens. Der Schuppen roch nach warmer Wagenschmiere.

Als sie den Zaun erreichten, drückte sie mit einer Hand den Stacheldraht nieder und stieg darüber hinweg, spürte dann sofort um die dünnen Riemen der Sandalen herum den Tau. Er bediente sich derselben Technik und schwang dabei mühelos die Stiefel über den Draht.

»Würden Sie das hier als Wiese oder als Weide bezeichnen?« fragte er.

»Als Weide, denke ich. Das Vieh sorgt dafür, daß das Gras nicht zu lang wird. Passen Sie auf die Fladen auf.«

Ein fast schon voller Mond kam am östlichen Himmel hoch. Die Sonne war eben hinter den Horizont getaucht, und der Himmel war strahlend blau.

Auf der Straße unten schoß ein Wagen mit defektem Auspufftopf vorbei. Der Junge von den Clarks. Quarterback des Footballteams von Winterset. Er ging mit Judy Leverenson.

Es war schon lange her, daß sie so spazierengegangen war. Nach dem Abendessen, das es pünktlich um fünf gab, sah man sich im Fernsehen die Nachrichten an, dann das Abendprogramm, meist nur Richard, manchmal aber auch die Kinder, wenn sie mit den Hausaufgaben fertig waren. Francesca saß für gewöhnlich in der Küche und las – Bücher aus der Stadtbibliothek oder vom Buchclub, dem sie angehörte, Historisches, Gedichte, Romane –, oder sie saß, vorausgesetzt das Wetter war gut, auf der Veranda vor dem Haus. Fernsehen langweilte sie.

Wenn Richard rief: »Frannie, das mußt du sehen!«, dann ging sie hinein und setzte sich eine Weile neben ihn. Elvis war unweigerlich Auslöser eines solchen Ausrufs. Auch die Beatles, als sie das erste Mal in der *Ed Sullivan Show* auftraten. Richard sah sich ihre Haare an und schüttelte voll ungläubiger Mißbilligung den Kopf.

Für kurze Zeit zogen rote Streifen über einen Teil des Himmels. »Ich nenne das da oben ›Spiegellicht‹«, sagte Robert Kincaid und deutete nach oben. »Die meisten Leute packen ihre Kamera viel zu früh weg. Nach Sonnenuntergang gibt es oft noch ein paar Minuten wunderschönes Licht und herrliche Farben am Himmel – wenn die Sonne gerade hinterm Horizont ist, ihr Licht sich aber noch am Himmel spiegelt.«

Francesca sagte nichts, voller Staunen über einen Mann, dem der Unterschied zwischen einer Weide und einer Wiese wichtig schien, der sich für die Farben des Himmels begeistern konnte,

der hin und wieder ein Gedicht, aber nie Geschichten schrieb. Der Gitarre spielte, seinen Lebensunterhalt mit Bildern verdiente und sein Handwerkszeug in Rucksäcken herumschleppte. Der wie der Wind schien. Und sich wie der Wind bewegte.
Er blickte nach oben, die Hände in den Taschen seiner Levis, die Kamera an der linken Hüfte. »Die Silberäpfel mir vom Mond / Die goldnen mir vom Sonnenrand.« Sein ausgewogener Bariton ließ die Wörter wie aus dem Mund eines Schauspielers klingen.
Sie sah zu ihm hinüber. »W. B. Yeats, ›Das Lied des wandernden Aengus‹.«
»Richtig. Großartig, dieser Yeats. Realistisch, sparsam, sinnlich, schön und voller Zauber. Spricht mein irisches Erbe an.«
Er hatte es in sechs Worten gesagt; alles, was es darüber zu sagen gab. Francesca hatte sich alle Mühe gegeben, ihren Schülern in Winterset Yeats zu erklären, war aber zu kaum einem von ihnen wirklich durchgedrungen. Sie hatte Yeats zum Teil aus denselben Gründen genommen, die Kincaid eben genannt hatte; sie hatte gedacht, daß gerade diese Qualitäten Teenager ansprechen müßten, die sich von ihren Drüsen bearbeitet sahen wie die Instrumente der High-School-Band zur Halbzeit eines Footballspiels. Aber die ablehnende Haltung gegenüber jeg-

licher Poesie, die sie von zu Hause mitbekommen hatten und die sie in Gedichten lediglich Produkte instabiler Männlichkeit sehen ließen, war selbst für einen Yeats nicht zu überwinden.
Sie mußte an Matthew Clark denken, der seinen Banknachbarn ansah und dabei mit den Händen eine Geste machte, als würde er sie auf die Brüste einer Frau legen, als sie von den »goldenen Äpfeln der Sonne« sprach. Sie hatten gekichert, und die Mädchen in der letzten Reihe neben ihnen waren rot angelaufen.
Sie würden diese Haltung ein Leben lang nicht ablegen. Das war es auch, was sie so entmutigt hatte, das zu wissen; sie war sich bloßgestellt und allein vorgekommen, daran hatte auch die von den Leuten nach außen an den Tag gelegte Freundlichkeit nichts ändern können. Poeten waren hier nicht gefragt. »Das hier ist ein gutes Land, um Kinder aufzuziehen«, sagten die Leute aus dem Madison County gern – um damit ihr eigenes kulturelles Minderwertigkeitsgefühl zu kompensieren. Und ihr lag dabei immer dieselbe Antwort auf der Zunge: »Aber ist es auch ein gutes Land, um Erwachsene aus ihnen zu machen?«
Ohne einen bewußten Plan waren sie langsam einige hundert Meter in die Weide gewandert, hatten einen Bogen geschlagen und befanden sich nun wieder auf dem Rückweg zum Haus.

Dunkelheit senkte sich über sie, als sie wieder über den Zaun stiegen, wobei er ihr diesmal den Draht nach unten hielt.

Der Brandy fiel ihr ein. »Ich habe etwas Brandy. Oder wäre Ihnen ein Kaffee lieber?«

»Kann man auch beides kriegen?« Seine Worte kamen aus der Dunkelheit. Sie wußte, daß er lächelte.

Als sie den Kreis erreichten, den das Hoflicht auf Kies und Gras zeichnete, antwortete sie: »Selbstverständlich.« Und hörte dabei einen beunruhigenden Klang in ihrer Stimme: das unbeschwerte Lachen aus den Cafés von Neapel.

Es war gar nicht so einfach, zwei Tassen zu finden, an denen nicht irgendwo etwas abgesprungen war. Auch wenn sie sich sicher war, daß angeschlagene Tassen zu seinem Leben gehörten, so wollte sie dieses eine Mal doch zwei unversehrte haben. Die Weinbrandschwenker, zwei Stück, standen kopfüber ganz hinten im Schrank, und so wie der Brandy ungeöffnet geblieben war, hatte auch die Gläser noch keiner benutzt. Sie mußte sich auf die Zehenspitzen stellen und ordentlich strecken, um sie zu erreichen, und war sich dabei ihrer nassen Sandalen ebenso bewußt wie der über ihrem Po spannenden Jeans.

Er setzte sich auf denselben Stuhl wie schon vorhin und sah ihr zu. Die Gefühle längst vergangener Zeiten. Sie überkamen ihn wieder. Er fragte sich, wie sich ihr Haar wohl anfassen, wie die Wölbung ihres Kreuzes in seine Hand passen, wie es sich wohl anfühlen mochte, sie unter sich zu haben.

Der Instinkt rang mit dem Erlernten, rang mit der Schicklichkeit, die die Kultur dem Menschen jahrhundertelang eingebleut hat, den unerbittlichen Regeln des zivilisierten Menschen. Er versuchte an etwas anderes zu denken, an die Fotografie, die Straße, an überdachte Brücken. An irgend etwas, nur nicht daran, wie sie im Augenblick aussah.

Aber es wollte ihm nicht gelingen, und er überlegte aufs neue, wie es wohl sein mochte, ihre Haut zu berühren, seinen Bauch an den ihren zu legen. Ewige Fragen, die sich nie änderten. Diese gottverdammte Stimme des Instinkts, die mit aller Gewalt an die Oberfläche zu kommen versuchte. Er drosch auf sie ein, schob sie hinunter, steckte sich eine Camel an und atmete tief durch.

Sie spürte seinen Blick auf sich, unablässig, obwohl er vorsichtig zu Werke ging dabei, unauffällig, nicht einen Augenblick aufdringlich.

Ihr war klar, daß er wußte, daß diese Gläser noch nie einen Tropfen Brandy gesehen hatten. Und sie spürte auch, daß ihn eine derartige Leere keineswegs kaltließ. Ohne Mitleid. Mitleid war seine Sache nicht. Traurigkeit vielleicht. Sie konnte fast hören, wie sein Verstand die Worte formte:

Die Flasche verschlossen,
die Gläser leer,
sie streckte sich, um sie zu finden,
irgendwo nördlich des Middle River
in Iowa.

Ich beobachtete sie mit Augen,
die den Amazonas eines Jivaro gesehen haben,
die Seidenstraße
mit dem Staub der Karawanen,
der hinter mir aufstieg
und in die ungenutzten Weiten
des asiatischen Himmels griff.

Als Francesca die Steuermarke vom Verschluß der Flasche riß, warf sie einen Blick auf ihre Fingernägel und wünschte, sie wären länger und besser gepflegt. Der Farmalltag ließ keine langen Fingernägel zu. Bis jetzt hatte das nie eine Rolle gespielt. Brandy, zwei Gläser, sie stellte alles auf den Tisch. Während sie sich um den Kaffee kümmerte, öffnete er die Flasche und goß genau die richtige Menge in jedes Glas. Ein Schluck Brandy nach dem Abendessen war Robert Kincaid offensichtlich nichts Neues.

Sie überlegte, in wie vielen Küchen, wie vielen guten Restaurants, wie vielen Wohnzimmern mit gedämpftem Licht er diese kleine Aufgabe schon übernommen hatte. Wie viele Sätze langer Fingernägel mochte er, um die kurzen Stiele von Weinbrandschwenkern gelegt, schon gesehen haben, wie viele Augenpaare, runde blaue oder mandelförmige braune, mochten ihn wohl durch die Nächte fremder Länder hindurch angesehen haben, während vor den Küsten ankernde Segelschiffe schaukelten und das Wasser gegen die Kais klatschte?
Das Deckenlicht der Küche war zu hell für Kaffee und Brandy. Francesca Johnson, Richard Johnsons Frau, hätte es angelassen. Francesca Johnson, einer Frau, die nach dem Abendessen, Mädchenträume durchblätternd, durchs Gras spazierte, war danach, es auszuschalten. Die Situation verlangte nach einer Kerze, aber das wäre nun doch wieder zuviel gewesen. Er könnte womöglich einen falschen Eindruck bekommen. Sie machte also das kleine Licht über der Spüle an und das große aus. Es war noch immer nicht vollkommen, aber besser war es allemal.
Er hob das Glas in Schulterhöhe und bewegte es auf sie zu. »Auf uralte Nächte und ferne Klänge.« Aus irgendeinem Grund ließen seine Worte sie kurz nach Luft schnappen. Aber sie berührte mit ihrem Glas das seine, und obwohl

sie zu gern gesagt hätte: »Auf uralte Nächte und ferne Klänge«, brachte sie doch nur ein kleines Lächeln hervor.
Sie rauchten beide, sprachen kein Wort, tranken Brandy, tranken Kaffee. Ein Fasan schrie über die Felder. Jack, der Collie, bellte zweimal draußen im Hof. Moskitos versuchten sich am Fliegengitter des Fensters in der Nähe des Tisches, und eine einzelne Motte, umständlich im Denken, aber dafür mit um so untrüglicherem Instinkt, sah sich von den Möglichkeiten der Lampe über der Spüle verführt.
Es war nach wie vor heiß, nicht der Hauch eines Lüftchens war zu spüren, wenn auch die Luft jetzt feuchter war. Robert Kincaid, die zwei obersten Knöpfe seines Hemds geöffnet, schwitzte leicht. Er sah sie nicht direkt an, obwohl sie spürte, daß er sie, auch wenn es ganz den Anschein hatte, als starre er aus dem Fenster, aus den Augenwinkeln betrachten konnte. Er saß leicht abgewandt, so daß sie wegen der offenen Knöpfe an seinem Hemd seine Brust und die kleinen feuchten Perlen auf seiner Haut sehen konnte.
Francesca verspürte gute Gefühle, alte Gefühle, Gefühle aus Poesie und Musik. Dennoch, so dachte sie, wird es jetzt Zeit, daß er geht. Neun Uhr zweiundfünfzig war es auf der Uhr über dem Kühlschrank. Im Radio Faron Young. Mit

einer Melodie, die schon einige Jahre auf dem Buckel hatte: »The Shrine of St. Cecilia«. Eine römische Märtyrerin aus dem dritten Jahrhundert nach Christus, wie Francesca sich erinnerte. Schutzheilige der Musik und der Blinden.

Sein Glas war leer. Gerade als er sich vom Fenster ab- und ihr zuwandte, nahm Francesca die Flasche am Hals und machte damit eine Geste in Richtung des leeren Glases. Er schüttelte den Kopf. »Roseman Bridge bei Tagesanbruch. Ich mache mich besser mal auf den Weg.«

Sie war erleichtert. Sank aber auch enttäuscht zusammen. Sie wand sich in ihrer Haut. Ja, bitte, gehen Sie. Trinken Sie noch etwas. Bleiben Sie. Gehen Sie. Faron Young waren ihre Gefühle egal. Wie der Motte über der Spüle. Sie wußte nicht so recht, was Robert Kincaid wohl dachte.

Er stand auf, schwang einen der Rucksäcke über die Schulter, legte den anderen auf die Kühlbox. Sie kam um den Tisch herum. Seine Hand bewegte sich ihr entgegen; sie schüttelte sie. »Danke für den Abend, das Abendessen und den Spaziergang. Es war wirklich schön. Sie sind ein guter Mensch, Francesca. Lassen Sie den Brandy lieber mal ganz vorn im Schrank; vielleicht ergibt sich ja irgendwann noch mal was.«

Er hatte es gewußt, genau wie sie gedacht hatte. Aber sie fühlte sich nicht beleidigt durch seine

Worte. Er sprach von Romantik, und er meinte es gut mit ihr. Sie hörte das an der Sanftheit seiner Stimme, an der Art, wie ihm die Worte über die Lippen kamen. Was sie nicht wußte, war, daß er am liebsten gegen die Küchenwände geschrien hätte, so laut, daß die Worte ein Relief im Putz bildeten: »Um Himmels willen, Richard Johnson, bist du tatsächlich ein solcher Trottel, wie ich annehmen muß?«

Sie folgte ihm hinaus zu seinem kleinen Laster und stand daneben, während er seine Ausrüstung verstaute. Der Collie kam über den Hof, schnüffelte um den Wagen herum. »Jack, hierher«, flüsterte sie scharf, und der Hund kam neben sie und setzte sich hechelnd hin.

»Wiedersehen. Und alles Gute«, sagte er, einen Augenblick an der Tür verweilend, um ihr einen Moment lang direkt in die Augen zu sehen. Dann, mit einer einzigen Bewegung, saß er auch schon am Steuer und schlug die Tür hinter sich zu. Die Zündung bewegte den alten Motor, er trat aufs Gas, und der Wagen sprang klappernd an. Er beugte sich aus dem Fenster und meinte grinsend: »Könnte wohl mal etwas Nachstellen vertragen.«

Er ließ die Kupplung kommen, setzte zurück, schaltete wieder und überquerte unter dem Licht der Lampe den Hof. Gerade als er das im Dunkel liegende Sträßchen erreichte, kam seine

Linke aus dem Fenster und winkte zurück. Auch sie winkte, obwohl sie wußte, daß er es nicht sehen konnte.

Als der Laster die Zufahrt hinunterrollte, lief sie hinüber und stellte sich in die Dunkelheit, um zu sehen, wie seine roten Lichter sich mit den Unebenheiten des Weges hoben und senkten. Robert Kincaid bog nach links, Richtung Winterset, auf die Hauptstraße ein, während der Sommerhimmel von einem Wetterleuchten zerschnitten wurde und Jack sich schläfrig zurück auf die hintere Veranda schleppte.

Nachdem er weg war, stellte Francesca sich vor den Spiegel auf ihrer Kommode – nackt. Ihre Hüften waren durch die Kinder gar nicht mal so sehr in die Breite gegangen, ihre Brüste noch immer hübsch und fest, nicht zu groß, nicht zu klein, der Bauch ein klein wenig gerundet. Ihre Beine waren im Spiegel nicht zu sehen, aber sie wußte, daß sie sich noch immer sehen lassen konnten. Sie sollte sich öfter rasieren, aber sie sah hier einfach keinen großen Sinn darin.

Richard war nur gelegentlich an Sex interessiert, alle paar Monate mal, und dann war es immer rasch vorbei; das Nötigste nur und nicht gerade überwältigend; und an Parfüms und glatter Haut und dergleichen schien ihm nicht viel gelegen. Da konnte es schon passieren, daß man sich ein klein bißchen vernachlässigte.

In erster Linie war sie für ihn eine Geschäftspartnerin. Und ein Teil von ihr wußte das durchaus zu schätzen. Aber in ihr drin, da rührte sich noch eine andere, eine, die Bäder nehmen und sich in Düfte hüllen wollte ... eine, die genommen und mitgerissen, befreit werden wollte von einer Macht, die vage, nie so recht greifbar, durch ihre Gedankenwelt geisterte.
Sie zog sich wieder an, setzte sich an den Küchentisch und schrieb auf ein schlichtes, halbiertes Blatt Papier. Jack folgte ihr hinaus zu ihrem Ford-Pickup und sprang hinein, als sie die Tür aufmachte. Er kletterte auf den Beifahrersitz und steckte den Kopf zum Fenster hinaus, während sie den Pickup aus dem Schuppen rangierte, sah dann zu ihr herüber, dann wieder zum Fenster hinaus, als sie das Sträßchen hinunterfuhr und nach rechts auf die Landstraße bog.
Die Roseman Bridge lag völlig im Dunkeln. Aber Jack sprang schon mal voraus, um zu sehen, ob die Luft rein war, während sie mit der Taschenlampe aus dem Laster hinterherkam. Mit einer Reißzwecke spießte sie ihren Zettel linker Hand des Eingangs an die Brücke und fuhr wieder heim.

Die Brücken vom Dienstag

Eine
Stunde vor Morgendämmerung
fuhr Robert Kincaid an Richard Johnsons
Briefkasten vorbei. Abwechselnd
kaute er ein Milky Way und einen Apfel,
seine Kaffeetasse, damit sie nicht
umfiel, fest zwischen die Schenkel
geklemmt. Im Vorüberfahren warf er
einen Blick auf das im letzten Rest
des dünnen Mondlichts stehende weiße Haus

und schüttelte den Kopf ob der Dummheit der Männer, einiger Männer, ach was, der meisten. Den Brandy könnten sie ja wenigstens trinken und aufhören, mit der Fliegentür zu knallen, wenn sie aus dem Haus gingen.

Francesca hörte den Laster mit der verstellten Zündung vorbeifahren. Sie lag im Bett. Sie hatte, soweit sie zurückdenken konnte, zum erstenmal völlig nackt geschlafen. Sie konnte sich ihn vorstellen, Kincaid, die Haare im Wind, der durch das Fenster des Lasters wirbelte, die eine Hand auf dem Lenkrad, in der anderen eine Camel.

Sie lauschte ihm nach, als das Singen seiner Reifen in Richtung Roseman Bridge verklang. Und sie begann Worte aus Yeats' Gedicht vorüberziehen zu lassen: »Ich ging hinaus zum Haselwald, weil mir im Kopf ein Feuer ging.« Der Ton ihrer Rezitation lag zwischen dem eines Lehrers und dem eines Bittstellers.

Er parkte den Pickup ein gutes Stück von der Brücke entfernt, damit er ihm bei der Bildgestaltung nicht im Weg stand. Aus dem kleinen Stauraum hinter dem Sitz nahm er ein Paar kniehohe Gummistiefel, setzte sich auf das Trittbrett, um die Senkel seiner Lederstiefel zu lösen und die anderen anzuziehen. Den einen Rucksack mit beiden Trägern über den Schultern, ein Stativ an seinem Lederriemen über die linke, den anderen Rucksack in der rechten Hand, arbeitete er sich die steile Böschung hinunter an den Bach. Es galt, die Brücke in einem bestimmten Winkel zu erwischen, um dem Bildaufbau Spannung zu geben, mit der Brücke auch ein Stückchen Bach auf das Bild zu bekommen und die Schmierereien auf den Wänden neben dem Eingang zu vermeiden. Auch die Telefonleitungen im Hintergrund waren ein Problem, das aber später durch die Wahl des exakten Bildausschnitts zu lösen wäre.

Er holte die mit Kodachrome geladene Nikon heraus und schraubte sie auf das schwere Stativ. Er hatte noch das 24-Millimeter-Objektiv an der Kamera und ersetzte es durch seine Lieblingslinse, das 105er. Im Osten zeigte sich jetzt das erste Grau, während er mit dem Bildaufbau zu experimentieren begann. Das Stativ einen halben Meter nach links, die Beine angepaßt, die nun neben dem Bach im schlammigen Boden staken. Er hielt den Tragriemen der Kamera ums linke Handgelenk gewickelt, etwas, was er sich bei der Arbeit am Wasser zur Regel gemacht hatte. Er hatte schon zu viele Kameras im Wasser landen sehen, wenn ein Stativ wegkippte.

Rot kam jetzt herauf, der Himmel erhellte sich. Die Kamera fünfzehn Zentimeter tiefer, noch einmal die Beine des Stativs angepaßt. Auch das war es noch nicht. Noch einen Fußbreit nach links. Noch einmal die Beine anpassen. Die Kamera auf dem Stativkopf in die Waagerechte bringen. Blendenring auf f/8. Die Schärfentiefe erst über den Daumen gepeilt, dann mit Hilfe einer kleinen Korrektur an der Schärfentiefeskala maximiert. Den Drahtauslöser in das Gewinde am Auslöseknopf geschraubt. Mit der Sonne zu vierzig Prozent über dem Horizont, verwandelte sich der alte Anstrich der Brücke langsam in ein warmes Rot – genau wie er es gewollt hatte.

Den Belichtungsmesser aus der linken Brusttasche geholt. Mal sehen, was das bei Blende 8 gibt. Eine Belichtungszeit von einer Sekunde; aber der Kodachrome würde das spielend schaffen. Ein Blick durch den Sucher. Die Kamera noch einmal etwas zurechtgerückt – Millimeterarbeit. Er drückte den Knopf des Fernauslösers und wartete, daß die Sekunde verstrich.

In dem Augenblick, in dem er den Verschluß öffnete, fiel ihm etwas ins Auge. Er warf einen weiteren Blick durch den Sucher. »Was zum Teufel hängt da am Eingang der Brücke?« murmelte er. »Ein Zettel. Der war doch gestern nicht da.«

Das Stativ stand fest. Er rannte die Böschung hinauf, die Sonne im Nacken. Der Zettel war sauber an die Brücke gespießt. Abreißen, die Reißzwecke in die Westentasche. Fix wieder an

die Böschung, hinunter, hinter die Kamera. Die Sonne war zu sechzig Prozent draußen.
Schwer atmend von seinem Sprint, schoß er eine weitere Aufnahme. Dann noch zwei für Duplikate. Kein Wind, kein Gräschen rührte sich. Schieß lieber sicherheitshalber noch drei mit zwei Sekunden und drei bei einer halben.
Die Blende bei f/16 einrasten. Die ganze Prozedur wiederholen. Stativ mitsamt Kamera in die Mitte des Baches tragen. Aufbauen. Der Schlamm, den seine Füße im Wasser aufwirbelten, trieb hinter ihm davon. Die ganze Sequenz noch mal. Eine neue Rolle Kodachrome. Das Objektiv wechseln. Er setzte das 24er-Weitwinkel auf, rammte das 105er in eine Tasche. Ging, bachaufwärts watend, näher an die Brücke heran. Stativ anpassen, Kamera in die Waagerechte bringen, das Licht gecheckt, dreimal abgedrückt, die üblichen Aufnahmen um die erste Einstellung herum, nur um sicherzugehen.
Die Kamera hochkant gestellt, neu komponieren. Abdrücken. Die gleiche Sequenz, alles mit Methode. Keine seiner Bewegungen zeigte Ungeschick oder Unsicherheit. Alles war lange geübt, alles hatte seinen Grund, sämtliche Eventualitäten wurden einkalkuliert, alles ging effizient und professionell.
Dann also im Wettlauf mit der Sonne und mit der gesamten Ausrüstung unter der Brücke hin-

durch. Jetzt wurde es knifflig. Fix nach der zweiten Kamera gegriffen, der mit dem weniger empfindlichen Film, beide Kameras um den Hals gehängt und rauf auf den Baum hinter der Brücke. Er schürfte sich den Arm auf – »Verdammt!« – höher. Hoch oben jetzt, sah er nun auf die Brücke hinab, und das in einem Winkel, bei dem sich im Bach das Sonnenlicht fing.
Mit dem Spotmeter das Dach der Brücke isolieren, in einem zweiten Meßvorgang die Schattenseite der Brücke. Dann das Wasser. Die Kamera auf einen Kompromiß gestellt. Neun Aufnahmen, sechs davon mit Einstellungen darunter und darüber. Die Kamera lag auf der Weste auf, die er in eine Astgabel gekeilt hatte. Er wechselte die Kameras. Nahm die mit dem unempfindlicheren Film. Und schoß mit ihr ein Dutzend weiterer Aufnahmen.
Den Baum hinunter. Die Böschung hinunter. Das Stativ aufgestellt, Kodachrome nachgeladen, kamen einige Aufnahmen, die im Aufbau der ersten Serie vom gegenüberliegenden Ufer des Baches ähnelten. Er holte die dritte Kamera aus der Tasche. Die alte Sucherkamera mit dem Sportsucher. Er arbeitete jetzt in Schwarzweiß. Das Licht an der Brücke änderte sich von Sekunde zu Sekunde.
Nach zwanzig angespannten Minuten, wie nur Soldaten, Chirurgen und Fotografen sie kennen,

schwang Robert Kincaid seine Rucksäcke in den Pickup und fuhr die Straße zurück, die er gekommen war. Es waren von hier fünfzehn Minuten zur Hogback Bridge im Nordwesten der Stadt, und wenn er sich beeilte, konnte er dort womöglich auch noch ein paar Aufnahmen in den Kasten bringen.

Eine Staubwolke hinter sich herziehend, eine Camel im Mundwinkel, holperte er mit seinem Laster an dem weißen Holzhaus vorbei, dessen Fassade nach Norden zeigte, vorbei an Richard Johnsons Briefkasten. Keine Spur von ihr. Was hast du erwartet? Sie ist verheiratet, es geht ihr gut. Es geht dir gut. Wer kann diese Art Komplikationen schon brauchen? Es war ein netter Abend, ein nettes Abendessen, eine nette Frau. Laß es dabei. Gott, wenn sie nur nicht so toll wäre; und sie hat so was an sich. Ich weiß auch nicht was. Es fällt mir schwer, sie nicht ständig anzustarren.

Francesca war in der Scheune bei der Arbeit, als er an ihrem Haus vorbeigeschossen kam. Der Lärm der Stalltiere verhüllte jedes Geräusch von der Straße her. Und Robert Kincaid war unterwegs zur Hogback Bridge – im Wettlauf mit den Jahren, auf der Jagd nach dem Licht.

Auch an der zweiten Brücke lief alles einwandfrei. Sie lag in einem Tal, so daß, als er ankam, rund um sie noch immer die Nebel aus den Wiesen stiegen. Mit dem 300er bekam er eine große Sonne im linken oberen Rand seiner Aufnahmen, während auf dem übrigen Bild die gewundene weiße Schotterstraße zur Brücke hin und die Brücke selbst zu sehen waren.

Dann kam ihm ein Bauer mit einem Pferdefuhrwerk in den Sucher, ein Gespann hellbrauner Belgier, die einen Wagen über die weiße Straße zogen. Einer der letzten der alten Garde, dachte Kincaid und grinste dabei. Er wußte immer sofort, wenn ihm etwas Gutes vor die Linse kam, und konnte schon während der Arbeit erkennen, wie später der endgültige Abzug aussehen würde. Bei den hochkant stehenden Aufnahmen nahm er gleich etwas hellen Himmel mit, um Platz für einen Titel zu schaffen.

Als er um fünf nach halb neun sein Stativ zusammenschob, fühlte er sich ausgezeichnet. Einige dieser morgendlichen Aufnahmen würden bestehen. Idyllische, konservative Geschichten, sicher, aber schön und solide gemacht. Das mit dem Farmer und seinen Pferden könnte sogar ein Titelbild abgeben; deshalb hatte er auch so viel Platz über dem Motiv gelassen, Platz für einen Schriftzug, Platz für den Titel einer Zeitschrift. Die Redakteure dankten einem diese Art von aufmerksamer Professionalität. Das war auch der Grund dafür, warum Robert Kincaid immer wieder Aufträge bekam.

Er hatte, ganz oder teilweise, sieben Filme verschossen; er leerte alle drei Kameras und griff in die linke untere Tasche seiner Fotografenweste, um auch die anderen vier Filme zu verstauen. »Verdammt!« Er war mit dem Zeigefinger an die Reißzwecke geraten. Er hatte ganz vergessen, daß er sie in die Tasche gesteckt hatte, als er den Zettel von der Roseman Bridge genommen hatte. Er hatte sogar den Zettel vergessen. Er fischte ihn aus der Tasche, faltete ihn auseinander und las: »Falls Ihnen nach einem weiteren Abendessen ist, ›wenn weiße Nachtfalter wach werden‹, dann kommen Sie doch heute abend nach der Arbeit vorbei. Kommen Sie, wann Sie wollen.«

Er konnte ein kleines Lächeln nicht verkneifen, als er sich Francesca Johnson vorstellte, wie sie, mit ihrem Zettel und der Reißzwecke, durch Nacht und Nebel zur Brücke fuhr. Innerhalb von fünf Minuten war er wieder in der Stadt. Während der Mann bei Texaco den Tank auffüllte und das Öl durchsah (»Könnte 'n Liter vertragen!«), benutzte er das Münztelefon in der Tankstelle. Das schmächtige Telefonbuch war ganz schmierig vom vielen Blättern der Tankwarte. Es gab zwei »R. Johnson«, aber der eine hatte eine Adresse in der Stadt.

Er wählte die Nummer vom Land und wartete. Francesca, auf der hinteren Veranda, war eben

dabei, den Hund zu füttern, als in der Küche das Telefon klingelte. Sie erwischte es bereits, als es zum zweiten Klingeln ansetzte: »Johnson.«
»Hallo, hier ist Robert Kincaid.«
Wieder durchfuhr es sie, wie gestern schon. Ein kleines Stechen, das in ihrer Brust begann und dann in den Magen hinuntertauchte.
»Ich habe Ihre Nachricht erhalten. Mitsamt W. B. Yeats als Überbringer. Ich nehme Ihre Einladung an, aber es wird womöglich spät. Das Wetter ist ziemlich gut, und da habe ich vor, die – lassen Sie mal sehen, wie heißt sie gleich wieder? – die Cedar Bridge zu fotografieren ... heute abend. Könnte neun werden und später, bis ich fertig bin. Und dann würde ich mich gern ein bißchen frisch machen. Das heißt, es könnte sein, daß ich nicht vor halb zehn, zehn rauskommen kann? Ist Ihnen das recht?«
Nein, es war ihr nicht recht. Sie hatte nicht die geringste Lust, so lange zu warten, aber sie sagte nur: »Oh, sicher. Machen Sie nur Ihre Arbeit, das ist wichtiger. Mach ich eben etwas, was leicht aufzuwärmen ist, wenn Sie kommen.«
Dann fügte er hinzu: »Falls Sie mich zum Fotografieren begleiten wollen, kommen Sie ruhig mit. Sie stören mich nicht. Ich könnte so gegen halb sechs vorbeikommen und Sie abholen.«
Francescas Verstand stürzte sich auf das Problem. Sie wollte mitgehen. Aber was, wenn sie

jemand mit ihm sah? Was sollte sie Richard sagen, wenn er dahinterkam?
Die Cedar Bridge stand fünfzig Meter den Bach hinauf und genau parallel zur neuen Straße mit ihrer Betonbrücke. Sie würde nicht allzusehr auffallen. Oder? In weniger als zwei Sekunden hatte sie sich entschieden. »Ja, ich würde gern mitkommen. Aber ich nehme meinen eigenen Wagen und treffe Sie dann dort. Um wieviel Uhr?«
»So um sechs. Bis dann. Okay? Tschüs.«
Er verbrachte den Rest des Tages in der Redaktion der Lokalzeitung und blätterte alte Ausgaben durch. Es war eine schöne Stadt mit einem hübschen Platz vor dem Amtsgericht, wo er sich zur Mittagszeit mit einer kleinen Tüte Obst, etwas Brot und einer Cola aus dem Café von der anderen Straßenseite auf eine Bank im Schatten setzte.
Als er in das Café gekommen war und um eine Cola zum Mitnehmen gebeten hatte, war es kurz nach zwölf gewesen. Wie in einem alten Wildwestsaloon beim Eintreten des Bezirksrevolverhelden waren für einen Augenblick sämtliche Gespräche verstummt, während man ihn mit Blicken maß. Er konnte das auf den Tod nicht haben, er fühlte sich befangen, aber so war das nun mal in Kleinstädten. Ein Neuer! Der anders ist als sie! Wer ist das? Was macht er hier?

»Also ich hab gehört, er ist so 'n Fotograf. Jedenfalls hat ihn heut morgen einer draußen an der Hogback Bridge gesehen, mit allen möglichen Fotoapparaten.«
»Dem Nummernschild auf seinem Laster nach ist er aus Washington drüben im Westen.«
»Er ist den ganzen Vormittag über drüben bei der Zeitung gewesen. Jim meint, daß er sämtliche alte Zeitungen nach was über die überdachten Brücken hier durchgeht.«
»Ja, der junge Fischer von der Texaco, der hat gesagt, er wär gestern bei ihm vorbeigekommen und hätt nach dem Weg zu sämtlichen überdachten Brücken gefragt.«
»Wozu will er denn überhaupt was wissen über die?«
»Und warum um alles in der Welt sollte einer 'n Foto von denen wollen? Die fallen doch eh schon alle aus'nander, bei dem Zustand, in dem die sind.«
»Jedenfalls könnt er mal 'n Haarschnitt vertragen. Schaut ja ganz so aus wie einer von diesen Beatles oder wie haben sie die andren gleich wieder genannt? Hippies, war's das nicht gewesen, Hippies?« Was in der hintersten Nische und am Tisch gleich daneben für Gelächter sorgte.
Kincaid bekam seine Cola und verließ das Café, und alle Augen folgten ihm zur Tür hinaus. Vielleicht war es ein Fehler gewesen, Francesca ein-

zuladen, ihretwegen, nicht etwa seinetwegen. Wenn jemand sie an der Cedar Bridge sah, dann würde das gleich morgen beim Frühstück hier im Café unter die Leute getragen, nachdem es vom jungen Fischer an der Texaco-Tankstelle, dem der Betreffende den Ball zugespielt hatte, weitergegeben worden war. Wahrscheinlich sogar noch rascher.

Er hatte gelernt, die blitzartige Geschwindigkeit, mit der Trivialitäten durch Kleinstädte fegten, nicht zu unterschätzen. Da konnten im Sudan zwei Millionen Kinder verhungern, hier würde kein Hahn danach krähen. Aber daß man Richard Johnsons Frau mit einem langhaarigen Fremden gesehen hatte – das war eine Nachricht! Eine, die zu verbreiten sich lohnte, eine, über die man sich das Maul zerreißen konnte, eine Nachricht, bei der diejenigen, die sie hörten, eine vage lustvolle Regung, wahrscheinlich die einzige des ganzen Jahres, verspürten.

Er aß zu Ende und ging hinüber zum öffentlichen Telefon auf dem Parkplatz des Amtsgerichts. Wählte ihre Nummer. Sie antwortete, etwas außer Atem, beim dritten Klingeln. »Hallo, hier ist noch mal Robert Kincaid.«

Sofort verspürte sie ein Ziehen im Magen, weil sie dachte: Er kann nicht kommen, deshalb ruft er an.

»Lassen Sie's mich gradeheraus sagen. Falls es für Sie ein Problem ist, heute abend mit mir da rauszufahren – ich meine, bei der typischen Neugier von Kleinstädtern –, fühlen Sie sich nicht von mir gedrängt. Offen gesagt, mir ist es völlig schnuppe, was die hier von mir denken, und ich komme später ja sowieso vorbei. Ich meine, ich will damit sagen, daß es vielleicht ein Fehler war, Sie einzuladen; also fühlen Sie sich in keiner Weise dazu genötigt. Obwohl ich Sie natürlich liebend gern dabeihabe.«

Genau das, worüber sie selbst schon nachgedacht hatte, seit ihrer Unterhaltung vom Vormittag. Aber ihr Entschluß stand fest. »Nein, ich würde Sie gern bei der Arbeit sehen. Ich kümmere mich nicht um Klatsch.« Sie machte sich durchaus Sorgen, aber irgend etwas hatte von ihr Besitz ergriffen, etwas, das mit Risiko zu tun hatte. Sie würde zur Cedar Bridge hinausfahren, koste es, was es wolle.

»Großartig. Ich dachte nur, ich frag mal nach. Bis dann also.«

»Okay.« Ein feinfühliger Mensch. Aber das hatte sie ja bereits gewußt.

Um vier schaute er in seinem Motel vorbei und erledigte im Waschbecken etwas Wäsche, zog ein sauberes Hemd an und warf ein zweites in den Laster, dazu eine Khakihose und die braunen Sandalen, die er 1962, bei der Story über die

Babyschleuse hinauf nach Darjeeling, aus Indien mitgebracht hatte. In einer Kneipe kaufte er zwei Sechserpacks Budweiser. Acht Flaschen, mehr wollten nicht hineinpassen, schichtete er um seine Filme herum in die Kühlbox.

Heiß, wieder einmal so richtig heiß. Die Spätnachmittagssonne Iowas hockte sich breit auf den tagsüber angerichteten Schaden, den Zement, Ziegelsteine und Erde absorbiert hatten. Sie brannte auch von Westen her noch ziemlich scharf herunter.

In der Kneipe war es dunkel gewesen und leidlich kühl, die Tür nach vorn hinaus offen, die großen Deckenventilatoren und ein weiterer auf einem Fuß gleich neben der Tür mußten so um die hundertfünf Dezibel gehabt haben. Irgendwie jedoch sorgten der Lärm der Ventilatoren, der Geruch von schalem Bier und Rauch, das Plärren der Musikbox und die fast schon feindseligen Gesichter, die ihn die ganze Bar entlang anstarrten, dafür, daß es heißer schien, als es in Wirklichkeit war.

Francesca Johnson jedoch machte keineswegs einen überhitzten Eindruck. Sie stand gegen den Kotflügel ihres Ford-Pickup gelehnt, den sie hinter einigen Bäumen in der Nähe der Brücke geparkt hatte. Sie trug wieder die Jeans, die ihr so gut stand, Sandalen und ein weißes Baumwoll-T-Shirt, das ihren Körper besonders schön zur Geltung brachte. Er winkte, als er neben ihrem Laster hielt.

»Hallo. Schön, Sie zu sehen. Ganz schön heiß«, sagte er. Harmloses Geplauder, Worte, mit denen es sich um den heißen Brei herumreden ließ. Wieder das alte Unbehagen, schon die Gegenwart einer Frau, die ihn nicht kaltließ, genügte da. Außerhalb einer ernsthaften Unterhaltung wußte er nie so recht, was er sagen sollte. Trotz eines ausgeprägten, wenn auch vielleicht leicht abseitigen Sinns für Humor, neigte er im Grunde zur Ernsthaftigkeit und nahm die Welt um sich herum keineswegs auf die leichte Schulter. Seine Mutter hatte immer gesagt, er sei mit vier Jahren bereits erwachsen gewesen. Bei seiner Arbeit kam ihm das durchaus zustatten. In Gegenwart von Frauen wie Francesca Johnson kam es ihm seiner Ansicht nach allerdings keineswegs zustatten.

»Ich wollte Ihnen zusehen, wie Sie Ihre Bilder machen – beim ›Schießen‹, wie Sie gesagt haben.«

»Tja, das werden Sie gleich, und Sie werden's ziemlich langweilig finden. Jedenfalls geht das anderen für gewöhnlich so. Es ist nicht so, als würde man jemandem zuhören, der auf dem Klavier übt, wo man dran teilhaben kann. Beim Fotografieren steht zwischen Produktion und Darbietung eine lange Zeitspanne. Heute produziere ich. Wenn die Bilder dann irgendwo erscheinen, das ist dann die Darbietung. Alles, was Sie zu sehen kriegen, ist eine Menge Gefummel. Sie sind natürlich trotzdem mehr als willkommen dabei. Um ehrlich zu sein, ich bin froh, daß Sie da sind.«

Sie klammerte sich an diesen letzten Satz. Er hätte das nicht zu sagen brauchen. Er hätte damit aufhören können, daß sie ihm willkommen sei, aber er hatte es nicht getan. Er war aufrichtig froh, sie zu sehen; das war klar. Sie hoffte, die Tatsache, daß sie hier war, ließ durchblicken, daß es ihr nicht anders ging.

»Kann ich Ihnen irgendwie helfen?« fragte sie, als er sich die Gummistiefel überzog.

»Sie können den blauen Rucksack tragen. Ich nehme den braunen und das Stativ.«

So wurde Francesca denn zur Fotoassistentin. Er hatte unrecht gehabt. Es gab viel zu sehen. In gewissem Sinn kam sie durchaus zu ihrer Darbietung, wenn er sich dessen auch nicht bewußt war. Es war dasselbe, was ihr gestern schon aufgefallen war und für sie einen Teil seiner Anziehungskraft ausmachte. Seine Anmut, seine flinken Augen, das Spiel der Muskeln an seinen Unterarmen. Vor allem aber, wie er sich bewegte. Im Vergleich mit ihm erschienen ihr die Männer, die sie kannte, schwerfällig.

Nicht daß er gehudelt hätte. Im Grunde war eher

das Gegenteil der Fall. Er hatte etwas von einer Gazelle, obwohl sie ihm ansah, daß er auf seine geschmeidige Art sehr kräftig war. Vielleicht war es eher etwas von einem Leoparden als von einer Gazelle. Ja. Ein Leopard. Das traf es. Er war keine Beute. Ganz im Gegenteil. Sie spürte es.

»Francesca, geben Sie mir doch bitte die Kamera mit dem blauen Riemen.«

Sie öffnete den Rucksack, etwas übervorsichtig wegen der teuren Ausrüstung, die er so lässig handhabte, und nahm die Kamera heraus. »Nikon« stand auf dem verchromten Sucher, und oben links vom Namen »F«.

Er kniete nordöstlich der Brücke, das Stativ kaum ausgefahren. Er streckte ihr die Linke entgegen, ohne das Auge vom Sucher zu nehmen, und sie gab ihm die Kamera, sah zu, wie sich die Hand um das Objektiv schloß, als er die Berührung spürte. Er drückte den Knopf am Ende der Schnur, die sie gestern schon aus seiner Weste hatte hängen sehen. Der Verschluß klickte. Er spannte ihn erneut und ließ ihn noch einmal klicken. Er griff unter den Stativkopf, schraubte die daraufsitzende Kamera ab und ersetzte sie durch diejenige, die sie ihm gegeben hatte. Während er die neue befestigte, wandte er ihr den Kopf zu und grinste. »Danke, Sie sind eine erstklassige Assistentin.« Sie errötete leicht.

Herr im Himmel, was hatte er nur an sich! Er

war wie ein Wesen von einem anderen Stern, das im Windschatten eines Kometenschweifs auf die Erde gekommen und am Fuß ihrer Zufahrt heruntergeplumpst war. Warum kann ich nicht einfach sagen: »Ist mir ein Vergnügen«? dachte sie. Ich komme mir in seiner Gegenwart irgendwie so langsam vor, obwohl er doch gar nichts macht. Es liegt an mir, nicht an ihm. Ich bin es einfach nicht gewöhnt, Leute um mich zu haben, deren Verstand so schnell arbeitet wie der seine.

Er stieg in den Bach und dann die gegenüberliegende Böschung hinauf. Sie ging mit dem blauen Rucksack durch die Brücke und stellte sich hinter ihn, glücklich, auf sonderbare Weise glücklich. Sie spürte seine Energie, eine bestimmte Kraft in der Art, wie er arbeitete. Er wartete nicht einfach auf die Natur, er vereinnahmte sie ganz sachte, formte sie nach seiner Sichtweise, paßte sie dem an, was er vor seinem geistigen Auge sah.

Er zwang der Szenerie seinen Willen auf, begegnete den Veränderungen des Lichts mit verschiedenen Objektiven, verschiedenen Filmen und hin und wieder auch einem Filter. Er kämpfte nicht einfach gegen sie an, er dominierte sie mit seiner Fertigkeit und seinem Verstand. Auch Farmer dominierten das Land – mit Chemikalien und Traktoren. Aber Robert Kincaids Art, die Natur zu verändern, war flexibel und beließ,

nachdem er fertig war, stets alles in seiner ursprünglichen Form.
Sie sah, als er niederkniete, wie sich seine Jeans über die Muskeln seiner Schenkel spannte. Sah das verblichene Jeanshemd, das ihm am Rücken klebte, die grauen Haare, die ihm über den Kragen standen. Sah, wie er in die Hocke ging, um etwas an der Ausrüstung nachzustellen, und zum erstenmal seit vielen, vielen Jahren wurde sie, nur indem sie jemanden ansah, naß zwischen den Beinen. Als sie das spürte, schaute sie zum Abendhimmel hinauf und atmete tief durch, lauschte auf den leisen Fluch, mit dem er einen verkanteten Filter bedachte, der sich nicht vom Objektiv lösen wollte.
Er durchquerte wieder den Bach und schlurfte in seinen Gummistiefeln zu den beiden Lastern zurück. Francesca ging unter das Dach der Brücke, und als sie am anderen Ende heraustrat, kauerte er davor und hatte die Kamera auf sie gerichtet. Er löste aus, spannte den Verschluß, löste ein zweites Mal aus und ein drittes Mal, als sie auf der Straße auf ihn zukam. Sie spürte ihr etwas verlegenes Grinsen.
»Keine Bange.« Er lächelte. »Ich werde sie nicht ohne Ihre Genehmigung verwenden. Ich bin hier fertig. Ich denke, ich fahr noch mal im Motel vorbei und stell mich unters Wasser, bevor ich rauskomme.«

»Nun, das können Sie natürlich. Aber ich kann durchaus Handtuch und Dusche erübrigen, auch die Pumpe, wenn Sie wollen«, sagte sie leise und ganz und gar ernst.
»Okay, einverstanden. Fahren Sie schon mal vor. Ich pack noch die Ausrüstung zusammen und bin dann gleich drüben.«
Rückwärts bugsierte sie Richards neuen Ford zwischen den Bäumen hervor und lenkte ihn von der Brücke weg hinauf zur Hauptstraße, bog dort nach rechts ab und fuhr in Richtung Winterset, von wo aus sie in südwestlicher Richtung nach Hause rollte. Der Staub hinter ihr war zu dick, als daß sie hätte sehen können, ob er ihr folgte, obwohl sie einmal, nach einer Kurve, eine Meile weiter hinten die Lichter des klapprigen Lasters zu sehen glaubte.
Er mußte es wohl gewesen sein, weil sie den Wagen schon kurz nach ihrer Ankunft die Zufahrt heraufkommen hörte. Jack schlug an, ließ sich dann aber gleich wieder nieder. »Der Typ von gestern«, schien er dabei zu murmeln. »Das geht wohl in Ordnung.« Kincaid blieb einen Augenblick bei ihm stehen, um sich mit ihm zu unterhalten.
Francesca trat aus der Tür zur hinteren Veranda. »Dusche gefällig?«
»Das wäre toll. Zeigen Sie mir, wo.«
Sie führte ihn hinauf in das Bad, auf das sie

bestanden hatte, als die Kinder größer wurden. Es war eine der wenigen Forderungen, auf denen sie Richard gegenüber je wirklich bestanden hatte. Sie nahm für ihr Leben gern ein langes heißes Bad am Abend, und sie hatte keine Lust, daß Teenager in ihrem privaten Bereich herumtrampelten. Richard benutzte das andere Bad, weil ihm, wie er sagte, der ganze Frauenkram in ihrem nicht behagte. »Zu viel ›Kinkerlitzchen‹« – das waren seine Worte.

Das Bad war nur durch ihr Schlafzimmer zu erreichen. Sie öffnete die Tür und entnahm einem Schränkchen unter dem Waschbecken ein Sortiment Handtücher und einen Waschlappen.

»Nehmen Sie, was Sie wollen.« Sie lächelte und knabberte dabei an ihrer Unterlippe.

»Ich würde mir vielleicht etwas Shampoo borgen, wenn Sie's entbehren können. Meines ist im Motel.«

»Sicher doch. Suchen Sie sich eins aus.« Sie stellte drei verschiedene Flaschen auf das Schränkchen, alle drei angebrochen.

»Danke.« Er warf seine frischen Sachen auf das Bett; Francesca sah eine Khakihose, ein weißes Hemd und Sandalen. Keiner der Männer hier trug Sandalen. Seit kurzem trug der eine oder andere aus der Stadt auf dem Golfplatz Bermudashorts, aber keiner von den Farmern. Und Sandalen – nie und nimmer.

Sie ging hinunter und hörte, daß die Dusche angedreht wurde. Jetzt ist er nackt, dachte sie und verspürte ein komisches Gefühl im unteren Teil ihres Bauches.
Früher am Tag, nach seinem Anruf, war sie die vierzig Meilen nach Des Moines gefahren und hatte in der staatlichen Spirituosenhandlung eingekauft. Sie hatte keine Erfahrung in solchen Dingen und fragte den Verkäufer nach einem guten Wein. Der freilich hatte nicht mehr Ahnung als sie und somit überhaupt keine. Also sah sie die Reihen von Flaschen durch, bis sie auf ein Etikett stieß, auf dem »Valpolicella« stand. An den erinnerte sie sich noch aus grauer Vorzeit. Trockener italienischer Rotwein. Sie kaufte zwei Flaschen und, ganz sinnliche Frau von Welt, noch eine Flasche Brandy.
Als nächstes sah sie sich in einem Laden im Zentrum nach einem neuen Sommerkleid um. Sie fand eines – zartrosa mit Spaghettiträgern. Es hatte einen tiefen runden Ausschnitt am Rükken und einen nicht weniger gewagten vorn, der ihren Brustansatz freigab; um die Taille wurde es von einer schmalen Schärpe gehalten. Dazu neue weiße Sandaletten, teure Sandaletten mit flachen Absätzen und von Hand verzierten Riemen.
Am Nachmittag machte sie gefüllte Paprikaschoten mit Tomatensoße, Naturreis, Käse und

gehackter Petersilie. Dann einen einfachen Spinatsalat, Maisbrot und, als Nachtisch, ein Soufflé mit Apfelmus. Schließlich kam alles außer dem Soufflé in den Kühlschrank.
Dann kürzte sie eiligst das Kleid auf Kniclänge. Der *Register*, die in Des Moines erscheinende Zeitung, hatte Anfang Sommer einen Artikel gebracht, in dem es hieß, dies sei dieses Jahr die bevorzugte Länge. Sie hatte Mode und alles, was damit zusammenhing, immer für ziemlich verrückt gehalten; ihrer Meinung nach verhielten die Leute sich wie Schafe im Dienste irgendwelcher europäischer Modeschöpfer. Aber die Länge stand ihr nun mal gut, und so kam der Saum eben genau dorthin.
Der Wein war ein Problem. Die Leute hier bewahrten ihn im Kühlschrank auf, obwohl man das in Italien nie getan hatte. Andererseits war es wirklich zu warm, um ihn einfach auf der Anrichte stehen zu lassen. Schließlich fiel ihr das Kühlhaus über dem Brunnen ein. Dort hatte es auch im Sommer nur knapp fünfzehn Grad, und so stellte sie den Wein da an die Wand.
Oben hörte in dem Augenblick die Dusche auf zu laufen, als das Telefon klingelte. Es war Richard, der aus Illinois anrief.
»Alles in Ordnung?«
»Ja.«
»Carolyns Ochse wird am Mittwoch bewertet. Am

nächsten Tag wollen wir uns dann noch ein paar Sachen anschauen. Wir kommen dann am Freitag, spät.«

»Ist in Ordnung, amüsiert euch gut, und daß ihr mir ja vorsichtig fahrt.«

»Bist du sicher, daß alles in Ordnung ist, Frannie? Du hörst dich irgendwie komisch an.«

»Nein, nein, mir geht's prima. Mir ist nur heiß. Nach meinem Bad geht's mir wieder besser.«

»Schön. Grüß Jack von mir.«

»Ja, mach ich.« Sie warf einen Blick auf Jack, der, alle viere von sich gestreckt, auf dem Betonboden der hinteren Veranda lag.

Robert Kincaid kam die Treppe herunter und in die Küche. Weißes Hemd mit Button-down-Kragen, die Ärmel bis genau über die Ellenbogen gerollt. Seine Haare waren noch feucht, und sie waren sauber gekämmt, mit dem Scheitel genau in der Mitte. Und sie bestaunte die Sandalen.

»Ich bring nur die Arbeitsklamotten raus in den Laster und hol die Ausrüstung rein, um sie ein wenig sauber zu machen.«

»Nur zu. Ich werde inzwischen baden.«

»Wollen Sie ein Bier zum Bad?«

»Wenn Sie eins übrig haben.«

Er brachte zuerst die Kühlbox herein, nahm ein Bier heraus und öffnete es, während sie zwei hohe Gläser auftrieb, die als Krüge herhalten mußten. Als er wieder zum Laster ging, um die

Kameras zu holen, nahm sie ihr Bier und ging hinauf, stellte fest, daß er die Wanne gesäubert hatte, und ließ sich ein tiefes, warmes Bad ein, machte es sich darin bequem, ihr Glas auf dem Boden neben ihr, während sie sich abseifte und rasierte. Nur wenige Minuten zuvor hatte er hier gestanden; sie lag jetzt da, wo das Wasser über seinen Körper gelaufen war, und sie fand das ungemein erotisch. Mittlerweile schien ihr fast alles an Robert Kincaid erotisch.

Etwas so Einfaches wie ein kühles Bier zum Bad hatte etwas so Elegantes. Warum lebten sie und Richard nicht so? Zum Teil war es, soviel wußte sie, die Trägheit der Gewöhnung. Alle Ehen, alle Beziehungen sind anfällig dafür. Gewöhnung bringt Vorhersehbarkeit, und Vorhersehbarkeit war auf ihre ganze spezielle Weise auch eine Wohltat; auch dessen war sie sich bewußt.

Und dann war da der Hof. Er war wie ein anspruchsvoller Kranker; ständig mußte man da sein, obwohl das allmähliche Ersetzen menschlichen Schweißes durch Maschinen viele der Arbeiten weniger mühselig als früher gemacht hatte.

Aber hier war noch mehr im Spiel. Kalkulierbarkeit ist eine Sache, Angst vor der Veränderung eine andere. Und Richard hatte nun einmal, was ihre Ehe anbelangte, Angst vor Veränderungen, egal welcher Art. Er sprach im allgemeinen noch

nicht mal gern über sie. Und insbesondere nicht über Sex. Erotik war in gewisser Hinsicht eine gefährliche Sache und seiner Ansicht nach etwas Ungehöriges.
Aber er war da nicht allein und hatte im Grunde auch keine Schuld daran. Was sollte diese Barriere gegen die Freiheit, die man hier draußen errichtet hatte? Nicht nur auf ihrer Farm, sondern in der ländlichen Kultur überhaupt. Und was das betrifft, vielleicht auch in der städtischen.
Warum die Mauern und Zäune, die eine offene Beziehung zwischen Männern und Frauen verhinderten? Warum dieser Mangel an Intimität, dieses Fehlen jeglicher Erotik?
Die Frauenzeitschriften schrieben über derlei Dinge. Und Frauen begannen nicht nur gewisse Erwartungen zu haben, was den ihnen im Lauf dieser Welt zugewiesenen Platz anbelangte, sondern auch bezüglich dessen, was in ihren Schlafzimmern passierte. Männer wie Richard – überhaupt die Mehrzahl der Männer, wie sie annahm – fühlten sich von diesen Erwartungen bedroht. In gewisser Hinsicht forderten die Frauen von den Männern, Poeten und ungestüme, leidenschaftliche Liebhaber zugleich zu sein.
Frauen sahen darin keinerlei Widerspruch. Männer schon. Die Umkleidekabinen der Sport-

hallen, die Herrenabende, die Billardhallen, die frauenlosen Treffen unter ihresgleichen definierten männliche Charakteristika, in denen Poesie, ja überhaupt alles Feinere einfach keinen Platz hatte. Wenn also die Erotik etwas Feineres war, eine eigene Kunstform, wovon Francesca überzeugt war, dann hatte sie eben keinen Platz im Gefüge ihres Lebens. Und so ging der ebenso wahnsinnige und in seiner Bequemlichkeit clevere Tanz, der die Geschlechter auf Distanz hielt, eben weiter, während die Frauen im Madison County sich nachts mit einem Seufzer zur Wand drehten.

Etwas in Robert Kincaid ließ ihn all das verstehen, ohne daß man darüber zu reden brauchte. Dessen war sie sich sicher.

Als sie ins Schlafzimmer kam, um sich abzufrottieren, stellte sie fest, daß es kurz nach zehn war. Und immer noch heiß, aber das Bad hatte sie abgekühlt. Sie holte ihr neues Kleid aus dem Schrank.

Sie zog ihr langes schwarzes Haar nach hinten und befestigte es mit einer silbernen Spange. Silberne Ohrringe, große Reifen und ein weites silbernes Armband, das sie am Vormittag in Des Moines gekauft hatte.

Noch einmal das Parfüm – Wind Song. Einen Hauch Lippenstift auf das römische Gesicht mit seinen hohen Wangenknochen, ein Pinkton

noch zarter sogar als das Kleid. Die Bräune, die sie bei der Arbeit im Freien in Shorts und kurzen Tops abbekommen hatte, gab ihrer Aufmachung den letzten Schliff. Ihre schlanken Beine, die unter dem Saum des Kleides hervorschauten, machten sich gar nicht so schlecht.
Sie drehte sich erst auf die eine, dann auf die andere Seite und musterte sich im Spiegel der Frisierkommode. Also viel besser wird das wohl nicht mehr, dachte sie. Und dann, zufrieden mit sich, sagte sie halblaut: »Kannst dich aber durchaus sehen lassen.«
Robert Kincaid hatte sein zweites Bier in Arbeit und packte eben die Kameras wieder weg, als sie in die Küche kam. Er hob den Kopf und sah sie an. »Mein Gott«, sagte er leise. Alles, was er gefühlt hatte, alles, was er je gesucht hatte, was er sich je überlegt hatte, ein Leben voller Gefühle, voller Suchen, voller Gedanken, in diesem einen Augenblick kam alles zusammen. Und er verliebte sich in Francesca Johnson, die Farmersgattin aus dem Madison County in Iowa, die einst aus Neapel gekommen war.
»Ich will sagen« – seine Stimme war etwas brüchig und leicht belegt – »wenn Sie mir meine Unverfrorenheit verzeihen, Sie sehen umwerfend aus. So umwerfend, daß man am liebsten heulend vor Schmerz um die Häuser laufen möchte. Ich mein's ernst. Sie haben die Eleganz

der großen Welt, Francesca, im wahrsten Sinne des Wortes.«

Seine Bewunderung war aufrichtig, das konnte sie sehen. Sie schwelgte darin, warf sich in ihren Strudel, ließ sie in jede Pore ihres Körpers wie schmeichelnden Balsam aus der Hand eines Gottes, der sie vor Jahren verlassen hatte und jetzt zurückgekehrt war.

Und in genau diesem Bruchteil eines Augenblicks verliebte sie sich in Robert Kincaid, Photograph & Autor aus Bellingham, Washington, der einen alten Pickup namens Harry fuhr.

Wieder Platz zum Tanzen

An jenem
Dienstagabend im August 1965
sah Robert Kincaid Francesca Johnson
ruhigen Auges an. Sie erwiderte seinen Blick.
Gut drei Meter voneinander entfernt,
waren sie doch ineinander verschränkt,
und das fest, nah und unentwirrbar.
Das Telefon klingelte.
Den Blick noch auf ihn gerichtet,
reagierte sie nicht gleich beim ersten Klingeln,

auch nicht beim zweiten. In der langen Stille nach dem zweiten Klingeln und noch vor dem dritten tat er einen tiefen Atemzug und senkte den Blick auf seine Kamerataschen. Das ermöglichte es ihr, die Küche zu durchqueren und an den Apparat zu gehen, der gleich hinter seinem Stuhl an der Wand hing.

»Johnson . . . Hallo, Marge. Ja, mir geht's prima. Donnerstag abend?«

Sie rechnete: Er hat gesagt, er wäre eine Woche hier, gestern ist er gekommen, heute ist erst Dienstag. Die Entscheidung zu lügen fiel ihr nicht schwer.

Sie stand neben der Tür zur Veranda, den Hörer in der Linken. Er saß zum Greifen nahe, mit dem Rücken zu ihr. Sie streckte die Rechte aus und legte sie auf seine Schulter, auf die ungezwungene Art, die einige Frauen bei Männern haben, die sie mögen. In nur vierundzwanzig Stunden hatte sie Robert Kincaid liebgewonnen.

»Oh, Marge, da hab ich aber zu tun, du. Ich fahre nach Des Moines zum Einkaufen. Endlich eine Gelegenheit, eine ganze Menge zu erledigen, was ich immer aufgeschoben habe. Du weißt ja, wo Richard und die Kinder aus dem Haus sind.«

Ruhig lag ihre Hand auf ihm. Sie spürte den Muskel von seinem Hals die Schulter entlang, gleich hinter seinem Schlüsselbein. Sie blickte

hinab auf das dichte, sauber gescheitelte graue Haar. Sah, wie es über den Kragen wucherte. Marge plapperte vor sich hin.
»Ja, Richard hat vor 'ner Weile angerufen... Nein, die Preisverleihung ist nicht vor Mittwoch... morgen. Richard meint, sie kämen nicht vor Freitag nacht. Sie wollen sich Donnerstag noch irgendwas anschauen. Und dann die lange Fahrt, vor allem mit dem Viehtransporter... Nein, Footballtraining fängt erst in einer Woche wieder an. Ja, ja, in einer Woche. Jedenfalls hat Michael das gesagt.«
Sie war sich der Wärme seines Körpers bewußt, die sie durch das Hemd hindurch spürte. Die Wärme ging auf ihre Hand über, bewegte sich ihren Arm herauf und von dort aus, wo immer sie hinwollte, ohne daß Francesca sich hätte anstrengen müssen – ja, ohne daß sie überhaupt eine Kontrolle darüber gehabt hätte. Er saß reglos da, weil er kein Geräusch machen wollte, das Marge womöglich aufhorchen ließ. Francesca verstand.
»Ach, ja, da hat einer nach dem Weg gefragt.«
Wie sie vermutete, war Floyd Clark schnurstracks nach Hause gefahren und hatte seiner Frau brühwarm von dem grünen Pickup erzählt, den er gestern im Vorüberfahren auf dem Hof der Johnsons hatte stehen sehen.
»Ein Fotograf? Ehrlich, ich hab keine Ahnung. Ich hab mich nicht weiter drum gekümmert.

Möglich wär's schon.« Die Lügen gingen ihr jetzt leichter von der Zunge.
»Er wollte zur Roseman Bridge ... Ist das wahr? Er macht also tatsächlich Fotos von den alten Brücken, was? Na ja, wenn's nichts Schlimmeres ist. Ein Hippie?« Francesca kicherte und beobachtete Kincaids Kopf, der sich langsam hin und her bewegte. »Na ja, ich weiß nicht, wie so ein Hippie aussieht. Der Bursche war höflich. Er war ja auch nur ein, zwei Minuten hier, und schon war er wieder weg ... Ich weiß nicht, ob sie in Italien auch Hippies haben, Marge. Ich bin seit acht Jahren nicht mehr drüben gewesen. Außerdem, wie ich schon sagte, ich bin mir nicht sicher, ob ich einen Hippie erkennen würde, wenn ich einen sehe.«
Marge redete und redete: über freie Liebe, über Kommunen und Rauschgift – darüber hatte sie irgendwo was gelesen. »Marge, ich wollte eben ins Bad steigen, als du angerufen hast, ich lauf also besser mal, bevor mir das Wasser kalt wird ... Ist recht, ich ruf dich bald mal an. Tschüs.«
Nur ungern nahm sie ihre Hand von seiner Schulter, aber sie fand keine rechte Entschuldigung dafür, sie nicht wegzunehmen. Also trat sie an die Spüle und drehte das Radio an. Wieder mal Country-music. Sie drehte am Knopf, bis sie die Klänge einer Big Band gefunden hatte.

»›Tangerine‹«, sagte er.
»Was?«
»Das Lied. Es heißt ›Tangerine‹. Es handelt von einer Argentinierin.« Wieder das Herumgerede um den heißen Brei. Hauptsache, er sagte etwas, irgendwas.
Er kämpfte um Zeit und gegen die Sinnlosigkeit dieser Geschichte hier und hörte dabei irgendwo im Hinterkopf das kaum wahrnehmbare Klicken einer Tür, die sich hinter zwei Leuten in einer Küche in Iowa schloß.
Sie lächelte ihn milde an. »Haben Sie Hunger? Ich kann das Abendessen machen, wann immer Sie wollen.«
»Es war ein langer, guter Tag. Ich hätt gern noch ein Bier, bevor ich was esse. Trinken Sie eines mit?« Zeit schindend, auf der Suche nach seiner Mitte, die ihm nach und nach entglitt.
Sie wollte. Er öffnete zwei und stellte ihr eines auf ihre Seite des Tisches.
Francesca hatte ihre Freude an ihrem Aussehen und der Art, wie sie sich fühlte. Weiblich. Das war es. Unbeschwert, warm und weiblich. Sie setzte sich auf den Küchenstuhl, schlug die Beine übereinander, so daß ihr der Saum des Kleides ein gutes Stück übers rechte Knie rutschte. Kincaid saß gegen den Kühlschrank gelehnt, die Arme vor der Brust gekreuzt, das Budweiser in seiner Rechten. Sie genoß es, daß

er ihre Beine zur Kenntnis nahm, und das tat er wirklich.
Er nahm alles an ihr zur Kenntnis. Vorhin hätte er noch davonlaufen können, konnte es immer noch. Seine Vernunft kreischte: »Laß gut sein, Kincaid, sieh zu, daß du wieder Straße unter die Füße kriegst. Fotografier deine Brücken, geh nach Indien. Mach unterwegs in Bangkok halt und schau bei der Tochter des Seidenhändlers vorbei, die sämtliche geheimen Ekstasen kennt, die einen die alte Art nur lehren kann. Geh schwimmen mit ihr, nackt in dämmrigen Dschungelweihern, und lausche auf ihre Schreie, wenn du ihr im Morgengrauen das Innerste zu äußerst kehrst. Laß das hier« – die Stimme war zu einem Zischen geworden – »es wächst dir über den Kopf.«
Aber der langsame Straßentango hatte bereits begonnen. Spielte irgendwo, er konnte ihn hören, auf einem alten Akkordeon. Weit zurück oder weit vor ihm, er hätte es nicht sagen können. Und der Klang ließ ihm die Argumente verschwimmen und dezimierte seine Alternativen bis auf eine einzige. Unerbittlich, bis ihm kein Weg mehr blieb als der hin zu Francesca Johnson.
»Wir können tanzen, wenn Sie wollen. Ist eine ziemlich gute Musik dafür«, sagte er auf seine ernste, zurückhaltende Art. Fügte jedoch sofort

eine Einschränkung an: »Nicht daß ich ein großer Tänzer wäre, aber wenn Sie Lust haben, ich denke, für eine Küche wird es wohl reichen.«
Jack kratzte an der Verandatür, er wollte herein. Sollte er draußen bleiben.
Francesca errötete nur leicht. »Okay. Aber ich tanze auch nicht gerade viel ... jedenfalls nicht mehr. Als junges Mädchen in Italien schon, aber jetzt vielleicht grade mal an Silvester, und auch da nur ein bißchen.«
Er lächelte und stellte sein Bier auf die Anrichte. Sie erhob sich, und die beiden bewegten sich aufeinander zu. »Sie hören die Tanzparty am Dienstagabend auf WGN, Chicago«, sagte ein sanfter Bariton. »Wir haben nur einige Mitteilungen für Sie, dann sind wir wieder da.«
Sie mußten beide lachen. Telefone und Werbung. Irgend etwas schob pausenlos Realität zwischen sie. Sie wußten es, ohne es auszusprechen.
Aber er hatte die Hand bereits ausgestreckt und nach ihrer Rechten gegriffen, hielt sie jetzt in seiner Linken. Er lehnte sich zwanglos gegen die Arbeitsplatte, schlug die Knöchel übereinander, den rechten nach oben. Sie stand neben ihm, gegen die Spüle gelehnt, und sah zum Fenster in der Nähe des Tisches hinaus, spürte seine schlanken Finger um ihre Hand. Kein Lüftchen regte sich draußen, und der Mais wuchs.

»Oh, nur einen Augenblick.« Sie löste zögernd ihre Hand aus der seinen und öffnete die rechte untere Tür des Büffets. Sie nahm zwei weiße Kerzen heraus, die sie am Vormittag in Des Moines gekauft hatte, zusammen mit einem Messingständer für jede. Sie stellte sie auf den Tisch. Er ging hinüber und zündete sie eine nach der anderen an, während Francesca das Deckenlicht ausknipste. Es war jetzt dunkel außer den beiden kleinen Flammen, die, in der windlosen Nacht kaum flackernd, geradewegs nach oben deuteten. Die schlichte Küche hatte noch nie so gut ausgesehen.

Man spielte wieder Musik. Zu ihrem Glück war es eine langsame Version von »Autumn Leaves«. Sie war verlegen. Wie er auch. Aber er nahm ihre Hand, legte ihr einen Arm um die Taille, sie drückte sich an ihn, und die Verlegenheit verschwand. Irgendwie schien sich alles wie von selbst zu geben. Er rutschte mit dem Arm weiter um ihre Taille und zog sie näher an sich heran.

Sie konnte ihn riechen: sauber, abgeseift und warm. Der elementare Wohlgeruch eines zivilisierten Mannes, der irgendwo in sich einen Ureinwohner zu beherbergen schien.

»Gutes Parfüm«, sagte er und holte ihre beiden Hände heran, so daß sie, in der Nähe seiner Schulter, auf seiner Brust zu liegen kamen.

»Danke.«

Sie tanzten, langsam. Ohne sich groß vom Fleck zu bewegen. Sie spürte ihre Beine an den seinen, hin und wieder berührten sich ihre Bäuche.
Das Stück war zu Ende, aber er hielt sie an sich gedrückt und summte die Melodie, die sie eben gehört hatten, und so standen sie da, bis das nächste Lied begann. Ganz automatisch führte er sie hinein, und der Tanz ging weiter, während die Grashüpfer über das Kommen des Septembers lamentierten.
Durch das leichte Baumwollhemd spürte sie seine Schultermuskeln. Er war real, realer als alles, was sie jemals gekannt hatte. Er beugte sich etwas vor, um seine Wange an die ihre zu legen.
Während der Zeit, die sie miteinander verbrachten, bezeichnete er sich einmal als einen der letzten Cowboys. Sie hatten im Gras neben der Pumpe hinter dem Haus gesessen. Sie verstand nicht und fragte, wie er das meinte. »Es gibt eine bestimmte Art von Männern, die sich überlebt hat«, hatte er gesagt. »Oder so gut wie. Die Welt wird immer geordneter, viel zu geordnet für mich und ein paar andere wie mich. Alles ist an seinem Platz, alles hat seinen Platz. Ich meine, zugegeben, ich halte meine Kameraausrüstung auch in Ordnung, aber ich meine etwas mehr als das: Regeln, Vorschriften, Gesetze, gesellschaftliche Konventionen. Hackordnungen, das Aus-

maß an Kontrolle, Langzeitpläne, Budgets. Die Macht der Großkonzerne. Geld statt Gott. Eine Welt voll verknitterter Anzüge mit Namensschildchen an der Brust.
Nicht alle Männer sind gleich. Einige werden in der Welt der Zukunft ihren Weg machen. Einige, vielleicht bloß ein paar von uns, jedoch nicht. Man sieht das an Computern und Robotern und dem, was sie ankündigen. In älteren Welten gab es Dinge, die wir tun konnten, für die wir geschaffen waren, die sonst keiner konnte und eine Maschine schon gleich gar nicht. Wir sind schnell, wir sind stark und flink, aggressiv und robust. Wir haben Mut mitbekommen.
Es kommt aber irgendwann soweit, daß Computer und Roboter die Welt bestimmen. Zwar werden Menschen diese Maschinen bedienen, aber dazu braucht es weder Mut noch Kraft oder ähnliche Charaktereigenschaften. Um genau zu sein: Der Mann überdauert seine eigene Nützlichkeit. Alles, was man noch brauchen wird, sind Samenbanken, um die Spezies über die Runden zu bringen, und die sind ja schon im Kommen. Die meisten Männer sind, nach Meinung der Frauen, sowieso lausige Liebhaber, also was ist schon verloren, wenn die Wissenschaft den Sex ersetzt. Wir geben die Freiheit auf, bringen Ordnung in alles, versehen unsere Emotionen mit Nut und Feder. Effizienz und

Effektivität und wie diese intellektuellen Tricks alle heißen. Und mit dem Verlust der Freiheit verschwindet auch der Cowboy, zusammen mit dem Silberlöwen und dem grauen Wolf.
Ich bin einer der letzten Cowboys. Mein Job läßt mir sozusagen diese Freiheit. Jedenfalls so viel, wie man heute noch davon haben kann. Ich bin nicht traurig deswegen. Ein bißchen wehmütig vielleicht schon. Aber es muß so sein; es ist die einzige Möglichkeit zu verhindern, daß wir uns selbst vernichten. Ich behaupte, die männlichen Hormone sind letztendlich die Ursache für jeglichen Ärger auf diesem Planeten. Es war eine Sache, einen anderen Stamm oder einen anderen Krieger zu unterwerfen. Raketen sind eine ganz andere Geschichte. Es ist auch etwas anderes, die Macht zu haben, die Natur zu zerstören, so wie wir das momentan tun.
Der Fluch der modernen Zeit ist das Übergewicht der männlichen Hormone dort, wo sie auf lange Zeit Schaden anrichten können. Auch wenn es nicht um Kriege zwischen Nationen oder Zerstörung der Natur geht, es bleibt immer noch diese Aggressivität, die nicht nur zwischen uns steht, sondern auch zwischen uns und den Problemen, an denen wir arbeiten sollten. Wir müssen diese männlichen Hormone irgendwie sublimieren oder sie wenigstens in den Griff kriegen.

Wahrscheinlich ist es an der Zeit, unser Kinderspielzeug wegzuräumen und endlich erwachsen zu werden. Hol's der Teufel, ich seh es ja. Ich geb's zu. Ich versuch nichts anderes, als ein paar gute Bilder zu schießen und meinen Abgang zu machen, bevor ich mich total überlebt habe oder ernsthaften Schaden anrichten kann.«

Sie hatte im Lauf der Jahre selbst schon nachgedacht über das, was er da gesagt hatte. Er schien recht zu haben, irgendwie, oberflächlich betrachtet. Aber seine Art widersprach dem, was er sagte. Er hatte eine gewisse unbedachte Aggressivität an sich, die er freilich im Griff zu haben schien; es hatte ganz den Anschein, als könnte er sie einschalten und wieder ablegen, ganz wie er wollte. Genau das hatte sie sowohl angezogen als auch verwirrt – seine unglaubliche Intensität, eine kontrollierte, wohlaustarierte, pfeilartige Intensität gemischt mit Wärme und ohne die geringste Spur von Gemeinheit.

An jenem Dienstagabend, beim Tanz in der Küche, waren sie, allmählich und ohne Plan, einander nähergekommen. Francesca, fest an seine Brust gedrückt, überlegte, ob er wohl ihre Brüste spürte durch das Kleid und das Hemd, und war sicher, daß er es konnte.

Er fühlte sich so gut an. Sie wollte, daß es ewig so weiterginge. Sie wollte mehr alte Lieder, immer weiter tanzen, immer mehr von seinem Körper gegen den ihren spüren. Sie war wieder Frau geworden. Sie hatte wieder Platz zum Tanzen. Langsam, aber unaufhaltsam wandte sie sich nach Hause, in Richtung eines Ortes, an dem sie noch nie gewesen war.

Es war heiß. Die Luftfeuchtigkeit war hoch, und weit drüben im Südwesten donnerte es grollend. Motten warfen sich gegen die Fliegengitter und spähten, auf der Jagd nach dem Feuer, zu den Kerzen herein.

Er wurde eins mit ihr. Und sie mit ihm. Sie bewegte die Wange weg von der seinen, sah mit dunklen Augen zu ihm auf, und er küßte sie, und sie ihn, ein endloser, weicher Kuß, ein Fluß langer, weicher Küsse.

Sie hörten auf, so zu tun, als tanzten sie, ihre Arme schlangen sich um seinen Hals. Seine Linke ruhte in ihrem Kreuz, die Rechte strich über ihren Hals, ihre Wange, ihr Haar. Thomas Wolfe hatte vom »Geist der alten Begierde« gesprochen. Dieser Geist hatte sich in Francesca Johnson geregt. Und nicht nur in ihr.

An ihrem siebenundsechzigsten Geburtstag vor dem Fenster sitzend, sah Francesca in den Regen hinaus und dachte zurück. Sie trug ihren Brandy in die Küche und blieb einen Augenblick stehen, starrte auf genau die Stelle, an der sie gestanden hatten. Ihre Gefühle waren dabei überwältigend, jedesmal aufs neue. Sie waren so stark, daß sie das Ganze in allen Einzelheiten nur einmal im Jahr durchzuspielen wagte, da ihr Verstand den Keulenschlägen solcher Emotionen womöglich nicht hätte standhalten können. Ihre Abstinenz von diesen Erinnerungen war eine Überlebensfrage gewesen. Auch wenn die Einzelheiten sie während der letzten Jahre immer öfter heimgesucht hatten. Sie hatte aufgehört, ihnen den Zugang zu ihrem Innersten verwehren zu wollen. Die Bilder waren klar, lebendig, gegenwärtig. Obwohl sie nun schon so weit zurücklagen. Zweiundzwanzig Jahre. Aber nach und nach wurden sie einmal mehr Realität – die einzige, in der sie leben wollte.

Sie wußte, sie war siebenundsechzig, und akzeptierte das, konnte sich aber Robert Kincaid unmöglich als fast Fünfundsiebzigjährigen denken. Konnte es sich nicht vorstellen, mochte nicht daran denken, mochte noch nicht einmal daran denken, es sich vorstellen zu können. Er war hier bei ihr, hier in dieser Küche, in seinem weißen Hemd, dem langen grauen Haar, der Khakihose, den braunen Sandalen, dem silbernen Armband, dem silbernen Kettchen um den Hals. Er war hier und hatte die Arme um sie gelegt.

Sie entzog sich ihm schließlich, dort in der Küche, wo sie standen, und nahm ihn bei der Hand, führte ihn zur Treppe, die Treppe hinauf, an

Carolyns Zimmer vorbei, an Michaels Zimmer vorbei und in ihr eigenes, wo sie die kleine Leselampe neben dem Bett anmachte.

Jetzt, so viele Jahre später, stieg Francesca, ihren Brandy in der Hand, die Treppe hinauf, ihre Rechte hinter sich herziehend, um die Erinnerung an ihn mit hinaufzunehmen, den Flur entlang in ihr Schlafzimmer.

Die Bilder jenes Abends waren ihr so deutlich ins Gedächtnis graviert, als handelte es sich um seine gestochen scharfen Fotos. Sie erinnerte sich an die traumgleiche Folge von Handgriffen, mit denen sie sich ihrer Kleidung entledigten, an sie beide nackt im Bett. Sie erinnerte sich daran, wie er sich ein Stück über sie gestemmt und seine Brust langsam gegen ihren Bauch und ihre Brüste bewegt hatte. Immer und immer wieder – wie ein Balzritual aus einem uralten Zoologiebuch. Während er sich über ihr bewegte, küßte er abwechselnd ihre Lippen, ihre Ohren, streifte mit seiner Zunge ihren Hals entlang, leckte sie, wie einer der prächtigen Leoparden im hohen Gras afrikanischer Steppen es getan haben mochte.

Er war ein Tier. Ein anmutiges, hartes männliches Tier, das nichts tat, um sie zu dominieren, und sie dennoch völlig beherrschte, auf eine Weise, wie sie es sich in diesem Augenblick wünschte.

Aber es ging weit über das Körperliche hinaus, obwohl der Umstand, daß er sie so lange lieben konnte, ohne müde zu werden, sehr wohl dazugehörte. Ihn zu lieben – es hörte sich jetzt schier banal an, bedachte man die Aufmerksamkeit, die derlei Dingen während der letzten beiden Jahrzehnte geschenkt wurden – ihn zu lieben war eine spirituelle Erfahrung. Spirituell, aber nie und nimmer banal.

Mittendrin, während sie einander liebten, hatte sie ihm, alles in einen einzigen Satz packend, zugeflüstert: »Robert, du bist so stark, daß man sich fürchten möchte.« Und er verfügte in der Tat über große körperliche Kraft, setzte sie jedoch sehr behutsam ein. Aber das war noch nicht alles.

Sex war nur eine Seite davon. In der Zeit ihrer ersten Begegnung hatte sie sich der Vorfreude auf einen Genuß – oder wenigstens der Möglichkeit eines solchen – ergeben, auf einen Bruch mit der Routine eines brutalen Einerleis. Sie hatte nicht mit seiner merkwürdigen Macht gerechnet.

Es war fast, als hätte er von ihr in jeder Hinsicht Besitz ergriffen. Das war es, was dies alles so beängstigend machte. Sie hatte anfänglich geglaubt, ein Teil von ihr würde immer über dem stehen, was auch immer sie und Robert Kincaid miteinander machten, der Teil nämlich, der ih-

rer Familie und ihrem Leben im Madison County gehörte.
Aber er nahm ihr das alles, mir nichts, dir nichts. Sie hätte es gleich wissen sollen, als er aus dem Laster stieg, um nach dem Weg zu fragen. Schon damals hatte er für sie etwas von einem Schamanen gehabt, und sie hatte sich mit dieser ersten Einschätzung nicht getäuscht.
Wenn sie beisammen waren, so liebten sie einander eine Stunde, vielleicht auch länger, dann entzog er sich ihr langsam und betrachtete sie, zündete sich und ihr eine Zigarette an. Oder er legte sich einfach neben sie, aber immer bewegte sich eine seiner Hände über ihren Körper. Dann war er wieder in ihr, flüsterte ihr leise ins Ohr, während er sie liebte, küßte sie zwischen den Sätzen, zwischen Worten, seinen Arm um ihre Taille gelegt, zog sie an sich und sich in sie hinein.
Und allmählich ließ sie ihren Verstand fahren, schwerer atmend jetzt, ließ sich von ihm verschleppen, in seine Gefilde, und er lebte in merkwürdigen, geisterhaften Gefilden, Gefilden tief an den Wurzeln Darwinscher Logik.
Ihr Gesicht an seinem Hals vergraben, ihre Haut an der seinen, roch sie Flüsse und Holzfeuer, hörte, in längst vergangenen Nächten, dampfende Züge aus verschneiten Bahnhöfen schnaufen, sah einen steten Zug Reisender in

schwarzen Mänteln sich entlang gefrorener Flüsse und über Sommerwiesen einen Weg zum Ende aller Dinge bahnen. Wieder und immer wieder fuhr der Leopard über sie hinweg wie ein anhaltender Wind, und sich unter ihm drehend, ritt sie diesen Wind wie eine Tempeljungfrau in Richtung der wonnigen, geschmeidigen Feuer, die das sanfte Abgleiten ins Vergessen markierten.

Und sie murmelte, leise, atemlos: »Oh, Robert... Robert... Ich verliere mich.«

Ihr, die seit Jahren keinen Orgasmus mehr gehabt hatte, kamen sie jetzt, bei diesem Wesen, halb Mann, halb irgendwas, in langen Folgen. Sie wunderte sich über seine Ausdauer, und er sagte ihr, er könne diese Orte mit dem Verstand ebenso erreichen wie mit dem Körper und daß Orgasmen des Verstandes ihre ganz eigene, besondere Qualität hätten.

Sie hatte keine Ahnung, wovon er sprach. Alles, was sie wußte, war, daß er irgendeine Art Strick einholte und ihn so fest um sie beide wand, daß sie erstickt wäre, hätte sie nicht diese überwältigende Freiheit von sich selbst verspürt.

Die Nacht zog sich hin, die Kreise ihres großartigen Reigens verengten sich. Robert Kincaid warf jeden Sinn für Linearität über Bord und landete in einem Teil seiner selbst, in dem nur Formen, Geräusche und Schatten zählten. Er ging die

Pfade der alten Art zurück, fand seinen Weg im Licht von Kerzen aus sonnenbestrahltem Frost, deren Wachs in das Gras des Sommers und das rote Laub des Herbstes tropfte.
Und er hörte die Worte, die er ihr zuflüsterte, als spräche die Stimme eines anderen und nicht die seine. Bruchstücke eines Gedichts von Rilke, »um den alten Turm ... ziehe ich seit tausend Jahren meine Kreise«. Die Zeilen eines alten Sonnengesangs der Navajos. Er flüsterte ihr von den Visionen, die sie ihm bescherte – von wehendem Sand, purpurnen Winden und braunen Pelikanen, die auf dem Rücken von Delphinen die Küste Afrikas hinaufzogen.
Laute, leise, unverständliche Laute kamen aus ihrem Mund, als sie sich ihm entgegenbäumte. Aber er war dieser Sprache mächtig, und in dieser Frau unter ihm fand, sein Bauch an dem ihren, tief in ihr, Robert Kincaids lange Suche ein Ende.
Und endlich erfuhr er die Bedeutung der zahllosen kleinen Fußspuren auf den zahllosen verlassenen Stränden, die er in seinem Leben beschritten hatte, der zahllosen geheimnisvollen Ladungen zahlloser Schiffe, die nie in See gestochen waren, der zahllosen verhangenen Gesichter, die ihn gemustert hatten auf seinem Weg durch die gewundenen Straßen dämmernder Städte. Und, wie einer der großen vorgeschicht-

lichen Jäger, der Meilen gewandert war, um jetzt den Schein der heimatlichen Lagerfeuer zu sehen, löste sich seine Einsamkeit auf in nichts. Endlich. So weit war er gelaufen... so lange unterwegs gewesen. Und er lag auf ihr, die vollkommene Form und auf ewig aus einem Guß in seiner Liebe zu ihr. Endlich.

Gegen Morgen stützte er sich etwas auf und sagte mit einem direkten Blick in ihre Augen: »Genau deshalb bin ich hier auf diesem Planeten und zu genau dieser Zeit, Francesca. Nicht um zu reisen und Bilder zu machen, sondern um dich zu lieben. Das weiß ich jetzt. Ich bin, irgendwann in einer anderen Zeit, vom Rand eines großen heiligen Berges gestürzt und seither gefallen, viele Jahre länger, als ich in diesem Leben gelebt habe. Und all diese Jahre hindurch bin ich auf dich gefallen.«

Als sie wieder herunterkamen, lief das Radio noch. Der Morgen war bereits da, aber die Sonne lag noch unter einer dünnen Wolkendecke.

»Francesca, ich muß dich um einen Gefallen bitten.« Er lächelte sie an, während sie mit der Kaffeekanne hantierte.

»Ja?« Sie schaute ihn an. Oh, Gott, ich liebe ihn so sehr, dachte sie, taumelig, und wollte ihn wieder und wieder bis in alle Ewigkeit.

»Schlüpf in die Jeans und das T-Shirt von gestern abend und ein Paar Sandalen. Sonst

nichts. Ich möchte ein Bild von dir, genauso, wie du heute morgen aussiehst. Ein Foto nur für uns zwei.«
Sie ging hinauf, ihre Beine ganz schwach davon, ihn die ganze Nacht umschlungen zu haben, zog sich an und ging mit ihm hinaus auf die Weide. Und so war das Foto entstanden, das sie nun Jahr für Jahr betrachtete.

Der Highway und der Wanderfalke

Für die
nächsten paar Tage
gab Robert Kincaid die Fotografie auf.
So wie Francesca Johnson,
abgesehen von einigen unabdinglichen
Verrichtungen, das Farmleben aufgab.
Die beiden verbrachten jede Minute zusammen,
unterhielten sich, liebten sich.
Zweimal spielte er, als sie ihn darum bat,
auf der Gitarre und sang ihr,

mehr recht als schlecht, etwas vor, ein bißchen verlegen, weil sie, wie er sagte, sein erstes Publikum war. Als er das sagte, lächelte sie und küßte ihn, um dann, sich auf ihre Gefühle zurücklegend, seinen Liedern über Walfänger und Wüstenwinde zu lauschen.

Sie fuhr mit ihm nach Des Moines zum Flughafen, von wo aus er Filme nach New York schickte. Er schickte, wann immer möglich, gern die ersten Filme voraus, um der Redaktion eine Vorstellung davon zu geben, was er machte, und den Technikern Gelegenheit zu überprüfen, ob die Verschlüsse seiner Kameras ordnungsgemäß funktionierten.

Anschließend führte er sie zum Abendessen in ein teures Restaurant aus und hielt über den Tisch hinweg ihre Hände, während er ihr auf die ihm eigene intensive Art in die Augen sah. Und der Kellner, der sie beobachtete, lächelte in der Hoffnung, sich selbst einmal so zu fühlen.

Sie staunte über Robert Kincaids Vorahnung, daß es mit seiner Art zu Ende gehe, und die Leichtigkeit, mit der er das akzeptierte. Und allmählich verstand sie, was er meinte, wenn er sagte, er sei das Ende eines Evolutionszweiges, der sich als Sackgasse erwiesen hätte.

Am Donnerstag unterhielten sie sich, nachdem sie sich nachmittags geliebt hatten. Beide hatten sie gewußt, daß es früher oder später zu diesem

Gespräch kommen mußte. Beide waren sie ihm aus dem Weg gegangen.
»Was sollen wir machen?« sagte er.
Sie schwieg, hin- und hergerissen. Dann: »Ich weiß nicht«, leise.
»Wenn du willst, bleibe ich hier oder in der Stadt oder sonstwo. Wenn deine Familie wiederkommt, rede ich eben mit deinem Mann und erkläre ihm, wie die Sache steht. Es wird nicht leicht sein, aber ich werde das schon erledigen.«
Sie schüttelte den Kopf. »Richard würde es nicht begreifen, er denkt nicht in solchen Kategorien. Er versteht nichts von Zauber und Leidenschaft und all den anderen Dingen, über die wir uns unterhalten, die wir erfahren, und wird das auch nie verstehen. Was ihn nicht gleich zu einem minderwertigen Menschen macht. Es ist nur einfach zu weit weg von allem, was er je gefühlt oder gedacht hat. Ihm fehlen einfach die Voraussetzungen, damit umzugehen.«
»Sollen wir denn das alles einfach wegwerfen?« Er war ernst, lächelte nicht.
»Ich weiß auch nicht, Robert, auf eine merkwürdige Art und Weise gehöre ich jetzt dir. Ich wollte niemandem gehören, ich hatte das nicht nötig, und ich weiß auch, daß du das nicht beabsichtigt hast, aber es ist nun mal passiert. Ich sitze nicht mehr neben dir hier im Gras. Du hast mich in dir als freiwillige Gefangene.«

Er antwortete: »Ich bin mir nicht sicher, ob du in mir bist oder ich in dir oder ob du mir gehörst. Zumindest will ich dich nicht besitzen. Ich glaube, wir stecken beide in einem anderen, von uns geschaffenen Wesen namens ›Wir‹. Das heißt, wir sind nicht wirklich in ihm drin. Wir *sind* dieses Wesen. Wir haben uns beide verloren und etwas Neues geschaffen, etwas, das nur als Verflechtung unsrer beiden Seelen existiert. Herrgott noch mal, wir lieben uns. So tief und aufrichtig, wie man sich nur lieben kann.

Komm mit mir auf Reisen, Francesca. Das ist kein Problem. Wir lieben uns im Wüstensand und trinken Brandy auf den Terrassen von Mombasa, sehen zu, wie arabische Dhaus in der ersten Morgenbrise ihre Segel hissen. Ich zeige dir das Land der Löwen und ein wunderbares Dachrestaurant in einer alten Kolonialstadt im Golf von Bengalen und Züge, die über Bergpässe klettern, und kleine baskische Herbergen hoch in den Pyrenäen. In einem Tigerreservat in Südindien gibt es einen ganz besonderen Ort auf einer Insel in der Mitte eines riesigen Sees. Und wenn dir das Zigeunerleben nicht gefällt, dann mache ich irgendwo ein Geschäft auf und fotografiere am Ort oder mache Porträts oder was auch immer es braucht, um uns über Wasser zu halten.«

»Robert, als wir uns gestern nacht geliebt haben,

da hast du etwas gesagt, was ich nicht vergessen habe. Ich habe dir ins Ohr geflüstert, was für geheimnisvolle Kräfte du hast, immer wieder – und bei Gott, die hast du auch. Du hast gesagt: ›Ich bin der Highway und ein Wanderfalke und alle Segel, die je in See gestochen sind.‹ Und du hattest recht. Du spürst das, du spürst die Straße in dir. Nein, mehr noch, auf eine Art, die ich womöglich nicht erklären kann, bist du die Straße. In dem schmalen Riß, in dem Illusion und Realität sich treffen, da lebst du – irgendwo da draußen auf der Straße, und die Straße, das bist du.

Du *bist* deine alten Rucksäcke und ein Laster namens Harry und Düsenflieger nach Asien. Und ich will, daß du das bist. Wenn dein Evolutionszweig eine Sackgasse ist, wie du sagst, dann will ich, daß du mit vollen Segeln auf ihr Ende prallst. Ich glaube nicht, daß du das mit mir im Schlepptau könntest. Verstehst du nicht, ich liebe dich so sehr, daß ich auch nicht einen einzigen Augenblick daran denken will, dir Fesseln anzulegen. Das zu tun hieße das herrliche wilde Tier zu töten, das du bist, und mit ihm würden auch deine geheimnisvollen Kräfte sterben.«

Er wollte etwas sagen, aber Francesca gebot ihm zu schweigen.

»Ich bin noch nicht ganz fertig, Robert. Würdest du mich in die Arme nehmen, in deinen Laster schleppen und zwingen, mit dir zu gehen, du würdest nicht einen Laut der Klage hören. Du könntest das, nur indem du mit mir redest. Aber ich glaube nicht, daß du es tust. Dafür bist du zu sensibel und dir meiner Gefühle zu sehr bewußt. Und ich habe nun einmal das Gefühl, hier Verantwortung zu haben.

Stimmt, es ist langweilig – mein Leben hier, meine ich. Es geht ihm jegliche Romantik ab, jegliche Erotik: nie ein Tanz in der Küche bei Kerzenlicht, nie das wunderbare Gefühl, einen Mann zu spüren, der weiß, wie man eine Frau liebt. Und vor allem du gehst diesem Leben ab. Aber ich habe nun einmal mein verdammtes Verantwortungsgefühl. Meine Verantwortung gegenüber Richard, gegenüber den Kindern. Allein mein Weggehen, ihm meine körperliche Anwesenheit zu entziehen wäre eine Katastrophe für Richard. Das allein schon könnte ihn womöglich zerstören.

Und darüber hinaus hätte er, und das wäre noch schlimmer als alles andere, den Rest seines Lebens mit dem Getuschel der Leute hier zu leben. ›Schaut mal, das ist Richard Johnson. Seine kleine italienische Frau hatte so viel Pfeffer im Arsch, daß sie ihm vor Jahren mit einem langhaarigen Fotografen durchgegangen ist.‹ Richard würde darunter leiden, und die Kinder würden das Gekicher von ganz Winterset hören,

solange sie hier leben. Auch sie würden darunter leiden. Und mich dafür hassen.
So sehr ich dich auch will und mit dir zusammensein und ein Teil von dir sein möchte, ich kann mich nicht einfach von der Realität meiner Verantwortung losreißen. Wenn du mich, körperlich oder geistig, zwingst, mit dir zu gehen, dann kann ich, wie schon gesagt, nichts dagegen tun. Dazu fehlt mir bei meinen Gefühlen für dich die Kraft. Und wenn ich zehnmal gesagt habe, dir nicht im Weg stehen zu wollen, ich würde schon aus reiner Selbstsucht mitgehen, nur weil ich dich will.
Aber zwinge mich bitte nicht. Zwinge mich nicht dazu, hier alles aufzugeben, meine Verantwortung. Ich könnte das nicht, ohne ständig mit dem Gedanken daran zu leben. Wenn ich jetzt wegginge, dann würde mich dieser Gedanke in jemand anderen verwandeln als die Frau, in die du dich verliebt hast.«
Robert Kincaid schwieg. Er wußte, was sie meinte, wenn sie über die Straße und über Verantwortung sprach, über die Schuld, die sie womöglich verändern würde. Er wußte, daß sie recht hatte, in gewisser Hinsicht jedenfalls. Den Blick aus dem Fenster gerichtet, rang er mit sich, rang um Verständnis für ihre Gefühle. Sie begann zu weinen.
Dann hielten sie einander lange in den Armen.

Und er flüsterte ihr zu: »Ich habe nur eines zu sagen, nur dieses eine; ich werde es nie wieder sagen, zu niemandem, und ich bitte dich, es nie zu vergessen: In einem Universum voller Zweideutigkeit begegnet einem eine derartige Gewißheit nur einmal und dann nie wieder, egal wie viele Leben man lebt.«

Am Abend, Donnerstag abend, liebten sie sich wieder und lagen dann, unter Berührungen und Geflüster, bis nach Sonnenaufgang beieinander. Dann schlief Francesca ein wenig, und als sie aufwachte, stand die Sonne bereits hoch und heiß am Himmel. Sie hörte eine von Harrys Türen knarren und zog sich rasch etwas über.

Er hatte Kaffee gemacht und saß am Küchentisch und rauchte, als sie hinunterkam. Er grinste sie an. Sie ging hinüber zu ihm, und mit seinen Armen um ihre Taille vergrub sie ihr Gesicht in seinem Hals und die Hände in seinem Haar. Er drehte sie um und zog sie auf seinen Schoß, berührte sie.

Schließlich stand er auf. Er hatte seine alten Jeans wieder an, die orangefarbenen Hosenträger über einem sauberen Khakihemd, seine Stiefel fest geschnürt, das Schweizer Offiziersmesser am Gürtel. Seine Fotografenweste hing über der Lehne des Stuhls, wie immer guckte der Drahtauslöser aus einer der Taschen.

»Ich mache mich besser mal auf den Weg.«

Sie nickte und begann zu weinen. Sie sah die Tränen in seinen Augen, aber er lächelte sein typisches kleines Lächeln.

»Ist es okay, wenn ich dir mal schreibe? Ich würde dir wenigstens gern das eine oder andre Foto schicken.«

»Das geht in Ordnung«, sagte Francesca und wischte sich mit dem Handtuch an der Tür des Küchenschranks die Tränen aus den Augen. »Ich werd mir schon eine Ausrede dafür einfallen lassen, Post von einem fotografierenden Hippie zu kriegen, solange es nicht überhandnimmt.«

»Du hast meine Adresse in Bellingham und meine Nummer, ja?« Sie nickte. »Wenn ich nicht da bin, dann ruf in der Redaktion vom *National Geographic* an. Hier, ich schreib dir die Nummer auf.« Er schrieb sie auf den Block neben dem Telefon, riß das Blatt ab und reichte es ihr. »Du findest die Nummer auch in der Zeitschrift. Verlang die Redaktion. Die wissen meistens, wo ich bin. Denk nicht lange drüber nach, wenn du mich sehen oder dich auch nur mit mir unterhalten willst. Du kannst mich überall in der Welt anrufen – R-Gespräch, damit die Gebühren nicht auf deiner Rechnung landen. Und dann bin ich ja auch noch zwei Tage hier. Denk drüber nach, über das, was ich gesagt habe. Ich kann herkommen und die Angelegenheit im

Handumdrehen erledigen, und wir könnten zusammen zurück in den Nordwesten fahren.«

Francesca sagte nichts. Sie wußte, er könnte es tatsächlich, die Angelegenheit im Handumdrehen erledigen. Richard war zwar fünf Jahre jünger, aber er war Robert Kincaid weder intellektuell noch körperlich gewachsen.

Er schlüpfte in seine Weste. Ihr Verstand war verschwunden, leer, wollte nicht anspringen. »Geh nicht weg, Robert Kincaid«, hörte sie es von irgendwo in sich herausschreien.

Sie bei der Hand nehmend, ging er durch die Hintertür hinaus und zu seinem Laster. Er öffnete die Fahrertür, stellte seinen Fuß auf das Trittbrett, stieg dann noch einmal ab, um sie erneut für mehrere Minuten zu halten. Keiner von beiden sagte auch nur ein Wort; sie standen einfach da, gaben, empfingen, prägten sich unauslöschlich ein, wie der andere sich anfühlte. Bestätigten sich aufs neue die Existenz jenes besonderen Wesens, von dem er gesprochen hatte.

Zum letzten Mal ließ er von ihr ab, stieg in den Laster und saß dann bei offener Tür da. Tränen rannen ihm über die Wangen. Tränen rannen ihr über die Wangen. Langsam und unter dem Quietschen der Scharniere zog er die Tür schließlich zu. Harry wollte zunächst nicht anspringen, wie gewöhnlich, aber sie hörte, wie sein Stiefel das Gaspedal trat, hart, und der alte Laster schließlich und endlich nachgab.

Er legte den Rückwärtsgang ein und saß dann, die Kupplung gedrückt, da. Erst ernst, dann mit einem verhaltenen Lächeln, deutete er auf das Sträßchen. »Die Straße, weißt du. Ich werde nächsten Monat in Südostindien sein. Möchtest du eine Karte von dort?«

Sie brachte kein Wort heraus, verneinte aber mit einem Kopfschütteln. Sie im Briefkasten zu finden, wäre denn doch zu viel für Richard. Sie wußte, daß Robert verstand. Er nickte.

Der kleine Laster fuhr rückwärts in den Hof, knirschte über den Kies, scheuchte die Hühner unter den Reifen hervor. Jack jagte eines von ihnen bellend in den Geräteschuppen.

Robert Kincaid winkte ihr durch das offene Fenster auf der Beifahrerseite zu. Sie sah den Blitz der Sonne auf seinem silbernen Armkettchen. Die obersten beiden Knöpfe seines Hemdes standen offen.

Er rollte auf die Zufahrt und diese hinunter. Francesca kam in dem Versuch, etwas zu sehen, kaum mit dem Wischen nach; die Sonne machte seltsame Prismen aus ihren Tränen. Wie schon am ersten Abend, als sie sich kennengelernt hatten, eilte sie zum Kopf der Zufahrt und sah den alten Pickup davonholpern. Am Ende des Sträßchens hielt der Fahrer an, die Tür ging auf, und

er trat auf das Trittbrett. Er konnte sie sehen, hundert Meter weiter hinten; sie wirkte klein aus dieser Entfernung.
Er stand da und starrte sie an. Keiner von beiden bewegte sich; sie hatten sich bereits verabschiedet. Dreißig Sekunden lang stand er so da, ohne daß seinen Fotografenaugen auch nur das geringste entging, sie machten sich ein Bild, das er nie wieder verlieren sollte.
Er schloß die Tür, schaltete knirschend und weinte wieder, als er links auf die Landstraße nach Winterset bog. Er schaute noch einmal zurück, kurz bevor ein Wäldchen am nordwestlichen Rand der Farm ihm die Sicht versperrte, und sah sie mit gekreuzten Beinen, den Kopf in den Händen, am Ende der Zufahrt im Staub sitzen.

Richard und die Kinder kamen am frühen Abend zurück, voller Geschichten über die Ausstellung und das Band, das der Ochse vor seinem Verkauf an den Schlachter gewonnen hatte. Carolyn stand, kaum angekommen, schon am Telefon. Da Freitag war, fuhr Michael mit dem Pickup in die Stadt, um zu tun, was siebzehnjährige Jungs Freitagabend so taten – vor allem auf dem Stadtplatz herumhängen, sich unterhalten und den Mädchen etwas zurufen, die im Auto

vorbeifuhren. Richard machte den Fernseher an, sagte Francesca dabei, wie gut der Maisfladen sei, den er mit Butter und Ahornsirup aß.
Sie setzte sich auf die Schaukel auf der Veranda. Richard kam um zehn, nachdem seine Sendung vorbei war, zu ihr heraus. Er streckte sich und sagte: »Tut wirklich gut, wieder daheim zu sein.« Dann, mit einem Blick auf sie: »Fehlt dir was, Frannie? Du scheinst mir 'n bißchen müde oder verträumt oder so.«
»Nein, mir geht's gut, Richard. Schön, euch wieder gesund und munter daheim zu haben.«
»Na denn, ich hau mich dann mal aufs Ohr; war eine lange Woche auf der Ausstellung, und ich bin hundemüde. Kommst du, Frannie?«
»Noch nicht gleich. Es ist irgendwie so schön hier draußen, ich glaub, ich bleibe noch ein Weilchen sitzen.« Sie war müde, aber sie hatte auch Angst, daß Richard nach Sex sein könnte. Damit wäre sie an diesem Abend einfach nicht fertig geworden.
Sie konnte ihn im Schlafzimmer herumlaufen hören, genau über der Stelle, wo sie, die bloßen Füße auf dem Verandaboden, vor sich hin schaukelte. Von der anderen Seite des Hauses hörte sie Carolyns Radio.
Sie mied während der nächsten Tage die Stadt, sich schmerzlich der Tatsache bewußt, daß Robert Kincaid nur einige Kilometer weit weg war.

Ehrlich gesagt, glaubte sie nicht, daß sie sich beherrschen könnte, wenn sie ihn sah. Womöglich rannte sie auf ihn zu und sagte ihm: »Jetzt! Sofort! Wir müssen auf der Stelle los!« Sie hatte sich allen Risiken zum Trotz mit ihm an der Cedar Bridge getroffen; ihn allerdings jetzt noch einmal zu sehen, wäre ihr denn doch zu riskant gewesen.

Dienstag dann begannen die Lebensmittel knapp zu werden, und Richard brauchte ein Ersatzteil für den Maispflücker, den er gerade wieder auf Vordermann brachte. Der Tag hing tief über dem Land, es hatte sich eingeregnet, es war leicht nebelig und zu kühl für August.

Richard besorgte sich sein Ersatzteil und trank mit den anderen Männern im Café eine Tasse Kaffee, während sie die Lebensmittel einkaufte. Er kannte ihren Zeitplan und erwartete sie schon vor dem Supermarkt, als sie fertig war. Er sprang aus dem Wagen, mit seiner Allis-Chalmers-Mütze auf dem Kopf, und half ihr, die Tüten im Wagen zu verstauen, auf dem Sitz und um ihre Knie herum. Und sie mußte dabei an Stative und Rucksäcke denken.

»Ich muß noch rauf zur Maschinenvertretung. Ich hab da noch ein Teil vergessen, das ich womöglich brauche.«

Sie fuhren Richtung Norden auf der Bundesstraße 169, die zugleich auch die Hauptstraße von Winterset war. Einen Block südlich von der Texaco-Tankstelle sah sie, mit klatschenden Scheibenwischern, Harry von den Zapfsäulen wegrollen und vor ihnen auf die Straße einbiegen.

Ihr Schwung brachte sie direkt hinter den alten Pickup, und da sie in ihrem Ford höher saßen, konnte sie, fest über die Ladefläche gezurrt, die schwarze Plane sehen, unter der sich, mit dem flachliegenden Ersatzreifen verkeilt, ein normaler und ein Gitarrenkoffer abzeichneten. Die Heckscheibe war regennaß, aber es war ein Teil seines Kopfes zu sehen. Er beugte sich vor, als wollte er etwas aus dem Handschuhfach nehmen; vor acht Tagen hatte sein Arm bei dieser Bewegung ihren Schenkel gestreift. Vor einer Woche war sie in Des Moines gewesen und hatte sich ein rosa Kleid gekauft.

»Ist ja 'ne ganze Ecke weg von daheim, der Laster da«, bemerkte Richard. »Washington. Sieht aus, als wär 'ne Frau am Steuer, oder jedenfalls einer mit langen Haaren. Wenn ich's mir recht überlege, also ich könnte wetten, daß das der Fotograf ist, von dem sie im Café geredet haben.«

Sie folgten Robert Kincaid einige Straßenzüge bis zur Kreuzung mit der ost-westlich verlaufenden 92. An den Ampeln hielt man vierspurig, und es herrschte in beiden Richtungen reger

Verkehr, der durch den Regen und den jetzt etwas dichteren Nebel noch komplizierter wurde. Etwa zwanzig Sekunden lang saßen sie da. Er vorneweg, vielleicht zehn Meter von ihr entfernt. Sie konnte noch immer. Sie brauchte nur auszusteigen, zu Harrys rechter Tür zu laufen und über die Rucksäcke, die Stative und die Kühlbox hinweg hineinzuklettern.

Seit Robert Kincaid letzten Freitag von der Farm gefahren war, hatte sie, trotzdem sie ihn über alles zu lieben glaubte, gemerkt, daß sie ihre Gefühle noch bei weitem unterschätzt hatte. Es schien ihr zwar nicht möglich, aber es war so. Sie begann langsam zu verstehen, was er schon an jenem Tag gewußt hatte.

Aber sie saß da, gelähmt von ihrer Verantwortung, und starrte auf die kleine Heckscheibe, wie sie in ihrem ganzen Leben noch nichts angestarrt hatte. Sein rechter Blinker leuchtete auf. Noch einen Augenblick, und er wäre verschwunden. Richard drehte am Radio des Ford.

Sie begann die Szene in Zeitlupe zu sehen, einer jener merkwürdigen Tricks, die einem der Verstand so spielen kann. Er bekam Grün und steuerte Harry ... langsam ... auf die Kreuzung – sie konnte sich seine langen Beine vorstellen, wie sie Kupplung und Gas bedienten, die Muskeln an seinem rechten Unterarm, die sich beim Schalten spannten – und bog links ab auf die 92

in Richtung auf Council Bluffs und die Black Hills, sein Ziel der Nordwesten... langsam... langsam zog der alte Pickup seine Kurve... unendlich langsam rollte er über die Kreuzung, bis er seine Nase nach Westen schob.
Mit zusammengekniffenen Augen durch Tränen, Regen und Nebel spähend, konnte sie kaum noch die verblichene rote Farbe an der Tür ausmachen: »Kincaid, Photographie – Bellingham, Washington.«
Er hatte sein Fenster heruntergelassen, um beim Abbiegen mit den schlechten Sichtverhältnissen zu Rande zu kommen. Er fuhr um die Ecke, und sie konnte sein Haar im Wind wehen sehen, als er auf der 92, Richtung Westen, beschleunigte und dabei das Fenster wieder hochkurbelte.
»Oh, Gott – um Gottes willen... nein!« Sie sprach die Worte nicht aus. »Ich habe einen Fehler gemacht, Robert, es war falsch von mir hierzubleiben... aber ich kann nicht weg... Laß mich es dir noch mal sagen... warum ich nicht weg kann... Sag mir noch mal, warum ich gehen sollte.«
Und sie hörte seine Stimme den Highway herunter zurückkommen. »In einem Universum voller Zweideutigkeit begegnet einem eine derartige Gewißheit nur einmal und dann nie wieder, egal wie viele Leben man lebt.«
Richard steuerte den Ford über die Kreuzung in

Richtung Norden. Einen Augenblick lang schaute sie an seinem Gesicht vorbei hinter Harrys roten Hecklichtern her, die in Regen und Nebel verschwanden.

»Auf Wiedersehen, Robert Kincaid«, flüsterte sie und begann, ganz unverhohlen, zu weinen.

Richard sah zu ihr herüber. »Was ist denn, Frannie? Würdest du mir bitte sagen, was mit dir nicht stimmt?«

»Richard, ich brauch nur ein bißchen Zeit für mich allein. In ein paar Minuten bin ich wieder in Ordnung.«

Richard schaltete die mittägliche Viehbörse ein, sah sie noch einmal an und schüttelte dann den Kopf.

Asche

Im
Madison County
war es Nacht geworden. Es war 1987,
Francescas siebenundsechzigster Geburtstag.
Sie lag seit zwei Stunden auf ihrem Bett.
Nach zweiundzwanzig Jahren noch konnte sie
alles spüren, sehen, riechen, hören.
Sie hatte daran zurückgedacht,
immer und immer wieder.
Das Bild jener beiden roten Rücklichter,

die sich in Regen und Nebel auf der Staatsstraße 92 in Richtung Westen bewegten, hatte sie über zwei Jahrzehnte hindurch verfolgt. Sie berührte ihre Brüste und spürte dabei seine Brustmuskeln über sie hinwegstreichen. Gott, sie liebte ihn so sehr. Hatte ihn damals schon mehr geliebt, als sie es je für möglich gehalten hätte, und liebte ihn jetzt mehr denn je. Sie hätte alles für ihn getan, außer ihre Familie kaputtzumachen und damit womöglich auch ihn selbst.

Sie ging die Treppe hinunter und setzte sich an den alten Küchentisch mit der gelben Resopalplatte. Richard hatte einen neuen gekauft, er hatte darauf bestanden. Aber sie hatte darum gebeten, daß man den alten in einen Schuppen stellte, und hatte ihn vorsichtig in Plastik gepackt, bevor man ihn wegräumte.

»Ich versteh nicht, warum du an dem alten Tisch da so hängst«, hatte er sich beklagt, während er ihr beim Wegstellen half. Nachdem Richard gestorben war, hatte Michael ihr den Tisch wieder ins Haus gebracht, ohne auch nur ein einziges Mal zu fragen, warum sie lieber diesen statt des neueren haben wollte. Er hatte sie nur fragend angesehen. Sie hatte nichts gesagt.

Jetzt setzte sie sich an den Tisch. Dann trat sie an den Schrank und nahm zwei weiße Kerzen auf kleinen Messingständern heraus. Sie zündete die Kerzen an und schaltete das Radio ein, drehte so lange, bis sie leise Musik gefunden hatte. Lange stand sie dann an der Spüle, den Kopf leicht nach hinten geneigt, weil sie ihm ins Gesicht blickte, und flüsterte: »Ich erinnere mich an dich, Robert Kincaid. Vielleicht warst du wirklich der letzte. Vielleicht sind die Cowboys tatsächlich am Aussterben.«

Vor Richards Tod hatte sie Kincaid nicht ein einziges Mal geschrieben oder anzurufen versucht, obwohl jahrelang Tag für Tag nicht viel dazu gefehlt hatte. Hätte sie nur einmal mit ihm gesprochen, sie wäre zu ihm gegangen. Hätte sie ihm nur einmal geschrieben, sie wußte, er wäre sie holen gekommen. So nahe dran waren sie beide gewesen. Auch er hatte sich all die Jahre nicht mehr gemeldet, nicht mehr, seitdem er ihr das eine Päckchen mit den Fotos und dem Manuskript geschickt hatte. Sie wußte, er verstand ihre Gefühle, verstand, welche Komplikationen er in ihr Leben bringen könnte.

Sie abonnierte, noch im September 1965, den *National Geographic*. Der Artikel über die überdachten Brücken erschien im Jahr darauf, und da hatte sie sie dann, die Roseman Bridge im warmen Licht des frühen Morgens, jenes Morgens, an dem er ihren Zettel gefunden hatte. Das Titelbild stammte von ihm: ein Pferdegespann, das einen Wagen auf die Hogback Bridge zu zog. Auch der Text des Artikels war von ihm.

Auf der letzten Seite des Magazins waren Autoren und Fotografen aufgeführt, gelegentlich auch mit Bild. Hin und wieder gab es auch eines von ihm. Immer noch mit dem langen Silberhaar, dem Kettchen am Arm, in Jeans oder Khaki, seine Kameras über die Schultern gehängt; an seinen Unterarmen traten die Venen hervor. In der Kalahari, vor den Mauern des indischen Dschaipur, in einem Kanu in Guatemala, im Norden von Kanada.

Sie schnitt sie sich aus und bewahrte sie zusammen mit der Nummer über die überdachten Brücken, dem Manuskript, den beiden Fotos und seinem Brief in dem großen braunen Umschlag auf. Den Umschlag legte sie in ihrer Kommode zwischen ihre Unterwäsche, an einen Ort also, an dem Richard nie und nimmer nach etwas suchen würde. Und wie eine ferne Beobachterin, die ihn über die Jahre hinweg verfolgte, sah sie Robert Kincaid altern.

Das Grinsen war ihm geblieben, selbst der hochaufgeschossene, hagere Körper mit seinen festen Muskeln. Aber sie sah es an den Falten um seine Augen, dem fast unmerklichen Absacken seiner kräftigen Schultern, dem langsamen Fallen seiner Züge. Sie sah es. Sie hatte diesen Körper genauer studiert als irgend sonst etwas in ihrem Leben, genauer noch als ihren eigenen. Und sein Älterwerden ließ sie, wenn das überhaupt möglich war, sich mehr denn je nach ihm sehnen. Sie vermutete – nein, sie wußte –, er war allein. Und das war er auch.

Bei Kerzenlicht, am Tisch, studierte sie die ausgeschnittenen Fotos. Von fernen Orten her sah er sie an. Sie kam zu dem speziellen Bild aus einer Ausgabe von 1967. Er kauerte in der Hocke an einem Fluß in Ostafrika, mit dem Gesicht zur Kamera, ganz nah an ihr dran, bereitete sich darauf vor, selbst irgend etwas zu fotografieren.

Als sie dieses Foto das erste Mal gesehen hatte, war ihr aufgefallen, daß an dem Silberkettchen um seinen Hals jetzt ein kleines Medaillon hing. Michael war damals weg auf dem College, und nachdem Richard und Carolyn zu Bett gegangen waren, hatte sie sich das Vergrößerungsglas geholt, durch das Michael als kleiner Junge seine Briefmarken betrachtet hatte, und hielt es vor das Foto.

»Mein Gott«, hauchte sie. Auf dem Medaillon stand »Francesca«. Es war dies seine einzige und obendrein eine sehr kleine Indiskretion, und sie vergab sie ihm lächelnd. Auf allen späteren Fotos war stets dieses Medaillon an dem Silberkettchen zu sehen. Nach 1975 sah sie ihn in der Zeitschrift nicht mehr. Auch sein Name fand sich nicht mehr. Sie durchsuchte jede Nummer, konnte aber nichts finden. Zweiundsechzig wäre er in jenem Jahr gewesen.

Als Richard 1979 starb, als die Beerdigung vorbei und die Kinder wieder fortgefahren waren, dachte sie daran, Robert Kincaid anzurufen. Er wäre damals sechsundsechzig gewesen; sie war neunundfünfzig. Auch wenn sie vierzehn Jahre verloren hatten, es wäre noch immer Zeit gewesen. Sie brütete eine Woche lang darüber, nahm schließlich die Nummer von seinem Briefkopf und wählte sie.

Ihr wäre fast das Herz stehengeblieben, als das Telefon zu klingeln begann. Sie hörte, wie jemand abhob, und hätte fast wieder aufgelegt. Eine Frauenstimme sagte: »McGregor, Versicherungen.« Ihre Kräfte verließen sie, aber sie erholte sich genug, um die Sekretärin zu fragen, ob sie sich wohl verwählt hätte. Hatte sie nicht. Francesca dankte ihr und legte auf.

Als nächstes versuchte sie es bei der Auskunft in Bellingham, Washington. Kein Eintrag. Sie versuchte es in Seattle. Nichts. Dann bei der Handelskammer in Bellingham und Seattle. Sie bat sie, Handelsregister und Adressenverzeichnis durchzugehen, aber er stand nicht drin. Er könnte überall sein, dachte sie.

Ihr fiel die Zeitschrift ein; er hatte doch gesagt, sie könnte dort anrufen. Die Dame am Empfang war höflich, aber neu und konnte ihr die Frage allein nicht beantworten. Francesca wurde dreimal weiterverbunden, bevor sie schließlich einen Redakteur an der Leitung hatte, der schon seit zwanzig Jahren bei der Zeitschrift war. Sie fragte nach Robert Kincaid.

Selbstverständlich erinnerte der Redakteur sich an ihn. »Sie versuchen wohl, ihn ausfindig zu machen, was? Er war ein saumäßig guter Fotograf, wenn Sie den Ausdruck entschuldigen wollen. Und ein Streithammel! Nicht unangenehm, aber hartnäckig. Ihm ging es immer um die Kunst an sich, und das schlägt bei unseren Lesern nun mal nicht unbedingt ein. Unsere Leser wollen nette Fotos, gut gemachte Fotos, aber keine allzu ausgefallenen Sachen.

Wir haben immer gesagt, Kincaid wäre so ein bißchen merkwürdig; es kannte ihn ja keiner von uns so recht außerhalb der Arbeit, die er für uns machte. Aber er war ein Profi. Den konnten wir hinschicken, wo wir wollten, der lieferte, auch wenn ihm die Entscheidungen der Redaktion meist nicht paßten. Was seinen Aufenthaltsort anbelangt, also ich bin hier während unserer Unterhaltung unsere Kartei durchgegangen. Er hat die Zeitschrift 1975 verlassen. Die Adresse und Telefonnummer, die ich hier habe, lautet...« Er las vor, was Francesca bereits hatte. Danach gab sie es auf, vor allem, weil sie Angst vor dem hatte, was sie womöglich entdeckte.

Sie ließ sich gehen, gestattete sich immer öfter, an Robert Kincaid zu denken. Sie fuhr noch immer gut genug Auto, um mehrere Male im Jahr nach Des Moines zu fahren und in dem Restaurant zu essen, in das er sie ausgeführt hatte. Auf einem dieser Ausflüge kaufte sie sich ein in Leder gebundenes Buch mit leeren Seiten. Und auf diesen Seiten begann sie in hübscher, sauberer Handschrift die Einzelheiten ihrer Affäre mit ihm und ihre Gedanken über ihn niederzuschreiben. Es bedurfte fast dreier solcher Bücher, bevor sie ihre Aufgabe zu ihrer eigenen Zufriedenheit erledigt hatte.

Winterset machte sich. Man hatte einen rührigen Kunstkreis, zum größten Teil Frauen, und sprach schon seit einigen Jahren davon, die alten Brücken zu restaurieren. Interessante junge Leute bauten sich Häuser in den Hügeln. Man wurde etwas toleranter; lange Haare waren kein Grund mehr, jemanden anzustarren, obwohl man nach wie vor kaum einen Mann in Sandalen sah und Dichter ziemlich dünn gesät waren. Dennoch zog sie sich, von einigen Freundinnen abgesehen, fast ganz aus dem Leben der Gemeinde zurück. Die Leute redeten darüber und daß sie sie oft an der Roseman Bridge und zuweilen auch an der Cedar Bridge stehen sahen. Alte Leute würden ja nicht selten schrullig, sagten sie und gaben sich mit dieser Erklärung zufrieden.

Am zweiten Februar 1982 rollte ein Lieferwagen

von UPS ihre Zufahrt herauf. Sie konnte sich nicht erinnern, etwas bestellt zu haben. Verwundert quittierte sie den Erhalt des Pakets und warf einen Blick auf die Anschrift: »Francesca Johnson, RR 2, Winterset, Iowa 50273.« Der Absender war eine Anwaltskanzlei in Seattle.

Das Paket war sauber verpackt und zusätzlich versichert. Sie setzte es auf dem Küchentisch ab und öffnete es vorsichtig. Sie fand drei Kartons, stoßsicher in Styroporflocken verpackt. Mit Klebstreifen am obersten Karton befestigt, fand sie einen kleinen wattierten Umschlag. An einen anderen geklebt fand sie einen an sie adressierten Geschäftsumschlag mit dem Absender der Kanzlei.

Sie entfernte den Klebstreifen von dem Geschäftsumschlag und öffnete ihn mit zitternden Händen.

23. Januar 1982

Ms. Francesca Johnson
RR 2
Winterset, IA 50273

Sehr geehrte Ms. Johnson,
In unserer Eigenschaft als Testamentsvollstrecker des kürzlich verschiedenen Robert L. Kincaid ...

Francesca legte den Brief auf den Tisch. Draußen wirbelte der Schnee über die wintrigen Felder. Sie sah zu, wie er über die Stoppeln fegte, Maishülsen mitnahm und sie gegen die Eckpfosten der Drahtzäune häufte. Sie las die Worte ein zweites Mal.

In unserer Eigenschaft als Testamentsvollstrecker des kürzlich verschiedenen Robert L. Kincaid...

»Oh, Robert... Robert... Nein.« Sie sagte das leise und senkte den Kopf dabei.
Eine Stunde später war sie in der Lage weiterzulesen. Die nüchterne Rechtssprache, die Präzision dieser Worte machten sie wütend.

»In unserer Eigenschaft...«

Ein Anwalt, der seine Pflichten einem Klienten gegenüber erfüllte.
Aber die geheimnisvollen Kräfte, der Leopard, der auf dem Schweif eines Kometen in ihr Leben geritten war, der Schamane, der eines heißen Augusttages nach der Roseman Bridge gefragt hatte, der Mann, der auf dem Trittbrett seines Lasters gestanden und sie im Staub einer Farmzufahrt in Iowa hatte sterben sehen – wo war er in diesen Worten?

... teilen wir Ihnen mit, daß nur ein einziges, auf den 8. Juli 1967 datiertes Testament existiert. Oben Genannter hat darin ausdrücklich angeordnet, Ihnen beiliegende Gegenstände zukommen zu lassen. Im Falle Ihrer Unauffindbarkeit sollten diese Dinge eingeäschert werden.
Ebenfalls beiliegend, in dem mit der Aufschrift »Brief« gekennzeichneten Karton, ist eine Nachricht an Sie, die er im Jahre 1978 bei uns hinterlegt hat. Besagter Umschlag wurde von ihm versiegelt und ist seither ungeöffnet geblieben.
Mr. Kincaids sterbliche Überreste wurden eingeäschert. Auf seinen eigenen Wunsch hin wurde kein Grabstein aufgestellt. Seine Asche wurde, gleichfalls auf seinen Wunsch, an einem Ort in der Nähe Ihres Wohnsitzes verstreut. Meines Wissens nannte sich die Örtlichkeit Roseman Bridge.
Falls wir Ihnen weiter zu Diensten sein können, bitte zögern Sie nicht, es uns wissen zu lassen.

Mit freundlichen Grüßen,
Allen B. Quippen,
Rechtsbeistand

Sie hielt den Atem an, trocknete einmal mehr ihre Augen und machte sich daran, den restlichen Inhalt des Pakets durchzugehen.
Sie wußte, was in dem kleinen wattierten Umschlag war. Sie wußte es mit derselben Sicher-

heit, mit der sie wußte, daß auch dieses Jahr der Frühling sich einstellen würde. Sie machte ihn vorsichtig auf und griff hinein. Zum Vorschein kam die silberne Kette. Auf dem verkratzten Medaillon las sie »Francesca«. Auf der Rückseite stand, in wirklich winzigen Buchstaben, eingraviert: »An den Finder: Bitte an Francesca Johnson, RR 2, Winterset, Iowa, USA.«
Sein silbernes Armkettchen lag in Seidenpapier gewickelt auf dem Grund des Umschlags. Mit eingewickelt war ein Zettel. Darauf stand – in ihrer eigenen Handschrift:

Falls Ihnen nach einem weiteren Abendessen ist, »wenn weiße Nachtfalter wach werden«, dann kommen Sie doch heute abend nach der Arbeit vorbei.

Ihre Nachricht von der Roseman Bridge. Selbst sie hatte er sich für seine Erinnerungen aufbewahrt.
Dann fiel ihr ein, daß das hier das einzige gewesen war, was er, abgesehen von einigen vergänglichen Bildern auf der langsam verrottenden Emulsion eines Films, von ihr gehabt hatte, sein einziger Beweis für ihre Existenz. Ihre kleine Botschaft von der Roseman Bridge. Sie war flekkig und leicht gebogen, so als hätte er sie lange Zeit in einem Geldbeutel herumgetragen.

Sie überlegte, wie oft er sie im Laufe der Jahre wohl gelesen haben mochte, weit, weit weg von den Hügeln am Middle River. Sie konnte sich vorstellen, wie er sich den Zettel im spärlichen Licht einer Leselampe auf einem Direktflug nach weiß Gott wohin vor die Augen hielt, wie er ihn, auf dem Boden einer Bambushütte im Tigerland sitzend, im Schein einer Taschenlampe las, wie er ihn an einem verregneten Abend in Bellingham zusammenfaltete und wegsteckte, um sich dann die Fotos einer Frau anzusehen, die sich an einem Sommermorgen gegen einen Zaunpfosten lehnte oder bei Sonnenuntergang unter dem Dach einer Brücke hervorkam.
Die drei Kartons enthielten je eine Kamera mit einem Objektiv. Sie waren verbeult und verkratzt. Sie drehte eine um und las »Nikon« auf dem Sucher und, in der linken Ecke des Schriftzugs, den Buchstaben *F*. Es war die Kamera, die sie ihm an der Cedar Bridge gereicht hatte.
Schließlich öffnete sie seinen Brief an sie. Er war handschriftlich und auf seinem Briefpapier abgefaßt. Datiert war er auf den 16. August 1978.

Liebe Francesca,
ich hoffe, dieser Brief erreicht Dich bei bester Gesundheit. Ich weiß nicht, wann Du ihn erhalten wirst. Einige Zeit, nachdem ich nicht mehr bin. Ich bin jetzt fünfundsechzig, und es sind auf den

Tag genau sechzehn Jahre, daß wir einander begegnet sind, als ich Deine Zufahrt hinaufkam, um nach dem Weg zu fragen.
Ich gehe mit meinem Paket ein Risiko ein, und ich kann nur hoffen, daß es keinen Unfrieden in Dein Leben bringt. Ich kann nur einfach den Gedanken nicht ertragen, daß die Kameras im Schaukasten für Gebrauchtes oder in der Hand irgendeines Fremden landen. Sie werden ziemlich übel zugerichtet sein, bis Du sie bekommst. Aber ich habe nun mal niemanden sonst, dem ich sie hinterlassen könnte, und ich entschuldige mich dafür, das Risiko einzugehen, sie Dir zu schicken.
Ich war zwischen 1965 und 1975 fast ununterbrochen unterwegs. Zum Teil schon allein deswegen, um der Versuchung zu widerstehen, Dich anzurufen oder Dich holen zu kommen, eine Versuchung, die ich praktisch jeden wachen Augenblick meines Lebens verspüre, habe ich jeden Auftrag in Übersee angenommen, den ich nur kriegen konnte. Es hat Zeiten gegeben, und nicht zu knapp, da habe ich mir gesagt: »Zum Teufel damit, ich gehe nach Iowa und hole Francesca, koste es, was es wolle, aus Winterset fort.«
Aber ich muß immer an Deine Worte denken, und ich respektiere Deine Gefühle. Vielleicht hattest Du recht, ich könnte es beim besten Willen nicht sagen. Alles, was ich weiß, ist, daß an jenem heißen Freitagvormittag von Deinem Hof zu fahren

mir schwerergefallen ist als alles, was ich meiner Lebtag getan habe oder tun werde. Ehrlich gesagt, ich glaube nicht, daß überhaupt je einem Menschen etwas schwerergefallen ist.

Ich bin 1975 vom National Geographic *weg und mache den Rest meiner Jahre als Fotograf meist nur das, was ich will. Nehme hier und da Arbeit an, wenn was zu haben ist, in der Gegend oder am Ort, Jobs, bei denen ich schlimmstenfalls für zwei, drei Tage weg muß. Es ist mir finanziell nicht gerade rosig gegangen, aber ich schlage mich so durch. Wie immer.*

Den Großteil meiner Arbeit mache ich hier um den Puget Sound. Das ist mir am liebsten. Es hat fast den Anschein, als würde es Männer mit zunehmendem Alter ans Wasser ziehen.

Ach ja, ich habe jetzt auch einen Hund, einen Golden Retriever. Ich nenne ihn »Highway«, und er begleitet mich auf den meisten meiner Reisen, den Kopf zum Fenster rausgesteckt, auf der Suche nach guten Motiven.

1972 bin ich im Acadia National Park in Maine von einer Klippe gefallen und habe mir den Knöchel gebrochen. Das Kettchen mit dem Medaillon ist mir dabei abgerissen. Glücklicherweise ist es in der Nähe gelandet. Ich habe es wiedergefunden, und ein Juwelier hat es mir repariert.

Ich lebe mit Staub auf dem Herzen. Anders kann ich es einfach nicht nennen. Es hat vor Dir andere

Frauen gegeben, die eine oder andere, aber keine danach. Nicht daß ich mich bewußt dem Zölibat verschrieben hätte, ich bin einfach nicht interessiert.

Ich habe einmal eine kanadische Gans beobachtet, deren Lebenspartner von Jägern abgeschossen worden war. Gänse tun sich nämlich fürs Leben zusammen. Der Ganter ist tagelang um den Weiher geflogen, und selbst dann war noch nicht Schluß. Als ich ihn das letzte Mal sah, schwamm er durch den wilden Reis, immer noch auf der Suche. Ich fürchte, eine solche Analogie ist ein bißchen zu offensichtlich, um literarischen Wert zu haben, aber es trifft so ziemlich das, was ich empfinde.

An nebeligen Morgen oder an Nachmittagen, wenn die Sonne im Nordwesten ins Meer fällt, versuche ich mir auszumalen, wo Du gerade bist in Deinem Leben und was Du wohl gerade machst, während ich an Dich denke. Nichts Kompliziertes – Du gehst in den Garten, sitzt auf der Schaukel auf Deiner vorderen Veranda, stehst an der Spüle in Deiner Küche. Und so fort.

Ich erinnere mich noch an jede Einzelheit. An Deinen Geruch. Du hast nach Sommer gerochen. Wie sich Deine Haut auf der meinen angefühlt hat. Dein Flüstern, als ich Dich geliebt habe.

Robert Penn Warren sprach einmal von »einer anscheinend gottverlassenen Welt«. Nicht schlecht,

das kommt dem, wie ich zuweilen fühle, ziemlich nahe. Ich tue mir nicht gern selbst leid. Das ist mir fremd. Und die meiste Zeit über ist das ja auch nicht der Fall. Ich bin vielmehr dankbar, Dich überhaupt gefunden zu haben. Schließlich hätten wir ja auch wie zwei Staubkörnchen aus dem All aneinander vorbeizischen können.
Gott oder das Universum oder wie immer man die großen Systeme, die für Balance und Ordnung sorgen, nennen will, erkennen die Erdenzeit nicht an. Dem Universum sind vier Tage dasselbe wie vier Milliarden Lichtjahre. Ich versuche immer, mir das vor Augen zu halten.
Aber andererseits bin ich nun mal ein Mensch. Und ich kann mir so viele philosophische Erklärungen zurechtlegen, wie ich nur will, sie können nicht verhindern, daß ich Dich will, tagein, tagaus, jeden Augenblick, und tief in meinem Kopf ständig das unbarmherzige Heulen der Zeit, einer Zeit, die ich nie und nimmer mit Dir verbringen kann.
Ich liebe Dich, innig und von ganzem Herzen. Und das werde ich immer tun.

Der letzte Cowboy.
Robert

P. S. Ich habe Harry letzten Sommer einen neuen Motor eingebaut, und es geht ihm prima.

Das Paket war vor fünf Jahren gekommen. Und sich seinen Inhalt anzusehen war Teil ihres alljährlichen Geburtstagsrituals geworden. Sie bewahrte die Kameras, das Armband und die Kette mit dem Medaillon in einer speziellen Kiste im Schrank auf. Ein Schreiner am Ort hatte sie ihr nach ihren Angaben gemacht, aus Walnußholz, staubdicht und mit gepolsterten Fächern. »Die reinste Luxustruhe«, hatte er gesagt. Francesca hatte nur gelächelt.

Den letzten Teil des Rituals bildete das Manuskript. Sie las es immer bei Kerzenlicht, gegen Ende des Tages. Sie nahm es mit aus dem Wohnzimmer und legte es behutsam auf das gelbe Resopal, neben eine Kerze, steckte sich die eine Zigarette an, die sie im Jahr rauchte, eine Camel, nahm einen Schluck Brandy und begann zu lesen.

Sturz aus der Dimension Z

Robert Kincaid

Es gibt alte Winde, die verstehe ich heute noch nicht, und das, obwohl ich doch schon, seit Anbeginn aller Zeiten, wie es scheint, auf ihren gekräuselten Kämmen dahinreite. Ich bewege mich in der Dimension Z; die Welt spiegelt sich woanders ab, in einer anderen Scheibe des Gan-

zen, parallel zu mir. Als würde ich sie, die Hände in den Hosentaschen, leicht vornübergebeugt, durch das Schaufenster eines Kaufhauses sehen – von außen.
In der Dimension Z gibt es merkwürdige Augenblicke. Ich komme westlich von Magdalena, New Mexico, um eine lange, verregnete Kurve, der Highway wird zu einem Fußweg, der Fußweg zu einem Wildwechsel. Eine Bewegung meiner Scheibenwischer, und der Wildwechsel wird zu einer Waldlichtung, auf die nichts und niemand je einen Fuß gesetzt hat. Ein weiterer Wischer, und es geht noch weiter zurück. Ins Eis diesmal. In Felle gehüllt bewege ich mich durch kurzes Gras, mein Haar ist verfilzt, ich habe einen Speer in der Hand, ich bin dünn und hart wie das Eis um mich, nichts als Muskeln und unerbittliche Gerissenheit. Nach dem Eis, noch weiter zurück auf dem Maß der Dinge, schwimme ich, geschuppt und bekiemt, in tiefem Salzwasser. Mehr als das kann ich nicht sehen, außer daß jenseits des Planktons die Ziffer Null erscheint.
Euklid hat nicht immer recht gehabt. Er vermutete eine Parallelität bei gleichzeitiger Konstanz bis zum Ende aller Dinge; aber es besteht auch die Möglichkeit einer nicht-euklidischen Art der Existenz, wo die Linien irgendwo weit draußen aufeinandertreffen. In einem Fluchtpunkt. Die

Illusion der Konvergenz. Ich weiß jedoch, daß es mehr ist als nur eine Illusion. Hin und wieder ist so ein Aufeinandertreffen möglich, das Überschwappen einer Realität in eine andere. Eine Art sanfte Verknüpfung. Kein pedantisches Flechtwerk von den Webstühlen einer bis ins Letzte präzisen Welt, nein, kein Schiffchen stört hier die Ruhe. Nur... na ja... ein Atmen. Ja, genauso hört es sich an, fühlt es sich vielleicht sogar an. Nach Atmen. Und ich bewege mich langsam über diese andere Realität, über sie, neben ihr, unter ihr und um sie herum, immer mit Stärke, immer mit Kraft, aber immer gebe ich mich ihr dabei. Und das andere spürt das, kommt mir mit seiner eigenen Kraft entgegen, gibt sie mir im Austausch für die meine.
Irgendwo in diesem Atmen erklingt Musik, dann beginnt der merkwürdige spiralige Reigen mit einem ganz eigenen Taktmaß, das den Eismenschen mit dem Speer und dem verfilzten Haar beschwichtigt. Und langsam – sich im Adagio drehend und wendend, immer adagio – fällt der Eismensch... aus der Dimension Z... und in sie hinein.

Am Ende ihres siebenundsechzigsten Geburtstages, nachdem es aufgehört hatte zu regnen, legte Francesca den braunen Umschlag wieder in den untersten Schub des Schreibtisches. Sie hatte sich nach Richards Tod dazu entschlossen, ihn in ihrem Bankschließfach aufzubewahren, holte ihn jedoch jedes Jahr um diese Zeit für ein paar Tage nach Hause. Der Deckel der Walnußtruhe schloß sich über den Kameras, und die Truhe kam wieder auf das Brett in ihrem Schlafzimmerschrank.

Am Nachmittag schon hatte sie der Roseman Bridge einen Besuch abgestattet. Jetzt trat sie auf die Veranda hinaus, wischte mit einem Handtuch die Schaukel trocken und setzte sich. Es war kalt, aber sie würde trotzdem, wie immer, einige Minuten hier verweilen. Dann ging sie ans Gatter im Zaun um den Hof und stand eine Weile da. Dann an den Kopf der Zufahrt. Noch zweiundzwanzig Jahre danach sah sie ihn aus seinem Laster steigen, am Spätnachmittag, auf der Suche nach dem richtigen Weg; sie sah Harry auf die Landstraße zuholpern, dann anhalten, und Robert Kincaid auf dem Trittbrett stehen und die Zufahrt heraufschauen.

Ein Brief von Francesca

Francesca Johnson starb im Januar 1989. Sie wurde neunundsechzig Jahre alt. Robert Kincaid wäre in diesem Jahr sechsundsiebzig geworden. Sie starb, laut Totenschein, eines »natürlichen« Todes. »Sie ist einfach gestorben«, sagte der Arzt zu Michael und Carolyn. »Um ehrlich zu sein, wir stehen da vor einem kleinen Rätsel.

Wir können keine spezielle Todesursache feststellen. Eine Nachbarin hat sie über dem Küchentisch zusammengesunken aufgefunden.«
1982 hatte sie in einem Brief an ihren Anwalt um eine Feuerbestattung gebeten, ihre Asche sollte bei der Roseman Bridge verstreut werden. Sich einäschern zu lassen war im Madison County nun sicher nicht an der Tagesordnung – man betrachtete es aus dem einen oder anderen undefinierbaren Grund als etwas radikal –, so daß ihr Wunsch sowohl im Café als auch an der Texaco-Tankstelle und in der Vertretung für landwirtschaftliche Maschinen zu ausgiebigen Diskussionen führte. Was mit der Asche geschah, verschwieg man der Öffentlichkeit.
Nach der Beisetzung fuhren Michael und Carolyn langsam hinaus zur Roseman Bridge und führten Francescas Anweisungen aus. Obwohl die Brücke ganz in der Nähe stand, so hatte sie für die Johnsons doch nie eine spezielle Bedeutung gehabt, und sie fragten sich, ja zerbrachen sich den Kopf darüber, warum jemand so Vernünftiges wie ihre Mutter etwas so Rätselhaftes tun sollte, warum sie nicht darum gebeten hatte, neben dem Vater ihrer Kinder begraben zu werden, wie das so üblich war.
Im folgenden machten sich Michael und Carolyn an das langwierige Sichten der Hinterlassenschaft, wobei sie auch den Inhalt des Bank-

schließfachs nach Hause holten, nachdem ein Anwalt ihn aus erbrechtlichen Gründen geprüft und dann freigegeben hatte.

Sie teilten den Inhalt des Schließfachs in zwei Häufchen und begannen diese durchzugehen. Der braune Umschlag befand sich in Carolyns Stapel, etwa am Ende des ersten Drittels. Sie war verblüfft, als sie ihn öffnete und den Inhalt herausnahm. Sie las Robert Kincaids Brief an Francesca aus dem Jahre 1965. Danach las sie den von 1978, dann den von seinem Anwalt aus dem Jahre 1982. Schließlich sah sie sich die Zeitschriftenausschnitte an.

»Michael.«

Er hörte ihre Überraschung am Ernst ihrer Stimme und hob sofort den Kopf. »Was gibt's denn?«

Carolyn hatte Tränen in den Augen, und ihre Stimme wurde brüchig. »Mutter hat einen Mann namens Robert Kincaid geliebt. Einen Fotografen. Weißt du noch, wie wir uns alle das *National Geographic*-Heft mit dem Artikel über die Brücken ansehen mußten? Er war derjenige, der die Fotos von den Brücken hier gemacht hatte. Und weißt du noch, wie die Kinder damals alle über den seltsamen Kerl mit den Kameras geredet haben? Das war er.«

Michael saß ihr gegenüber, seine Krawatte gelockert, den Kragen geöffnet. »Sag das noch mal, aber langsam. Ich kann's nicht glauben, hab ich das richtig verstanden?«

Nachdem er die Briefe gelesen hatte, durchsuchte Michael den Schrank unten und ging dann hinauf in Francescas Schlafzimmer. Die kleine Walnußtruhe war ihm vorher gar nicht aufgefallen. Er öffnete sie. Er trug sie hinunter an den Küchentisch. »Carolyn, hier sind seine Kameras.«

In eine Ecke der Truhe gesteckt befand sich ein versiegelter Umschlag mit ihren beiden Namen darauf. »Carolyn und Michael«, in Francescas Handschrift. Zwischen den Kameras lagen drei in Leder gebundene Notizbücher.

»Ich bin nicht sicher, ob ich das lesen kann, was in dem Umschlag hier ist«, sagte Michael. »Lies es laut vor, falls du es schaffst.«

Sie öffnete den Umschlag und las vor.

7. Januar 1987

Liebe Carolyn, lieber Michael,

Obwohl es mir gutgeht, denke ich, ist es doch an der Zeit, Ordnung in meine Angelegenheiten zu bringen (wie man so schön sagt). Es gibt da etwas sehr, sehr Wichtiges, was Ihr beide wissen müßt. Das ist der Grund, warum ich Euch das hier schreibe.

Nachdem Ihr das Bankschließfach durchgegangen seid und den an mich adressierten braunen

Umschlag mit dem Poststempel von 1965 gefunden habt, werdet Ihr sicher schließlich und endlich auch auf diesen Brief hier stoßen. Wenn es Euch möglich ist, dann setzt Euch bitte an den alten Küchentisch, um ihn zu lesen. Ihr werdet diese Bitte gleich verstehen.

Es fällt mir nicht leicht, meinen eigenen Kindern das hier zu schreiben, aber ich muß es einfach tun. Es gibt da etwas, das zu stark ist, zu schön, um mit mir zu sterben. Und wenn Ihr wissen sollt, wer Eure Mutter war, mit ihren guten und schlechten Seiten, dann müßt Ihr auch wissen, was ich Euch jetzt sage. Macht Euch auf etwas gefaßt.

Wie Ihr bereits entdeckt habt, hieß er Robert Kincaid. Er war Fotograf, und er war 1965 hier, um die überdachten Brücken zu fotografieren. Denkt nur daran, wie aufgeregt die ganze Stadt war, als die Bilder im National Geographic *erschienen. Vielleicht erinnert Ihr Euch noch daran, daß ich die Zeitschrift um diese Zeit abonniert habe. Nun kennt Ihr den Grund für mein plötzliches Interesse daran. Ich war übrigens bei ihm (ich habe eine seiner Kameras getragen), als das Foto von der Cedar Bridge entstand. Versteht mich nicht falsch, ich habe Euren Vater auf eine stille Art und Weise geliebt. Ich wußte das damals, ich weiß das heute. Er war gut zu mir und hat mir Euch beide geschenkt, die ihr mir so viel bedeutet. Vergeßt das nie.*

Aber Robert Kincaid war ganz anders, er war anders als alle Menschen, die ich je kennengelernt, von denen ich je in meinem ganzen Leben gehört oder gelesen habe. Ihn Euch ganz und gar verständlich zu machen ist unmöglich. Zunächst einmal seid Ihr nicht ich. Und zweitens hättet Ihr dabeisein müssen, hättet sehen müssen, wie er sich bewegte, hättet hören müssen, wie er von sich selbst als einer Sackgasse der Evolution sprach. Vielleicht werden die Notizbücher und die Ausschnitte Euch helfen, aber genügen werden auch sie nicht.

In gewissem Sinne war er nicht von dieser Welt. Klarer kann ich mich beim besten Willen nicht ausdrücken. Ich habe in ihm immer ein leopardengleiches Wesen gesehen, das auf dem Schweif eines Kometen auf die Erde geritten kam. Er hat sich so bewegt, sein Körper war so. Irgendwie verband er eine enorme Intensität mit Wärme und Freundlichkeit, und in gewissem Sinne hatte er etwas Tragisches. Er hatte das Gefühl, in einer Welt voller Computer und Roboter, überhaupt in einem bis ins Letzte organisierten Leben nichts mehr verloren zu haben. Er hat sich als einen der letzten Cowboys gesehen, wie er sich ausdrückte, und nannte sich altmodisch.

Das erste Mal, daß ich ihn gesehen habe, kam er vorbei, um nach dem Weg zur Roseman Bridge zu fragen. Ihr drei wart damals gerade auf der Land-

wirtschaftsausstellung in Illinois. Glaubt mir, ich war wirklich nicht auf der Suche nach Abenteuer. Nichts, was mir ferner gelegen hätte. Aber ich brauchte ihn nur fünf Sekunden anzusehen, und ich wußte, ich wollte ihn, wenn auch nicht so sehr, wie ich ihn später noch begehren sollte.

Und bitte haltet ihn nur nicht für einen Casanova, der herumlief und Mädchen vom Lande ausnutzte. Er war ganz und gar nicht so. Um es genau zu sagen, er war sogar etwas schüchtern, und ich hatte nicht weniger Anteil an dem, was passiert ist, als er. Mehr als er, um genau zu sein. Der Zettel, den Ihr bei seinem Armkettchen findet, ist der, den ich damals an die Roseman Bridge geheftet habe, damit er ihn am Morgen nach unserer ersten Begegnung sehen würde. Abgesehen von seinen Fotos von mir ist dieser Zettel der einzige Beweis, den er all die Jahre gehabt hat, daß es mich wirklich gab, dafür, daß er mich nicht nur geträumt hatte.

Ich weiß, Kinder neigen dazu, in ihren Eltern eher asexuelle Wesen zu sehen, und ich hoffe, daß Euch das, was ich Euch jetzt sagen werde, nicht schokkiert. Und ich hoffe vor allem, daß es Eure Erinnerung an mich nicht zerstört.

In unserer alten Küche haben Robert und ich Stunden miteinander verbracht. Wir haben uns bei Kerzenlicht unterhalten und getanzt. Und, ja, wir haben uns dort geliebt, dort und im Schlafzimmer und im Gras auf der Weide und überhaupt fast überall, wo man sich nur denken kann. Und es war ganz unglaublich, mächtig, überwältigend, und es ging über Tage hinweg fast ununterbrochen. Ich habe immer wieder das Wort »mächtig« benutzt in meinen Gedanken an ihn. Denn genau das war er.

Er war wie ein Pfeil in seiner Intensität. Ich war schlicht und ergreifend hilflos, wenn er mich liebte. Nicht schwach, das war es nicht. Nur, wie soll ich sagen, überwältigt von seiner schieren emotionellen und physischen Kraft. Einmal, als ich ihm das ins Ohr geflüstert hatte, sagte er nur: »Ich bin der Highway und ein Wanderfalke und jedes Segel, das je aufs Meer hinausgefahren ist.«

Das erste, woran man bei einem Wanderfalken denkt, ist natürlich, daß es sich um einen Vogel handelt, aber es steckt noch soviel mehr in diesem Bild. Und nicht nur, daß er stets auf Wanderschaft ist und kein Zuhause hat, sondern auch, daß er überall, wo er hinkommt, ein Fremder, ein Außenseiter ist. Und genau das war er: ein Fremder, ein Fremdling im weiteren Sinne des Wortes, ein Wanderer, und er hatte auch etwas von einem Falken, jetzt, wo ich es mir überlege.

Kinder, Ihr müßt verstehen, daß ich hier etwas auszudrücken versuche, was ich nicht in Worte fassen kann. Ich wünschte mir, daß Ihr beide auch eines Tages erleben würdet, was mir da widerfahren ist, aber ich glaube langsam, daß das wohl nicht sehr wahrscheinlich ist. Auch wenn ich annehme, daß es in unserer aufgeklärten Zeit nicht gerade Mode ist, so etwas zu sagen, so glaube ich doch, daß eine Frau nicht über diese besondere Art von geheimnisvollen Kräften verfügen kann, die Robert Kincaid hatte. Das schließt Dich, Michael, von vornherein aus. Und was Carolyn anbelangt, so, fürchte ich, muß ich ihr sagen, daß es nur einen wie ihn gegeben hat und keinen zweiten.

Wärt da nicht Ihr und Euer Vater gewesen, ich wäre diesem Mann bis ans Ende der Welt gefolgt, und das ohne zu zögern. Er hat mich gebeten, mit ihm zu gehen, angefleht hat er mich. Aber ich wollte nicht, und er war zu empfindsam und hatte mich zu gern, um sich danach auch nur noch ein einziges Mal in unser Leben zu drängen.

Das Paradoxe an der ganzen Geschichte ist: Hätte es Robert Kincaid nicht gegeben, ich bin nicht sicher, ob ich es all diese Jahre auf der Farm hätte aushalten können. In vier Tagen hat er mir ein ganzes Leben geschenkt, ein Universum, und aus meinen einzelnen Teilen ein Ganzes geschaffen. Ich habe nie aufgehört, an ihn zu denken, nicht für einen Augenblick. Wenn ich nicht bewußt an ihn gedacht habe, so konnte ich ihn immer noch spüren, er ist immer bei mir gewesen.

Aber das hat meinen Gefühlen für Euch und Euren Vater nie auch nur den geringsten Abbruch getan. Wenn ich mal einen Augenblick nur an mich selbst denke, dann bin ich mir nicht sicher, ob ich damals die richtige Entscheidung getroffen habe. Aber wenn ich die Familie berücksichtige, so bin ich doch ziemlich sicher, daß es die richtige war.

Obwohl ich Euch, wenn ich ehrlich bin, sagen muß, daß Robert gleich von Anfang an weit besser verstanden hat als ich, was wir beide gemeinsam darstellten. Ich glaube, ich selbst habe das erst ganz allmählich, im Lauf der Zeit erfaßt. Hätte ich es schon damals in seiner ganzen Tragweite verstanden, als er mich von Angesicht zu Angesicht gefragt hat, ob ich mit ihm gehen will, dann wäre ich wahrscheinlich mit ihm weggegangen.

Robert glaubte, die Welt sei zu rational geworden, hätte aufgehört, in ausreichendem Maße auf die Magie zu vertrauen. Ich habe mich oft gefragt, ob ich selbst nicht zu rational gewesen bin, als ich meine Entscheidung getroffen habe.

Ich bin sicher, mein Wunsch, was meine Bestattung anbelangt, war Euch ein Rätsel; wahrscheinlich habt Ihr gedacht, es handelte sich um die Schrullen einer verwirrten alten Frau. Nachdem Ihr den Brief des Anwalts aus Seattle von 1982 und meine Notizbücher gelesen habt, werdet Ihr wohl verstehen, warum ich darum gebeten habe. Ich habe mein Leben meiner Familie gegeben, ich habe Robert Kincaid gegeben, was noch von mir übrig war.

Ich glaube, Richard wußte wohl, daß da etwas in mir war, was er nicht erreichen konnte, und ich frage mich zuweilen, ob er den großen braunen Umschlag nicht vielleicht gefunden hat, als ich ihn noch zu Hause in meiner Kommode aufbewahrt habe. Kurz bevor er starb, saß ich neben seinem Bett im Krankenhaus in Des Moines, und er sagte mir folgendes: »Francesca, ich weiß, auch du hast deine Träume gehabt. Tut mir leid, daß ich sie dir nicht erfüllen konnte.« Es war der bewegendste Augenblick in unserem ganzen gemeinsamen Leben.

Ich will Euch keine Schuldgefühle oder Mitleid oder dergleichen einreden. Daran ist mir jetzt ganz und gar nicht gelegen. Ich will nur, daß Ihr wißt, wie sehr ich Robert Kincaid geliebt habe. Und daß ich all die Jahre Tag für Tag damit fertig werden mußte, genauso wie er.

Obwohl wir nie wieder miteinander gesprochen haben, sind wir einander doch verbunden geblieben, und das so fest, wie zwei Leute nur miteinander verbunden sein können. Ich finde einfach die Worte nicht, um das angemessen zum Ausdruck zu bringen. Er selbst hat es am besten formuliert: wir hätten aufgehört, separate Wesen zu sein, und wären statt dessen ein drittes geworden, ein Wesen, das aus uns beiden entstanden war. Keiner von uns existierte unabhängig von diesem Wesen. Und dieses Wesen konnte sich frei bewegen.

Carolyn, erinnerst Du Dich noch an den schrecklichen Streit zwischen uns um das hellrosa Kleid in meinem Schrank? Du hattest es gesehen, und Du wolltest es tragen. Du hast gesagt, Du könntest Dich nicht erinnern, mich jemals drin gesehen zu haben, warum sollten wir es also nicht ändern, damit es Dir paßte. Das war das Kleid, das ich an jenem Abend angehabt habe, an dem Robert und ich uns zum erstenmal geliebt haben. Ich habe in meinem ganzen Leben nicht so gut ausgesehen wie an jenem Abend. Das Kleid war mein albernes kleines Souvenir an diese Zeit. Deshalb habe ich es nie wieder getragen, und deshalb habe ich es auch Dich nicht tragen lassen.

Nachdem Robert damals, 1965, von hier weggegangen war, ist mir klargeworden, daß ich so gut wie nichts über ihn wußte, was seine Familiengeschichte anbelangte. Obwohl ich der Ansicht bin, daß ich in den paar kurzen Tagen sonst alles über ihn erfahren habe – jedenfalls alles, was er erzählte. Er war ein Einzelkind, seine Eltern waren beide tot, und er stammte aus einer kleinen Stadt in Ohio.

Ich könnte noch nicht einmal mit Sicherheit sagen, ob er auf dem College, ja noch nicht einmal, ob er auf der High-School war, aber er besaß eine Intelligenz, die auf eine ungeschliffene, primitive, ja fast mystische Art schlicht brillant war. Ach ja, er war im Krieg Fotograf gewesen und im

Zweiten Weltkrieg mit der Marineinfanterie im Südpazifik.
Er war verheiratet, einmal, und geschieden, schon lange bevor wir uns kennenlernten. Er hatte keine Kinder. Seine Frau war Musikerin gewesen oder so was Ähnliches, Folksängerin, glaube ich, hat er gesagt, und daß seine langen Abwesenheiten auf seinen Fotoexpeditionen die Ehe kaputtgemacht haben. Er hat die Schuld für den Bruch auf sich genommen.
Darüber hinaus hatte Robert, soviel ich weiß, keine Familie. Ich bitte Euch, ihn in die unsere aufzunehmen, wie schwer Euch das im ersten Augenblick auch scheinen mag. Wenigstens hatte ich eine Familie, ein Leben zusammen mit anderen. Robert war allein. Das war nicht fair, und ich habe es immer gewußt.
Es wäre mir am liebsten, oder wenigstens glaube ich das – schon allein Richards Gedenken wegen und der Art, wie die Leute über so etwas reden –, wenn das Ganze irgendwie innerhalb der Familie Johnson bliebe. Ich überlasse das jedoch ganz Eurem Gutdünken.
In jedem Fall schäme ich mich gewiß nicht für das, was Robert Kincaid und ich miteinander gehabt haben. Ganz im Gegenteil. Ich habe ihn all diese Jahre verzweifelt geliebt, auch wenn ich aus ganz privaten Gründen nur ein einziges Mal versucht habe, Kontakt mit ihm aufzunehmen.

Das war nach dem Tod Eures Vaters. Es ist mir nicht gelungen, und weil ich solche Angst hatte, es könnte ihm etwas zugestoßen sein, habe ich es nie wieder versucht. Ich wollte mich dieser Realität einfach nicht stellen. Ihr könnt Euch also vorstellen, was ich empfand, als ich 1982 das Paket mit dem Brief von dem Anwalt bekam.
Wie schon gesagt, ich hoffe, Ihr versteht das alles und denkt nicht schlecht von mir. Wenn Ihr mich liebt, dann müßt Ihr in diese Liebe auch das einschließen, was ich getan habe.
Robert Kincaid hat mich gelehrt, was es heißt, eine Frau zu sein, und das auf eine Art und Weise, wie sie kaum eine Frau, womöglich sogar überhaupt nie eine erfahren wird. Er war ein prächtiger Mensch, ein warmherziger Mensch, und er verdient ganz gewiß Euren Respekt und vielleicht auch Eure Liebe. Ich hoffe, Ihr könnt ihm beides geben. Auf seine eigene Art, durch mich, ist er auch gut zu Euch gewesen.

Lebt wohl, meine Kinder.
Eure Mutter

Schweigen legte sich über die alte Küche. Michael holte tief Luft und blickte zum Fenster hinaus. Carolyn sah sich alles um sie herum an: die Spüle, den Boden, den Tisch.
Als sie dann etwas sagte, war ihre Stimme fast

ein Flüstern. »Oh, Michael, denk nur an all die Jahre, in denen sich die beiden so verzweifelt gewollt haben. Sie hat ihn für uns und Dad aufgegeben. Und Robert Kincaid blieb weg aus Respekt vor ihren Gefühlen für uns.

Michael, allein schon bei dem Gedanken weiß ich nicht, was ich machen soll. Wir behandeln unsere Ehen so beiläufig, und wir waren mit schuld daran, daß eine so unglaubliche Liebesaffäre so enden mußte.

Sie hatten vier Tage zusammen, nur vier Tage. Aus einem ganzen Leben. Während wir auf dieser albernen Landwirtschaftsausstellung in Illinois waren. Schau dir nur das Bild von Mama an. Ich habe sie nie so gesehen. Sie ist so schön, und es ist nicht das Foto. Das war er. Er hat das aus ihr gemacht. Schau sie dir nur an, wie wild und frei sie ist. Ihr Haar im Wind, ihr Gesicht lebt. Sie sieht einfach wunderbar aus.«

»Großer Gott« war alles, was Michael sagen konnte. Er wischte sich mit dem Küchenhandtuch über die Stirn und tupfte sich, als Carolyn nicht hinsah, über die Augen.

Carolyn sprach weiter. »Es sieht ganz so aus, als hätte er all die Jahre nie versucht, Kontakt mit ihr aufzunehmen. Und er muß ganz allein gestorben sein; deshalb hat er ihr die Kameras schicken lassen.

Ich erinnere mich noch an den Streit zwischen

Mama und mir über das rosa Kleid. Tagelang ging das damals. Was habe ich gequengelt und immer wieder gefragt, warum. Dann habe ich mich geweigert, mit ihr zu reden. Alles, was sie dazu gesagt hat, war: ›Nein, Carolyn, nicht dieses.‹«

Und Michael erinnerte sich an die Geschichte mit dem alten Tisch, an dem sie jetzt saßen. Deshalb also hatte die Mutter ihn gebeten, ihn nach dem Tod des Vaters wieder in die Küche zu stellen.

Carolyn öffnete den kleinen wattierten Umschlag. »Hier ist sein Armband und die Silberkette mit dem Medaillon. Und hier der Zettel, den Mutter in ihrem Brief erwähnt, den sie an die Roseman Bridge geheftet hat. Deshalb also das Stück Papier an der Brücke auf dem Foto, das er ihr geschickt hat.

Michael, was sollen wir tun? Überleg's dir einen Augenblick, ich bin gleich wieder da.«

Sie lief die Treppe hinauf und kehrte ein paar Minuten später mit dem sorgfältig in Plastik gefalteten Kleid wieder zurück. Sie nahm es heraus und hielt es hoch, damit Michael es sehen konnte.

»Stell sie dir nur vor, wie sie es anhatte und mit ihm hier in der Küche getanzt hat. Denk nur, all die Zeit, die wir hier verbracht haben, und die Bilder, die sie gesehen haben muß, während sie kochte oder mit uns zusammensaß, mit uns über unsere Probleme sprach, auf welches College wir gehen sollten und wie schwer es doch ist, eine erfolgreiche Ehe zu führen. Gott, wie unschuldig und unreif sind wir im Vergleich mit ihr.«

Michael nickte und wandte sich den Hängeschränken über der Spüle zu. »Was meinst du, ob Mutter hier wohl irgendwo was zu trinken hat? Ich könnte weiß Gott was vertragen. Und was deine Frage anbelangt, ich habe keine Ahnung, was wir machen sollen.«

Er kramte in den Schränken herum und fand eine Flasche Brandy, fast leer. »Für zwei Gläser wird es reichen, Carolyn. Willst du eins?«

»Ja.«

Michael nahm die einzigen beiden Weinbrandschwenker aus dem Büffet und stellte sie vor sie beide auf die gelbe Resopalplatte. Er leerte Francescas letzte Flasche Brandy hinein, während Carolyn schweigend den ersten Band der Notizbücher zu lesen begann. »Robert Kincaid kam zu mir am 16. August, einem Montag im Jahre 1965. Er versuchte die Roseman Bridge zu finden. Es war spät am Nachmittag und heiß, und er fuhr einen Laster, den er Harry nannte...«

Postskriptum: Der Nachtfalke von Tacoma

Während der Arbeit an Robert Kincaids und Francesca Johnsons Geschichte sah ich mich in zunehmendem Maße fasziniert von Kincaid und der Tatsache, wie wenig wir alle über ihn und sein Leben wußten. Nur wenige Wochen, bevor das Buch in Satz ging, flog ich nach Seattle und versuchte einmal mehr, zusätzliche Informationen über ihn auszugraben.

Ich hatte so eine Idee, daß ihn als Musikliebhaber und Künstler, der er war, ja womöglich in der Musik- oder Kunstszene der Gegend um den Puget Sound jemand gekannt hatte.
Der Kunstredakteur der *Seattle Times* erwies sich als hilfreich. Obwohl er von Kincaid nie gehört hatte, verschaffte er mir doch Zugang zu den einschlägigen Sparten der Zeitung aus den Jahren 1975 bis 1982, der Zeit also, die mich besonders interessierte.
Ich arbeitete mich eben durch die Ausgaben von 1980, da stieß ich auf das Foto eines schwarzen Jazzmusikers, eines Tenorsaxophonisten namens John »Nighthawk« Cummings. Und neben dem Foto stand der Name des Fotografen: *Robert Kincaid.* Beim Ortsverband der Musikergewerkschaft gab man mir Cummings' Adresse mit dem Hinweis, daß er seit einigen Jahren nicht mehr auftrete. Die Adresse war ein Haus in einer Nebenstraße am Rande eines Gewerbegebietes von Tacoma, gleich neben der Bundesstraße 5, die von Seattle herunterführt.
Ich mußte mehrmals bei ihm vorbeischauen, bevor ich ihn zu Hause antraf. Er war anfangs mißtrauisch, was meine Fragen anbelangte. Aber nachdem ich ihn schließlich doch davon überzeugen konnte, daß mein Interesse an Kincaid ernsthaft und ohne Hintergedanken war, wurde er offener, ja sogar herzlich. Was hier

folgt, ist eine leicht bearbeitete Niederschrift meines Interviews mit Cummings, der zu dem Zeitpunkt, als ich mit ihm sprach, bereits siebzig Jahre alt war. Ich schaltete einfach meinen Recorder an und ließ ihn von Robert Kincaid erzählen.

Ein Interview mit »Nighthawk« Cummings

Also, ich hatte damals einen Auftritt bei Shorty's oben in Seattle, wo ich seinerzeit auch gelebt habe, und ich brauchte da ein gutes Hochglanzfoto von mir, zwecks der Werbung. Unser Bassist hat mir gesagt, draußen auf einer von den Inseln, also, da würde so 'n Typ wohnen, der schon gute Sachen gemacht hat. Weil er kein Telefon gehabt hat, habe ich ihm eine Postkarte geschickt.
Er kam dann vorbei, ein absolut komischer alter Typ in Jeans und Boots, orange Hosenträger, packt drei ramponierte alte Kameras aus, die aussahen, als würden die nie im Leben mehr funktionieren, und ich hab mir schon gedacht: Au weh! – Er stellt mich also gegen eine helle Wand, gleich so mit meiner Kanne, und sagt mir, ich soll was spielen und nicht aufhören. Also hab ich gespielt. Die ersten paar Minuten, also da stand der Typ bloß so da und hat mich ange-

guckt, ganz intensiv, also wirklich intensiv kann ich Ihnen sagen, und das mit den coolsten blauen Augen, die Sie Ihr Lebtag gesehen haben.

Nach einer Weile dann fängt er an zu knipsen. Dann hat er mich gebeten, doch »Autumn Leaves« zu spielen. Und das hab ich denn auch gespielt. Ich spiele die Melodie vielleicht so zehn Minuten am Stück, während er wie ein Wilder mit seinen drei Kameras drauflosmacht und ein Bild nach dem andren schießt. Dann sagt er: »Prima, das wär's. Ich hab sie dann morgen fertig.«

Am nächsten Tag dann bringt er sie vorbei, und es hat mich glatt umgehauen. Ich hab ja schon viele Fotos von mir machen lassen, aber das waren die besten, mit Abstand. Dafür hat er dann fünfzig Dollar verlangt, fand ich ziemlich billig. Er dankt mir und geht, und beim Rausgehen, da fragt er kurz nach, wo ich denn spiel. Und ich hab ihm gesagt: Bei Shorty's.

Paar Tage später, abends, da schau ich so ins Publikum, und da seh ich ihn dasitzen, an einem Tisch hinten in der Ecke, und er hat wirklich zugehört. Na ja, er ist dann einmal die Woche gekommen, immer am Dienstag, hat sein Bier getrunken, vielleicht auch zwei, aber nicht mehr.

Ich bin in der Pause manchmal zu ihm rüber und

hab mich ein paar Minuten mit ihm unterhalten. Er war so einer von der stillen Sorte, aber richtig angenehm, und er hat mich immer ganz höflich gebeten, doch »Autumn Leaves« zu spielen.
Nach einer Weile haben wir uns dann so 'n bißchen kennengelernt. Ich bin damals gern zum Hafen hinuntergegangen, aufs Wasser hinausschauen, die Schiffe angucken, und wie sich herausgestellt hat, machte er das auch gern. Das ist dann so weit gekommen, daß wir uns auf eine Bank gesetzt haben, ganze Nachmittage lang, und uns unterhalten haben. Zwei alte Knaben eben, die so langsam, aber sicher fünfe grade sein lassen, sich allmählich so 'n bißchen bedeutungslos vorkommen, 'n bißchen von gestern.
Hat immer seinen Hund mitgebracht. Netter Kerl. Highway hat er den genannt.
Er verstand was von Magie. Jazzmusikern geht das genauso. Deswegen sind wir wahrscheinlich auch so gut mit'nander ausgekommen. Da spielt man eine Melodie, die man schon tausendmal gespielt hat, und mit einem Schlag kommt einem jede Menge neue Ideen aus der Kanne, ohne daß das über das Bewußtsein gelaufen wäre. Er hat gesagt, daß es bei Fotografie und mit dem Leben im allgemeinen, also daß es da ganz ähnlich wäre. Dann hat er noch gesagt: »Und wenn man mit einer Frau schläft, die man liebt.«
Er hat da an was gearbeitet, wo er versucht hat,

Musik in sichtbare Bilder umzuwandeln. Er hat mir gesagt: »John, weißt du, der Riff, den du fast immer im vierten Takt von ›Sophisticated Lady‹ spielst? Also, ich glaube, den hab ich gestern früh auf den Film gekriegt. Das Licht kam genau richtig übers Wasser, und dann zieht mir doch gerade im selben Augenblick ein Blaureiher im Bogen durch den Sucher. Ich konnte deinen Riff *sehen*, während ich ihn gehört und auf den Auslöser gedrückt habe.«
Er hat seine ganze Zeit mit diesem Tick zugebracht, Musik in Bilder umzuwandeln. Er war richtig besessen davon. Ich hab keine Ahnung, wie er sich über Wasser gehalten hat.
Über sein Leben hat er nie viel gesagt. Ich wußte, daß er viel gereist war bei seiner Arbeit als Fotograf, aber das war auch schon ziemlich alles, bis ich ihn eines Tages wegen des silbernen Dings gefragt habe, das er an einer Kette um den Hals trug. Von nahem hab ich nämlich gesehen, daß der Name *Francesca* draufstand. Also habe ich ihn gefragt: »Hat es damit was Besonderes auf sich?«
Er hat darauf eine ganze Weile überhaupt nichts gesagt und bloß so auf das Wasser hinausgestarrt. Dann sagte er: »Wieviel Zeit hast du?« Na ja, es war Montag, mein freier Abend, also habe ich ihm gesagt, so lang es eben dauern würde.
Da hat er zu reden angefangen. Das war, als

hätte man einen Wasserhahn aufgedreht. Den ganzen Nachmittag hat er geredet und die halbe Nacht. Ich hatte so den Eindruck, daß er die ganzen Gefühle da lange mit sich rumgetragen hat.

Er hat nie gesagt, wie die Frau mit Nachnamen geheißen hat, auch nicht, wo das alles passiert ist. Aber, Mann, ich kann Ihnen sagen, dieser Robert Kincaid war der reinste Dichter, als er über sie gesprochen hat. Muß wirklich was Besonderes gewesen sein, eine ganz unglaubliche Frau. Er hat dann aus einem Artikel zitiert, den er für sie geschrieben hat – irgendwas über eine Dimension Z, soweit ich mich erinnere. Ich weiß noch, daß ich gedacht habe, das hört sich an wie eine von Ornette Colemans freien Improvisationen.

Und, Mann, ich sag Ihnen, geheult hat er dabei. Riesentränen, wie sie bloß ein alter Mann weinen kann, Tränen, wie man sie bloß mit einem Saxophon spielen kann. Hinterher habe ich dann auch verstanden, warum er sich immer »Autumn Leaves« gewünscht hat. Und, Mann, was habe ich den Kerl danach gern gehabt. Also, einer, der solche Gefühle für eine Frau haben kann, der ist auch selber einige Liebe wert.

Und so habe ich denn darüber nachgedacht, über die Macht von dem, was er und diese Frau da gehabt haben. Über das, was er die »alte Art«

nannte. Und ich habe mir gesagt: »Diese Macht mußt du spielen, diese Liebesaffäre, diese alte Art, das mußt du aus deiner Kanne holen.« Es hatte einfach so was verdammt Lyrisches.
Ich hab dann eine Melodie geschrieben – drei Monate hab ich dazu gebraucht. Ich wollte sie einfach halten, aber elegant. Komplexe Sachen sind einfach. Einfachheit, das ist die wirkliche Herausforderung. Ich habe jeden Tag daran gearbeitet, bis es richtig zu klingen begann. Dann habe ich es noch ausgearbeitet und das Motiv für Klavier und Baß geschrieben. Und schließlich, eines Abends, da hab ich es dann gespielt.
Er saß im Publikum, es war Dienstagabend, wie immer. Na jedenfalls war nicht viel los, es waren vielleicht zwanzig Leute im Laden, und kein Mensch hat sich um die Gruppe gekümmert. Er sitzt da, ganz still, und hört so richtig aufmerksam zu wie immer, und ich sage übers Mikro: »Ich spiele jetzt eine Melodie für einen Freund von mir. Das Stück heißt ›Francesca‹.«
Ich habe ihn beobachtet, als ich das sagte. Er starrt in seine Flasche Bier, aber als ich »Francesca« sage, da schaut er langsam zu mir hoch, streicht sich die langen grauen Haare nach hinten, so mit beiden Händen, steckt sich eine Camel an und schaut mich direkt an mit seinen blauen Augen.
Ich habe meine Kanne singen lassen wie nie

zuvor im Leben; weinen habe ich sie lassen für all die Meilen und Jahre, die die beiden voneinander trennten. Im ersten Takt, da hatte das so eine kleine melodische Figur, die sozusagen ihren Namen aussprach: »Fran-ces-ca.«
Als ich fertig war, da stand er kerzengerade an seinem Tisch, lächelte so und nickte mir zu, zahlte und ging dann. Ich habe es danach immer gespielt, wenn er vorbeikam. Dafür, daß ich das Lied geschrieben habe, hat er mir ein Foto von einer alten Brücke mit einem Dach drüber eingerahmt und geschenkt. Es hängt gleich da drüben. Er hat mir nie gesagt, wo er das aufgenommen hat, aber gleich unter seiner Unterschrift da steht »Roseman Bridge«.
Dann, eines dienstags abends, so vor sieben, acht Jahren, da war er nicht da. Und auch die nächste Woche nicht. Ich denke mir, daß er vielleicht krank ist oder was. Ich mache mir langsam Sorgen, gehe zum Hafen hinunter, hör mich um. Aber keiner weiß was über ihn. Schließlich nehme ich ein Schiff rüber zu der Insel, auf der er gewohnt hat. In einem alten Häuschen – ach was, einer Holzhütte – unten am Wasser.
Während ich so rumstochere da, kommt ein Nachbar und fragt mich, was ich da mache. Also sag ich es ihm. Und der Nachbar sagt mir darauf, daß er vor zehn Tagen gestorben ist. Mann, das hat vielleicht weh getan, wie ich das höre. Und es

tut noch immer weh. Ich habe den Kerl wirklich gern gehabt. Also der Bursche, der hatte was, ich weiß nicht, irgendwas. Ich hatte immer so das Gefühl, daß der Sachen weiß, die der Rest von uns nicht weiß.

Ich hab seinen Nachbarn nach dem Hund gefragt. Er wußte nichts von ihm. Er hätte ja noch nicht mal Kincaid selbst gekannt, sagt er mir. Also rufe ich im Tierheim an, und als hätt ich's gewußt, die hatten den alten Highway glatt dort. Ich nichts wie hin und ihn da weggeholt, und ich habe ihn meinem Neffen gegeben. Als ich ihn das letzte Mal gesehen habe, also ich sage Ihnen, der Kleine und der Hund, die waren so was von verschossen in'nander. Das hat mir so richtig gutgetan.

Na wie auch immer, das ist so ziemlich alles. Nicht lange, nachdem ich rausgefunden hatte, was mit Kincaid passiert war, da ging das bei mir los, daß mir der Arm lahm wurde, wenn ich mehr als zwanzig Minuten gespielt hatte. Hat irgendwas mit der Wirbelsäule zu tun. Darum arbeite ich jetzt nicht mehr.

Aber, Mann, diese Geschichte von ihm und der Frau, die er da erzählt hat, die geht mir heute noch nach. Und so hol ich denn jeden Dienstagabend meine Kanne raus und spiel die Melodie, die ich für ihn geschrieben habe. Ich spiel sie hier, ganz für mich allein.

Und aus irgendeinem Grund schau ich mir dabei immer das Bild an, das er mir geschenkt hat. Irgendwas hat das, ich weiß auch nicht was, aber ich muß es einfach anschauen, wenn ich die Melodie spiele, es geht nicht anders.
Ich steh dann einfach da, so wenn es dämmert, und laß die alte Kanne weinen und spiele die Melodie für einen Mann namens Robert Kincaid und eine Frau namens Francesca.

Die Liebenden von Cedar Bend

Deutsch von Bernhard Schmid

Prächtigem Gefieder und südlichem Wind

1

Der alte Postzug nach Trivandrum war pünktlich. An einem drückend schwülen Nachmittag tauchte er aus dem Dschungel und stampfte um drei Uhr achtzehn in den Bahnhof des südindischen Ortes Villupuram. Schon beim ersten Pfiff, weit entfernt noch, tief im Innern des Landes, begannen die Leute an die Bahnsteigkante zu drängen. Was nicht laufen konnte, wurde irgendwie getragen oder gestützt – Bettzeug und Marktkörbe, Säuglinge und Greise.

Michael Tillman, der an einer rußigen Mauer gelehnt hatte, kam auf die Beine und schwang sich einen braunen Rucksack über die linke Schulter. Hundert Leute versuchten aus dem Zug zu kommen, doppelt so viele drängten hinein – es war, als flössen zwei Ströme aufeinander zu. Wer nicht drängelte, blieb zurück. Eine Schwangere geriet im Gewühl ins Taumeln, so daß Michael sie am Arm nahm, um ihr hinaufzuhelfen, und als er sich schließlich selbst in den Wagen drückte, fuhr der Zug bereits wieder los.

Die Räder begannen zu rollen, die Lokomotive zog kräftig an, und schon ging es mit vierzig Meilen die Stunde durch die Randbezirke von Villupuram. An Hinsetzen war nicht zu denken, da man kaum Platz zum Stehen hatte. Während der Zug sich aus den braunen Hügeln in die grünen Reisfelder hinauswand, hing Michael mit einer Hand an der Gepäckablage, und mit der anderen holte er das Foto von Jellie Braden aus der Brusttasche, um sich mit einem Blick darauf zu erinnern, warum er dies alles tat.

Phantastisch. Seltsam. Das eine wie das andere. Verläßt doch dieser merkwürdige Mann mit Rucksack sein heimatliches Iowa, um sich im Bauch des indischen Subkontinents auf die Suche nach einer Frau zu begeben. Jellie Braden... Jellie... die obendrein noch zu einem anderen gehörte. Aber Michael Tillman wollte sie. Mehr noch als seinen nächsten Atemzug. So sehr, daß er auf der Suche nach ihr um den halben Globus flog. Immer wieder dachte er, daß die ganze Geschichte aus einem dieser Songs zu stammen schien, die man früher nach Mitternacht im Radio zu hören bekam.

Wie fängt so was an? Und wieso? Der alte Darwinsche Tanz. Urkräfte, tiefsitzende Instinkte aus grauer Vorzeit. Ein Flüstern in den Knochen, in den Genen vielleicht: »Die da.« Und schon war es geschehen: Irgendwo in Iowa öffnete sich eine Küchentür – und mit ihr Michael Tillman, als er Jellie mit ihren vierzig Jahren hereinkommen sah.

1980 war das gewesen, auf dem Herbstempfang, den der Dekan für die Neuzugänge im Lehrkörper gab. Michael war eben aus Indien zurückgekommen, von seinem zweiten Fulbright-Stipendium, und litt noch unter der Zeitverschiebung. Mit hängenden Schultern stand er am Kühlschrank des Dekans und schluckte sein zweites Bier. Er mied die Gesichter, die ihn ansahen oder den, wofür sie ihn hielten, beantwortete die lästigen Fragen über den Subkontinent und ertrug das weiße Rauschen akademischen Geplappers um ihn herum.

Die Gattin eines Kollegen von den Wirtschaftsprüfern war an der Reihe mit dem Indienquiz. Michael widmete ihr 38,7 Prozent seiner Aufmerksamkeit und genehmigte sich, auf Fluchtwege sinnend, einen ausgiebigen Schluck, während sie plapperte.

»Hat Ihnen denn die Armut nicht furchtbar zu schaffen gemacht?«

»Welche Armut?« Er dachte an Joseph Conrads *Herz der Finsternis*, das er eben zum dritten Mal las und zur Hälfte durchhatte.

»In Indien. Das muß doch schrecklich sein.«

»Nein. Ich war im Süden, und die Leute da schienen mir recht gut genährt. Sie haben zuviel ferngesehen. Da zeigen sie einem immer nur die wackeren katholischen Schwestern in den Gedärmen Kalkuttas.« Bei dem Wort »Gedärme« fuhr sie etwas zusammen, als höre sie es entweder zum ersten Mal oder nicht gern.

»Sind Ihnen auch Kobras untergekommen?«
»Ja, der Schlangenbeschwörer auf dem Marktplatz hatte eine in seinem Korb. Er hatte ihr das Maul zugenäht, damit sie keinen Schaden anrichtete.«
»Und wie fraß die dann?«
»Überhaupt nicht. Solche Schlangen sterben einfach irgendwann. Dann geht der Mann los und sucht sich eine neue, der er wieder das Maul zunäht. So machen die das.«
»Mein Gott, wie grausam, obwohl ich Schlangen ja verabscheue.«
»Ja, die Arbeitsbedingungen sind überall nicht mehr das, was sie mal waren. Andererseits ist es fast wie an der Universität. Nur daß wir hier stärkeren Faden nehmen, das ist alles.«
Die Wirtschaftsprüfersgattin musterte ihn mit dem gleichen maßlosen Staunen, mit dem manche Leute dem Wahnsinn begegnen, und fuhr dann fort. »Haben Sie auch diese nackten Männer mit der weißen Farbe oder was immer auf dem Körper gesehen? Sind die nicht merkwürdig?«
»Nein, von denen habe ich keine gesehen. Die gibt es wohl eher im Norden, schätze ich. In Benares, oder Varanasi, wie sie das jetzt nennen, in solchen Gegenden. Ob diese Leute merkwürdig sind, kann ich nicht sagen. Das hängt wohl von der Weltanschauung ab, nehme ich an, und den Berufsvorstellungen des einzelnen.«
»Jellie Braden war auch in Indien, müssen Sie wissen.« Der Lehrstuhlinhaber für vergleichende Wirt-

schaftswissenschaften kam der Frau des Wirtschaftsprüfers zuvor und sicherte sich Michaels Aufmerksamkeit.
»Wer?«
»Na, Jim Bradens Frau. Das ist der Neue aus der Ökonometrie, den wir in Indiana eingekauft haben.«
Michael hörte, wie auf der Auffahrt eine Autotür ins Schloß fiel. Der Professor drehte sich um und sah zum Fenster hinaus. »Ach, da sind sie ja. Ein reizendes Paar.«
Braden? Braden ... Braden ... Braden? Ach ja, Jim Braden. Er hatte vor sechs Monaten ein Einstellungsgespräch mit ihm geführt, bevor er nach Indien gegangen war. Seine Frau hatte er nicht kennengelernt. Sie hatte sich während der Eignungsgespräche mit einem Makler Häuser angesehen. »08/15« hätte Michael beinahe auf den Auswertungsbogen geschrieben, »das entspricht gesetzt und langweilig, wenn nicht mehr.« Aber er tat es nicht; statt dessen schrieb er: »Jim Braden ist genau das, was wir hier brauchen« – was aufs selbe hinauslief.
James Lee Braden III. schritt lächelnd in die Küche des Dekans, schüttelte Hände, wurde vorgestellt. Auch Jellie Braden lächelte, in ihrem hellblauen Kostüm mit der auf Taille gearbeiteten Jacke, die ihr bis knapp über die Hüften reichte, während der Rock bis zur Wadenmitte ging; unter dem Rocksaum sah man schwarze Stiefel mit halbhohen Absätzen. Eine dezente Erscheinung, diese Jellie Braden.
Aber nicht dezent genug. An dieser Frau war alles

dran. Ein kühles Patriziergesicht, in dem sich nur Gene erster Güte vereinten, nachtschwarzes Haar und makellose Haut. Ein Körper, bei dem die alten Franzosen von *rondeur* gesprochen hätten, schickliche Autoren ins Schwärmen und Männermagazine schlicht in Verzückung geraten wären. Graue Augen, die auf einen zukamen wie fliegende Pfeile, und eine Sicherheit im Umgang mit Männern, die darauf hindeutete, daß sie wußte, wozu sie taugten und wozu nicht. Woher sie diese liederlichen Wahrheiten hatte, war auf den ersten Blick nicht zu erfahren, aber einige Minuten mit Jimmy Braden, und man wußte, von ihm stammten sie nicht.

Lehrkörper, und was sonst so mit kurzen Aufmerksamkeitsspannen gesegnet war, ließen von Indien ab und gingen über zu Punkt zwei ihres Repertoires, einem weiteren Katalog von Standardfragen – der jedoch nun den Bradens galt, so daß Michael wieder allein am Kühlschrank lehnte und Jellie beobachten konnte.

»Wie gefällt es Ihnen in Cedar Bend?«

»Sind Sie schon mit Umziehen fertig?«

»Welche Seminare halten Sie denn, Jim?«

»Jellie – was für ein *interessanter* Name.«

Die Frau des Dekans kam herüber. »Hallo, Michael.«

»Hi, Carolyn, na, was macht die Kunst?« Er und Carolyn waren schon immer gut miteinander ausgekommen, obwohl der olle Dekan sich insgeheim wünschte, Michael würde seine Koffer packen und hingehen, wo der Pfeffer wächst. Er gehörte einer hohen Gehaltsstufe an, in der Hauptsache deshalb, weil er bereits fünfzehn Jahre dabei war, und Arthur Wilcox hätte in Michaels Büro lieber etwas nicht ganz so Kostspieliges und dafür um so Gefügigeres gesehen.

Carolyn jedoch kam bei Anlässen wie diesem für gewöhnlich auf einen Plausch auf ihn zu. Eines der Lieblingsthemen der beiden war der Niedergang der Romantik. »Michael«, hatte sie ihm einige Jahre zuvor, auf der Weihnachtsparty – betrunken, aber nicht ausfallend – anvertraut: »Sie sind der einzige richtige Kerl hier. Die anderen sind alles Eunuchen.« Er hatte ihr einen Arm um die Schultern gelegt und ihr »Frohe Weihnachten, Carolyn« ins Ohr geflüstert. Michael hatte gesehen, daß der Chef der Wirtschaftsprüfer sie beobachtete. Der Mann hatte ein Glas alkoholfreien Punsch in der Hand und einen grünen Stern am Revers, auf dem, mit rotem Filzstift geschrieben stand: »Hi! Ich bin Larry – frohes Fest«. Michael hatte ihn angegrinst.

Eine Zeitlang hatte er Carolyn die »Dekanesse« genannt. Was ihr so gefallen hatte, daß sie es sich auf ein T-Shirt drucken ließ. In diesem ging sie auf das Herbstpicknick, bei dem sich die Angehörigen der Fakultät, Volleyball spielend, näherkommen sollten. Arthur, ihr Dekan, nahm daran Anstoß und verbot ihr, es je wieder zu tragen.

»Ach was, der kann Sie doch mal«, hatte Michael gesagt, als sie ihm von dem T-Shirt-Verbot erzählte.

Carolyn hatte gelacht. »Ja, wenn er das nur täte. Arthur ist ein Viktorianer bis auf die Knochen, ein einziges Komplexbündel.« Als er das hörte, starb Michaels Glaube an Happy-ends einen weiteren kleinen Tod. Carolyn war dreiundfünfzig, aber sie hatte noch immer Feuer im Hintern, und das nicht zu knapp, wie er vermutete. Seiner Meinung nach war das eine verdammte Schande und eine Verschwendung einer großartigen Frau obendrein. Wie zum Teufel, so fragte er sich, kommt es bei der Partnerwahl nur zu derartigen Schnitzern?
Er und Carolyn unterhielten sich einige Minuten lang. Michael sah an ihr vorbei und musterte Jellie Bradens Hinterkopf. Er überlegte, ob ihr Haar tatsächlich so dick war, wie es den Anschein hatte, und fragte sich, wie es sich wohl anfühlen würde, sich eine Handvoll davon zu greifen und sie gleich hier und heute über den Küchentisch des Dekans zu legen. Er konnte sich des Gefühls nicht erwehren, sie würde womöglich lachen und ihn bereitwillig machen lassen, falls er es tatsächlich versuchte.
Carolyn Wilcox folgte Michaels Blick und sagte: »Kennen Sie Jellie Braden schon?«
»Bis jetzt noch nicht.«
Die Dekanesse griff hinüber und rettete Jellie durch ein Zupfen am Ärmel aus den Schwaden der Fadheit, in denen sie trudelte. Dekansgattinnen dürfen das, wenn ihnen danach ist, weshalb sie es denn auch mit schöner Regelmäßigkeit tun – was einen Halbkreis von Leuten mit Gläsern in der Hand, des Objekts

ihrer Konzentration beraubt, dumm aus der Wäsche gucken läßt. Ein Schnappschuß, der in keinem Jahrbuch fehlen sollte.

Jellie Braden drehte sich um. »Jellie, ich möchte Ihnen Michael Tillman vorstellen. Er ist das unverbesserliche Element in diesem Lehrkörper. Genauer gesagt, er ist der einzige, an dem nichts zu verbessern wäre.«

Jellie hielt ihm die Hand entgegen, er nahm sie an. »Was macht Sie denn so unverbesserlich, Dr. Tillman?«

»Nur Michael, wenn es Ihnen recht ist. Ich kann Titel nicht ausstehen.« Er grinste leicht, und sie lächelte über die lockere Art, mit der er etwas abtat, das zu erreichen er neun Jahre in diversen mittelalterlichen Institutionen zugebracht hatte. »Abgesehen davon halte ich mich zufällig für ausgesprochen verbesserlich. Es ist nur so, daß Carolyn und die übrigen da anderer Meinung sind.«

Carolyn tätschelte ihm den Arm und wandte sich den anderen zu. Jellie Braden sah ihn an. »Mir fällt eben ein, daß Jimmy Sie erwähnte, als wir wegen der Vorstellungsgespräche hier waren. Irgend jemand von der Fakultät hatte ihm gesagt, Sie seien ein Exzentriker oder so was Ähnliches.«

»Abgestumpft vielleicht. Eine Menge Leute verwechseln das mit exzentrisch.«

»Wenn ich mich recht erinnere, meinte er, Sie seien die reinste Ideenfabrik, als er von den Vorstellungsgesprächen zurückkam. Erst neulich hat er wieder ge-

sagt, daß er sich darauf freue, mit Ihnen zu arbeiten. Hört sich nicht so an, als hielte er Sie für abgestumpft.«
Michael wurde es etwas eng um die Brust, er brauchte Luft. »Wie man so hört, waren Sie einige Zeit in Indien.«
»War ich tatsächlich, ja.« Als sie das sagte, bemerkte er, wie sie die grauen Augen hob und nach rechts blickte, irgendwo anders hin, wie die Leute das so an sich haben, wenn sie abschalten, um sich ein Weilchen mit etwas anderem zu beschäftigen. Genauso, wie er das selbst oft machte.

Indien. Der Gedanke daran erweckte in ihr stets Gerüche und gleißende Bilder zum Leben, die sie einen Augenblick lang überwältigten, und es waren immer dieselben: Jasmin im bengalischen Nachtwind; dunkle Hände auf ihren Brüsten, in der Biegung ihres Rückgrats; der Geruch eines Mannes, der an ihr emporglitt, um sie zu lieben. Seine Worte in diesen zarten, vergänglichen Augenblicken:

> ... habe ich dieses Lied schon mal gespielt?
> Nicht in einem Leben, an das ich mich erinnern kann.
> ... werde ich dieses Lied je wieder spielen?
> Nicht in einem der Leben, die noch kommen.

»Ich bin eben von dort zurückgekommen«, sagte Michael.

»Waren Sie zum ersten Mal dort?« Sie kehrte zurück, von wo auch immer sie gewesen sein mochte, und wandte sich ab, um ihr Glas auf den Küchentisch zu stellen.
»Zum zweiten Mal. Ich war schon 1976 da.«
»Dann muß es Ihnen ja gefallen haben.« Lächelnd neigte sie den Kopf. »Wie ich an der Beule in Ihrem Hemd sehe, haben Sie Zigaretten. Kann man hier drin rauchen?«
»Wo denken Sie hin. Aber wir können rausgehen und die Kippen dann auf der Zufahrt austreten. Das macht den Dekan stinksauer, also mache ich es mindestens einmal pro Besuch.«
Jemand mit weniger Selbstvertrauen als Jellie Braden hätte sich der Einladung entzogen. Weil es sich nicht gehörte und so weiter, vor allem nicht für die Frau eines neuen Professors. Aber Jellie neigte den Kopf in Richtung Tür und sagte: »Na, dann los.« Die Küche war nahezu leer, da der Dekan sich im Salon verbreitete, ein Vortrag, bei dem man nur mit einem Attest seines Arztes zu fehlen wagte.
Sie setzten sich auf die Hintertreppe, und Jellie schnorrte eine Zigarette von ihm. Er fragte: »Wann waren Sie denn in Indien und für wie lange?«
»Ist schon einige Zeit her. Ich war drei Jahre dort.«
Eine Antwort von beiläufiger Ungenauigkeit. Was ihm zu denken gab. »In welchem Teil?«
»Im Südosten, hauptsächlich. Pondicherry.«
»Ich habe davon gehört, war aber nie dort. Eine alte französische Stadt, nicht wahr?«

»Ja.« Sie blies Rauch über die Azaleen des Dekans, sagte aber nichts weiter dazu.

»Hat es Ihnen gefallen?« fragte er. »Dumme Frage. Muß es ja wohl, wenn Sie drei Jahre geblieben sind.«

»Mal mehr, mal weniger. Alles in allem ganz gut. Ich bin wegen meiner Magisterarbeit hin, dann bin ich dem Land verfallen. Ich habe die Arbeit nie zu Ende gebracht.«

»So was kommt vor. Bei Indien scheiden sich die Geister ja ziemlich klar: Entweder man verliebt sich, oder man kann es nicht ertragen. Ich gehöre zu den ersteren.«

Sie saßen kaum eine Ellenlänge auseinander und sie sah ihn an. »Ich auch.«

»Wie haben Sie beide sich kennengelernt, Sie und Jim?«

»Nachdem ich aus Indien zurück war, wollte ich in Bloomington bleiben, obwohl ich nicht mehr studierte. Ich konnte mir einen Job als Sekretärin im wirtschaftswissenschaftlichen Seminar organisieren. Jimmy war dort Privatdozent, frisch von der Uni, mit einem funkelnagelneuen Diplom. Er war immer so höflich zu mir und trug teure Anzüge, schrieb Artikel über irgendwelche esoterischen Themen, von denen ich kein Wort verstand, die ich aber pflichteifrig abtippte. Ich war damals ziemlich am Schwimmen. Als er um meine Hand anhielt, schien mir nichts dagegenzusprechen, also sagte ich ja.«

Michael hörte sich an, was sie sagte, und wie sie es

sagte. Sie hatte Jim Braden geheiratet, weil ihr nichts dagegenzusprechen schien. Merkwürdige Art, es so auszudrücken. So nahe, wie er ihr jetzt war, den festen Blick ihrer grauen Augen auf sich gerichtet fühlend, aktualisierte er seine Idee, sie auf der Stelle zu verführen. Sein neuer Plan sah vor, sofort und erster Klasse mit ihr auf die Seychellen zu fliegen – ein Kopfsprung in ein ewiges, wollüstiges Nirwana. Für ihn bestand nicht der geringste Zweifel daran, daß Jellie Braden unter einem Wasserfall im Dschungel und mit einer roten Hibiskusblüte im Haar mehr als zauberhaft aussehen würde.

»Wie lange sind Sie denn nun schon verheiratet?« Kaum hatte er das gefragt, stöhnte in seinem Kopf eine Stimme auf: »Du Esel, Tillman, wie kannst du nur so was fragen? Das geht dich nicht das geringste an und ist obendrein viel zu direkt – du hast die Frau doch eben erst kennengelernt.« Er stand auf und zerstampfte seine Zigarette in der Auffahrt des Dekans. Überall sonst zerbröselte er Papier und Tabak und steckte die Filter ein; nicht so jedoch vor dem Haus des Dekans. Hier war er ganz der alte Köter, der sein Revier absteckte, stets darauf bedacht, Arthur etwas zum Beschnüffeln zu hinterlassen.

Sie dagegen ging hinüber zu ihrem Wagen und drückte ihre Kippe in den Aschenbecher. »Jimmy wird wieder furchtbar jammern, wenn er das sieht. Ich darf daheim nicht rauchen, solange er im Haus ist. Auf der Rückfahrt wird er mir eine Gardinenpredigt halten. Und wenn wir daheim sind, sprayt er den

Wagen zwei Minuten lang aus.« An ihrer Unterlippe nagend, sah sie ihn an. »Jimmy und ich sind jetzt zehn Jahre verheiratet. Ich denke, wir sollten besser wieder reingehen.«

Er begann an seiner Krawatte zu zerren. »Gehen Sie schon mal vor. Ich haue ab nach Hause und mache es mir noch ein bißchen mit Joseph Conrad gemütlich.«

»Hat mich gefreut, Sie kennenzulernen«, sagte Jellie Braden.

»Ganz meinerseits. Wir sehen uns sicher mal wieder.«

Sie lächelte. »Sicher.«

Michael dachte, ein Wasserfall auf den Seychellen wäre genau das richtige. Fünfzehn Monate später fuhr er mit einem *Postzug* durch den Süden Indiens, zu Orten, die er noch nie gesehen hatte, auf der Suche nach ihr.

2

Hochsommer 1953 in Dakota, einer Gegend am Ende der Welt. Der heiße Wind klebte einem die feuchten Kleider an den Körper. Michael Tillman war damals fünfzehn und beugte sich unter die Motorhaube von Elmore Nixons Wagen; Nixon war der Direktor der First National Bank in Custer. Das T-Shirt hoch über das Kreuz verrutscht, die Zehen gerade noch auf dem Beton, lauschte er den launischen Umdrehungen des Acht-Zylinders, stellte den Vergaser nach und lauschte wieder, bis der Motor sich schließlich beruhigte und zu schnurren begann.

»Mikey, sieh zu, daß du den verdammten Olds endlich hinkriegst. Wir haben schließlich noch drei andere hier stehen.« Sein Vater torkelte um ihn herum, die Whiskeyflasche in der Gesäßtasche seines graugestreiften Overalls.

Seine Mutter, die draußen an den Zapfsäulen einen

Getreidelaster auftankte, wischte sich mit dem Arm über die Stirn. 27. Juli, vier Uhr nachmittags, an Tillman's Texaco, eine Welt voll schwerer Gerüche und abblätternder Farben: Die Grüntöne verblaßten, während die weißen sich schälten. Davor das Dröhnen des Verkehrs auf der Route 16 – Touristen mit weißen Koffern am Dach auf dem Weg zu den Felsgesichtern am Mount Rushmore.
Michael richtete sich auf, nahm das zum Schutz über den Kotflügel des Olds drapierte Tuch weg und knallte die Haube zu. Er fuhr den Wagen rückwärts aus der Wartungsbucht und parkte ihn an der Seite. Dort blieb er einen Augenblick stehen und wischte sich die Hände an einem Lumpen ab. Ein Lakota-Sioux in abgetretenen Cowboystiefeln, ein kleiner, in seine Pockennarben schwitzender Kerl, wartete am Straßenrand auf irgend jemanden oder irgend etwas, vielleicht auch auf eine Zeit, die besser war als die, in der er jetzt lebte.
Michael ging hinüber zur Kühltruhe und zog eine Cola aus dem wässrigen Eis. Er hielt sich die Flasche an die Wangen, erst an die eine, dann an die andere. Er steckte sie unter sein Hemd und drückte sie gegen die Brust; als Kälte auf Hitze traf, durchlief ihn ein Schauer. Seit Wochen hatte es nicht mehr geregnet, und winzige Windhosen tanzten die Straße entlang.
»Mikey, verdammt...«
Das Genuschel seines Vaters hallte aus der Garage. Er legte die Cola in den Eiskasten zurück.

Michael rutschte in den nächsten Wagen und rangierte ihn in die Wartungsbucht. Der Auftragszettel trug die Handschrift seiner Mutter: »Schmieren & Öl«. Mit einem Seufzen hob die Bühne den Chevy an. Der Bel-Air gehörte Rechtsanwalt Dengen. Michael öffnete die Schraube an der Ölwanne. Während das alte Öl in einen Eimer lief, sah er auf die Route 16 hinaus. Eine einzige gute Straße, dachte er dabei, reicht völlig aus.
Er ging hinüber zu der Vincent Black Shadow im hinteren Teil der Garage und strich über den Lenker. Sein Vater hatte das große englische Motorrad als Bezahlung für eine Reparatur angenommen. Wenn er sie wieder flott bekomme und zu warten lerne, sagte er Michael, gehöre sie ihm. Was er denn auch getan hatte; von diesem Augenblick an hatte die Maschine ihm gehört, in jeder Hinsicht. Eine einzige gute Straße – mit der Shadow könnte er es weit bringen auf dieser Straße; er brauchte nur noch alles zu lernen, was es über Ventile, Räder und die Wege hier raus zu wissen gab. Michael übte bereits, nachts; da raste er mit der Shadow durch die Black Hills, obwohl er noch nicht alt genug war, um fahren zu dürfen.
An Winterabenden, an denen die Shadow auf das Frühjahr wartete, sprang er auf der Jagd nach Körben durch die Lichter von Kleinstadtturnhallen. Den Leuten war Ellis Tillmans Junge schon aufgefallen; sie hielten ihn für gut genug, um am College zu spielen. Als er in seinem letzten High-School-Jahr

gegen Deadwood 53 Punkte machte, wußten sie es genau.

Wenn sich die Mädchen von der High-School auf ihren Pyjamapartys kichernd über Jungs unterhielten, sagten sie, Michael Tillman habe traurige braune Augen – einsame Augen – und Schmiere an den Händen, die einfach nicht wegzukriegen sei. Sie meinten, er sei schüchtern, hätte aber tolle Muskeln und mache eine gute Figur im Baskettballdress. Sie meinten, sein Lächeln sei nett, nur viel zu selten zu sehen. Aber er würde ja wahrscheinlich die Tankstelle seines Vaters übernehmen, und die Schmiere an seinen Händen würde ihm bleiben. Hin und wieder nahm er eine von ihnen mit ins Kino nach Rapid City, aber im Grunde war er ein Einzelgänger. Er arbeitete an der Tankstelle und ging im Sommer Forellenfischen, wenn er nicht im Stadtpark Sprungwürfe übte, bis sie wie Zauberkunststücke wirkten. Die Shadow, der Sprungwurf, Algebra und die euklidische Geometrie – sie alle waren aus ein und demselben eleganten Material, aus dem auch das Universum bestand. Und er war gut darin. Mit Mädchen tat er sich weniger leicht, mit Mädchen und vollen Räumen oder im Englischunterricht, wo man Gedichte zerlegte, bis nichts mehr übrig war.

Räume voller Menschen waren ihm egal. Mit Gedichten kam er durchaus hin und wieder zurecht. Aber was die Mädchen anbelangte, so machte er sich seine Gedanken, da aus ihnen schließlich mal Frauen würden. Irgendwo auf dieser Welt gab es eine

Frau, die die erste in seinem Leben sein würde. Wie das wohl wäre? Mit einer Frau zusammenzusein. Er war sich nicht sicher. Nicht sicher, aber interessiert. Würde sie zufrieden mit ihm sein? Und wie sollte ein Junge, ein junger Mann, wissen, was er zu tun hatte? Auch da war er sich noch nicht schlüssig. Er hatte verschiedentlich darüber nachgedacht und das Buch gelesen, das ihm seine Mutter ins Regal geschmuggelt hatte: *Was Jungen und Mädchen voneinander wissen sollten.* Weder sie noch sein Vater hatten das Buch je erwähnt. Wie bei allen anderen Dingen auch, so glaubte er sich ganz und gar auf sich allein gestellt. Soweit er es beurteilen konnte, hatte keiner vom anderen was zu erwarten, außer kleinen Taschenbüchern, die kein Mensch erwähnte und die ihm obendrein noch herzlich unromantisch schienen.

Sein Sprungwurf brachte Michael weiter, als es die Shadow je gekonnt hätte. An einem Dezemberabend im Jahr 1960 stand Ellis Tillman über sein Kofferradio gebeugt und drehte am Knopf, um KFAB in Omaha, Nebraska, hereinzubekommen. Die Stimme des Ansagers meldete sich: »Für… Informationen… an den Ortsvertreter der Landwirtschaftskammer.« Ganz schöne Strecke, der Empfang war schwach. 29 Grad unter Null hatte es um neun Uhr vierzehn in Custer gehabt; wenn der Wind dazukam, waren es 44 Grad. Es rauschte wieder. Er verfluchte das Radio, und Ruth Tillman sah vom Küchentisch aus herüber. »Ellis, es ist doch nur ein Basketballspiel und nicht das Ende der Welt. Hat er noch was über Michaels Knie gesagt?«

»Nein. Der macht das schon. Er ist ein zäher Bursche.« Ellis Tillman nahm einen Schluck Old Grand-Dad und beugte sich näher zum Radio. Er war stolz auf seinen Jungen.

Die Sterne verschoben sich, oder es verschwanden die Sonnenflecken, jedenfalls war die Stimme des Moderators plötzlich wieder da:

»Die Angriffsmaschine von Big Red läuft jetzt an und überrollt die State Shockers aus Wichita, dreiundachtzig zu siebenundachtzig, und das bei weniger als vier Minuten verbleibender Spielzeit. Tillman treibt den Ball auf die Hälfte der Shockers zu, er hinkt noch immer wegen des schlimmen Knies, das ihn während der ersten Halbzeit außer Gefecht gesetzt hat. Abgabe an LaRoux, zurück zu Tillman, Big Red drängt in die Hälfte des Gegners. Tillman täuscht links an, treibt den Ball aber unter der Doppelabwehr von LaRoux und Kentucky Williams rechts vorbei ...«

»Ja, zeig's ihnen, Mikey!« Ellis Tillman trampelte mit beiden Füßen auf das gelbe Linoleum und drosch so hart auf den Tisch mit den Chrombeinen ein, daß das Radio hüpfte. Ruth Tillman sah sich an, was sie gestrickt hatte, und schüttelte langsam den Kopf; sie konnte sich nur wundern über die Männer und darüber, was sie zu solchem Wahnsinn trieb.

Vierhundert Meilen entfernt, in Lincoln, riecht es nach Schweiß und Popcorn, die Zuschauer brüllen, und der Schiedsrichter signalisiert ein Tillman-Special, wie er es nennt, mit anderen Worten: eine rasche Rechtsbewegung, bei der man dem Drecksack, der einen am Trikot packt, den Ellbogen ins Gesicht stößt; dann nichts wie rein in die von LaRoux und Kentucky aufgebaute Doppelabwehr. Von der Seitenlinie her blitzt eine Kamera auf. Das rechte Knie ist geschwollen und doppelt so groß wie sonst von all dem Blut im Gewebe... Man hat das eine Million mal und öfter praktiziert, man spürt die Kraft in Beinen und Schultern, die Anmut, die tänzerischen Bewegungen, und schon ist man in der Luft, die Linke mit dem Ball über dem Kopf, während die rechte ihn mit einem langen, weichen Stoß in Richtung des orangefarbenen Korbs befördert, den Abermillionen von Basketbällen zum Teil so blankgerieben haben, daß das Metall silbern durchscheint; dann löst sich der Ball vom Ring und spaltet das Netz, ganz wie früher auf dem Hinterhof zu Hause in Süd-Dakota. Die Menge brüllt lauter, und man landet auf einem Knie, das unter einem nachgibt, und geht zu Boden, und Kentucky Williams, auf dem Weg zurück in die eigene Hälfte, fällt auf einen drauf...

und dann liegt man da
und weiß, daß es aus ist,
und ist erleichtert, daß dem so ist.
Und vierhundert Meilen nordwestlich
senkt eine Mutter den Kopf.

Zwei Tage später hatte Ellis Tillman sein Exemplar des *Wichita Eagle* in der Post. Er hatte ihn abonniert, während Michael Basketball spielte, ein Abonnement, das er nun kündigen würde. Auf der Sportseite fand er folgende Schlagzeile:

Shockers unterliegen Nebraska mit 91 : 89
Tillman macht 24 Punkte
Verletzung bedeutet Ende der Karriere

Er dachte daran, den Artikel auszuschneiden und neben den anderen in der Tankstelle anzuschlagen. Aber Ruth Tillman wollte davon nichts hören.

Michaels Noten reichten mit Ach und Krach für ein Studium, aber nachdem er seinen Studienplatz erst einmal hatte, gab es für ihn nur noch Arbeit, Arbeit, Arbeit. Eine sechsjährige Schinderei, Dissertation eingeschlossen. In Berkeley ließ er sich einen Bart wachsen und verliebte sich zum ersten Mal. Sie hieß Nadia, trug schwarze Strümpfe und lange Röcke und kam aus Philadelphia, wo ihr Vater Gewerkschaftsfunktionär war. Sie lebten zwei Jahre zusammen, in den Sechzigern, als Berkeley, wie sie glaubten, zum Mittelpunkt all dessen wurde, was zählte.
Nadia ging zum Friedenkorps und meinte, Michael solle doch mitkommen. »Um einen Beitrag zu leisten, Michael«, sagte sie.
Man hatte ihm ein Stipendium für ein Doktorandenstudium angeboten, und er wollte es annehmen. »Ich

werde meinen Beitrag auf andere Weise leisten«, entgegnete er ihr.
Michael nahm sich den Bart ab. Nadia packte und ging. Enttäuscht, aber nicht zornig, auf zu neuen Taten. »Ist wahrscheinlich auch besser so«, meinte sie. »Du bist ein Einzelkind, und nach meiner Zeit mit dir und allem, was du so über dein Leben erzählt hast, glaube ich langsam, daß Einzelkinder zu Einzelgängern erzogen werden. Wenigstens, was dich anbelangt.« Dann, weicher, als sie ihn ansah: »Es war schön, Michael.«
Er lächelte. »Das war es, und ich meine es ernst, Nadia. Du hast mir eine Menge beigebracht. Melde dich, ja?« Er küßte sie zum Abschied und sah zu, wie zwei Jahre seines Lebens in einem Greyhound davonrollten; dann ging er ins Sekretariat der Wirtschaftswissenschaftler und legte den Brief vor, mit dem er das Stipendium annahm. Er lief zurück in seine Wohnung, wo noch immer alles nach Nadia roch, und sah sich ihre Poster an; Lenin, Einstein, Mark Twain. Sie fehlte ihm schon jetzt, aber sie hatte recht: Er war nicht nur gern allein, man hatte ihn dazu abgerichtet, allein zu sein. Einzelkinder wissen, daß es letztendlich so und nicht anders kommen muß, und verbringen ihr Leben damit, sich auf diesen Augenblick vorzubereiten.

3

Der Postzug nach Trivandrum wurde langsamer und kam zum Stehen; im Austausch gegen Rupien reichten unzählige Arme Früchte und Tee durch die Fenster. Moskitos hatten Hunger nach Blut. Michael lief der Schweiß das Rückgrat entlang, über Brust und Gesicht, als er sich wieder einmal Jellies Foto vornahm. Auf den Feldern bestellten Menschen den Reis, Ochsen zogen große Ladungen Holz über die Landstraßen, für eine kurze Strecke begleiteten Vögel den Zug, dann schwenkten sie ab. Weit vorn ein Pfiff, als die Lok sich ihren Weg durch ein weiteres Dorf bahnte.

Ein Gesicht schob sich über seine Schulter. Der Mann lächelte und deutete auf Jellies Foto. »Sehr hübsch. Nette Lady?«

»Sehr nett«, sagte Michael. Der Damm brach, und schon wollte jeder im Umkreis von drei Metern das Foto sehen. Sie gingen vorsichtig damit um, gaben es

weiter, nickten beifällig und blickten lächelnd zu Michael auf.
»Ihre Lady?« fragte einer von ihnen.
So hatte er sie noch nie gesehen, also mußte er erst einen Augenblick überlegen. Dann grinste er. »Vielleicht, ich weiß nicht so recht«. Unterdessen rollte der Zug durch den Spätnachmittag in einen violetten Abend hinein.
Zwei Stunden nachdem er zugestiegen war, wurde ein Platz frei. Er wollte eben darauf zugehen, als er die Schwangere erspähte, der er in den Zug geholfen hatte. Er wies auf den Sitzplatz. Sie nickte ihm dankend zu und setzte sich. Kurz darauf zupfte ihn jemand am Ärmel. Zwei Inder waren, so gut es ging, zusammengerutscht, so daß für Michael eine Ecke des Sitzes übrig war. Er warf seinen Rucksack auf die Gepäckablage und kauerte sich auf den Platz, den sie ihm freigehalten hatten.
Man begann sich zu unterhalten, in der Hauptsache in Zeichensprache, aber man kam voran. Die Männer waren Bauern, die vom Markt zurückkehrten. Sie stellten einfache Fragen und fanden so Michaels Beruf heraus. Auf der Stelle ehrte man ihn, wie Inder den Lehrer gemeinhin ehren, mit Respekt, Hochachtung und Dankbarkeit. »Die höchste Berufung«, sagte ein Mann, der Englisch mit starkem Akzent sprach, und die anderen pflichteten ihm lächelnd und nickend bei. Vielleicht hat er ja recht, dachte Michael. Wenn man über Jahrzehnte hinweg denselben Beruf ausübt, mit derselben Person zusammen ist, verliert

man leicht die Perspektive und wird zynisch. Man konzentriert sich langsam, aber sicher auf das Häßliche in allem, was einem nahesteht, und vergißt dabei die eigentliche Schönheit des Ganzen.
Sein Studium hatte er mit hochfliegenden Träumen begonnen, eines Tages Gelehrter zu werden, Lehrer, und es schien ihm in der Tat die höchste Berufung zu sein. Mit Anfang zwanzig hatte er noch von aufgeweckten Studenten geträumt, die er durch das Labyrinth fortgeschrittener Wirtschaftstheorien zu führen gedachte, und vielleicht wartete bei entsprechender Forschungstätigkeit sogar ein Nobelpreis auf ihn. Aber dann, ohne daß er so recht hätte sagen können, warum, hatten ihn das Studium und seine ersten Jahre als Professor seiner Träume beraubt. Es hatte wohl etwas mit der Gewichtung der Methoden und Techniken zu tun, mit dem mühseligen Sammeln und Analysieren von Daten. Vielleicht auch damit, daß Sozialwissenschaftler davon träumten, Physiker zu sein – als könnte man der brodelnden Komplexität gesellschaftlicher Wirklichkeit mit denselben Mitteln beikommen wie der Natur. Und schließlich hatte es auch mit den Studenten zu tun, die nichts interessierte als die Vorbereitung auf den Beruf, die auf »Relevanz« pochten, wie sie es nannten, und herzlich wenig Sinn für Abstrahierungen hatten, die er so wunderschön fand, weil sie für das Gehirn wie ein klarer, kalter Gebirgsbach waren. »Eine gute Theorie ist das Praktischste, was Sie lernen können«, sagte er ihnen. Aber sie glaubten ihm nicht.

Er hielt eine kleine Rede vor dem Lehrkörper eines Wirtschaftscollege. »Unser Interesse gilt, wie es scheint, nicht dem Schaffen, sondern ausschließlich der Erhaltung – der Erhaltung unseres bequemen, beneidenswerten Lebensstils. Sollte der Steuerzahler jemals dahinterkommen, was hier wirklich vor sich geht, wird er Sturm gegen uns laufen. Wir sind nicht besser als unsere gottverdammten Studenten, und unsere Studenten sind genauso dämlich wie wir – alles, was heute zählt, ist, nur nicht aufzumucken und so schnell wie nur möglich an sein Diplom zu kommen.«
Zwei der einhundertsiebenunddreißig Köpfe nickten beifällig, einhundertfünfunddreißig andere wünschten sich, der Dekan würde endlich zum nächsten Tagesordnungspunkt übergehen und etwas über die Aussichten auf Gehaltserhöhungen im kommenden Jahr sagen. Es war Michaels letzte Rede gewesen.
So schliffen die Träume sich ab. Und Michael Tillman begann sich nach innen zu wenden und nur noch dem zu folgen, was ihm sinnvoll schien. Er versuchte die alten Gefühle wiederzuerwecken, die Ehrfurcht, die ihn früher einmal beim Gedanken an Zeit und Raum überkam, beim Gedanken an das eigenartige evolutionäre Wunder, das ihn und nicht einen anderen zu diesem speziellen Zeitpunkt in ein nach wie vor expandierendes Universum gesetzt hatte.
Seinen Mitmenschen schien er distanziert, was er auch war. Seinen Mitmenschen schien er arrogant,

was er keineswegs war, ganz im Gegenteil. Er hatte sich lediglich entschlossen, auf Distanz zu gehen und seinen eigenen Weg zu beschreiten. Die meisten Leute halten Schüchternheit und Zurückhaltung – das eine wie das andere – fälschlicherweise für Arroganz. Sie ist ein bequemes Etikett, das Leute vergeben, die nicht unter die Oberfläche der Dinge sehen. Er hatte das verstanden und ließ die Leute glauben, was sie wollten.

Als Lehrer war er anders, aber effektiv. Gute Studenten mochten ihn, bei den mittelmäßigen war er gefürchtet. Die schlechteren mieden seine Seminare. Er war alles andere als der liebenswürdige, alternde Schulmeister und hatte auch nicht die Absicht, einer zu werden, aber er respektierte Mumm und Entschlossenheit und verbrachte viele Stunden mit denen, die in seinen Kursen nicht mitkamen. Eine besondere Geringschätzung behielt er sich für die Begabten vor, die ihre Studienjahre mit Faulenzen verbrachten.

»Du brauchst nur zu machen, was er verlangt, und alles geht klar; wenn nicht, kannst du einpacken«, hieß es unter den Studenten der Fachsemester. »Er kommt zwar hin und wieder barfuß in den Unterricht, aber er weiß, wovon er redet.«

Diejenigen, die ihren Collegeabschluß noch nicht hatten, waren über ihn geteilter Meinung:

»Die Prüfungen sind zu schwer. Müßte mehr Verständnis für junge Leute und den Druck seitens der Eltern aufbringen.«

»Er macht einem ein bißchen angst, hilft einem aber viel außerhalb des Klassenzimmers. Ein wirklicher Hammer, dieses Seminar.«
»Seine Ideen haben mich dazu gebracht, mein Leben ganz anders zu betrachten.«
»Macht manchmal einen arroganten, ichbezogenen Eindruck. Keiner kann so clever sein, wie er zu sein scheint.«
»Ich mochte seine Lehrmetode [*sic*].«
»Könnte einen Haarschnitt vertragen und mißbraucht den Namen des Herrn.«
»Guter Unterricht, scheint aber außer zu seinen offiziellen Stunden nie da zu sein. Ich arbeite im Supermarkt, um meinen Camaro abzubezahlen, und meine Arbeitszeit und die seine vertragen sich nicht.«
»Weiß, wovon er redet, lebt aber in einer anderen Welt.«
»Großartiger Lehrer. Einer der beiden besten, die ich je gehabt habe.«

Michael kam voller Schwung von der Universität. Die 26 Punkte seines akademischen Lebenslaufs brachten ihm 1970 eine Anstellung und 1978, eine Woche vor seinem Vierzigsten, einen Professorenstuhl ein. Danach hob er den Kopf und sah sich um, auf der Suche nach dem alten Zauber. Nach wie vor riefen Leute an und fragten ihn, was er zu diesem und jenem Thema vorhabe. »Nichts«, sagte er. »Bei mir heißt es: auf zu neuen Taten.«
»Und die wären?« fragten sie.

Er ließ das im unklaren, äußerte sich in Rätseln, was seinen dahintreibenden Gedanken entsprach. »Ich beschäftige mich ein bißchen mit Jeremy Benthams Frühwerk über die Freude-Schmerz-Gleichung und ihre Anwendung auf die Probleme der zeitgenössischen Demokratie.«

Das wirkte wie ein Schuß vor den Bug. Es folgte ein Augenblick des Schweigens in der langen Leitung. Dann: »Ich sehe schon. Zu schade, daß Sie nicht an dem alten Material weiterarbeiten. Ich dachte, Sie wären da auf etwas gestoßen.«

Und so ging das tagaus, tagein, ein Leben in vager Zufriedenheit, im großen und ganzen durchaus in Ordnung, aber von einer Einsamkeit, die ihm gleichzeitig alles und doch ein Greuel war. Er hatte seine Arbeit und die Shadow. Er hatte ein, zwei Frauen, mit denen er sich gelegentlich traf. Und dann kam Jellie Braden. Und dann der Postzug nach Trivandrum, der ihn in den traditionengeprägten indischen Süden brachte, wo man noch ganz den alten Regeln verpflichtet war.

Um zehn fuhr der Zug in Madurai ein. Michael erkundigte sich nach einer Übernachtungsgelegenheit, und der Schaffner verwies ihn auf ein kleines Hotel unweit des Bahnhofs. »Sehr sauber, sehr angenehm«, sagte er. Michael vertraute ihm.

Als er durch die Tür trat, kam schlagartig Schwung in den Laden. Die meisten kleinen indischen Hotels sind etwas für Leute, die auf die typisch karge indi-

sche Art reisen; weiße Gesichter sind an den Rezeptionen selten zu sehen. Der Mann hier war offensichtlich hocherfreut über Michaels Wahl, da er gleich drei Pagen anwies, ihn aufs Zimmer zu bringen, obwohl er nur einen Rucksack bei sich hatte.
Einer von ihnen lief voraus, schlidderte gut zwei Meter über den gefliesten Boden, kam genau vor Michaels Zimmer zum Stehen und öffnete die Tür. Ein anderer, der nur einige Brocken Englisch konnte, sagte, das Hotelrestaurant sei schon geschlossen, aber er würde ihm gern etwas holen gehen.
Michael wußte, auf ein Omelette war immer Verlaß. Er bat den Pagen, ihm eines zu besorgen, mit etwas Brot, Tee und Käse oder Joghurt. Fünfundzwanzig Minuten später kam der Junge mit Tee, Brot, Joghurt, Chutney und einem Omelett aus drei Eiern zurück. Wo genau die Eier herkamen, war in diesem Augenblick zweitrangig. Außerdem war es eine Frage, die Michael in Indien grundsätzlich nie stellte, egal, unter welchen Umständen.
Nach dem Essen legte er sich schlafen. Bei Tagesanbruch klopfte, wie gewünscht, einer der Jungen an die Tür. Michael duschte kalt und bestellte sich im Restaurant Cornflakes mit Ziegenmilch, Toast und Tee; dann machte er sich auf die Suche nach einem Wagen, der ihn in ein Dorf namens Thekkady in den Bergen im Westen bringen würde. Der Hotelmanager ging ihm mit Freuden zur Hand, und eine halbe Stunde später hielt ein weißer Premier, ein kleiner, in Indien gebauter Personenwagen, vor dem Hotel.

»Er hat einen Führerschein für ganz Indien«, sagte der Manager.
Michael war sich nicht sicher, ob das von großer Bedeutung war, hielt es jedoch für ein gutes Omen. Der Fahrer reinigte mit einem Kleiderbesen den Rücksitz, dann machten sie sich auf die Fährte von Jellie Braden.

Am Tag nachdem Michael Jellie auf dem Empfang des Dekans kennengelernt hatte, legte jemand den Schalter für das Herbstsemester um, und schon startete das alternde Raumschiff namens College zu einem neuen Flug. Michael unterrichtete dienstags und donnerstags, ging jedoch schon am ersten Montag ins Büro und trödelte dort herum. Er las die Post, die er in seiner Abwesenheit bekommen hatte, schlug seine Sprechstunden ans schwarze Brett und kümmerte sich um die Stundenpläne einiger Studenten, die nicht in Kurse konnten, die sie unbedingt besuchen wollten. Unter den Studenten sagte man: »Tillman weiß, wie man der Bürokratie ein Schnippchen schlägt, geh zu ihm, wenn du Hilfe brauchst.«
Er dachte noch immer an Jellie Braden. Er hatte schon lange nicht mehr so stark auf eine Frau reagiert. Vielleicht noch nie. Was heißt vielleicht... Definitiv noch nie. Die physische Anziehung war da und vielleicht auch noch etwas anders. Er hatte eine unruhige Nacht damit zugebracht, urzeitliche Instinkte gegen korrektes Verhalten abzuwägen, war aber zu keinem Ergebnis gekommen.

Am Dienstag begann er mit seiner Standardvorlesung »Komplexität und die Grenzen menschlicher Politik«, in der er die Studenten aus der Abschlußklasse mit einigen ausgefallenen Tricks aus der Kombinations- und Permutationslehre verblüffte. Eine typische erste Stunde. Er wollte ihnen zeigen, daß es bei ihm zur Sache ging. Der größte Teil seiner Kollegen beschränkte sich darauf, Unterrichtspläne auszuteilen und den Studenten den Weg zu den Toiletten zu erklären. Er dagegen kam herein, sah sich seine Leute an und sagte: »Wir beginnen mit komplexen Systemen, einer Untersuchung unseres eigenen beschränkten Intellekts im Wettstreit mit unbegrenzten Möglichkeiten.«

Dann wandte er sich der Tafel zu und grinste in sich hinein, als er sie nach Blocks und Schreibzeug kramen hörte, obwohl sie nicht gedacht hätten, daß sie derlei Dinge am ersten Tag schon brauchen würden. Michael Tillman, der Serienkiller im Klassenzimmer.

Am Donnerstag hielt er, wie an seiner Tür angeschlagen, seine Sprechstunde ab.

TILLMAN
14.00 – 16.00 Dienst. & Donn.
Andere Termine nach Vereinbarung

Zu Anfang des Semesters ließ sich kaum einer blikken. Die Studenten tranken lieber Bier und wollten sich noch nicht so recht vor ihre Bücher setzen. Nach etwa drei Wochen dann, kurz vor der ersten Klausur, kam langsam Leben in die Bude. Er saß zurückgelehnt da, die Füße auf dem Schreibtisch, ein Buch –

ein Loblied auf Reagans Wirtschaftspolitik, geschrieben von einem angebotsorientierten Kollegen – hielt die Bürotür offen. Es war allgemein bekannt, daß er seine Türstopper sowohl sorgfältig wählte, als auch periodisch auswechselte, eine Art »bodenständiger« Kommentar zu der Zeit, in der er lebte. Ein leises Klopfen an der Tür, und er hob den Kopf und blickte in ein Paar graue Augen: Jellie Braden, in engen Jeans, aus dem roten Pulli spitzte ein weißer Kragen, an den Füßen ein Paar weitgereiste Wanderschuhe; das schwarze Haar unter eine runde Wollmütze mit kleinem Schirm gepackt.
Er hatte am Sonntag gar nicht gesehen, wie lang ihre Beine waren, da Rock und Stiefel alles unterhalb der Gürtellinie verborgen hatten. Obwohl er es leicht hätte erraten können, wenn es ihm in den Sinn gekommen wäre. Über die rechte Schulter hing eine alte Aktentasche.
»Hallo, Michael Tillman. Ich bin eben auf dem Weg zu Jimmys Büro und habe gesehen, daß Ihre Tür offen ist.«
Er schwang die Beine vom Schreibtisch, warf das Computermagazin über die Schulter und sagte: »Selber hallo, Jellie Braden. Schön, daß Sie vorbeischauen. Kommen Sie doch rein und setzen Sie sich, hier drin brennt die Raucherlampe.«
»Okay. Ich habe ein paar Minuten, bis Jimmys Seminar zu Ende ist.« Sie tat, als wüßte sie mit den paar Minuten Leerlauf nichts Besseres anzufangen, aber er glaubte nicht, daß es wirklich so gemeint war.

»Jellie, Sie sehen aus wie jemand, den die von der Immatrikulationsstelle als reifen Studenten bezeichnen, mit Büchertasche und so.«

»Genau das bin ich auch. Na ja, jedenfalls eine Studentin. Meine Reife sei dahingestellt.«

Er hatte schon einen Kommentar über ihre doch ziemlich deutlich sichtbare Reife auf der Zunge, überlegte es sich jedoch anders. »Was hören Sie denn?«

»Ein Seminar über die Kultur der nordamerikanischen Steppenindianer – der amerikanischen Ureinwohner, wie wir sie heute nennen. Und dann eines über archäologische Praxis. Ich konnte noch keinen Job finden, und der Teufel soll mich holen, wenn ich den ganzen Tag auf der faulen Haut liege und Seifenopern gucke. Was geben Sie dieses Semester?«

»Einen Kurs über Entscheidungsstrategien für den letzten Collegejahrgang und ein Seminar über quantitative Methoden für die Fachsemester. Tolles Programm, Sie sollten sich einschreiben.«

»Ich dachte, Sie wären Wirtschaftswissenschaftler?«

»Bin ich auch noch, mehr oder weniger. Ich habe mich vor ein paar Jahren für etwas praxisbezogenere Themen zu interessieren begonnen. Eine Konsequenz des Alters.«

»Für mich hört sich das eine wie das andere ziemlich niederträchtig an. Ich wage zu wetten, es hat damit zu tun, wie man das große Geld macht und seine Kundschaft aufs Kreuz legt.«

Michael lachte. »Mit Geld vielleicht. Die Kundschaft aufs Kreuz legen, nein.«
»Wie wollen Sie das voneinander trennen? Für mich ist das ein und dasselbe.«
»Guter Gedanke. Aber darüber grüble ich lieber nicht nach. Ich halte es da mit den Wissenschaftlern, die die Wasserstoffbombe gebaut haben: Ich produziere nur Wissen; was die Leute damit machen, fällt nicht in meinen Verantwortungsbereich. Das ist natürlich Unsinn, aber es hilft mir über die Runden, wenn ich mir mal zu viele Gedanken darüber zu machen wage, was ich hier tue.«
»Na, wenigstens sind Sie ehrlich. Halten Sie Ihren Unterricht eigentlich nicht in Anzug und Krawatte?«
»Nur als ich angefangen habe. Aber man hat ständig Kreidestaub auf dem guten Stoff. Außerdem ist es hier im Winter einfach zu verflucht kalt, um sich groß in Schale zu werfen. Und dann kam ich mir komisch vor, zu Nadelstreifen lange Unterhosen zu tragen. Das Tuch fällt nicht richtig, wie die Schneider sagen. Bei Jeans und Pulli ist das okay. Dem Dekan macht das zu schaffen, aber dem macht so ziemlich alles zu schaffen, was ich tue, ob ich ihn nun zu ärgern versuche oder nicht.« Michael klopfte mit einem Bleistift auf den Schreibtisch und grinste sie an. »Ich habe ihm mal eine Uniform entworfen, aber er war nicht gerade angetan von meiner Idee.«
Jellie erwiderte sein Grinsen. »Wie würde so eine Dekansuniform denn aussehen?«

»Overall plus Gesichtsbemalung, das Ganze in ›Managertarnfarbe‹, wie ich es genannt habe: braun und grau gescheckt, damit man vor Aktenschränken und anderem Bürogerät nicht auffällt. ›Arthur‹, habe ich ihm gesagt, ›damit könnten Sie herumschleichen und heimlich alles mögliche tun, zum Beispiel bei uns nach dem Rechten sehen, wenn wir mal nicht mit Girlanden im Haar durch die Eingangshalle tanzen.‹«

Jellies Grinsen wurde zu einem kleinen, schiefen Lächeln. »Was genau hat er denn zu Ihrer Idee gemeint?«

»Gar nichts. Er hat nur den Kopf geschüttelt und ist gegangen. Aber das erst, nachdem ich ihm gesagt hatte, daß die Uniform mit dem ›Verwalter-Watscheln‹, wie ich es genannt habe, kombinierbar sei, einem modifizierten Entengang, durch den er sich immer auf Schreibtischhöhe befände. Ich habe es ihm auf dem Flur vor seinem Büro demonstriert. Außerdem habe ich ihm garantiert, Uniform wie Watscheln seien der letzte Schrei in Sachen hautnaher Überwachung. Ich schätze, er hat das Konzept nicht so richtig kapiert. Carolyn hingegen gefiel der Gedanke.«

Small-talk, Geplapper. Aber es entwickelte sich. Jellie kam von nun an fast jede Woche bei ihm vorbei, und die beiden gruben sich durch das Dickicht der Unwissenheit, das Fremde gemeinhin trennt, aufeinander zu. Manchmal war er erregt, wenn er mit ihr sprach, und dann war er heilfroh, enge Jeans zu tragen, da sie dem Geschehen darunter Grenzen setzten. Obwohl er der organisierten Religion schon vor Jahren abgeschworen hatte, kam sie ihm doch ganz gelegen, wenn er sie mal brauchte. Und so betete er: »O Absoluter, schenk mir Jellie Braden. Irgendwie. So viel wirst du für einen einfachen Mann wie mich doch wohl tun können.« Diese Worte wurden zu einem Mantra, das ihm nicht mehr aus dem Kopf wollte.

Beim Herbstpicknick, an einem Sonntag, saß Michael auf dem einen Ende einer Wippe in einem Park am Fluß und beobachtete müßig das Treiben: Die Wirtschaftsprüfer maßen sich im Rahmen eines vom Dekan und seiner Sekretärin organisierten Volleyballturniers mit den Marketingleuten. Die Sekretärin mochte Michael übrigens noch weniger als der Dekan selbst; sie bezeichnete ihn als impertinent. Michael dachte über Impertinenz nach und bezog als Faktor dabei das Rauchen mit ein, über das der Dekan sich ständig beklagte. Das Ergebnis kam auch prompt: *Freu dich von Herzen, daß du eine unkündbare Anstellung hast.* Also freute er sich, und das bei einem Sonnenschein, der so angenehm war, wie sich das für Ende September gehörte.

Im Hintergrund warteten die Ökonomen gespannt auf ihre zweite Chance gegen die Marketingleute. Man spielte nach einem doppelten Ausscheidungsprinzip, das ein Sportfanatiker aus der Unternehmensforschung ausgeknobelt hatte. Das Genie hatte ziemlich schweres mathematisches Geschütz aufge-

fahren, um auf der Basis aller Siege und Niederlagen während der letzten drei Picknicks die Paarungen zu errechnen, und das Ganze dann auf einem der Apple-Computer vierfarbig ausdrucken lassen. Der Dekan war ins Delirieren geraten, als er den Ausdruck sah, und hatte »Dons gute Arbeit« (Michael tippte auf einen 200-Dollar-Bonus in der nächsten Lohntüte) allen unter die Nase gerieben. Michael hielt das Ganze für völlig übertrieben und sagte das auch, als der Dekan ihn nach seiner Meinung zu Dons Brillanz fragte: »Ich würde meinen, unser Don-Don hat eine gedankliche Höchstleistung auf ein Tief an Lebensart verschwendet.«
Großer Gott, was war die ganze Fakultät außer Form. Wabbelige Körper, die einen Volleyball in die Bäume droschen, stolperten und fielen, während der Dekan auf seiner Trillerpfeife blies. Er sah sich um, ob der Notarztwagen aus dem Krankenhaus bereit stand.
»Woll'n Se wippen, Tillman?« Jellie kam übers Gras auf ihn zu; sie lächelte. Er hatte sie vorher schon erspäht, von weitem. Wann immer sie sich auch nur in der Nähe befand, setzte automatisch sein Radar ein. Sie und Jim waren vor einer Stunde eingetroffen. Michael war allein auf seiner Black Shadow gekommen und hatte ihr ein klein wenig die Sporen gegeben, als er auf dem Weg in den Park den Wagen des Dekans überholt und Carolyn zugewunken hatte. Kein *Dekanesse*-T-Shirt dieses Jahr; sie tat ihm leid. Aus ebendiesem Grund hatte er sich in

einer Buchhandlung eines mit *Potentieller Dekan* bedrucken lassen, das er jetzt trug.
»Nee, ich schaukle lieber. Aber wenn Sie wippen möchten, bitte. Wippen ist sowieso leichter als schaukeln. Außerdem schaukle ich ohnehin die ganze Woche über.« Er erhob sich etwas, damit das andere Ende der Wippe sich senkte. Da er etwa einen halben Zentner schwerer war als sie, rutschte er auf die Mitte zu, um für Gleichgewicht zu sorgen; dann warf er ihr ein Bier aus der kleinen Kühltasche zu seinen Füßen zu.
»Was sagt denn Jim dazu, wenn seine Frau sich mit einem anderen auf einer ungehobelten Bohle vergnügt?«
»Meistens achtet er auf so was gar nicht, aber er kann schon auch eifersüchtig sein. Dann wird er verdrießlich und gereizt. Und das ohne den geringsten Grund, wie ich betonen sollte. Aber er mag Sie, und er weiß, daß wir Freunde sind, da ist das was anderes. So oder so, ihn interessiert im Augenblick nur eines: die Marketingleute in der nächsten Runde des Trauerspiels da drüben in Grund und Boden zu stampfen.«
Sie leuchtete geradezu in dem schräg einfallenden, weichen Licht dieses Herbstnachmittags. Ihre Brüste hoben und senkten sich hübsch unter der Baumwollbluse, während sie so schaukelten und wippten. Ihre Jeans saßen stramm über den Hüften, so wie sie die Beine über der Wippe spreizte. Ob der Absolute dieses Maß an Tortur als ergötzliches I-Tüpfelchen zu seiner privaten Unterhaltung einbaute? Michael Tillman mußte sich das wirklich fragen.

»Kein Volleyball, Michael? Sie sehen doch so aus, als wären Sie gut in Form. Dem jämmerlichen Gemetzel da drüben am Netz nach zu urteilen, würden Sie einen entscheidenden Beitrag leisten.«

Er warf einen Blick hinüber ans Netz und sah James Lee Braden III. mit Hornbrille, Sweatshirt und flatternder Khakihose einige Bocksprünge absolvieren, um sich für die zweite Halbzeit gegen die Marktstrategen aufzuwärmen. Als er über Dr. Patricia Sanchez' Fuß stolperte, landete Braden III. im Dreck. Dann merkte Michael, daß er Jellies Frage nicht beantwortet hatte und daß sie ihn dabei beobachtete, wie er sie beobachtete. Er nahm einen Schluck Bier und sagte: »Lieber nicht. Ich habe heute schon im Morgengrauen meine vier Meilen hinter mich gebracht. Das reicht für einen Tag. Außerdem würde ich womöglich auf dem Bauch von Kipperman, dem Wirtschaftsprüfer, landen und nicht mehr rechtzeitig zu meinem Seminar am Dienstag rausfinden.«

Jellie Braden lachte, und dann wippten sie weiter, an diesem Septembernachmittag in Iowa.

4

Auf dem Land westlich von Madurai war der Morgen klar und duftig wie überall in Indien vor dem Einfall von Hitze und Staub. Duftig und klar aber auch deshalb, weil, wenn sich alles zum Besten fügte, Jellie nur vier Stunden vor ihm im Hochland des Sahyadri war. Womöglich war es morgen schon weit weniger duftig und klar. Vielleicht hatte er ja nicht das geringste Recht, hinter ihr herzujagen. Wieder die alten Zweifel, die ihn schon die ganze Reise über quälten. Vergiß es und fahr zu. Jellie hatte ihre Probleme, wie immer sie aussehen mochten, Michael hatte die seinen: dreiundvierzig, und es ging rapide abwärts; bald war es zu spät für diese Art von Donner in Körper und Geist. Falls es zum Krieg kommen sollte, konnten sie diesen ebensogut in den indischen Hügeln austragen; es spielte doch keine Rolle, wo. Sie konnte ihn wegschicken, und er wäre nicht schlechter dran als zu

Hause in Cedar Bend, wo er sich den Tratsch über Jimmy Braden hatte anhören müssen, dem die Frau davongelaufen war, um sich selbst zu finden.

An Thanksgiving ihres ersten Jahres in Cedar Bend luden die Bradens Michael zum Essen ein. Sie waren erst drei Monate in der Stadt, aber Jimmy hatte es sich in den Kopf gesetzt, eine »Riesenfete zu geben«, wie er sagte. Jellie protestierte; sie kannten doch nicht mal genug Leute, und außerdem sei Thanksgiving wohl eher was für Familie und gute Freunde. Ihre Eltern kamen aus Syracuse, das genüge doch wohl. Aber Jimmy stellte eine Liste zusammen, sah sie sich an und meinte, wenn sich zwei Drittel davon sehen ließen, wäre das schon ein respektables Gästeaufkommen.

Jimmys Liste war berechenbar – keine Experimente. Er sagte: »Ich dachte mir, wir laden Michael Tillman ein, aber ich bezweifle, daß er kommt. Er scheint mir nicht der Typ für so was. Aber andererseits ist er ledig, genau wie deine Freundin aus der Soziologie, Ann Frazier. Die sind ja beide ein bißchen seltsam, vielleicht können wir die zwei über dem Truthahn verkuppeln.«

Jellie ließ es sich durch den Kopf gehen. Sie stellte sich Michael am Tisch im Eßzimmer vor. Michael Tillman, der so merkwürdig anders war; Michael mit seinen breiten Schultern und braunen Augen, das braune Haar länger, als es sich für einen Dozenten der Wirtschaftswissenschaften gehörte. Er war wirklich nicht ganz alltäglich. Das Gesicht sonnenverbrannt; das Gesicht eines Mannes, so hätte man meinen können, der daran gewöhnt war, seinen wöchentlichen Gehaltsscheck in der Bar gegenüber der Fabrik einzulösen, wo er eine Maschine bediente. Und dann seine langen, glatten Finger mit den fast unmerklichen Schmierölspuren, denen selbst mit handfestem Schrubben nicht beizukommen war.

Einen Monat zuvor waren sie und Jimmy von einer Theateraufführung am Ort nach Hause gefahren, die nächtlichen Straßen naß vom Oktoberregen, und mit einemmal – sie hatten eben an einer Ampel gehalten – war Michael neben ihnen aufgetaucht. Er saß auf seiner Shadow und ließ den Motor aufheulen. Sie wußte noch, daß im Autoradio Neil Diamonds »Cracklin' Rosie« lief, während Jimmy ihr in den Ohren lag, endlich auf Public Radio umzuschalten, wo es einen Beethoven-Abend gab. Irgendwie war ihr im Gedächtnis geblieben, daß in jenem Augenblick dieses Lied gespielt wurde. Von dem Moment an, egal, wo sie war, sah sie sich beim Klang von »Cracklin' Rosie« plötzlich wieder auf der nassen Straße in Cedar Bend und hatte Michael auf seiner Shadow vor sich.

Jimmy hatte sich aus dem Fenster des Buick gebeugt. »Hi, Michael.«

Michael – ein gelbes Tuch um den Kopf, in Lederjacke, Stiefel und Jeans – drehte sich um, winkte den Bradens zu und sah dann wieder nach vorn. Als es grün wurde, drehte er auf und war fort; breitbeinig

auf seiner glatten, schwarzen Maschine sitzend, verschwand er in der Landschaft.
Jimmy sagte: »Ich finde, es ist ein bißchen zu kalt und feucht zum Motorradfahren, meinst du nicht?«
Aber Jellie hörte nicht zu. Sie sah dem entschwindenden Rücklicht der Shadow nach. Und sie wäre zu gern mit ihm gefahren, wo immer er hinfuhr, dieser Michael Tillman; schließlich war sie selbst einmal dort draußen unterwegs gewesen. Jetzt hatte sie Angst davor, noch einmal loszuziehen. Sie sehnte sich danach, auf diese schwarze Maschine zu steigen, den Rhythmus des Motors zwischen den Beinen und das Brüllen des Winds in den Ohren.
Wenn sie ehrlich war, so hatte sie immer ein Faible für eine ganz spezielle Art von Männern gehabt, für Männer, die nicht gemacht schienen für die Welt, in der sie lebten. (Jimmy war da eine ganz andere Geschichte; das waren die Jahre, in denen sie weder verlor noch gewann.) Michael Tillman war so einer, das spürte sie; es war, als hätte eine große Faust mitten in die Zeit gegriffen und einen saufenden, fluchenden Flußschiffer aus dem neunzehnten Jahrhundert in die achtziger Jahre des zwanzigsten geholt, ihm eine Intelligenz verpaßt, die weit über das hinausging, worin der Rest von uns heimisch ist, und gesagt: »Also, jetzt benimm dich mal.« Freilich ohne so recht zu glauben, daß er sich daran halten würde. Was er denn auch nicht tat.
Ihr Geschmack in Sachen Männer hatte wahrscheinlich mit Genen zu tun, die einen Bogen zu ihrer Ur-

Urgroßmutter Elsa spannten, die bereits eine radikale Feministin gewesen war, als es für eine Frau noch als unschicklich, wenn nicht gar unmoralisch galt, an so etwas zu denken, geschweige denn, darüber zu sprechen oder dafür auf die Straße zu gehen. Elsa Markham hatte ihren Gatten verlassen, sich mit einem nicht weniger radikalen Sozialisten zusammengetan und sich in den Kampf für Frauenrechte und freie Liebe gestürzt. In der Familie Markham sprach man nicht viel über Ur-Urgroßmutter Elsa.
Jellie hatte diesen Wesenszug in sich lange Zeit versteckt. Nicht völlig unterdrückt, nur versteckt, weggesteckt, irgendwohin, wo keine Gefahr bestand, daß er von ihr Besitz ergriff und das Leben störte, das ihre Eltern so sorgfältig für sie und ihre Schwester geplant hatten. Jellies ältere Schwester Barbara war direkt hineinmarschiert in dieses sorgfältig geplante Leben. Sie hatte Pädagogik studiert, einen erfolgreichen Versicherungsmakler geheiratet und war in Syracuse geblieben. Die Markhams waren hocherfreut über Barbaras Wahl, und die Welt blieb in Ordnung.
Spät, aber noch als Mädchen, las Barbara *Little Women*, und es gefiel ihr. Jellie sagte ihr, es sei widerlich. Jellie las *Madame Bovary*, und das gefiel *ihr*. Barbara sagte, das sei Schund. Dann verpetzte sie Jellie und erzählte Mutter Markham, Jellie wäre gern Emma Bovary. Ihre Mutter schnappte sich Jellies Flaubert und las ihn, da sie sich auf die Passagen konzentrierte, die Jellie unterstrichen hatte, in einem Zug. Es folgte eine Predigt über die Tugend, aber Jellie

redete sich heraus, indem sie sagte, sie wolle ja überhaupt nicht wie Emma sein und daß man *Madame Bovary* als Lehrbuch dafür nehmen könnte, wie man eben *nicht* lebte. Was sie wirklich sagen wollte, war, daß Emma es einfach falsch angestellt hatte: Sie hätte ihr Geld nicht zum Fenster hinauswerfen sollen. Eine wahre Romantikerin hätte sich auf den Sex konzentriert und es dabei belassen.

Da Elsa Markhams unstetes Wesen sich nun einmal auf Jellie übertragen hatte, hatte sich die Entwicklung, die ihr Leben nahm, kaum vermeiden lassen. Ihre frühen Erfahrungen mit Indien jedoch zögerten diese hinaus, und dann kam Jimmy daher. Sie war so weit, daß sie, ermüdet von dem unvermeidlichen emotionalen Auf und Ab des Abenteuers, eine Weile in seichteres Fahrwasser gleiten mußte. Jimmy schien ihr wie ein Fels, und das war er auch. Jimmy sah nach bequemer Geborgenheit aus, und die gab er ihr. Jellie brauchte Ruhe und Frieden. Als er ihr einen Antrag machte, hätte sie nicht so recht sagen können, warum sie ja sagte, aber es hatte mit Stabilität, Bequemlichkeit, Ruhe und Frieden zu tun.

Jahrelang sträubte sich Jellie mit Händen und Füßen gegen das Ziehen und Zerren von Elsas Genen; trotzdem: sie wollten keine Ruhe geben. In der braven Professorengattin mit einem Abschluß in Anthropologie steckte eine Flußschiffersfrau, deren Brüste sich nach Gesicht und Mund Michael Tillmans verzehrten.

Als Jimmy ihr seine Gästeliste für Thanksgiving zeigte, zögerte sie. Ihr erster Impuls galt Bequemlichkeit und Stabilität. Aber dann nahm Elsa Markham sie beim Arm, und Jellie kritzelte »M. Tillman« unter die Liste. »Halte ich für eine gute Idee. Frag Michael doch, was er davon hält.« In diesem Augenblick entschied sie sich für das rote Kleid mit den langen, weiten Ärmeln, für den Fall, daß er ihre Einladung annehmen sollte.

Michael Tillman feierte Feste nicht – nicht ein einziges –, aber Thanksgiving bei den Bradens bot eine Gelegenheit, in Jellies Nähe zu sein, die er sich nicht entgehen lassen wollte. Jim hatte gesagt, es würden noch einige andere Leute kommen und, ach, übrigens, bringen Sie ruhig eine Freundin mit.
Als er von seinem Morgenlauf kam, versorgte er Hund und Katze und las dann eine Weile. Gegen eins stand er vor dem Schlafzimmerschrank und holte ein graues Tweedsakko hervor. Die meisten seiner Krawatten waren schon vor zirka tausend Jahren auf dem Schrankboden gelandet und sahen dementsprechend aus, vor allem die seidenen waren zerknittert und verstaubt. Schließlich fand er eine dunkelrote wollene mit dem Aufdruck *Rettet die Schildkröten* über einem Bild mit schwimmenden Reptilien, die ihm einen Wiederbelebungsversuch wert schien. Er bräuchte sie nur richtig auszubürsten. Er holte eine zerknitterte anthrazitfarbene Hose hervor und hob sie hoch. Malachi, der gerade mal so als Collie durchgehen konnte und seinen Namen Michaels Lieblingsprofessor an der Uni verdankte, legte den Kopf auf die Pfoten und

stieß einige leise Wimmerlaute aus. »Nichts zu machen, was, Malachi?«
Michael drehte sich um, zeigte die Hose Casserole, seiner Katze, und fragte: »Was meinst du, Cass?« Sie blinzelte, gähnte und machte sich auf den Weg ins Wohnzimmer. Nach den verheerenden Ergebnissen dieser Umfrage schob er so lange Kleiderbügel hin und her, bis er auf eine präsentable Jeans stieß, und beendete die Übung in verhaltener Eleganz mit grauen Socken und seinen verläßlichen alten Lederslippern.

Er nahm noch die Flasche Roten mit, die er eigens für diesen Anlaß erstanden hatte, und spazierte die sechs Blocks zu dem zweigeschossigen Haus, das die Bradens gekauft hatten. Drei Wagen parkten davor, der Buick der Bradens stand in der Auffahrt. Jim öffnete ihm, tadellos – vollkommener hätte man sich nicht zurechtmachen können – in einem dunkelblauen Nadelstreifenanzug, gestärktem Hemd mit weißem Kragen und gelber Krawatte mit schwarzen Pünktchen. Am unteren Ende seriöse Schnürschuhe – Bankierschuhe. Knackiges weißes Tüchlein in der Brusttasche. Michael hatte längst erraten, daß Jim nicht von Neureichs abstammte, und an diesem Tag sah man ihm das auch an.

»Hi, Michael. Jellie und ich freuen uns, daß Sie kommen konnten. Ich nehme an, die Anwesenden sind Ihnen bekannt, außer Jellies Eltern, die wir aus Syracuse eingeflogen haben. He, das ist ja eine tolle Krawatte!«

Michael haßte Auftritte. Seine einfache Herkunft schwappte wie eine Woge über ihm zusammen, wann immer er sich in einen Raum voller Leute geführt sah; in solchen Augenblicken kam er sich irgendwie blöde vor, und ihm wurde so unwohl in seiner Haut, daß er geradezu feindselig wirkte, was er überhaupt nicht war. Seine Erziehung hatte ihm einfach kein Rüstzeug für derlei Auftritte mitgegeben, das war alles.

Ein kunterbuntes Häuflein erwartete ihn in dem kleinen Wohnzimmer: eine Soziologin (ohne Partner, eine Bekannte von Jellie), ein Kollege von den Wirtschaftsprüfern nebst Gattin (»Sind Ihnen auch Kobras untergekommen?«), der übergewichtige Knabe aus der Unternehmensforschung mit einer nicht minder schweren Frau und einem Händedruck, daß es nur so knackte (das Genie, das das doppelte Ausscheidungssystem für das Volleyballturnier ausgeknobelt hatte). Patricia Sanchez saß in der Mitte des Sofas neben einem Knaben vom Studentenwerk, mit dem sie ging. Auf der anderen Seite ein älterer Herr, von dem er annahm, daß es sich um Jellies Vater handelte. Es war stickig und warm, im Kamin knackte ein perfektes Feuer, und als er so auf der Schwelle der Wohnzimmertür stand, richteten sich alle Blicke auf ihn. Er atmete tief durch und wünschte sich, er könnte eine Zigarette rauchen, aber das war hier nun wirklich nicht drin.

Jimmy nahm ihn am Ellbogen. »Ich denke, Sie alle kennen meinen Kollegen Michael Tillman.« Ein fransiges Unisono von Stimmen griff nach ihm. Er winkte bescheiden in die Runde und überreichte Jimmy die Flasche Wein.

»Jellie und ihre Mutter sind in der Küche. Oh, wie ungeschickt von mir, jetzt hätte ich fast vergessen, daß Sie Jellies Vater, Mr. Markham, noch gar nicht kennen.«

Mr. Markham war ein Sechziger mit strahlenden Augen und festem Handschlag. Er grinste. Michael erwiderte das Grinsen und dachte bei sich, Leonard Markham war wohl in Ordnung, solange man ihm nicht in die Quere kam.

Durch eine offene Tür sah er am anderen Ende des Flurs Jellie in der Küche stehen. Sie hob den Kopf, winkte und rief: »Hi, Michael, kommen Sie. Ich möchte Ihnen meine Mutter vorstellen.«

Er ging nach hinten, während man sich im Wohnzimmer wieder den Unterhaltungen widmete, die er unterbrochen hatte. Jellie wischte sich die Hände an einer weißen, bedruckten Schürze mit einem *Hi!* und vier Truthähnen mit großen, wabbeligen, roten Kehllappen ab. Sie drückte ihm einen Kuß auf die Wange und flüsterte: »Freut mich riesig, daß Sie gekommen sind.« Dann wandte sie sich an eine grauhaarige Frau, die Soße für Gänseklein oder etwas Ähnliches zubereitete. Der Kuß und das Flüstern kamen völlig unerwartet, aber er schrieb beides dem Feiertagsgeist zu.

»Mutter, das hier ist unser Freund Michael Tillman.«

Ihr Aussehen verdankte Jellie ganz ihrer Mutter. Eleanor Markham war eine umwerfende Frau, etwa im gleichen Alter wie ihr Mann und mit Jellies grauen Augen. »Schön, Sie kennenzulernen, Michael. Wir freuen uns ja so, daß Jellie und Jim in der kurzen Zeit, in der sie hier sind, schon so nette Freunde gefunden haben.«

Sie wandte sich Jellie zu. »Michael ist doch der mit dem Motorrad, richtig?« Jellie nickte. »Wohin fahren Sie denn so, Michael? Sehr weit?«

»Ach, mal hierhin, mal dahin. In die Stadt, manchmal hinauf zu den Großen Seen. Nach Colorado, wenn ich mich mal wirklich sportlich fühle. Ist schon ein alter Hobel, und man muß immer gleich die ganze Werkstatt mitschleppen, wenn man mal weiter weg will.«

»Wohnen Sie denn nicht in einer Wohnung, Michael? Wo stellen Sie da Ihr Motorrad über den Winter ab?« Jellie rührte die Soße für den Braten um und sah ihn dabei über die Schulter hinweg an.

»In meinem Wohnzimmer.«

Jellie lachte. Eleanor Markham lächelte und fragte: »Warum, um alles in der Welt, gerade dort?«

»Fürs Klo ist es zu groß.«

Jetzt lachten beide. Michael grinste; er wußte eine gute Stimmung nicht weniger zu schätzen als ein Jazzmusiker. »Außerdem kann ich so bei kaltem Wetter daran arbeiten, und wenn mir mal die Decke auf den Kopf fällt, dann setze ich mich drauf und mache ›wruum, wruum‹. Wenn ich es nicht selber benutze, schläft meine Katze gern auf dem Sattel. Ich wohne im Erdgeschoß eines alten Hauses, schon seit zehn Jahren. Und da es in einer Collegestadt gar nicht so einfach ist, Leute zu finden, die ihre Miete pünktlich bezahlen, hat sich mein Vermieter mit mir abgefunden.«

»Aber Mutter, natürlich stellt sich jemand wie Michael sein Motorrad ins Wohnzimmer. Das paßt doch, es ist einfach perfekt... ganz im Gegensatz zu dieser verdammten Soße, die einfach nicht sämig werden will.«

Da er sah, wie beschäftigt die beiden waren, entschuldigte er sich und schlenderte zurück ins Wohnzimmer, wo er sich den Anschein von Geselligkeit zu geben versuchte, was einem Mann wie Michael Tillman freilich so gut wie unmöglich war. Die Einrichtung war typisch, ja sogar etwas besser als das: gute postmoderne Lithographien, gefällige Keramik, eine abstrakte Bronze, um die fünfundvierzig Zentimeter hoch, und schließlich ein Schwarzweißabzug von Edward Westons berühmtem Porträt eines Kohlkopfes, für die jemand eine hübsche Stange hingeblättert haben mußte. Einige neue Stühle, einige alte. Von einer Anlage im Arbeitszimmer drang Mozart herein.

Er warf noch einen Blick zurück auf Jellie, die sich noch immer über die Soße ärgerte; er versuchte sich darüber klar zu werden, was er auf ihrem Gesicht gesehen hatte. Eine Mischung, vielleicht, aus Zufriedenheit und Müdigkeit, als wäre sie glücklich mit ihrem Los und wünschte sich gleichzeitig weit, weit weg. Als laufe sie ein langes Rennen, zu dem sie sich zwar verpflichtet sah, zu dem sie jedoch lieber erst gar nicht angetreten wäre.

»Komm doch hier rüber, Michael.« Pat Sanchez griff nach seiner Hand. Pat hatte er von Anfang an gut leiden können. Sie hatte sich aus den Latinovierteln von Los Angeles hochgearbeitet, sich abgestrampelt, ihren Doktor in Texas gemacht und war vor etwa zehn Jahren zum Lehrkörper gestoßen. Sie hatten einige Artikel zusammen verfaßt und waren nach Abschluß des ersten, eines späten Freitagabends, auf ihrem Bett gelandet, lachend, nackt, Margaritas in den Händen. Nachdem sie einige Male miteinander ausgewesen waren, hatten sie es per schweigender Übereinkunft dabei belassen. Offensichtlich reichten die mathematischen Aspekte von Infrastrukturen im Transportwesen nicht aus, um eine intime Beziehung am Leben zu halten.

Sie stellte ihm ihren Freund vor, den frischgebackenen Vizepräsidenten des Studentenwerks, aber der kannte Michael noch aus ihren gemeinsamen Tagen im Disziplinarausschuß. Er hatte etwas von einem Therapeuten, ein typisches Merkmal von Leuten, die sich ihr Leben lang mit den chaotischen Freuden von Studentenheimen und sonstigem von der Universität immer noch toleriertem Mist herumschlagen dürfen. Er schüttelte Michael die Hand und sagte: »Ich erinnere mich noch an Sie. Sie waren damals dafür, jeden zu relegieren, der auch nur daran dachte, etwas an die

Wand zu schreiben. Wie haben Sie gleich wieder gesagt? ... Ich habe Sie lange zitiert als Beispiel für genau die Methoden, mit denen Studenten von heute einfach nicht mehr beizukommen ist.«
Michael stieß einen unhörbaren Seufzer aus und erwog kurz, dem Menschenfreund den Kopf in den Hintern zu stecken – in den Hintern oder in den Kamin, je nachdem, ob sein geronnenes Gehirn tiefzufrieren oder hartzukochen war. Er ließ es jedoch gut sein und beugte sich statt dessen vor, um ihm was ins Ohr zu flüstern: »Ich weiß noch ziemlich genau, was ich gesagt habe: ›Wir führen hier weder ein Karrierezentrum noch ein Asyl für Leute mit akutem Hormonüberschuß, sondern eine Universität. Betrüger sind Betrüger, zerstörungswütige Besoffene sind genau das und nichts anderes, und wenn sie zehnmal noch Teenager sind, wir sollten die nichtsnutzigen kleinen Racker entweder zu ihren Müttern zurückschicken oder sie an den Ohren auf die nächste Wache schleifen und anzeigen.‹ *Das* habe ich gesagt. Außerdem erwähnte ich, daß ich den transaktionsanalytischen Blödsinn nicht abkann, an den Leute wie Sie zu glauben scheinen. Das aber erst, nachdem mich einer von der psychologischen Beratung einen Faschisten genannt hat.«
Der Menschenfreund und Vize lief rot an, während Pat, in die Sofakissen gelehnt, sich das Lachen zu verbeißen versuchte, was ihr jedoch nicht gelang; das kühlte ihn etwas ab. Michael war froh, daß sie hier war. Er hatte sein Mütchen an einem kleinen Licht

aus der Universitätsverwaltung gekühlt, der keine Ahnung hatte, wie es draußen in den Gossen dieser Welt zuging, und die Geschichte hätte den Bradens glatt das Fest ruinieren können, was natürlich das letzte war, was er wollte.

»Oh, Michael, ob man dich wohl jemals zähmt?« Pat lachte noch immer und hielt sich den Bauch.

In diesem Augenblick kam Jimmy Braden aus der Küche und läutete geziert mit einem kleinen silbernen Glöckchen. »Meine Damen und Herren, es ist angerichtet.«

Die Gäste bummelten in Richtung Eßzimmer. Michael bildete das Schlußlicht und überlegte, wie wohl die Sitzordnung aussehen würde und ob er wohl hin und wieder Gelegenheit hätte, einen Blick auf Jellie zu werfen; er hoffte, nicht nur hin und wieder. Immerhin war er wegen ihr gekommen und nicht, um sich mit verzogenen kleinen Klugscheißern aus der Verwaltung abzugeben.

Die Tafel hatte zwar Tischkarten, aber er entschloß sich, die anderen ihren Platz finden zu lassen und dann durchzugehen, was übrigblieb. Es hatte ganz den Anschein, als hätte man die Gäste mit dem Zufallsgenerator plaziert. Aber andererseits kannte er Jellie zu gut, um auch nur einen Augenblick daran zu zweifeln, daß dahinter die Absicht steckte, gewisse Leute von ihren Gatten, Gattinnen und Freunden zu trennen und neben andere zu setzen. Eine Art Party zum Kennenlernen mit einem Truthahn in der Mitte.

Michael sah zu, wie sich die anderen setzten, bis

kaum noch ein Platz übrig war. Jellie fing seinen Blick auf und deutete auf den zweiten Stuhl von der Küchenseite des Tisches her. Er ging hin und sah, daß auf der Platzkarte *Potentieller Dekan* stand. Auf der Karte daneben stand *Jellie.*

James Lee Braden III. tranchierte, Jellies Mutter verteilte Soße aufs Fleisch, Jellie lief zwischen Küche und Tisch hin und her, und der Rest redete Unsinn. Michael saß da und beobachtete Jellie; zum ersten Mal spürte er etwas, das über Hibiskusblüten und Wasserfälle auf den Seychellen hinausging; vielleicht, so dachte er, gab es in Darwins altem Tänzchen ja doch den einen oder anderen Schritt, den er noch nicht kannte. Die körperliche Anziehung, die sie auf ihn ausübte, mischte sich mit tieferen und ruhigeren Gefühlen höherer Ordnung, eine Wendung im Lauf der Dinge, mit der er nicht gerechnet hatte. Was ihn etwas traurig stimmte, ohne daß er hätte sagen können, warum. Traurig, was Jellie anbelangte, ihn selbst und Jimmy, traurig darüber, wo das alles hinführen würde oder wahrscheinlich doch nicht. Die Stimme des Absoluten hörte sich weniger gewiß an, das Mantra begann an Bestimmtheit zu verlieren. Es gab Dinge, an die man besser nicht rührt, dachte er. Er, und vielleicht auch Jellie, wenn er sie richtig verstand, hatten sich da auf sehr dünnes Eis gewagt; sie hatten dort nicht das geringste zu suchen, an diesem Ort, der bei weitem weniger harmlos war, als er auf den ersten Blick schien. Einen Moment lang war er versucht davonzulaufen, sich auf seine Shadow zu schwingen und irgendwohin zu fahren, egal wo. Hauptsache, die Sonne schien und die Leute waren unkompliziert.

Der Tanz um den Truthahn dauerte fast zwei Stunden. Wein und noch mehr Wein, Speisen über Speisen. Eleanor Markham erzählte eine lustige Geschichte aus Jellies Kindheit, und alle lachten, vor allem Jellie.

Die Soziologin zu seiner Rechten plapperte über ihr Leben und Gott und die Welt und berührte dabei gelegentlich seinen Arm, wenn sie etwas – ihrer Meinung nach – Wichtiges von sich gab. Er fühlte sich von ihr bedrängt, was ihn ärgerte, da er unter allen Umständen höflich zu sein hatte und dabei Jellie noch nicht einmal aus dem Augenwinkel heraus ansehen konnte, während er sich mit dieser Expertin über den Beitrag der Frau zur frühen amerikanischen Siedlungsgeschichte unterhielt.

Irgend jemand sprach das Footballmatch Dallas gegen Seattle an, das später übertragen werden sollte. Der Sportfanatiker aus der Unternehmensforschung sprang sofort in die Bresche und begann die Yards aufzuzählen, die der eine oder andere Running-back erkämpft hatte, ganz zu schweigen von dem anderen Quatsch, mit denen sich Leute den Kopf vollbliesen, nur um nicht über das nachzudenken, was wirklich zählte. Mrs. Markham brachte Jellies Kenntnisse über ihre einstigen Kameraden von der High-School auf den neuesten Stand.

Und Jimmy tranchierte – er hörte überhaupt nicht

mehr auf zu tranchieren, es wurde zu seinem Lebensinhalt. Jellies Vater unterhielt sich mit dem Vizepräsidenten des Studentenwerks über Bachforellen in Connecticut. Und die Soziologin zu Michaels Rechten fragte, ob er eigentlich nie zu den Bildungskonzerten ging, weil sie immer die einzige dort zu sein schien, obwohl sie so ungern allein gehe. Er sagte, er möge die Konzerte deshalb nicht, weil seiner Meinung nach immer ein und dieselbe Person spiele: ein brillanter neuer (meist pubertierender) koreanischer Violinist, der makellos seine auswendiggelernten Partituren herunterfiedle. Aber die Soziologin war schon in Ordnung, einsam, sicher, wie die meisten von uns, also heuchelte Michael weiter Interesse an Vorträgen, Konzerten und Pioniersfrauen. Ein-, zweimal spürte er Jellies Hüfte an seiner Schulter, wenn sie aufstand, um in der Küche Nachschub zu holen.
Der Unternehmensforscher redete noch immer über das Spiel, das in knapp einer Dreiviertelstunde beginnen würde, und meinte, er hoffe doch, daß niemand etwas dagegen hätte, wenn er es sich ansah. Einige der anderen sagten (wenn auch selbstverständlich nicht wörtlich), sie hätten nichts dagegen, sich anzusehen, wie ein paar junge Schwarze von der einen oder anderen Küste sich im texanischen Flachland die Köpfe einschlugen, womit die Sache erledigt war. Die Soziologin rückte ihre Gläser in eine Reihe und sagte leise zu Michael: »Diese Überbewertung des Sports ist auch nur so ein kapitalistischer Trick, um die Massen zu beschäftigen, finden Sie nicht?«

Darüber wollte er nun wirklich nicht nachdenken. Er wollte überhaupt an nichts anderes denken als an Jellies Hüfte und wann er sie wieder an seiner Schulter spüren würde. Aber er nickte und sagte: »Da haben Sie wahrscheinlich recht. Auf der anderen Seite ist es allemal besser, als wenn das Proletariat draußen Radkappen stiehlt oder an Fahrradsätteln schnüffelt.« Eine Sekunde später schenkte sie ihre Aufmerksamkeit der Wirtschaftsprüfersgattin.
Während einer Pause, in der der Sportexperte sich die Kehle anfeuchtete und sich an weitere Weisheiten aus der *Sportillustrierten* zu erinnern versuchte, sagte Jim Braden: »Michael, Sie waren doch auch mal aktiv, nicht wahr? Jedenfalls habe ich so was läuten hören.«
Jellie zog sofort mit. »Ist das wahr, Michael? Das haben Sie uns ja gar nicht erzählt.«
Er saß in der Falle. Er hoffte, das Thema würde an ihm vorübergehen, was jedoch nicht sein sollte. Jellies Vater bohrte. »Was haben Sie denn gespielt, Michael?« Den Unternehmensforscher, der noch nicht mal in ein Suspensorium gefunden hätte und dem ein Stück Truthahn aus dem Mund hing, verblüffte das offensichtlich völlig, so selten sprach Michael seine Vergangenheit als Sportler an.
Alle starrten ihn an, vor allem die Soziologin – als hätte sie plötzlich den wahren Grund dafür entdeckt, warum er die Bildungskonzertreihe nicht besuchte und überhaupt einen leicht barbarischen Gesamteindruck hinterließ. Er konnte nicht mehr anders. Er

hätte gern weiterhin nach Ausflüchten gesucht, aber Jellie sagte: »Erzählen Sie uns doch davon, Michael.« Es schien sie ernsthaft zu interessieren, und Jellie konnte er einfach nichts abschlagen.

Er trank einen Schluck Wein und begann zu erzählen. »Die Kurzversion geht folgendermaßen: Ich bin in einer kleinen Stadt in Süd-Dakota aufgewachsen –«

Die Frau des Wirtschaftsprüfers unterbrach ihn. »Wo denn da?«

»Custer ... direkt vor Rapid City in den Black Hills.«

»Es ist schön dort, nicht wahr?« Ihr Geist war wie Spreu im Wind; sofort war sie bei Reiseberichten.

Die Soziologin kam aus ihrer Ecke und brachte eine harte linke Gerade an: »Wo wir den amerikanischen Ureinwohnern im neunzehnten Jahrhundert das Land gestohlen haben.«

»Ja, es ist ausgesprochen schön dort«, sagte Michael mit einem Blick auf die Wirtschaftsprüfersgattin. »Auch wenn das kleine Häuschen meiner Eltern auf einem Stückchen Land stand, das wir den Lakota-Sioux gestohlen haben.« Er wartete einen Augenblick auf zusätzliche Fragen über die Black Hills. Es kamen keine.

»Als ich in die achte Klasse ging, langweilte mich die Schule und das Leben in der Kleinstadt ganz gewaltig. Also begann ich damit, im Stadtpark Basketball zu spielen. Dann half mir mein Vater, hinter unserem Haus einen Korb aufzuhängen. Er hat mein Interesse ernst genommen und mir sogar eine Lampe in den

Hinterhof montiert, damit ich abends üben konnte. Ich schien ein Talent für den Sprungwurf zu haben und beherrschte ihn bald ziemlich gut. Mein Trainer auf der High-School hatte die staatliche Universität in Wichita besucht und schickte denen Filme von zwei oder drei meiner besseren Spiele. Man bot mir ein Stipendium – die einzige Möglichkeit für mich, überhaupt an ein College zu kommen. Ich spielte dort dreieinhalb Jahre, bis ich mir das Knie ziemlich böse anschlug Das war's.« Er nahm noch einen Schluck Wein und wartete darauf, daß sich die Gesellschaft Wichtigerem zuwandte, aber sie wollten nicht locker lassen.

»Welche Position haben Sie denn gespielt, Michael?«

»Abwehr.«

»Wie groß sind Sie eigentlich, so um die eins neunzig?«

»Eins achtundachtzig – in Socken.«

»Waren Sie mal in einem All-American-Team?«

»Im ersten Jahr war ich im All-Missouri-Valley-Team.«

Jellie legte ihre Hand auf die seine und drückte sie. »Aber Michael, dann waren Sie ja ein Star!«

Er hätte nicht sagen können, ob das ernst oder leicht ironisch gemeint war. Er hoffte auf letzteres und kam zu dem Schluß, daß es genau das war – mit einer kleinen Prise von ersterem. »So habe ich das nie gesehen. Ich habe mir damit nur Kost und Logis, Bücher und Schulgeld verdient.«

»Ich wette, Ihre Eltern waren mächtig stolz auf Sie. Haben Sie je daran gedacht, Profi zu werden?« Der Unternehmensforscher hatte einen waschechten Veteranen gefunden – aus Kriegen, die nicht das geringste bedeuten –, und das hier am Thanksgivingtisch.
»Mein Papa hat mit den Bildern von mir im *Wichita Eagle* unsere ganze Tankstelle bepflastert. Meine Mutter machte sich eher Gedanken um meine Noten. Sie hielt Sport immer für eine ziemlich dumme Zeitverschwendung.«
Nicht ganz die Antwort, die der Unternehmensforscher erwartet hatte, was ihn beunruhigte. Es war deutlich zu sehen, daß er überlegte, wie eine Mutter ihren Sohn so wenig lieben konnte, daß sie die Heldentaten nicht bejubelte, die er während seiner prägenden Jahre in kurzen Hosen und mehreren hundert Turnhallen vollbrachte. Michael tat ihm leid, da es ihm seiner Meinung nach an mütterlicher Liebe gemangelt hatte.
»Was den Profisport anbelangt, daran hatte ich kein Interesse. Außerdem war ich für die erste Liga nicht flink genug. Jedenfalls hat nie ein Profiverein angerufen, und wenn, ich wäre nicht rangegangen.«
»Fehlt Ihnen das Spielen denn nicht, Michael?« Jellies Mutter sah ihn an.
»Nein, keineswegs, Mrs. Markham. Das nun wirklich nicht. Um ehrlich zu sein, ich konnte es damals schon kaum erwarten, bis alles vorbei war, um endlich mein eigenes Leben leben zu können. Irgendwann im zweiten Collegejahr stellte ich fest, daß ich noch nicht

mal gern spielte. Im Grunde hatte ich nie wirklich Freude daran gehabt. Was mir gefiel, war, mit der Kunst und den physikalischen Aspekten des Sprungwurfs aus der Distanz zu experimentieren. Es war ein Jungenwerkzeug für ein Jungenspiel, und ich habe seit zwanzig Jahren keinen Basketball mehr angerührt.«

Jellie sagte: »Ein interessanter Standpunkt... daß die Kunst und die physikalischen Aspekte des Sprungwurfs aus der Distanz alles gewesen sein sollen, Michael. Sie sollten irgendwann mal einen Artikel darüber schreiben.«

Hätte Jellie in diesem Augenblick noch einmal ihre Hand auf die seine gelegt, er hätte ihr einen Essay über sein schwindendes Interesse am Sprungwurf mit einem Truthahnknochen auf das Leinentischtuch geschrieben. Aber sie tat es nicht. Sie wechselte das Thema, indem sie die Nachspeisen aufzählte. Michael nahm Sauerrahmauflauf mit Rosinen. Jellie hatte ihn nach einem Rezept ihrer Großmutter gemacht, und er war schlicht eine Wucht.

Bei Kaffee und Kognak fragte jemand Jellie nach der Herkunft ihres Namens. Ihre Eltern lachten, und Jellie deutete auf die beiden. Die Aufgabe, dies zu erklären, ging an ihre Mutter.

»Als Jellie so um die sieben Jahre alt war, machte sie eine richtige Babyspeckphase durch. Ihr Vater nannte sie daraufhin immer ›mein kleines Geleetöpfchen‹. Die Kinder aus der Nachbarschaft griffen das auf und riefen sie ›Jelly-Belly‹, ›Jellyroll‹, ›Jellybean‹, jede

Variante, die Sie sich nur vorstellen können. Vom Spielen kam sie immer tränenüberströmt nach Hause. Leonard hat dann sofort aufgehört, sie ›Geleetöpfchen‹ zu nennen, er hatte ein schlechtes Gewissen wegen der ganzen Geschichte. Aber die Kinder gaben den Namen nicht mehr auf.«
Jellie meldete sich. »Mutti hat mir da rausgeholfen. Sie hat mich davon überzeugt, daß man meinen Spitznamen mit *i-e* anstatt mit Ypsilon schreibt und daß es in Wirklichkeit ein französischer Name ist, den man mit einem gesäuselten *dsch* spricht und auf der zweiten Silbe betont: Jeh-*leij*. Aber wir haben's bei der amerikanischen Aussprache belassen. Mir gefiel der Gedanke, und ich wurde langsam, aber sicher stolz auf meinen neuen Namen. Und da er mir blieb, benutze ich ihn seither.«
»Wie heißen Sie denn nun wirklich?«
Um Himmels willen, dachte Michael mit einem Blick auf den Wirtschaftsprüfer, von dem die dämliche Frage stammte. Laß es doch gut sein. Wenn sie ihn dir sagen wollte, hätte sie's längst getan.
»Den sag ich nie jemandem.« Jellie lachte. »Jimmy, die Herrschaften brauchen noch Kognak. Ich hole Kaffee.« Was den Fans Gelegenheit gab, in ihre Suspensorien zu steigen, verkehrtherum, versteht sich, und den Fernseher anzuwerfen: »Dritter Versuch, sechs Yards gegen die fünf von Dallas. Und hier die Abgabe . . .«
Die Soziologin hatte Arbeiten zu korrigieren, Pat Sanchez und ihr Freund entschlossen sich zu einem

Spaziergang. Jellie und ihre Mutter machten die Küche sauber. Michael ging auf eine Zigarette nach draußen, und als er wieder hereinkam, sahen sich alle außer Jellie und ihren Eltern das Spiel an. Michael setzte sich mit Leonard Markham an den Eßzimmertisch und fragte ihn über Bachforellen aus. Er erzählte ihm, daß er früher in den Black Hills selbst Forellen geangelt hatte. Mr. Markham war ein interessanter Gesprächspartner, wenn ihn etwas interessierte, und er versorgte Michael mit genau dem richtigen Quantum an Informationen, ohne langweilig zu werden. Er hätte besser daran getan, Lehrer zu werden, statt Kartonagenfabrikant, dachte Michael. Er mochte Leonard Markham.

Später gesellten sich Jellie und ihre Mutter zu ihnen; Jellie setzte sich Michael gegenüber. Genau deswegen war er an diesem kalten Herbsttag im Jahre 1980 gekommen: wegen der Gelegenheit, Jellie Markham Braden einfach nur anzusehen. Er war jedoch vorsichtig, da ihn ihre Mutter ein-, zweimal dabei ertappte, wie er Jellie auf eine Art und Weise anstarrte, die durch die Unterhaltung nicht zu rechtfertigen war. Und Mütter kennen die geheimen Gedanken der Männer, insbesondere dann, wenn sich diese Gedanken um ihre Töchter drehen.

Auf der verzweifelten Suche nach einem Thema sprach Michael Indien an und sah, wie Eleanor Markhams Gesicht sich prompt verdüsterte – kaum merklich, aber immerhin. Jellie lenkte das Gespräch rasch in eine andere Richtung. Das war nun bereits das zweite Mal, daß er das Gefühl hatte, mit ihrer Zeit in Indien müsse es irgend etwas auf sich haben. Etwas, das sie davon abhielt, mehr darüber zu sagen, als daß sie dort gewesen und drei Jahre geblieben war. Michael hielt es seinerzeit immer nur kurz in Jellies unmittelbarer Umgebung aus. Seine Gefühle ihr gegenüber waren einfach zu überwältigend und wurden schließlich so stark, daß er Angst hatte, mit etwas allzu Offensichtlichem und Dummem herauszuplatzen, irgendeiner ungehörigen Bemerkung, mit der er sich ihrem Mann gegenüber oder wem auch immer – Jellie selbst nicht ausgenommen – verriet. Er wollte sie sehen, sicher, so oft wie nur möglich in ihrer Nähe sein, aber ohne sich noch mehr als der Betrüger vorzukommen, für den er sich ohnehin schon hielt. So entschuldigte er sich denn gegen sechs unter dem Vorwand, seine Tiere füttern zu müssen.

Jellie schlang die Arme um den Oberkörper und stand zitternd auf der Treppe vor dem Haus, als sie sich von ihm verabschiedete. »Danke fürs Kommen, Michael. Ich weiß, diese Geschichten liegen Ihnen nicht, aber ich wollte Sie meinen Eltern vorstellen. Sie sind nun mal nicht die Art Leute, mit denen Sie für gewöhnlich zu tun haben... Nein, das kam nicht ganz richtig raus. Ich wollte damit nicht sagen, daß Sie ein Kuriosum sind, nur eben anders. Gerade eben noch sagte mein Vater: ›Also, dieser Michael Tillman gefällt mir, er hat Charakter.‹ Ich wußte, Sie würden ihm gefallen.«

Michael verstand, was sie sagen wollte. »Ich mag ihn

auch. Danke für die Einladung, es war ein schöner Nachmittag.« Er konnte nicht gehen ohne einen letzten durchdringenden Blick. Er konnte einfach nicht anders; am liebsten hätte er sie in die Arme genommen und gesagt: »Geh nicht wieder rein. Komm mit zu mir, ich werde dich küssen. Ich werde dich in Stücke reißen und wieder zusammensetzen. Und hinterher geht es auf die Straße und weit, weit weg – egal, wohin.«
Jellie sah Michael mit ihren grauen Augen an, vielleicht fünf Sekunden lang; ihr Gesicht war fast ernst geworden. So hatte sie ihn noch nie angesehen – als könne sie einen Teil seiner Gedanken lesen. Sie sagte nichts, starrte ihn nur an, senkte dann die Augen und lächelte verhalten, bevor sie die Tür wieder öffnete und ins Haus zurückging.

Ein Jahr später befand er sich westlich von Madurai und arbeitete sich auf der Suche nach ihr in den Südwesten Indiens vor. Sein Fahrer konnte nur wenige Brocken Englisch, so daß es eine stille Fahrt war. Lediglich das endlose Brausen des Windes war durch die offenen Fenster zu hören. Fünfzig Meilen hinter der Stadt hielt der Fahrer an und ging hinüber zu einer Kultstätte am Straßenrand, um einige Münzen als Opfergabe zu hinterlassen. »Schlimme Geister«, sagte er, als er wieder einstieg. »Böse.« Er legte einen Gang ein und warf noch einen letzten Blick zurück auf den Schrein.
In Virudunagar genehmigte sich sein Fahrer ein

Frühstück und der Wagen einen Platten. Offensichtlich hatte die Gabe an der Kultstätte nicht ausgereicht. Der Ersatzreifen war im Eimer, so daß eine mittlere Expedition durch die Straßen der Stadt nötig war, um eine Werkstatt zu finden. Nach dem obligatorischen Feilschen um den Preis schleppte man den Reifen in die Werkstatt, wo er geflickt wurde. Was wohl für weitere sechzig Meilen halten dürfte, dachte Michael. Ihr Aufenthalt in Virudunagar hatte fast zwei Stunden gedauert.

Michael lehnte sich in den roten Vinylsitz zurück und betrachtete die vorbeiziehenden Dörfer und Äcker. In der Nähe von Rajapalaiyam hielt der Fahrer auf einer Brücke über einen breiten, seichten Fluß. Vor ihnen trieb eine Frau eine Herde Gänse über die Brücke. Auf den Sandbänken unter ihnen waren Frauen mit hochgezurrten Kleidern beim Waschen zu sehen, sie schwangen die Wäsche über den Kopf und schlugen sie gegen die Steine.

Die Gänse waren fast drüben angelangt, aber sie watschelten sehr langsam. Zu langsam für Michaels Fahrer. Er hupte. Die Frau, die die Gänse antrieb, bedachte sie beide mit einem bösen Blick. Nur reiche Leute fuhren im Auto, und sie ließ sich davon nicht beeindrucken. Der Rhythmus des indischen Dorflebens entspricht einem Adagio. Nur reiche Leute von anderswo haben es eilig.

Auf der Brücke kam ihnen eine Frau entgegen. Sie trug einen abgerissenen Sari aus billigstem Stoff, Zehenringe an ihren braunen Füßen, und transportierte eine Ladung Reisig auf dem Kopf. Einen Arm hatte sie angehoben, um die Zweige zu halten, der andere schwang mit klimpernden Armreifen an ihrer Seite. Sie war umwerfend. Schön, nach welchen Maßstäben auch immer. Sie sah aus wie die junge Bardot. Sie blickte Michael durch das Autofenster an, und er lächelte, er konnte nicht anders. Er dachte, sie würde sein Lächeln vielleicht erwidern. Einen Augenblick sah es tatsächlich so aus, dann jedoch, als sie am Wagen vorbeiging, wandte sie den Kopf ab und starrte geradeaus die Straße entlang.

Er beugte sich vor und sah das Sahyadri, die Westghats, vor sich aufsteigen. Irgendwo in diesen Bergen befand sich Jellie, in der Nähe eines Ortes namens Thekkady, oder wenigstens sollte sie dort sein. Was sie dort tat, wußte er nicht; er war sich noch nicht einmal sicher, ob er es überhaupt wissen wollte.

Eine Stunde später befanden sie sich schon in den Ausläufern des Gebirges. Langsam und vorsichtig ging es über die Haarnadelkurven nach oben; vor allem zitterten sie vor den riesigen indischen Überlandbussen, die die Straße für sich beanspruchten und auch nicht einen Zentimeter ausweichen wollten. Es war inzwischen kühler geworden. Sie mochten auf einer Höhe von tausend Metern sein; an den Wagenfenstern zogen Kiefern vorüber. Michael wußte nicht, daß Jellie fünfzehn Jahre zuvor auf dieser Straße um ihr Leben gelaufen war. Und daß sie sich damals anders genannt hatte.

5

Nach ihrem ersten Thanksgiving in Cedar Bend kam Jellie fast zwei Wochen lang nicht in Michaels Büro. Da sie bis dahin wenigstens einmal die Woche auf einen Kaffee und eine Zigarette vorbeigeschaut hatte, kam er zu dem Schluß, daß er es nun tatsächlich vermasselt hatte und Jellie – und vielleicht auch andere – langsam dahinterkam, was er fühlte, und daß sie fest entschlossen war, dergleichen schon im Keim zu erstikken.

Als Jimmy Braden anrief und fragte, ob sie sich wohl ein paar Minuten unterhalten könnten, war er sicher, daß Jellie ihm etwas gesagt hatte. Er saß da und wartete auf die Schläge, wartete darauf zu hören, Jellie könne es nicht leiden, wie Michael sie ansah, und daß sie nicht mehr kommen würde, von einer weiteren Einladung ins Haus Braden ganz zu schweigen.

Aber darum ging es Jimmy gar nicht. In gewisser Hinsicht war seine Nachricht noch weitaus schlimmer. Er hatte die Absicht, im Sommersemester in London zu unterrichten und Jellie mitzunehmen. Er hatte sich im vergangenen Jahr um eine Gastprofessur beworben und sich schon eingangs mit Arthur darauf geeinigt, daß er gehen dürfe, wenn er den Job in London bekam. Seine Bewerbung war zuerst in der britischen Bürokratie untergegangen. Aber schließlich hatte es dann in letzter Minute doch noch geklappt. Jetzt suchte Jimmy die Fakultät nach Kollegen ab, die während seiner Abwesenheit seine Lehraufgaben übernahmen.

Michaels Magen verspannte sich schon bei dem Gedanken daran, Jellie so lange nicht mehr zu sehen; er dachte sofort an ihr schwarzes Haar im Wind, an ihr Lachen und daß sie ins Theater gehen und noch nicht einmal an ihn denken würde, obwohl er keinen besonderen Grund sah, warum sie nicht an ihn denken sollte. Es war die reine Eigensucht, das war ihm klar, aber er erholte sich wieder und sagte Jimmy zu, er würde seinen Einführungskurs in die Ökonometrie übernehmen oder einen Studenten aus den Fachsemestern finden, der das könnte. Jimmy versprach, sich irgendwann zu revanchieren, und Michael hegte nicht den geringsten Zweifel daran.

»Ich bin Ihnen wirklich dankbar, Michael. Damit wäre nun alles geregelt. Wir reisen in zehn Tagen ab, gleich nach Semesterschluß, und sind im August wieder da. Im Sommer wollen wir etwas herumreisen.«

Jellie in Schottland, Jellie vor Rainhecken, Jellie in Paris ... Jellie, wo immer er sie nicht sehen konnte. Eine Stunde später klopfte sie an Michaels Tür. »Hi, Motorradfahrer. Was macht der Krieg?«

»Der Krieg wird eben gewonnen, Jellie. Ich prügle meine Studenten noch den Hügel ›Dezember‹ hinauf, und der Sieg ist mein, oder zumindest wird er es in knapp zwei Wochen sein.« Sie blieb auf der Schwelle stehen, statt hereinzukommen und sich auf einen der Stühle fallen zu lassen wie sonst.

»Tut mir leid, daß ich nicht mehr reingeschaut habe. Ich mußte auf meine Prüfungen büffeln, und Jim sagte, er hätte Ihnen von unserer Reise nach London erzählt. Gott, was für ein Chaos: so kurzfristig jemanden zu finden, der auf das Haus aufpaßt, Rechnungen bezahlen, bei der Bank alles regeln. Seit Tagen bin ich pausenlos auf Trab. Was werden Sie denn über die Feiertage machen? Irgendwelche großen Pläne?«

»Nein, eigentlich gar keine. Es ist viel zu verdammt kalt, um die Maschine anzuwerfen und irgendwohin zu fahren. Wahrscheinlich schreibe ich meinen Aufsatz über den Vergleich komplexer Strukturen zu Ende, damit ich ihn bei den Herbsttagungen vorlegen kann. Dann werde ich mir meinen Quartalshaarschnitt genehmigen und über Weihnachten ein paar Tage bei meiner Mutter in Custer verbringen. Abgesehen davon werde ich wohl zusehen, wie der Schnee fällt, nehme ich an, und mir die Miles-Davis-Cassetten anhören, die ich bestellt habe, während ich mein

Material für Jims Kurs auf Vordermann bringe. Meine Notizen zum Thema sind schon ein bißchen vergilbt. Das Ganze wird ziemlich schnell vorbei sein, wie immer.« Er hätte ihr gern gesagt, daß er jede zweite Minute an sie denke, tat es aber nicht.
»Hört sich ziemlich ereignislos an. Keine besonderen Wünsche an den Weihnachtsmann?«
Er blickte einen Augenblick an die Decke, in dem Versuch, sich aus dem zügellosen Anfall von Trübsinn zu ziehen, in dem er zu versinken drohte. Und ob er Wünsche hatte, aber es waren keine, die er ihr hätte sagen können. Er erholte sich, lehnte sich in seinen Sessel zurück, die Finger hinter dem Kopf verschränkt, und zwang sich zu einem kleinen Lächeln. »Tja, manchmal hätte ich gern einen Gürtel, mit dem Schriftzug *Orville* hinten drauf gestanzt. Wir hatten da einen Typen in Custer, der hatte so einen, und den hielt ich als Kind immer für den Größten.«
Jellie erwiderte sein Grinsen. »Sie sind wirklich der einzige, Michael, von allen Leuten, die ich kenne, der auf solche Ideen kommt. Gott, das ist ja schon fast surrealistisch.«
»Tja, das Leben ist nun mal surrealistisch, Jellie. Außer für Orville. Der machte sich über derlei Dinge keine Gedanken, der fuhr seinen Getreidelaster und pfiff den ganzen Tag vor sich hin.«
»Hört sich ganz so an, als hätte Orville den Bogen rausgehabt. Ich würde gern mehr über ihn hören, aber ich muß leider los. Ich werde versuchen, noch mal reinzuschauen, bevor wir abreisen. Machen Sie's

gut, Michael, und grüßen Sie mir Orville, wenn Sie ihn sehen. Fragen Sie ihn, ob er dem Rest der Menschheit nicht ein Selbsthilfebuch schreiben will.«

Er betrachtete ihre Jeans, als sie den Korridor hinunter verschwand, dann stand er auf, um sie noch ein Weilchen länger sehen zu können. Einmal blickte sie zurück, als hätte sie gewußt, daß er da stand, und winkte ihm ein letztes Mal zu, bevor sie um die Ecke ging, auf dem Weg zum Büro ihres soliden und verläßlichen James Braden.

In der Woche darauf lief Michael ihr in dem kleinen Einkaufsviertel in der Nähe des Campus über den Weg. Sie tranken einen Kaffee bei Beano's; mitten am Nachmittag saßen sie in einer Nische ganz hinten. Ihre Prüfungen waren vorbei, und die Vorbereitungen für London liefen gut, so daß sie etwas ruhiger war, jedenfalls schien sie es diesmal nicht eilig zu haben. Sie trug die für sie typische Winterkleidung: Jeans, langärmeliges T-Shirt unter einem Flanellhemd und eine Daunenjacke.

Er lehnte sich an die Wand, einen Fuß auf der Bank, und sah sich die alten Plakate von Veranstaltungen auf dem Campus an, mit denen die Wände bepflastert waren. Die Studenten – sowohl die, die ihre Prüfungen hinter sich hatten, als auch die anderen – tranken Bier. Zwei Männer, aktive Schwulenrechtler aus dem philosophischen Seminar, spielten auf dem Tisch nebenan Schach.

Jellie fragte, ob er in London ein Restaurant empfehlen könne. Er erwiderte, daß sich seine Erfahrungen mit London, außer ein, zwei Tagen auf Durchreise, aufs Umsteigen in Heathrow beschränkten und daß er die Stadt selbst kaum kenne. Michael bevorzugte Gesellschaften, die weniger durchorganisiert waren als die westlichen, so daß er denn auch fast ausnahmslos in Südostasien gereist war. Die Frauen in Bangkok mit ihren langen Haaren und ihrem gefügigen Wesen ließ er dabei unerwähnt. Er warf einen Blick auf die Uhr und sagte, er hätte in zweiundzwanzig Minuten seine allerletzte Klausur, dann schickte er sich zum Gehen an.

»Michael, unsere Gespräche bei einer Tasse Kaffee werden mir fehlen, und Sie, Sie werden mir auch fehlen, wirklich.«

Er sah sie eine ganze Weile an. Zum ersten Mal war es ihm völlig egal, was sie oder irgend jemand sonst darüber dachte, wenn er sie auf eine gewisse Weise betrachtete.

Sie holte tief Atem, um etwas zu sagen, hielt aber dann einen Augenblick inne, bevor sie es tat, als versuche sie sich zu entscheiden, ob sie überhaupt etwas sagen sollte. »Ich will das jetzt nicht vertiefen, aber...« Sie zögerte.

Seine Hände zitterten, und er hätte noch nicht einmal sagen können, warum; er behielt sie unter dem Tisch, wo sie sie nicht sehen konnte. Er spürte ein kleines Zucken in seiner Wange, direkt unter dem linken Auge. Es gibt im Leben eines Mannes Augenblicke, in denen der Lauf der Dinge einen anderen Gang einlegt. Er spürte, daß dies ein solcher Augenblick war.

»Was meinen Sie damit, Jellie? Was wollen Sie jetzt nicht vertiefen?«

»Was ich sagen will ... ist, daß ... daß Sie mir nicht nur fehlen werden. Es wird schwer werden ohne Sie. Ich kenne Ihre Gefühle für so manches besser, als Sie vielleicht glauben ... meine Gefühle ... Oh, gütiger Gott, was richte ich bloß wieder an ...«

Er sorgte dafür, daß seine Hände ruhig wurden, und griff nach einer der ihren. Sie kam ihm auf halbem Weg entgegen. »Kommen Sie schon, Jellie, sagen Sie, was Sie zu sagen haben. Ich möchte es hören, egal, was es ist.«

»Michael, es hört sich so anmaßend an, was ich hier zu sagen versuche. Wenn ich falsch liege, bitte, vergessen Sie's gleich wieder. Versprochen?«

»Versprochen.«

Sie legte nun auch die andere Hand auf seine beiden und starrte darauf, während sie sich räusperte. »Hinter unserem Lachen und all dem lockeren Geplauder läuft doch noch was anderes, nicht wahr?«

Er sagte nichts, sah sie nur an. Die Bühne gehörte ihr, und er hatte im Augenblick nicht die Absicht, zu ihr hinaufzusteigen. Er wollte hören, was sie zu sagen hatte, egal, wo es hinführte. Gut oder schlecht, die Zeit war gekommen. Eine Bedienung ließ auf dem Weg in die Küche einen Stapel Geschirr fallen, und bis auf zwei fuhren alle Köpfe im Beano's herum, um sich die Katastrophe anzusehen. Er sah, wie sich der große Zeiger der Uhr bewegte. Noch fünfzehn Minuten bis zu seiner Klausur auf der anderen Seite des Campus.

»Verdammt noch mal... stimmt es vielleicht nicht? Da ist doch was zwischen uns, nicht wahr?« Sie drückte seine Hände und schlug sie sachte auf den Tisch.

Er nickte.

»Und zwar seitdem wir uns Ende August auf dem Empfang des Dekans kennengelernt haben, stimmt's?«

Er nickte noch mal und sagte es geradeheraus: »Sie kamen zur Tür herein, und in mir fing etwas zu summen an. Und mittlerweile ist aus dem Summen ein vielstimmiges Kreischen geworden, das sich nicht mehr abstellen läßt.«

»Oh, Michael... Michael.« Sie wandte den Blick ab und starrte an die Wand, dann zur Decke hinauf. Noch zwölf Minuten bis zur Klausur. Er bewegte sich nicht. Die letzte Fliege eines vergangenen Sommers – Beano's Großzügigkeit hatte sie am Leben gehalten – landete auf seiner Kaffeetasse und machte sich auf einen endlosen Weg um deren Rand.

»Meine Mutter hat es gemerkt, an Thanksgiving; die Art, wie Sie mich angesehen haben und wie ich Ihre Blicke erwidert habe. Oder nein, das ist nicht ganz ehrlich – ich habe Sie genauso angesehen wie Sie mich. Beim Abspülen in der Küche hat sie es angesprochen. ›Paß du mir mal bloß auf, Jellie‹, hat sie gesagt, ›paß mir nur auf.‹«

Zwei Uhr siebenundvierzig. Beano's leerte sich, als etwa die Hälfte der Gäste davonstürzte, um zu den Prüfungen um drei pünktlich zu kommen. »Das wird sich alles legen, Michael, während ich weg bin. Es muß einfach, nicht wahr?«
Er sagte nichts. Er zuckte die Schultern und lächelte sie an.
Sie stand auf und zog ihren Parka an. »Ich komme mir vor wie ein Schulmädchen«, murmelte sie. Sie blickte auf ihn herab. »Ich bin froh, daß ich das jetzt gesagt habe, Michael. Und ich bin froh über das, was Sie gesagt haben und wie Sie sich die letzten Monate über benommen haben. Sie halten sich gern für einen etwas ungehobelten Kerl, aber in Wirklichkeit haben Sie's faustdick hinter den Ohren. Sie sind ein wirklich toller Mann, Michael Tillman, attraktiv, lieb und auch sonst – gibt es denn nicht irgendwo auf der Welt eine Frau für Sie? Ich meine, jemand anderen als ...«
Sie ließ das *mich* weg – sie brachte es einfach nicht über die Lippen, wünschte jedoch, sie hätte es gesagt –, und ihre Stimme endete in einer Schleife ins Nichts.
»Ich verstehe, was Sie meinen. Wer weiß? Alles, was ich im Augenblick sehe, ist das, was ich Ihnen gegenüber empfinde.« Er nahm seinen Mantel und begann, aus der Nische zu rutschen. Er war völlig konfus und dachte, die Zeit bis zum nächsten August wäre nur in Lichtjahren zu messen.
Sie beugte sich über ihn und drückte ihm einen Kuß auf die Wange. »Passen Sie auf sich auf. Ich schicke

Ihnen eine Karte.« Damit war sie auch schon fort, zwischen den Tischen hindurch und zur Tür hinaus. Er legte zwei Dollar auf den Tisch und machte sich an einen Dauerlauf über den Campus, die Füße auf dem Gehsteig, Gedanken und Herz weiß Gott wo. Auf die andere Seite des Baches, den Ententeich entlang. Er konnte sich schließlich mit nur einer Minute Verspätung daranmachen, das Wissen seiner Studenten zu prüfen.

6

Am 20. Dezember startete die Maschine der Bradens in Richtung England; Michael zensierte an diesem Tag die letzten Abschlußklausuren. Einige starke Leistungen sowohl in seinem Seminar über Entscheidungsstrategien als auch dem über quantitative Methoden vermochten seine Depression über Jellies Abfahrt vorübergehend zu lindern. Von seinen Fachsemestern hatte er natürlich nichts anderes erwartet, aber auch die unteren Semester hatten zu seiner angenehmen Überraschung ihren Examensblues überwunden und waren der Aufgabe gerecht geworden.

In seinem Wohnzimmer stand die alte Shadow und wartete auf die Rückkehr von Schraubenschlüsseln und schönerem Wetter. Michael stapelte die Abschlußklausuren auf dem Sitz und warf den Computer an, der sich seinen Schreibtisch mit öligem Werkzeug und schmutzigen Tassen teilte. Die eine oder andere Taste getippt, und das Benotungsprogramm erschien auf dem Bildschirm. Er trug die Ergebnisse ein, das Programm blubberte dreißig Sekunden lang vor sich hin; dann hatte er die Endergebnisse in Kurven, mit Abweichungen und all den anderen Bonbons, die er bei der Notenvergabe jedoch meist außer acht ließ.

Zwei Stunden später waren die letzten Notenbögen ausgefüllt und unterschrieben. Jeder Bogen wies eine ganze Seite voll Instruktionen auf, die selbst einen Computer hätten stutzen lassen, aber er hatte sie in all den fünfzehn Jahren als Lehrer nicht gelesen, und da sich nie jemand beschwert hatte, waren sie wohl auch in Ordnung gewesen. Er hatte zwanzig Minuten, um die Noten abzugeben, da das Sekretariat um halb fünf schloß. Also den Mantel übergeworfen, wieder zurück auf den Campus und die Bögen eingereicht.

Fertig. Frei. Einen ganzen Monat lang. Fünfzehn Jahre machte er das nun, und zwanzig hatte er noch vor sich, es sei denn, es gelang dem Dekan, ihm berufliche Inkompetenz nachzuweisen, was er nicht konnte, oder moralische Verworfenheit, was er nie tun würde, da man mit Ausnahme der Wirtschaftsprüfer den gesamten Lehrkörper auf die Straße setzen müßte, wollte man diese Standards durchsetzen. Die Überlebensregel Nummer eins hieß: Finger weg von den Studentinnen in den eigenen Seminaren. Der ehemalige Dekan, ein alter Knabe, der Michael direkt von der Uni weg eingestellt hatte, war da unerbittlich gewesen. Schon lange bevor sexuelle Belästigung zum allgegenwärtigen Schlagwort geworden war, hatte der alte Dekan bereits eine berühmte Rede für die jungen Angehörigen seines Lehrkörpers parat gehabt, das heißt, nur für die Männer unter ihnen. Im wesentlichen lautete sie folgendermaßen:

»Meine Herren, ich weiß, Sie sind alle erwachsen, aber lassen Sie mich Ihnen das eine oder andere ins Gedächtnis rufen. Viele der jungen Frauen hier sind traditionsbewußte Mädchen aus dem Mittelwesten; sie erwarten, Sie nach gewissen Aktivitäten im Schlafzimmer am Wochenende Mutter und Vater vorstellen zu können – in der Hoffnung, bald darauf Hochzeitskarten zu verschicken. Lassen Sie sich von ihrem weltklugen Auftreten nicht täuschen. Studentinnen bringen Ärger, und ich meine *großen* Ärger. Die männlichen Studenten der unteren Semester sind größtenteils Esel, und Sie, meine Herren, werden den jungen Damen erfahren und weltmännisch erscheinen. Auf der anderen Seite werden sie Ihnen ziemlich hübsch vorkommen. Da gibt es welche, die sitzen in der ersten Reihe mit einem Rock, so kurz, daß Ihnen das Paradies zuzwinkert. Es werden sich Ihnen jede Menge Gelegenheiten für ein paar hübsche Schäferstündchen bieten – das hier ist ein gottverdammter Selbstbedienungsladen –, aber vergessen Sie's, wenigstens solange sie in einem Ihrer Kurse sind. Aber ich würde Ihnen dringend anraten, die Finger ganz und gar von ihnen zu lassen. Ich habe schon genug Probleme, auch ohne schluchzende junge Frauen in meinem Büro, die behaupten, wegen eines vorehelichen Ringelpietzes bei der Benotung benachteiligt worden zu sein. Mit anderen Worten, machen Sie mir diese Art Ärger, und ich jage Sie nicht nur mit Fußtritten vom akademischen Olymp, sondern sorge obendrein noch dafür, daß Sie nie wieder in dieser Branche arbeiten.«

Ein Vortrag darüber, wie man Ärger aus dem Weg ging; kein Wort davon, Frauen gegenüber Sensibilität zu entwickeln. Michael war sich sicher, letzteres war dem alten Dekan noch nicht einmal in den Sinn gekommen, zumal der Lehrkörper zu neunundneunzig Prozent aus Männern bestand.

Nachdem er seine Rede gehalten hatte, gab der Dekan eine berühmte Anekdote zum besten, die damals schon seit fünfundzwanzig Jahren zum Sagengut der Universität gehört hatte. Allem Anschein nach war eine Studentin in die Sprechstunde eines der Russen im Lehrkörper gekommen. Er hatte ihr, ohne sich in seiner Konzentration stören zu lassen, einen Stuhl angeboten und gemurmelt, er hätte gleich Zeit für sie. Als er schließlich den Kopf hob, stand sie im Evaskostüm vor ihm. Die Umstände waren etwas kompliziert, aber letztlich lief es auf folgendes hinaus: Lassen Sie mich durchkommen, oder ich schreie.

Wollen Sie mal hören, was Kaltblütigkeit ist? Was es heißt, ein richtiger Kerl zu sein? Der Russe war beides. Der Mann hätte Neurochirurg oder Astronaut sein können. Er stand auf, riß die Tür auf, trat auf den

Flur hinaus, deutete auf die junge Frau und schrie mit seinem zum Schneiden dicken Akzent: »Machen Sie, daß Sie aus meinem Büro kommen! Sofort!« Passanten kamen in den Genuß eines Blicks auf den nicht zu verachtenden Körper einer jungen Frau (so jedenfalls will es die Legende, und Michael stellte fest, daß ihre körperlichen Attribute mit dem Reifen der Anekdote geradezu amazonenhafte Proportionen annahmen; ihr Körper reifte sozusagen mit dem Alter der Legende und wurde dabei von Mal zu Mal fülliger).

Er hatte sich seither gefragt, welche Lehre wohl aus dieser Geschichte zu ziehen sei, da schließlich nie geklärt wurde, ob zwischen der jungen Frau und dem Russen nicht doch etwas gelaufen war. Wie auch immer, nachdem er die Geschichte erzählt hatte, scheuchte der Dekan seine jungen Professoren aus dem Büro; die goldene Regel, die ihnen helfen sollte, ihrer Verworfenheit erst gar keine Chance zu lassen, lautete: Hose zu, Bürotür auf.

Etwa zwei Drittel derer, die diesen Vortrag gehört hatten, beherzigten den Rat des Dekans. Das restliche Drittel fuhr wie ein Mähdrescher durch die wogenden Felder mannbarer Studentinnen, ohne irgendwelche Konsequenzen fürchten zu müssen; was wohl zum Teil darauf zurückzuführen war, daß die, die aus dem Glashaus spähten, kein Interesse daran hatten, mit Steinen zu werfen. Michael ließ die Finger von Studentinnen, allein schon deshalb, weil er sie nicht attraktiv genug fand. Sie waren zu jung und zu naiv, und was sollte man zu so einer morgens schon sagen? Etwa: »Wen hast du eigentlich in Sozialkunde?« Nein, das war das letzte, wozu er Lust hatte.

Nachdem Michael die Noten abgegeben hatte, konnte er tun und lassen, was er wollte, bis am 17. Januar alles wieder von vorn begann. Er ging durch die Flure der Universitätsverwaltung, bewunderte die gewachsten Eichenböden und atmete die Ausdünstungen inkompetenter Macht, die aus den Wänden drangen und unter nachgedunkelten Türen hervorquollen wie der Rauch eines brennenden Dorfes, in dem vor langer Zeit einmal Wahrheit und Schönheit zu finden gewesen waren. Die Beschwingtheit, die sich nach der Korrektur einiger Stapel guter Prüfungsklausuren eingestellt hatte, verflüchtigte sich beim Gedanken an Jellie Braden. Er wurde langsam, aber sicher wütend auf sie: einfach nach England abzuhauen und ihn hier seiner Trauer um ihre Abwesenheit zu überlassen!

Irrational? Natürlich war es irrational. Er hatte schließlich keinerlei Rechte, was sie anbelangte – außer auf das, was er bereits hatte, mit anderen Worten: auf nichts. Im Augenblick sitzt sie am Kennedy International, dachte er, und wartet darauf, daß die TWA ihren wunderschönen Körper mitsamt der wunderschönen Seele darin neun ganzen Monaten voll neuer Erfahrungen und neuer Bekanntschaften entgegenträgt. Vielleicht hatte sie recht, vielleicht würde ihre Abwesenheit ja tatsächlich helfen, vielleicht würde er sich abkühlen und auf etwas anderes konzentrieren.

Dann begann er vor sich hinzubrabbeln: »Komm zurück, komm zurück, Jellie Braden. Ich muß dich noch einmal sehen, nur ein einziges Mal. Ich möchte die Unterhaltung weiterführen, die wir angefangen haben. Ich möchte mehr über deine Gefühle für mich hören. Ich möchte, daß zwischen uns alles im reinen ist.« Aber die Post kommt nun mal nicht am Sonntag; James Lee Braden hatte seine Frau mitgenommen, die Wonnen ferner Länder zu kosten, und Michael Tillman hatte das Nachsehen.

Die Tür des Provosts stand offen, da einer der Hausangestellten die Papierkörbe leerte. Michael warf einen Blick ins Büro. Clarice Berenson, die Sekretärin des Provosts, starrte auf den Bildschirm ihres Computers. Außer ihr war niemand da.

Sie kannten sich schon eine geraume Weile, Clarice und Michael. Sie war aus New York nach Cedar Bend gekommen; ihr Gatte, ein Gynäkologe, hatte ihr wegen einer Schwester aus der Psychiatrie den Laufpaß gegeben. Seit dieser schlimmen Geschichte mit ihrem Exmann hatte sie die Männer dick. Trotzdem traf sie sich hin und wieder mit Michael, und wenn sie so richtig in Schwung kamen, brachten sie es auf beachtliche Höhenflüge.

Clarice liebte die Oper und arbeitete nebenbei an einem Magister in Spanisch; zusammen mit ihrem Beruf hatte sie damit alle Hände voll zu tun. Hin und wieder jedoch machte sie gern mal so richtig einen drauf. Und hier kam Michael ins Spiel. Wann immer es darum ging, ordentlich auf den Putz zu hauen, schienen ihre Stundenpläne geradezu aufeinander abgestimmt.

Clarice hob den Kopf und grinste. »Na, wenn das nicht unser Campusrebell ohne ersichtlichen Grund ist. Wie geht's denn so, Michael?«

»Nicht schlecht. Ich habe eben meine Noten abgegeben und die Riemen eingezogen. Was ist mit dir, Clarice?«

»Seit Monsieur le Provost vor zwei Stunden Richtung Los Angeles abgeflogen ist, geht's mir gleich viel besser. Ich mache eben dicht. Was hältst du von einem Bier?«

»Besser noch, was hältst du von Bier und Abendessen?«

»Das läßt sich hören, Michael. Wir könnten sogar noch einen Schritt weitergehen und abends im Beano's das Tanzbein schwingen. Um neun tritt Bobby's Blues Band auf. Wahrscheinlich spielt wegen des Semesterendes alles verrückt, aber das kommt mir gerade recht.«

»Fein. Aber erst muß ich mich etwas zurechtmachen. Wie wär's mit sieben? Wir gehen runter zu Rossetti auf Pasta und dann rüber ins Beano's und amüsieren uns.«

»Perfekt! Ich hol dich ab; ich glaube, ich bin mit Fahren an der Reihe.«

»Okay, also dann bis später.«

Michael trank sein erstes Bier, gleich nachdem er die

Tür hinter sich zugemacht hatte. Ein dunkles Beck's in der Hand, John Coltrane im Kassettendeck, setzte er sich in den Sattel seiner Shadow. Malachi stand auf und legte ihm eine Pfote aufs Bein. Michael kraulte ihn am Ohr, hörte Musik und dachte an Jellie Braden, die sich im Augenblick durch die Dunkelheit fliegend entfernte. Dann kam er zu dem Schluß, daß derlei Gedanken Clarice gegenüber nicht fair waren; zwei weitere Biere rissen ihn aus seiner Einsamkeit und ließen den Abend anlaufen ... mehr oder weniger.
Vom Aussehen her war Clarice keine Jellie Braden. Auf der anderen Seite war auch das ein wenig unfair, da Jellie Michaels Ansicht nach in dieser Hinsicht auf der ganzen Welt nicht ihresgleichen hatte. Dafür verfügte Clarice über jene undefinierbare Qualität, die wir unter dem Begriff »Klasse« zusammenfassen; sie war mehr als nur präsentabel. Und, was nicht weniger wichtig war, sie war nicht auf dem Weg nach London.
Zehn vor sieben klopfte Clarice an seine Tür. Er zog sich eben einen weißen Baumwollrolli über, der sich recht gut zu den ausgewaschenen Jeans machte. Sie kam herein und holte sich ein Bier aus dem Kühlschrank. Er tappte barfuß durch die Wohnung auf der Suche nach einem Paar sauberer Socken. Als er mit seinen Stiefeln in der Hand ins Wohnzimmer kam, saß Clarice auf der Shadow. Sie trug ein maisfarbenes Sweatshirt zu einer moosgrünen Kordsamthose, deren enge Röhren knapp über den Quasten ihrer zierlichen Mokassins endeten.

»Siehst prima aus, Clarice, wirklich gut.« Er sagte das nicht nur so, auch wenn das Kompliment durch die drei Flaschen Bier etwas herzlicher geriet, als das sonst womöglich der Fall gewesen wäre.

»Herzlichen Dank, Professor Tillman. Was macht denn die Winterreparatur an der Maschine? Wie ich sehe, hängt die Kette schon über dem Stuhl.«

»Ach ja, das alte Mädchen braucht dieser Tage ständig Aufmerksamkeit. Ersatzteile sind fast nicht mehr zu kriegen, aber die Kataloge des einen oder anderen Versandhandels halten sie am Leben. Wenn es unbedingt sein muß, dann werde ich mir eben in irgendeiner Werkstatt meine eigenen Teile drehen. Jedenfalls gehören wir fürs Leben zusammen, sie und ich.«

»Na, da bin ich aber froh, daß es so was überhaupt gibt.« Die Scheidung tat noch immer weh, und in Michaels Gegenwart machte Clarice keinen Hehl daraus. »Hast du für den Sommer eine größere Reise geplant?« Sie legte den dunkelblonden Kopf in den Nacken, nahm einen Schluck Bier und bedachte ihn mit einem lüsternen Grinsen. Sie wußten beide, was angesagt war, noch bevor dieser Abend zu Ende ging.

»Ich dachte, ich fahre mal zum Lake Superior hinauf. Ich war schon eine ganze Weile nicht mehr da. Ist recht schön da oben und auch nicht zu voll, wenn man die großen Ferien meidet. Willst du mit?« Er hätte nicht sagen können, warum er ihr das anbot. Für gewöhnlich reiste er allein, aber er fühlte sich einsam,

ausgesetzt, und Clarice sah an diesem Abend besonders gut aus. Er hatte sie wirklich gern.
Sie kannte seine Reisegewohnheiten und machte ein entsprechend überraschtes Gesicht. »Vielleicht«, sagte sie mit einem fragenden Lächeln. »Wann fährst du denn?«
»Eigentlich kann ich fahren, wann ich will, seit ich nicht mehr an der Sommerschule unterrichte. Wenn du interessiert bist, können wir uns ja nach deinem Urlaubsplan richten. Wollen wir losziehen?«
Die Spaghetti waren gut. Sie ließen sich Zeit beim Essen, tranken eine Flasche Wein und unterhielten sich, bevor sie sich in den Hexenkessel stürzten, dem Beano's um halb zehn bereits glich. Bobby hatte seine Blues Band bereits zum Sieden gebracht: »Put on your high-heeled sneakers, Mama, and your wiglet on your head/Put on your high-heeled...« Drummer, Leadgitarre, Baß; Bobby sang und spielte Mundharmonika. Und dann natürlich Molly Never (sie behauptete, ihre Eltern hätten sie so getauft), der absolute Heuler an der elektrischen Violine; breitbeinig stand sie da, schwarze Stiefel, schwarze Strümpfe, schwarzer Minirock, lila Bluse. Sie sah aus wie ein schriller Peter Pan, der auch schon die Schattenseiten des Lebens gesehen hat. Die Band begann mit 115 Dezibel und arbeitete sich langsam nach oben.
Bobby führte die Band in dieser Besetzung schon seit zwölf Jahren, und sie arbeitete mit harter, disziplinierter Präzision. »Hier kommt ein Song«, schrie er

ins Mikrofon, »den drei schwarze Mädels aus Memphis berühmt gemacht haben, damit ihn jetzt drei weiße Jungs aus einigen Nestern im Mittelwesten singen können. Deswegen habt ihr ja Beano's unverschämten Eintrittspreis bezahlt, um dieses Zeug zu hören, stimmt's?« Das Publikum tobte.

Clarice und Michael standen an der Seite und warteten darauf, daß ein Tisch frei wurde, was Stunden dauern konnte. Sie schrie ihn an und er sie, als sie sich über die sengende Leadgitarre eines gewissen Doppler Donovan in Cowboyhut und schwarzen Springerstiefeln hinweg zu unterhalten versuchten. Bobby hatte die schräge Interpretation eines Chuck-Berry-Knallers angestimmt, und als er sich an sein Mundharmonikasolo machte, sah es aus, als käme das Kabel des Mikrofons, das er gegen das Instrument hielt, direkt aus seinem Mund.

Michael sah zur Nische hinüber, in der er vor einer Woche mit Jellie gegessen hatte. Jetzt hockten dort zwei Pärchen, die ihre Biere um die Wette auszutrinken versuchten. Jellies Worte trieben durch den Lärm und den Rauch von Beano's zu ihm herüber: »Da läuft doch noch was anderes zwischen uns, Michael, nicht wahr?«

Clarice legte ihm einen Arm um die Taille und zog ihn, im Rhythmus wippend, an sich. Sie wollte tanzen, und früher oder später würde sie ihn auch auf die Tanzfläche bekommen. Aber Michael fühlte sich nicht wohl auf dem Tanzboden, das war schon immer so gewesen, und so wartete er darauf, daß diese zweite

Runde Bier des Abends ihre Wirkung tat und ihm etwas Mut bescherte.

Ein Student kam auf sie zugestolpert, eine Platinblondine mit Lederjacke im Schlepptau, die wohl nur mit Gleitmittel in ihre Jeans gekommen sein dürfte. Ein grauenhafter Bieratem streifte Michaels Wange, als der Student ihm über die Musik hinweg zuschrie: »Superkurs, Dr. Tillman, absolut spitze. Wie hab ich abgeschnitten?«

Michael machte seine Noten nicht öffentlich bekannt, schon gar nicht im Beano's. Aber was sollte es, der Kleine mit dem Bieratem hatte seine Sache gut gemacht, und außerdem wollten sie ja schließlich feiern. Er hielt eine der speziell für Beano's bedruckten Servietten hoch und deutete grinsend auf das *B* darauf – eine Zwei.

Der Student riß vor Freude beide Arme hoch und taumelte zurück auf die Tanzfläche, wo er, die Luft vor sich mit Fäusten bearbeitend, einen linkischen Boogaloo auf die Bretter legte. Fünf Minuten später schickte er die Bedienung mit zwei gefüllten Biergläsern herüber. Das Semester war zu Ende, man begrub seine Toten und ließ die Lebenden hochleben, die Atmosphäre war die einer ausgelassenen Feier – eine Art Beerdigung à la New Orleans mit zehntausend Watt. Doppler Donovan zog die Band in einen Song, den er den »Drake Neighborhood Slide« nannte, und Clarice zog Michael auf die Tanzfläche.

Der Abend endete wie vorausgesehen: warm, leidenschaftlich und durch und durch befriedigend. Er und

Clarice gaben einfach ein gutes Gespann ab im Bett. Was sie ihm ebenso leidenschaftlich wie unermüdlich kundtat: »Ja, Michael … ja, ja, *ja*!«

7

Die Ungewißheit der Monate, die Jellie in England verbrachte, machte ihm schwer zu schaffen. In Joggingschuhen stapfte er durch die Straßen von Cedar Bend; Eiszapfen bildeten sich an den Haaren, die unter seiner blauen Wollmütze hervorspitzten. Lehrkörper und Studenten lebten in einem klimatischen Fegefeuer irgendwo zwischen den Lichtern der Weihnachtsbäume und der Erwärmung der Erde im April. Ein Grauschleier hing über Bingsley Hall, während innen kalt die Deckenbeleuchtung strahlte. Die Winde aus den kanadischen Prärien ohrfeigten die Nordseite des Gebäudes und fuhren heulend durch die Korridore, wann immer jemand eine Tür nach draußen öffnete. Im Gegensatz zu Wein oder jener legendären Studentin, die im Büro des Russischprofessors aus den Klamotten gestiegen war, wird ein Winter im Mittelwesten mit dem Alter nicht besser.

Michael, der fast unablässig an Jellie dachte, nahm seine Studenten hart ran; an einem Sonntagnachmittag ließ er sie sogar für drei zusätzliche Stunden kommen, versprach ihnen jedoch, diese Zeit bei guter Mitarbeit gegen Ende des Semesters wieder gutzuschreiben. Er wußte, war erst die Wärme wieder da, würde er sie ebenso wieder verlieren wie sich selbst, und so räumten sie erst die schwierigen Dinge aus dem Weg. Unermüdlich arbeiteten sie sich voran. Gegen Ende Februar dachte er schon daran, eine Messe lesen zu lassen oder den gesamten Campus zur Therapie zu schicken, um dem Frust des Spätwinters Herr zu werden. Aber sie hielten durch – wie Seeleute von anno dazumal, die sich bei tosender See an den Mast klammerten, und das sicherlich mit dem gleichen festen Glauben an bessere Zeiten wie sie.
Dann regten sich über den kahlen Bäumen die ersten Zeichen der Hoffnung in Form farbiger Reiseprospekte an den Schwarzen Brettern. In Wort und Bild versprachen sie Sonne, Sand, Frische, Bräune und, wenn auch nur durch die Blume, eine flotte Zeit unter den Palmen Floridas und an der südtexanischen Küste. In den Gesprächen vor Unterrichtsbeginn drehte sich alles um die Schneebedingungen in Colorado und wer welche zwölf Leute in seinem alten Dodge Van nach South Padre Island mitnahm.
Zu diesem Zeitpunkt hatte Michael den schlechteren zwanzig Prozent seines Kurses eine derartige Angst eingejagt, daß sie ausgestiegen waren. Bei denjenigen, die geblieben waren, handelte es sich um eine

eingeschworene Gruppe, die so manche Blessur davongetragen hatte; sie verdienten eine kurze Rast, bevor er sie weiter die Hügel der Bildung hinauf zum Sieg und vielleicht sogar zum Examen trieb. So blieb denn die unausweichliche Frage auch nicht aus: »Professor Tillman, geht es in Ordnung, wenn ich Donnerstag vor den Frühjahrsferien mal nicht komme? Ein paar von uns fahren nach Daytona Beach, und wir wollen am Mittwochabend los.«

Er sah sich die nette junge Frau an, von der die Frage gekommen war – die jedes Frühjahr anders lautete, aber letztlich doch immer auf ein und dasselbe hinauslief –, und sagte: »Warum, glauben Sie, habe ich Sie an einem Sonntagnachmittag für drei Extrastunden hier reingejagt? Ja, Sie dürfen früher weg, aber lassen Sie sich die Notizen über meinen blendenden Vortrag über das Matrizensystem von jemandem kopieren, weil ich nicht ein Wort wiederholen werde.« Er grinste sie an. »Und jetzt verschwinden Sie schon, und stören Sie mich nicht länger. Als Retter einer Welt, die nicht gerettet werden will, habe ich eine Menge wichtigerer Dinge zu tun.«

Der Freitag kam, der letzte Tag vor den Frühjahrsferien. Die Böen der letzten Märztage stellten sich ein, und vor dem Universitätsgebäude bildete sich eine Schlange von Wohnmobilen und Kombis, in denen ungeduldige Gattinnen bei laufendem Motor auf das Ende der Seminare warteten. Die Bibliothek war leer bis auf einige Fachsemester und junge Professoren, die sich mühsam auf eine feste Anstellung vorbereite-

ten. Als er Bingley Hall schließlich um fünf verließ, war der Campus verlassen und still.
Zu Hause lehnte er sich in seinen Sessel und starrte auf ein Polaroidfoto von Jellie, das er auf die Korkplatte über seinem Schreibtisch gepinnt hatte. Sie sah ihn an, vor einer Steinmauer in Irland stehend, in Wanderkleidung, das Haar unter einen runden Tweedhut mit kleinem Schirm gesteckt, eine Ledertasche über der Schulter. Sie hatte ihm Ende Januar eine Karte geschickt, mit kaum mehr als Grüßen darauf. Das Foto kam einen Monat später, dazu ein neutraler kurzer Brief in ihrer kleinen, sauberen Handschrift:

> Hi, Michael. 21.2.
>
> Wir haben uns ein langes Wochenende gegönnt, um nach Irland zu fahren, wo wir die Lage für einen längeren Trip in diesem Sommer peilen. Ich hoffe, Sie haben einen schönen Frühling. Sehne mich nach unserem Kaffeeplausch. Sie fehlen mir.
> Jellie.

Ihm fiel auf, daß sie *fehlen* nicht hervorgehoben hatte wie damals im Beano's vor ihrer Abreise. Vielleicht suchte er zu sehr nach etwas, das gar nicht da war. Sich zu zieren, war nicht Jellies Art, und vielleicht funktionierte ja, was sie über das Abkühlen gesagt hatte – bei ihr wenigstens. Bei Michael funktionierte es jedenfalls nicht, und das Foto machte alles nur noch schlimmer. Er saß stundenlang da und starrte es an, dachte an sie, sehnte sich nach ihr. Er sah einfach nicht, wie er weiterleben sollte, ohne Jellie Braden an seiner Seite zu wissen. Noch fünf Monate, dann war sie wieder da. Er konnte es nicht erwarten und wollte sie gleichzeitig nie wiedersehen. Er überlegte sich, wie er seine Psyche gegen ihre ungewollten Angriffe wappnen könnte, aber da ihm das nicht gelang, saß er da und wartete auf den August.

Der denn schließlich auch kam. Der Sommer war in einer Art stillem Dunst verstrichen. Die Universität sah sich von einer der periodisch auftretenden Budgetkrisen gepackt, so daß man im Büro des Provosts alle Hände voll zu tun hatte und Clarice ihren Urlaub auf den Herbst verschieben mußte. Aus irgendeinem Grund hatte Michael keine Lust mehr auf den Lake Superior; statt dessen befuhr er mit der Shadow die hübschen und abgelegenen Straßen der Smokies und erfreute sich an dem gleichmäßigen Brummen der Maschine, die er bereits zwanzig Mal wieder aufgepäppelt hatte, seit sein Vater sie ihm geschenkt hatte.

Im ersten Morgenlicht, noch bevor die Hitze einsetzte, joggte er durch die Straßen von Cedar Bend, um in Form zu bleiben; auf diese Weise kämpfte er gegen die Jahre an, auch wenn es immer schwieriger wurde. Langsam, aber sicher spürte er, daß seine Beine Schwäche zeigten, und an Regentagen muckte die alte Knieverletzung wieder auf, die ihn an die Narreteien seiner Jugend erinnerte. Manchmal lief er an dem zweigeschossigen Haus der Bradens vorbei. Das heißt: eigentlich ziemlich oft. Er kam gelaufen, blieb einen Augenblick stehen und warf einen Blick auf die Stufen vor der Haustür, auf denen er letztes Thanksgiving mit Jellie gestanden hatte. Die subtilen, unausgesprochenen Signale kamen ihm in den Sinn, die sie an jenem Abend ausgetauscht hatten, ohne sicher zu sein, daß der andere sie auch empfing.

Im Juni schrieb er einen Artikel über die Rolle steuerlicher Anreize bei der Bewältigung großer sozialer Probleme und brachte ihn zu seiner Überraschung beim *Atlantic* unter, der ihm dafür einen Scheck über zwölfhundert Dollar schickte – worauf er eine schwergewichtige akademische Version des Artikels für das *Journal für Gesellschaftliche Fragen* schuf und auch diese verkaufte; kommendes Frühjahr sollte sie erscheinen. Michael war klar, sein Chef würde die erste Zeitschrift mit dem Argument der Populärwissenschaftlichkeit abtun und letztere damit, daß sie auf ökonomischem Gebiet kaum einen Namen hätte, selbstverständlich ohne der Zeitschrift einen gewissen Rang auf ihrem eigenen kleinen Gebiet absprechen zu wollen. Aber Michael war es relativ egal, was die Angehörigen der Verwaltung von seiner Arbeit hielten, so daß ihn das nicht weiter berührte.

Mitte August war er ein einziges Nervenbündel. Irgendwo östlich von ihm, in Heathrow, wurde dieser Tage eine 747 beladen; Jellie würde es sich mit einem Buch auf einem der Sitze bequem machen, während

Jimmy Braden die Kabine nach Kissen und Decken absuchte. Sie hatte ihm mal erzählt, Jimmy sei ein Meister darin, in Flugzeugen zu schlafen, aber ohne Kissen und Decken gerate er völlig in Panik. So suche er sich immer gleich nach dem An-Bord-Gehen als erstes seine Schlafzimmerausrüstung zusammen. Michael konnte sich Jellie vorstellen, die seriöse Lesebrille mit dem Drahtgestell auf der Nase, den Blick auf ein Buch gerichtet, bevor sie aus dem Fenster sah, wenn die große Maschine abhob, um sie zurück nach Cedar Bend zu bringen.

In einer knappen Woche fing der Unterricht wieder an. Michael schusselte in seinem Büro herum in der Hoffnung, Jimmy Braden zu sehen: das Signal, daß Jellie wieder da wäre. Das Telefon klingelte.

»Hallo, Michael, wie geht's?« Ihre Stimme war warm, weich, ihr Ton klar und forsch wie eh und je – mit Ausnahme jenes Tages im Beano's, an dem sie einem Mann von den geheimen Gefühlen in ihr erzählt hatte, die sie auch in ihm vermutete.

»Jellie – sind Sie wieder da, ja?« Ihm fiel auf, daß seine Stimme etwas zittrig klang, was ihm gar nicht gefiel. Immerhin hat man als amerikanischer Mann gewisse Standards zu wahren.

»Ja, wir sind gestern spät abends angekommen. Jimmy schläft noch, aber mein Zeitgefühl ist total durcheinander, und so bin ich schon seit vier Uhr auf und laufe durch die Gegend. Haben Sie das Foto bekommen, das ich Ihnen geschickt habe?«

»Habe ich, ja. Danke schön. Sie sehen gut drauf aus,

und glücklich.« Davon, daß er es an die Wand gehängt hatte, sagte er nichts. Ein komplizierter Tanz durch die Korridore der Vieldeutigkeit; Michael ertastete sich seinen Weg, er wollte nicht zu rasch vorgehen.

»Ja, mir geht es auch gut. In London in der U-Bahn ist mir eine alte Freundin aus Indien über den Weg gelaufen. Sie hat mich dazu überredet, wieder mit Yoga anzufangen. Das wirkt wahre Wunder – geistig wie körperlich.«

Ach, Jellie, Jellie, dachte er, sag bitte nichts über deinen Körper. Laß einem armen Mann etwas Raum zum Atmen, gib ihm Gelegenheit, weniger verworfen zu sein, als du ihn ohnehin schon gemacht hast – in seinen Gedanken.

»Was meinen Sie, Michael, könnten wir uns irgendwo treffen? Ich würde mich gern unterhalten, aber ich möchte nicht zu Ihnen ins Büro kommen, weil ich vermute, daß Jimmy sofort an die Uni geht, wenn er aufwacht.«

»Sicher, wo immer Sie wollen. Sie brauchen es nur zu sagen.«

»Wie wär's mit der Bar im Ramada draußen am Einkaufszentrum?«

»Schön. Wann?«

»Wie spät ist es denn?«

Er warf einen Blick auf seine Uhr. »Zwanzig vor elf.«

Einige Sekunden lang herrschte Schweigen am anderen Ende der Leitung. »Wäre Ihnen elf zu früh? Ich möchte gern aus dem Haus sein, wenn Jimmy aufwacht, damit ich mir keine Ausrede einfallen lassen muß.«

»Nein, das paßt prima. Ich habe die Shadow unten stehen. Also um elf?«

»Ja ... Michael?«

»Ich höre.« Zu kühl. Viel zu kühl.

»Ich freue mich darauf, Sie zu sehen.«

»Ich auch, Jellie. In zwanzig Minuten also.«

Zum Ramada waren es nur zehn Minuten, also ging er hinunter zu den Briefkästen, holte einen Stapel Prospekte für Bücher heraus, dazu eine ausgesprochen nette Aufforderung vom Chefredakteur des *Atlantic*, doch weitere Artikel einzuschicken. Was ihn einen Augenblick lang nachdenken ließ: Vielleicht konnte er sich ja als freier Schriftsteller durchschlagen. Wahrscheinlich schaute dabei nicht genug heraus, um ihn über Wasser zu halten, aber wenn er vorzeitig in Ruhestand ging und sich zu seiner Pension zehn-, fünfzehntausend im Jahr dazuverdiente, indem er an seinem Computer herumspielte, konnte es funktionieren.

Außerdem fand er einen Brief vom Wirtschaftswissenschaftlichen Institut der Universität Kalifornien vor, das ihre promovierten Ehemaligen zu einem Empfang anläßlich des Wintertreffens in Las Vegas einlud. Das Übliche, Michael bekam die Einladung jedes Jahr. Aber er ging nie hin, obwohl er dankbar für seinen Titel war und jedesmal Geld schickte, wenn man ihn darum bat.

Er fädelte sich mit seiner Shadow in den fließenden Verkehr ein, der wieder dichter wurde, seit die Studenten zum Herbstsemester zurückkehrten. Er fuhr die 32. Straße hinauf, die ihn zehn Blocks weiter auf die Route 81 brachte. Der Highway schlängelte sich durch einige der hübscheren Viertel von Cedar Bend. Als er sich in die Kurven legte, hörte er ein leises Klappern der Ventile, um das er sich bei Gelegenheit kümmern müßte.

Jellie saß bereits, als er kam. Es war dunkel in der Bar, so daß er sie erst gar nicht sah, was freilich auch daran lag, daß sie in einer der Ecknischen rechts von ihm saß.

»Hier, Michael.«

Jellie. Nach all den Monaten hatte er sie nun vor sich, und sie rief nach ihm. Das schwarze Haar hochgesteckt, große silberne Ringe an den Ohren, ein leichtes Sommerkleid und Sandalen. Als er auf sie zuging, kam er sich linkisch vor, er war sich selbst fremd. Sie streckte ihm eine Hand entgegen, und Michael nahm sie und rutschte neben ihr auf die Bank. Sie hauchte ihm einen Kuß auf die Wange und lehnte sich dann rasch wie ein Schmetterling zurück, um ihn anzusehen. Sie neben sich zu spüren, machte ihn völlig fertig, er war hin und weg, seine Hände wurden feucht, die Ventile seines Herzens klapperten wie die seiner Black Shadow.

»Sie sind ja richtig braun, Michael. Sie sehen großartig aus, einfach toll. Und noch ohne Semesterhaarschnitt!«

»Den habe ich aufgeschoben. Ich gehe so furchtbar ungern zum Friseur. Wahrscheinlich liegt es daran, daß mir als kleiner Junge der einzige Friseur in Custer gedroht hat, er würde mir die Ohren abschneiden, wenn ich nicht stillhalte.«
Sie lachte. »Wirklich? Ist das wahr?«
»Allerdings. Meine Kindheit war danach eine einzige Hetzjagd durch die Dornen der Angst. Sie sehen wunderbar aus, Jellie. Ich habe viel an Sie gedacht.«
Sie senkte den Blick, hob ihn wieder, sah ihn an, nur um dann wieder die Augen niederzuschlagen. Die Barfrau kam hinter dem Tresen hervor, zündete eine kleine Kerze auf dem Tisch an und fragte, was sie ihnen bringen dürfe. Jellie bestellte ein Club Soda mit Limettensaft. Michael bat um ein St. Pauli Girl, und da man das nicht führte, begnügte er sich mit einem Miller.
Während sie auf ihre Getränke warteten, fragte Jellie ihn, wie bei ihm Frühling und Sommer verlaufen waren. Er erzählte ihr von den beiden Artikeln, und als er den *Atlantic* erwähnte, bekam sie große Augen. »He, da kommen Sie ja ganz groß raus. Gratuliere.«
Die Barkeeperin kam zurück. Jellie bestand darauf, ihn einzuladen, also ließ er ihr ihren Willen.
Michael hob sein Glas, und sie stieß mit ihm an. »Worauf sollen wir trinken, Michael?«
»Wie wär's mit dem Überleben? Oder auf den Ruhestand.«

»Michael, Sie sind noch immer der alte.« Ihr Tadel war mild. »Warum trinken wir nicht auf einen schönen Sommertag und Ihren Erfolg als Autor?«

»Und auf Ihre sichere Rückkehr«, sagte er.

»Wie läuft denn die Shadow?«

»Alles in allem gut. Es ist ein ewiger Kampf, aber sie läuft. Ich war diesen Sommer mit ihr unten in Tennessee, bin aber nicht lang geblieben. Die Smokies sind ein Alptraum. Man denkt schon daran, ein Besucherlimit für Touristen einzuführen. Dann war ich draußen in Custer und habe eine Woche mit meiner Mutter verbracht.«

»Wie geht's ihr denn?«

»Sie wird alt und von Tag zu Tag gebrechlicher. Ich fürchte, in zwei Jahren ist sie reif für ein Pflegeheim oder etwas in der Richtung.«

Jellie sagte eine Weile nichts. Er trank sein Bier, sie trank ihr Club Soda mit Limettensaft. Er holte seine Zigaretten hervor und bot ihr eine an. Sie lehnte ab. »Hab ich mir abgewöhnt. Wenn man Yoga macht, geht das automatisch, ich weiß auch nicht, warum.«

Er nickte, steckte sich die seine an und lehnte sich dann gegen die gepolsterte Bank. Sie rutschte etwas weiter weg, um sich umdrehen und ihn richtig ansehen zu können.

Michael hatte das Herumgerede satt. »Wo stehen wir, Jellie, wir beide? Für mich waren diese neun Monate wie eine Ewigkeit.« Nachdem es heraus war, wünschte er sich, er wäre es etwas langsamer angegangen. Typisch männlich – kein Vorspiel.

Einen Augenblick lang sagte sie gar nichts. Er hatte ganz vergessen wie unheimlich grau ihre Augen waren, bis sie ihn wenigstens zehn Sekunden lang ansah.

»Ich habe viel nachgedacht, Michael.« Diese Worte bedeuteten nichts Gutes, soviel konnte er schon mal sagen. Was nicht nur an den Worten lag, sondern auch an der Art und Weise, wie sie sie aussprach. Über das, was sie füreinander empfanden, brauchte man doch nicht groß nachzudenken. Hier hieß es handeln, nicht denken. Er spürte, wie sich die Freude über das Wiedersehen langsam verflüchtigte.

Sie legte eine Pause ein, dann fuhr sie fort. »Ich hatte mir alles so schön zurechtgelegt, aber es ist viel schwerer, als ich dachte. Ich hatte mir eingeredet, was ich dir gegenüber empfinde, sei nichts weiter als ein mädchenhaftes Verknalltsein in einen Typ Mann, wie ich ihm bisher noch nie begegnet bin – oder wenigstens schon seit langem nicht mehr. Aber jetzt, wo du hier sitzt, mit deinen warmen braunen Augen, das Haar so über dem Kragen, da ist das schon schwieriger ... viel schwieriger.«

»Dann sprich es doch aus, Jellie. Ich weiß ohnehin, was kommt.«

»Das nehme ich an, und deshalb sage ich, was ich zu sagen habe, bevor ich es nicht mehr kann. Wir müssen dieser Geschichte ein sauberes Ende machen, bevor der Ärger richtig losgeht.« Er war darauf vorbereitet, was nichts daran änderte, daß ihm ein Speer durch die Brust fuhr. »Jimmy hat mich während unserer letzten Tage in England mehrmals gefragt, ob etwas mit mir los wäre. Er meinte, ich wäre irgendwie komisch. Das war wegen dir, Michael – nein, wegen uns. Ich dachte an uns. Ich hatte Phantasien über Dinge, über die ich noch nicht mal sprechen will.«

»Das ist schon in Ordnung, Jellie. Ich hatte die gleichen Bilder von dir im Kopf, und das vom ersten Tag an. Dir würde die Spucke wegbleiben, wenn ich dir davon erzählte.«

»Frauen haben auch solche Gedanken. Laß mich ausreden. In gewisser Weise – ich möchte darauf nicht näher eingehen – verdanke ich Jimmy sehr viel. Schau, wir kennen Jimmy beide. In mancher Hinsicht ist er ein ziemlicher Dussel, aber er ist sehr, sehr lieb zu mir.

Jimmy war völlig am Boden zerstört, als ihn keine der Elite-Unis als Doktorand nehmen wollte. Seine Noten waren gut, aber nur, weil er sich so reinkniete. Gott, seine Eltern machten ihm die Hölle heiß mit ihrem ewigen Erfolg, Erfolg und noch mal Erfolg. Aber Jimmy ist nun mal nicht der große Denker. Er weiß das und hat sich damit abgefunden, obwohl es ihm zu schaffen macht, schließlich hat er sich dazu entschlossen, seine Brötchen in einer Welt zu verdienen, in der er ständig an seine Grenzen erinnert wird – allein schon dadurch, mit Leuten wie dir zusammenzusein, Michael.«

»Ach was, Jellie...« Er schickte sich an, sich mit Bescheidenheit zu zieren, ein kleiner Tanz, der auch

in Süd-Dakota nicht ganz unbekannt war. Aber sie wollte davon nichts hören und fiel ihm ins Wort.
»Michael Tillman, spiel mir bitte nicht den Jungen vom Land vor, ja? Das steht dir nicht, und ich kenne dich besser. Du machst Jimmy angst. Er weiß, daß er nicht in deiner Klasse spielt. Er könnte sein Leben lang schreiben und würde doch keinen Artikel in einer der Zeitschriften unterbringen, in denen du veröffentlicht hast. Ich will damit nicht sagen, daß du nicht hart arbeitest, ich weiß, daß du's tust, trotz der lässigen Art, mit der du alles zu erledigen scheinst. Und Jimmy mag dich. Er mag dich sehr, und er weiß die guten Ideen wirklich zu schätzen, die du ihm schenkst. Wenn er je eine volle Professorenstelle bekommt, dann hat er das zu einem Gutteil auch dir zu verdanken.«
»Jimmy ist schon in Ordnung, Jellie. Er ist in vielerlei Hinsicht anders als ich, aber ich respektiere ihn für die Unermüdlichkeit, mit der er sich hinter seinen Computer klemmt. Also, ich könnte das nicht.«
Er steckte sich eine zweite Zigarette an und nahm einen Schluck Bier. Das Treffen wurde langsam etwas unangenehm, und das letzte, was er wollte, war, daß ihm das mit Jellie passierte. Sie trieb ihm davon. Sie warf ihre Loyalität, Jimmys Unzulänglichkeiten und ihre eigenen Gefühle in einen Topf und schuf daraus ein Chaos. In gewisser Hinsicht hackte sie nur deshalb Stückchen aus ihm heraus, um sich vor ihren eigenen Gefühlen zu schützen.
»Jellie, laß mich mal versuchen, zusammenzufassen,

was du mir da meiner Ansicht nach sagen willst. Deine Gefühle Jimmy gegenüber sind gut, es ist wenigstens so eine Art Liebe darunter, da bin ich sicher. Du bist ein Mensch voll Liebe. Und du bist ihm dankbar – ich weiß nicht, wofür, und werde auch nicht danach fragen. Obwohl ich eine Ahnung habe, daß es irgendwie mit Indien zu tun hat. Ich nehme an, du würdest es mir sagen, wenn du wolltest, obwohl es keinerlei Einfluß auf meine Gefühle dir gegenüber haben würde, egal, was es ist. Und du willst sicherstellen, daß es bei unseren Gefühlen füreinander genau dabei bleibt – bei Gefühlen. Habe ich das richtig verstanden?«

Sie nickte, Tränen in den Augen.

Er war gerade so schön in Schwung, also machte er weiter. »Jetzt sage ich dir mal, was Sache ist, Jellie Markham Braden: Ich liebe dich, aufrichtig und wie verrückt. Ich glaube, ich habe das bereits in dem Augenblick gewußt, in dem du vor einem Jahr in die Küche des Dekans gekommen bist – in deinem blauen Kostüm und den schwarzen Stiefeln. Jedenfalls wußte ich es, als wir uns am selben Abend auf die Treppe setzten. Großer Gott, mit dir im Park zu schaukeln! Kannst du dir eigentlich vorstellen, wie sehr ich dich wollte, mit Haut und Haaren, mit allem, was dich ausmacht, egal, ob es anzufassen ist oder nicht? Ich will alles. Jedenfalls soviel ich in den Jahren, die ich noch habe, kriegen kann. Und ich bin nicht mehr der Jüngste. Verstehst du das, Jellie? Wie stark meine Gefühle sind?«

»Michael ... nicht.« Sie griff in ihre Handtasche und holte ein Tuch hervor, das sie sich einen Augenblick gegen die Augen preßte. Die Barkeeperin war nicht aus Holz; sie spürte, was da vor sich ging, und stellte den Fernseher lauter, um ihre Unterhaltung zu übertönen. Michael nickte ihr dankbar zu, und sie winkte fast unmerklich.

Er legte Jellie eine Hand in den Nacken, das erste Mal, daß er sie auf diese Weise berührte. Ihre Haut fühlte sich genauso an, wie er vermutet hatte; das Gefühl schoß ihm den Arm hinauf, senkte sich irgendwo in ihm und stieß einen leisen, traurigen Laut aus – für all die Male, die er dieses Gefühl nicht mehr haben würde. »Ist schon in Ordnung, Jellie. Wir werden einen Weg finden. Wir bandagieren die Wunden und versprechen einander, nie wieder darunterzuschauen. Ich weiß nicht, ob ich in ein und derselben Stadt mit dir leben kann, aber ich werde es versuchen. Ehrlich, Jellie, ich werde es versuchen. Vielleicht können wir ja sogar hin und wieder auf einen Kaffee ins Beano's gehen. Vielleicht legt sich das alles ja wieder.«

Sie stopfte ihr Taschentuch in die Handtasche zurück und griff nach seiner Linken, um sie fest in beide Hände zu nehmen. »Du hast recht, Michael, mit jedem Wort. Verdammt, ich weiß, warum du die Leute manchmal frustrierst und sie insgeheim Angst vor dir haben. Dein Verstand ist wie eine Pistolenkugel, wenn du ihn mal von der Leine läßt, und das macht einem angst. Carolyn, die Frau des Dekans, hat das schon an dem Tag gesagt, an dem ich dich kennenlernte. Sie sagte: ›Arthur hat eine panische Angst vor Michael Tillman, für die er sich auf eine miese, kleinliche Art an ihm rächt.‹ Das war auch der Grund dafür, daß er dir die volle Professorenstelle verweigern wollte, obwohl du doppelt soviel gearbeitet hattest, als für die Qualifikation nötig gewesen wäre. Aber Carolyn hat zu ihm gesagt: ›Arthur, wenn du Michael auf diese miese Tour kommst, dann winke ich dir aus dem erstbesten Zug zu, der Cedar Bend verläßt.‹«

Jetzt hatten sie auch noch Carolyn und Arthur mit hineingezogen. Jellie lenkte vom Thema ab, aber er verstand, warum. Hinter ihnen schloß sich eine Tür, und sie wollte sie offenhalten, während sie sie gleichzeitig zuzog.

»Jellie, lassen wir es doch, wie es ist. Du weißt, wo du mich finden kannst. Komm vorbei, wenn du meinst, daß es geht. Verdammt, ich will dich einfach um mich haben, dein Parfum riechen, wenn ich dir nahekomme, was ja nun wirklich selten genug passiert ist.«

»Ich glaube nicht, daß das gut wäre. Wenn wir zusammen sind, dann ist da etwas, das einfach zu stark für mich ist – für uns beide. Als ich aus der Maschine stieg, hatte ich einen völlig klaren Kopf, ich war bereit, dir zu sagen, was ich fühle und vorhabe. Und jetzt werde ich wieder weich. Ich muß mein Leben in den Griff kriegen. Ich werde diesen Herbst wieder ein Seminar belegen, so daß ich drei Tage die Woche an der Uni sein werde. Wenn es mir richtig scheint, schaue ich bei dir vorbei. Wenn nicht, was wahrscheinlicher ist, dann nicht etwa, weil ich nicht an dich denke. Das verstehst du doch, oder?«

»Ja. Ich verstehe dich, Jellie. Es schmeckt mir nicht, aber ich verstehe es. Und ich werde auch an dich denken. Ich habe ohnehin den Eindruck, nichts anderes mehr zu tun.«

Als sie die Bar des Ramada verließen, zog Jellie ein kleines Päckchen aus ihrer Handtasche und reichte es ihm. »Ich habe vergessen, dir das zu geben.«

Er riß die Verpackung auf und fand darin einen Gürtel aus englischem Sattelleder mit einem handgepunzten *Orville* auf dem Rücken.

Michael lenkte die Shadow aus der Stadt, ließ die Zügel schießen und fuhr bis nach Des Moines, wo er kehrtmachte und im weichen Zwielicht des August wieder nach Cedar Bend zurückbrauste. Als er am Campus vorbeikam, hörte er die Marschkapelle, die sich auf das kommende Footballmatch vorbereitete. Sie spielte ein altes Lied aus einem alten Film. Michael Tillman wollte weder der Titel des Liedes noch der des Films einfallen. Zu sehr war er mit Jellie Braden beschäftigt: Wie sollte er die kommenden Jahre ohne sie überstehen?

Flackernd gingen in Bingley Hall die Lichter an, der Sturm auf den Dezember begann. Jimmy Braden kam in Michaels Büro vorbei, um sich neue Ideen zu holen; das Footballteam machte sich gut. Wenn man zu Hause spielte, wimmelte es samstags in den Stra-

ßen von Cadillacs und Lincolns mit übergewichtigen Männern am Steuer, die dem Sportseminar dicke Schecks ausstellten und deren Töchter den ersten Studentenverbindungen am Platz angehörten.
Ein Stück Kreide in der Rechten, das er hochwarf und wieder fing, ging Michael im Klassenzimmer auf und ab. »Denken Sie mal einen Augenblick über das Wesen der methodologischen Problematik nach, über die Elemente eines scheinbar unlösbaren Problems und deren feine und komplexe Beziehungen untereinander. Wir müssen lernen, mit etwas fertig zu werden, was ich schon vor vielen Jahren das Dilemma des Archimedes getauft habe.« An dieser Stelle legte er jedesmal eine Pause ein und warf einen Blick auf die Klasse. »Und wo wir gerade dabei sind, wer war Archimedes?« Einer wie der andere konzentrierten sie sich auf ihren Block und gaben vor, beschäftigt zu sein.
Er ließ nicht locker, und schließlich sagte ein junger Mann (erste Reihe, ungesunde Gesichtsfarbe) zögernd: »War das nicht irgendso'n Wissenschaftler oder was?«
Michael beglückte sie mit einem zweiminütigen Abriß über Leben und Werk des griechischen Mathematikers. Danach griff er den Faden wieder auf. »Archimedes sagte folgendes: ›Gebt mir einen Hebel und einen festen Punkt, und ich hebe die Welt aus den Angeln.‹ Das ist auch das Prinzip von Strukturmodellen – einen Hebel zu finden, einen festen Stand und einen Ansatzpunkt in die Komplexität.« Er legte eine

Pause ein, dachte an Jellie, während die Studenten sich Notizen machten. Er überlegte, ob er sie in der ersten Klausur nach Archimedes fragen sollte.
In der zweiten Woche sah er zum Fenster hinaus, während er sich über ein diffiziles Problem der Booleschen Algebra verbreitete. Er beobachtete das Zittern des Laubs im Septemberwind; es begann eben die Farbe zu wechseln. Dann sah er sie. Im ersten Augenblick war es ihm gar nicht bewußt, da er voll und ganz damit beschäftigt war, seinen Studenten die geistige Hinterlassenschaft eines gewissen George Boole nahezubringen, eines englischen Mathematikers aus dem neunzehnten Jahrhundert, der die formelle Logik auf ein völlig neues Niveau gehoben hat. Aber schließlich erregten der Gang dieser langen Beine und die Tweedmütze denn doch seine Aufmerksamkeit – Jellie. Er hielt inne, er hätte nicht sagen können, für wie lange, und sah ihr zu, wie sie, ihre Mappe über der Schulter, den Gehsteig entlanglief. Jellie aus der Ferne, immer nur aus der Ferne. Als er sie aus den Augen verloren hatte, wandte er sich wieder seiner Klasse zu. Sie sahen ihn ziemlich merkwürdig an. Vielleicht lag es an seinem Gesicht, vielleicht auch an seinem Körper. Jedenfalls sahen sie etwas, in seinen Augen, vielleicht auch ein momentanes Sinken der Schultern, und wußten, daß sie es noch nie gesehen hatten. Michael warf einen Blick auf die Wanduhr. Noch fünf Minuten. »Das wär's dann für heute«, sagte er. Während er auf dem Schreibtisch vor der Klasse seine Notizen zusammenpackte, gingen seine

Studenten hinaus, einige von ihnen starrten ihn aus den Augenwinkeln heraus an; sie unterhielten sich dabei. Eine junge Frau flüsterte: »Hast du gesehen, wie er geschaut hat? Was hatte er denn auf einmal?« Michael war nicht klar gewesen, daß man es ihm dermaßen ansah. Jellie hatte ganz recht gehabt, wenn sie glaubte, daß sie einander nicht sehen sollten. Abgesehen davon, daß sie sich voreinander schützen mußten, würden die Menschen um sie herum ihre Gefühle füreinander bald mitbekommen, selbst wenn sie nur zufällig in ein und demselben Raum zusammenwaren. Er hatte schon die Stellenausschreibungen für Dozenten im *Chronicle* durchgesehen, aber bei seinem Gehalt und seinem akademischen Status wäre ein Wechsel alles andere als einfach. Darüber hinaus fühlte er sich angesichts des sich verschlechternden Gesundheitszustands seiner Mutter verpflichtet, hier in der Nähe zu bleiben. Doch irgendwo gab es ja vielleicht eine Stelle, die seinen Erfordernissen entsprach und ihm Gelegenheit gab, Jellie Bradens Stadt zu verlassen.

Schwer zu sagen, wo das Ganze hingeführt hätte, wären da nicht die Enten gewesen. Womöglich wäre es auf dasselbe hinausgelaufen, nur auf einem anderen Weg. Die Situation jedenfalls entwickelte sich folgendermaßen: Universitätspräsidenten haben eine Schwäche für Neubauten, das gleiche gilt für städtische Schulbehörden. Bingley Hall genügte allen Ansprüchen; die Uni war alt, aber sie verströmte den ehrwürdigen Duft von Bildung und Schweiß in allen Korridoren; man konnte es förmlich riechen. Trotzdem kam der Präsident zu dem Schluß, daß eines seiner besten Colleges ein neues Gebäude brauchte. Präsidenten geben weder Wissen weiter noch erzeugen sie dankbare Studenten; ihre Hinterlassenschaft besteht aus Backsteinen und Beton. Ob dies nun tatsächlich vonnöten ist, sei dahingestellt. Wichtig ist, das Geld aufzutreiben und einen Bau hinzustellen, der entweder die Namen schwerreicher Gönner oder die der Mitglieder der Universitätsverwaltung trägt, die der Anstalt loyal, wenn auch nicht notwendigerweise brillant gedient haben. Das *Arthur J. Wilcox College für Wirtschaftswissenschaften* – die Lettern standen dem Dekan auf die Stirn geschrieben, wann immer er mit zusammengerollten Blaupausen in den schweißnassen Pranken durch Bingley Hall flitzte. Aber das konnte er vergessen.

Das Geld hätte man besser für die Gehälter des Lehrkörpers und für Stipendien genutzt, aber derlei steht von vornherein nie zur Debatte. Wie der Präsident – privat, versteht sich – gern sagte: »Es ist weitaus einfacher, Geld für Neubauten aufzutreiben als für Dozentengehälter.« Trotz der schweren Zeiten für den Staat nahm die Schulbehörde eine Anleihe auf und spuckte achtzehn Millionen Dollar für einen Neubau aus. Das war bereits letzten Winter passiert, und im Augenblick war man dabei, letzte Hand an die Konstruktionspläne zu legen.

Arthur schlug die neuen Pläne im Aufenthaltsraum

an, um allen den Mund wässrig zu machen. Als Michael vor den Blaupausen stand, mußte er feststellen, daß man den Bau um fünfzig Meter verlegt hatte. »Die stellen das verdammte Ding ja direkt auf den Ententeich«, sagte er, ohne jemanden direkt anzusprechen. Seine Dozentenkollegen sahen ihn an, als wollten sie sagen: »Na und?«

Michael ging zu Arthur und erklärte ihm die ebenso hübsche wie wichtige Rolle, die der Teich in der Universitätstradition spielte. Als Gewässer selbst machte er nicht viel her, das Oval maß vielleicht dreißig mal zwanzig Meter. Aber es war das Zuhause einiger wundersamer Geschöpfe mit orangefarbenen Füßen, die Michael ansahen und »quack« machten, wenn er ihnen grinsend guten Tag sagte.

Außerdem war es ein Ort für Spaziergänge im Mondschein und zärtliche Gedanken, ein Ort, an dem man sich im Lauf der Jahre Zehntausende von Verlobungsringen an bebende Finger gesteckt hatte, ganz zu schweigen von diversen anderen nächtlichen Rendezvous, bei denen es etwas wollüstiger zuging. Wenn Michael zum Fenster seines Büros hinausblickte, sah er die Enten im Teich, der nur eine Häuserzeile weit weg war, und nicht selten hatte er Trost darin gefunden, wenn er sich wieder einmal über eine außer Rand und Band geratene Bildungspolitik ärgerte.

Aber Leute wie Arthur J. Wilcox haben nun mal keinen Sinn für Traditionen, sie sind ihnen nicht greifbar genug. Michael redete sich um Kopf und

Kragen, doch es fruchtete nicht. Arthur sagte nur immer wieder: »Aber Michael, wir brauchen einen Neubau!«

»Und was ist mit den Enten?« Michael war wütend. »Wo sollen sie hin? Bauen wir denen etwa einen neuen 18-Millionen-Dollar-Teich?«

Auch für die Sache der Enten mangelte es Arthur an Verständnis. Man sah es ihm an. Das und den deutlichen Wunsch, Michael würde endlich gehen und ihn mit seinen Blaupausen allein lassen.

Michael war ziemlich sicher, er hätte kein solches Theater wegen des Ententeichs gemacht, hätte ihn der Fehlschlag seiner Bemühungen, mit seinen Gefühlen klarzukommen und Jellie aus seinen Gedanken zu verbannen, nicht halb wahnsinnig gemacht. Er arbeitete sich bis zum Provost hinauf, der von Enten nicht mehr Ahnung hatte als Arthur. Als er auf dem Weg aus dem Büro des Provosts an Clarices Schreibtisch vorbeistampfte, wandte er sich noch einmal um, und die beiden unterhielten sich einen Augenblick.

Als nächstes vereinbarte er einen Termin mit dem Präsidenten. Michael trug seinen Fall vor: Verlegen Sie den Neubau, erhalten Sie den Ententeich. Der Präsident war aalglatt. All die Jahre mit geistesgestörten Dozenten und widerspenstigen Ehemaligen, die schon mal Heftklammern durch ihre Scheckhefte trieben, wenn sie ihn kommen sahen, hatten ihm eine Fassade und einen Stil beschert, die selbst dem öligsten aller PR-Manager zur Ehre gereicht hätten.

»Professor Tillman, ich verstehe Ihre Sorge. Traditionen sind wichtig, da bin ich ganz Ihrer Meinung. Aber in Zeiten der Entwicklung gilt es hin und wieder eine alte Tradition um einer neuen willen abzustoßen. Auch ich habe Enten gern. Um genau zu sein, ich gehöre sogar dem Verein für die Freigabe der Enten an und gehe jeden Herbst auf die Jagd.«

Michael überlegte, ob neben beruflicher Inkompetenz und moralischer Verworfenheit auch das Zerlegen eines Universitätspräsidenten Grund genug für den Verlust einer Professur war.

Einer von Michaels besten Studenten hatte nach seinem Studium bei ihm anschließend noch Jura studiert und sich nach dem Examen in Cedar Bend niedergelassen. Michael rief ihn an. »Gene, was könnte man tun, um diese Clowns davon abzuhalten, die Enten mitsamt der Tradition zuzubetonieren?«

Gene hatte schon immer eine Schwäche für radikale Anliegen gehabt, und so nahm er das Problem unter die Lupe. Nach zwei Tagen rief er wieder an und erklärte Michael geradeheraus, daß der Neubau durch rechtliche Mätzchen nicht zu stoppen sei. Staatsgesetze und ein Investitionsplan der Schulbehörde für herrschaftliche Neubauten stünden dem ebenso entgegen wie das Heranwachsen einer neuen Herrenrasse.

»Auf die pfeif ich, Gene. Ich stelle mich mitten in diesen Teich. Dann müssen sie mich mit Ketten herausziehen.«

»Michael, ich werde Sie unentgeltlich verteidigen,

falls Sie das wirklich tun. Aber Sie werden verlieren. Sie täten besser daran, sich schon mal nach einem neuen Zuhause für die Enten umzusehen.«

In dem Wissen, daß es für einen Bürokraten nichts Schlimmeres gibt als schlechte Publicity, schrieb Michael einen langen Artikel für die Universitätszeitung – ein ebenso kraftvoller wie wortgewandter Aufruf zur Rettung des Ententeichs. Was zu einer ausgedehnten Debatte über die ganze Geschichte führte, die Arthur schier in den Wahnsinn trieb.

Den letzten Rest gaben ihm die Langhaarigen von der Sozialistischen Studentenfront, die mit Schildern wie »Rettet die Enten« in ihren Birkenstocksandalen vor Bingley Hall aufmarschierten. Einige Unternehmensberater aus den höchsten Gefilden der Industrie, die sich auf dem Campus nach gewitztem Nachwuchs umsahen, erklärten Arthur, sie bräuchten Bürger, die sich in einen Konzern einzufügen wüßten, und keine Radikalen. Er nahm sie auf einige Cocktails mit hinüber in den Club des Lehrkörpers und versicherte ihnen, es handle sich lediglich um einen jener periodischen Ausbrüche, die man der Tatsache verdanke, daß man in den sechziger Jahren zu nachsichtig gewesen sei, aber das würde sich rasch wieder legen. Hinterher nahm er die Headhunter mit in sein Büro, rollte seine Blaupausen aus und zeigte ihnen, wie herrlich viel Platz man im Neubau hätte – man könnte sogar eigens Räume für ihre Einstellungsgespräche einrichten. Das wiederum gefiel ihnen.

Tagelang sah sich die Unizeitung mit Leserbriefen

voll Argumenten und Gegenargumenten überschwemmt. Eine der Buchhandlungen am Campus ließ ein T-Shirt mit der Aufschrift *Enten statt Beton* bedrucken und verkaufte es für zwölf Dollar das Stück, womit einmal mehr bewiesen war, daß der Kapitalismus selbst aus den Sorgen seiner Feinde Profit zu schlagen weiß. Zu Michaels Überraschung schrieb auch Jellie einen Leserbrief an die Zeitung, in dem sie sich hinter ihn stellte. Es war ein netter Brief. Und er wußte, daß er wahrscheinlich den häuslichen Frieden störte, da Jimmy bei ihm vorbeigekommen war, um das Thema zu diskutieren; er schien völlig überrascht, um nicht zu sagen verwirrt, daß Michael sich wegen neun oder zehn Enten derart aufregen konnte.

Aber im Grunde war Michael der einzige, der sich etwas aus den Enten machte. Die Langhaarigen marschierten, Arthur ärgerte sich, und die ganze Zeit über karrte man auf großen, schlammverdreckten Tiefladern die Maschinerie für die Erdarbeiten heran. Die Bauunternehmer, die auf einen milden Winter setzten, wollten kommenden Montag zu graben anfangen. Da Michael sicher war, daß die zahmen Enten nichts gegen das Auffüllen ihres Teichs unternehmen würden, setzte er sich mit dem Tierschutzverein in Verbindung. Zusammen schalteten sie eine Annonce in der Zeitung, in der es hieß, man suche für Samstagmorgen einige Leute, die keine Angst davor hätten, naß zu werden, um den Enten beim Umzug zu helfen.

Dünner Reif lag auf dem herbstlichen Gras, als Michael die Shadow durch das erste Licht des Tages steuerte, um schließlich vor dem Teich zu parken. Er saß noch im Sattel und warf einen letzten Blick auf die drolligen kleinen Gesellen, die auf orangefarbenen Plattfüßen herumwatschelten, als er jemanden die Straße herunter auf den Teich zukommen sah. Jellie. Jellie am frühen Morgen, Jellie am Ententeich. Sie trug alte Jeans und ihre Wanderschuhe, einen schweren Pullover und eine rote Wollmütze mit der Aufschrift *Erwachsener*. Das Haar hatte sie zu einem Pferdeschwanz gebunden, und sie lächelte, als sie auf ihn zuschlenderte.

»Hallo, Michael. Ich wollte mithelfen, den Enten ein neues Zuhause zu suchen.«

In diesem Augenblick liebte er sie mehr denn je.

»Jellie ... danke fürs Kommen. Wird eine ziemliche Sauerei werden, fürchte ich. Aber schließlich müssen die kleinen Kerle ja irgendwohin.«

Sie kam auf ihn zu, schlang beide Arme um einen der seinen, lehnte sich an die Shadow und legte den Kopf an seine Schulter. Der Körperkontakt war entnervend, was ihn überraschte, aber er dachte: Vielleicht finden wir einen Weg und können Freunde sein, weiter nichts. Die Hoffnung hielt nur einen Augenblick vor. Nichts weiter als Jellies Freund zu sein, wäre unmöglich.

Die Leute vom Tierschutzverein trafen ein, und mit ihnen ein Biologieprofessor. Er hatte Käfige und ein Netz mitgebracht, das sich mit kleinen Raketen über den Teich schießen ließ; es dauerte etwa zwanzig Minuten, dann war alles aufgebaut. Jellie sagte nicht viel, sie sah nur dem Professor und seinen Helfern vom Tierschutzverein zu, die allesamt brusthohe Wasserstiefel trugen. Sie spannten das Netz am Ufer entlang, während die Enten langsam aufwachten und im Kreis herumschwammen; sie waren in heller Aufregung und sagten jedem, der es hören wollte, wie sie sich fühlten.

Jellie und Michael traten ans Ufer, wo der Professor kauerte, um letzte Hand an seine Gerätschaften zu legen. Er richtete sich auf und sagte: »Fertig.« Alle traten zurück, während er Brotkrümel ins Wasser streute. Aufregung ist eine Sache, Brotkrümel jedoch eine andere, und so kamen die Enten schnatternd auf sie zugeschwommen. Als sie in Reichweite waren, feuerte der Biologe seine Rakete ab, was die Vögel in einen heillosen Schrecken versetzte. Aber das Netz fiel in hohem Bogen über den Teich und landete im Licht der aufsteigenden Sonne über zehn zu Tode erschrockenen Enten.

Der Biologe watete ins Wasser und gab den Leuten vom Tierschutzbund Zeichen, ihm zu folgen. Sie gingen um das Netz herum und schoben es dann sachte mitsamt den Enten aufs Ufer zu. Der Professor machte das offensichtlich nicht zum erstenmal. Er sah zu Jellie und Michael herüber. »Wir reichen Ihnen die Vögel rauf. Sie beide können sie dann in die Käfige setzen, aber ganz vorsichtig, bitte.« Gesagt, getan. Er rollte die Ärmel hoch und griff unter das

Netz, das jetzt einen Halbkreis am Ufer bildete. Es lief alles wie am Schnürchen und erwies sich als viel einfacher, als Michael gedacht hatte. Er und Jellie steckten die Enten in die Käfige. Jellie streichelte sie und redete mit süßer, tiefer Stimme auf die verängstigten Vögel ein.

Die Operation dauerte weniger als zehn Minuten. Der Biologe rollte sein Netz ein, während Michael und Jellie drei der Käfige zum Laster des Tierschutzvereins hinüberbrachten und hinten aufluden. Eine Frau in einem braunen Hemd, mit dem Abzeichen des Amerikanischen Tierschutzbundes darauf, sagte: »Wir bringen sie hinaus zum Reihersee nördlich der Stadt. Wissen Sie, wo das liegt?«

Michael nickte. »Ich folge Ihnen mit dem Motorrad.« Er sah Jellie an. »Willst du mitkommen? Es ist noch Platz auf dem Laster, oder du fährst mit mir.«

Sie wandte sich an die Frau vom Tierschutzbund. »Wir treffen Sie dann draußen.« In diesem Augenblick hatte Michael das Gefühl, als wäre eine Entscheidung gefallen, die weit über das Transportproblem hinausging.

Er trat auf den Starter der Shadow und half Jellie, hinter ihm aufzusitzen. Da sie noch nie im Leben auf einem Motorrad gefahren war, hielt er ihr einen Zwanzig-Sekunden-Vortrag darüber, wo sie die Füße hinzustellen und wie sie sich zusammen mit ihm in die Kurven zu legen hatte. Sie schlang ihm die Arme um die Taille und sagte: »Das macht ja richtig Spaß, Michael«, als er hinter dem Laster herfuhr.

Auf dem Campus war es ziemlich still an diesem frühen Samstagmorgen; von einer dicken roten Sonne angestachelt, erwärmte sich die Luft rasch. Die Shadow schnurrte durch die Straßen von Cedar Bend hinaus aufs Land mit seinen Tunneln aus rotem und gelbem Laub. Jellies Arme schlangen sich fester um Michael. Er spürte ihren Körper an seinem Rükken. Am Abend könnten sie schon halb Minnesota durchquert haben, wenn er die Shadow laufen ließ, wo immer der Highway hinführte.

Sie bogen in den Naturschutzpark ein, immer noch direkt hinter dem Laster vom Tierschutzbund mit seiner kleinen Fracht. Dann ging es durch den Park an den Reihersee, der an diesem windlosen Morgen kühl und still vor ihnen lag. Man zeigte den Enten das Wasser, und sie wußten prompt etwas damit anzufangen, jedenfalls watschelten sie aus ihren Käfigen und begannen auf der Suche nach Futter herumzupaddeln. Der Biologe meinte: »Sie werden ein Weilchen brauchen, um sich einzugewöhnen. Bei all den Leuten, die sie an der Universität gefüttert haben, sind sie es nicht gewöhnt, sich selbst etwas zu suchen. Aber ich werde alle paar Tage nach ihnen sehen. Früher oder später gewöhnen sie sich schon an das Leben hier draußen. Der See bleibt im Winter teilweise offen.«

Genau so, wie es sein sollte, dachte Michael, als sie in die Stadt zurückfuhren: Jellie und er und die Shadow, ein strahlender Herbstmorgen, die Straße vor ihnen. Statt dessen fuhr er sie nach Hause zu James Lee

Braden III., der wahrscheinlich Karten für das Footballspiel am Nachmittag hatte. Er warf einen Blick auf die Uhr – acht Uhr fünfzehn; es würde ein langer Tag und ein langes Leben werden.
Jellie versuchte etwas zu sagen, aber Wind und Motorengeräusche verhinderten, daß Michael sie hörte. Er nahm das Gas zurück, ließ die Shadow im Leerlauf rollen und neigte den Kopf nach hinten. Sie legte die Finger seitlich an seinen Hals und sagte es ihm leise ins Ohr: »Michael, können wir zu dir in die Wohnung?« Er wandte sich einen Augenblick lang um und sah ihr in die grauen Augen. Sie lächelte halb, halb auch nicht. Ein merkwürdiger, warmer, liebevoller Blick lag in ihren Augen.
Er nickte und begann ein wenig zu zittern. Sie legte die Wange an seinen Rücken und schob ihm eine Hand unter Jacke und Hemd, wo sie ihm sachte über Brust und Bauch zu streicheln begann. Die Shadow brachte ihn nach Hause wie schon so oft im Lauf der Jahre. Und sie lenkte Jellie Braden und ihn in eine Zukunft, die er schon vor langer Zeit abgeschrieben hatte. Als sie vor seiner Wohnung von der Maschine stiegen, trieb der Rauch brennenden Laubs durch das Viertel. In der Ferne sangen einige Sportfans auf einem morgendlichen Umzug das Schlachtlied der Universität, um sich Mut für das Spiel zu machen.
Er hielt ihr die Tür auf, und sie gingen hinein, mitten in die Welt eines Mannes, der allein lebte und so gut wie keine Freunde hatte. Geschirr in der Spüle, eine Jeans auf dem Boden, Dreck auf den Fenstern.

Kleine Küche, großes Wohnzimmer, von dem aus das Schlafzimmer zu erreichen war. In einer Ecke des Wohnzimmers, in der Nähe der Küche, stand ein ramponierter Ahorntisch, auf dem er seine Mahlzeiten einnahm. Von den drei Stühlen am Tisch glich keiner dem anderen, und alle drei waren herzhaft rustikal. Auf dem Tisch, neben einem Stapel Papierservietten, lagen einfache Salz- und Pfefferstreuer aus Keramik.

Neben dem Tisch die Wand entlang hatte er seinen Arbeitsplatz. Sein Schreibtisch bestand aus einer riesigen, unfertigen Tür, die er über einige Sägeböcke gelegt hatte. Bücherregale aus Ziegeln und Brettern flankierten den Arbeitsbereich, ein langes Brett führte darüber hinweg; darauf hatte er seine Nachschlagewerke stehen. In der Mitte des Schreibtisches thronte ein Computer, der eingeschaltet war; Michael hatte einige Wörter auf den Bildschirm getippt, und der Cursor blinkte. Auf dem hinteren Ende der Tür fand sich eine Stereoanlage, darauf und daneben unordentliche Kassettenstapel.

Jellie nahm die Mütze ab und legte ihren Mantel über eine Stuhllehne. Als sie sich umsah, fiel ihr auf, daß sie eigentlich so gut wie gar nichts über Michael Tillman wußte; sie war noch nie wirklich allein mit ihm gewesen. »Ich glaube, ich brauche was zu trinken«, sagte sie. »Hast du etwas mit Alkohol drin?«

»Bier, Wein und vielleicht« – er öffnete die Schranktür und schaute hinein – »etwas Whiskey.« Er nahm die Whiskeyflasche heraus und hielt sie hoch. Sie war

zu einem Drittel voll. Clarice war Whiskey manchmal lieber, wenn die Nächte lang waren und wilder wurden.
»Zirka zwei Fingerbreit Jack Daniel's mit Eis mit etwas Wasser« – Jellie holte tief Atem – »sollten wohl reichen.«
Michael stand einen Augenblick lang da, die Flasche in der Hand, und sah sie an. »Bist du in Ordnung?«
»Ja.« Sie lächelte und wischte sich einige lose Strähnen aus dem Gesicht. »Wenigstens zu achtzig Prozent.«
»Ich kann dich nach Hause fahren, wenn du willst.«
Sie schüttelte den Kopf und die kleinen silbernen Ohrringe aus ihren Tagen in Indien gerieten heftig ins Schaukeln. »Probieren wir's erst mit Jack Daniel's.«
Er besaß vier Gläser. Sie standen allesamt schmutzig in der Spüle. Er wusch eines ab und holte die Eisschale aus dem Kühlschrank.
Jellie ging langsam den Schreibtisch entlang und strich dabei mit einem Finger über die Kante. Auf dem Tisch lagen Notizen und zwei Schnappschüsse. Eines der Bilder zeigte sie an der steinernen Mauer in Irland. Das andere war ein vergilbtes Foto in Schwarzweiß mit aufgerollten Ecken, auf dem eine junge Frau in einem langen Kleid und ein bärtiger Mann in dunklem Rollkragenpullover, Jeans und Sandalen zu sehen waren. Sie starrte dieses zweite Foto an und erkannte die Augen. »Bist du das?«
Er hob den Kopf. »Ja. Vor langer Zeit. In Berkeley.«

Er goß Jack Daniel's ins Glas und reichte es ihr. »Die Frau hieß Nadia. Heute ist sie eine unversöhnliche Feministin – was damals übrigens gerade anfing – und beim Nationalen Frauenrat. Wir schreiben uns zu Weihnachten.«

Jellie sagte nichts. Sie las die Worte, die er auf den Bildschirm getippt hatte: *Hier höre ich das leise Raspeln der Dinge, wie sie früher einmal waren. Ich komme im Morgengrauen, ich komme in der Dämmerung und zu jeder Stunde dazwischen. Ich komme, im Zwielicht der Dämmerung das Rascheln der Gewänder und die Lieder aus der Zeit Gregors zu hören. Ich komme, weil hier alte Dinge leben, Dinge, die ich verstehe, ohne zu wissen, warum.*

»Schreibst du an etwas?« Sie nippte an ihrem Whiskey und deutete auf den Bildschirm.

»Ja, ich spiele so ein bißchen herum, weil ich mir einbilde, einen Roman in mir zu haben.« Er stellte seine Flasche Bier auf der Anrichte ab.

»Und? Hast du?«

»Vielleicht. Es ist schwieriger, als ich dachte. Wenn man etwas Akademisches schreibt, dann hat man sich an die Realität zu halten. Ich habe noch immer meine Schwierigkeiten, mit der Freiheit fertigzuwerden, einfach etwas erfinden zu können. Es ist merkwürdig – in Romanen darf man lügen wie gedruckt, und die Leute klatschen auch noch Beifall.«

»Gerechtfertigte Lügen«, sagte sie. »Ich denke doch, daß das auch im richtigen Leben bisweilen vorkommt.«

»Für einen Relativisten, ja. Und vielleicht hin und wieder, wenn es gar nicht anders geht, um jemanden vor einer Welt zu schützen, die zu hart und bitter geworden ist.«
In der hinteren Ecke des Raums stand eine Staffelei, zusammengeklappt und gegen ein Fenster gelehnt.
»Malst du?« fragte Jellie.
Michael grinste und schob die Hände in die Taschen seiner Jeans. »Ich versuche mich daran. Ich kenne da einen Kunsterzieher hier an der Uni, Wayne Regenson. Er und seine Frau streiten sich in regelmäßigen Abständen, daß die Fetzen fliegen. Und dann kommt er immer vorbei, um sich männlichen Zuspruch zu holen. Ich bin darin zwar nicht besonders gut, aber es ist besser als nichts, nehme ich an. Dafür versucht er, mir die Ölmalerei beizubringen. Es geht ziemlich zäh voran. Und damit meine ich wirklich zäh. In gewisser Hinsicht freilich kann es durchaus wie Mathematik sein – wahre Mathematik –, man hat die gleichen Gedanken im Kopf. Die Eleganz, mit wenigen Mitteln viel zu sagen, die Technik der linken Hirnhälfte mit den Formen der rechten zu verbinden.«
»Wie der Sprungwurf aus der Distanz?«
Er überlegte einen Augenblick. »Ja, der auch.«
»Ist das eines von dir?« Sie hatte das Ölgemälde im Auge, das gerahmt an der Wand hing. Es zeigte eine Reihe vertikaler schwarzer Linien, sprießende grüne Striche und ein gelbes Band, das sich in einer Schlangenlinie vom Betrachter entfernte und in die

vertikalen Striche führte. Das gelbe Band schlängelte sich immer weiter, bis es schließlich in einem roten Klecks verschwand.

»Ja, es ist das einzige, das ich sehen kann. Ehrlich gesagt, mag ich es sogar irgendwie.«

»Ich auch. Hat es einen Namen?«

»Ich nenne es *Verschwundener Schmetterling*.«

Jellie führte ihr Glas zum Mund und nahm einen ordentlichen Schluck Jack Daniel's. Sie wandte sich ihm zu und sah ihn an, dann wieder zum Fenster hinaus. Im harten Südlicht des Novembers bemerkte er zum erstenmal die Vorboten der Altersfältchen in ihrem Gesicht.

»Das kommt mir alles so merkwürdig vor, Michael. Unsere Gespräche, unsere Entscheidungen, was gut ist und was falsch ... überhaupt alles.« Die Universitätskapelle kam die Straße entlangmarschiert. Sie spielte das Schlachtlied *»Unerschrocken zieh'n wir aus, hört den Ruf, hört den Ruf.«* Jellie Braden beobachtete das dunkle, gerollte Laub, das in der Herbstluft zitterte und bei der leisesten Brise aus dem Westen aufs Gras zu tanzen begann.

Michael sollte nie vergessen, wie sie an jenem Morgen in Cedar Bend aussah, als sie auf die Boten des Herbstes hinausblickte. Ohne den Blick vom Fenster zu nehmen, faßte sie sich an den Kopf, löste das Gummiband, das ihren Pferdeschwanz hielt, und schüttelte das volle, lange schwarze Haar. Dann blickte sie ihn an, die grauen Augen nicht länger ein Pfeil im Flug, sondern weich. »Mir ist etwas schwind-

lig«, sagte sie, »es ist schon so lange her, daß ich ... na ja, es ist eben lange her.«
»Wann mußt du denn zu Hause sein?«
»Ich habe den ganzen Tag Zeit, Jimmy ist auf einem Treffen seiner Verbindung auf dem Campus. Sie sehen sich alle zusammen das Spiel an und gehen danach essen. Den ganzen Tag zuzuschauen, wie die sich auf die Schultern hauen und in ihrer Männerkumpanei schwelgen, das hätte ich nicht ausgehalten. Und außerdem« – sie lächelte – »waren da ja noch die Enten.«
In der Mitte des Nachmittags drang das Gebrüll der Zuschauer aus dem Stadion zu ihnen herüber. Der Lärm mischte sich mit den Balladen von Cleo Lane aus dem Kassettenrecorder und unverständlichen bengalischen Koseworten, die Jellie Braden an diesem Herbsttag in anderen Breitengraden flüsterte.
»Falls es überhaupt einen Gott gibt, dann lebt er in Augenblicken wie diesen«, hatte ihr mal jemand gesagt. Und sie hatte es Michael Tillman erzählt, auf Englisch; dabei hatte sie zu ihm aufgesehen, sein Gesicht mit den Händen berührt, ihn geliebt und dabei jenen anderen vermißt. Hin und wieder waren ihr die beiden auch durcheinandergeraten, obwohl sie das an jenem Nachmittag gar nicht wollte.
Michael beobachtete das Pulsieren des Blutes an ihrem Hals und musterte ihre Augen, die größer wurden, als sie sich ihm entgegenwölbte; Augen, die zuerst ihn sahen und dann geradewegs nach oben, als Indien über ihr zusammenschlug und die Zeit auf das

Hochland jenes weitaus älteren Kontinents zurückeilte, wo dunklere Hände über diese Brüste gestrichen und eine Stimme ihr befohlen hatte: »Weiter, Jellie, noch weiter, alles, Jellie. Gib mir alles, was du hast. Ich schenke dich dir wieder, wenn wir fertig sind.« Geschrien hatte sie dort im Hochland, laut, aus Angst und Lust. Nur ein einziges Mal hatte sie das später gemacht, in einem Bett in Illinois, aber der Schrei war zu einem ungewollten und kläglichen Hilferuf geraten, einem Ruf nach all dem, was sie einmal gespürt hatte und jetzt wieder spürte in den Armen eines anderen Fremden, der in seinen eigenen unzugänglichen Regionen lebte.

Michael spürte, daß sie an jenem Tag vieles fühlte und tat, was mit ihrem Leben mit Jimmy Braden nicht das geringste zu tun hatte. Es war offensichtlich, daß diese Frau sexuelle Grenzen überschritten hatte, an die Jimmy Braden sich nie herangewagt hätte. Er merkte das an der Art, wie ihre Nacktheit sie nicht kümmerte. An der freien, hemmungslosen Weise, in der sie sich unter ihm bewegte, in der sie ihn berührte. An ihren Händen, die wußten, was sie taten, und sie taten Überraschendes. An ihrer Direktheit, nachdem sie sich aufs Bett gelegt hatten, in Kleidern; lächelnd hatte sie sich ihm entzogen. »Soweit ich mich erinnere, sollte ich meine Jeans ausziehen, wenn das hier wirklich etwas werden soll.«

Später, als sich nach dem Spiel die unvermeidliche Blechlawine durch die Straßen schob, holte er Bier für sie aus dem Kühlschrank. Als er zurückkam,

hockte Jellie mit untergeschlagenen Beinen auf den Knien. Sie grinste ihn an, das Haar hing ihr zerzaust über die Schultern. Er warf sich neben sie, und sie legte ihm eine Hand auf die Brust. »Es war das Warten wert«, sagte sie leise. Malachi ruhte auf der Schwelle, den Kopf auf die Pfoten gelegt, den Blick der braunen Augen auf das Bett gerichtet. Casserole saß auf der Kommode und leckte sich eine Pfote.
Michael ließ seine Hand über Jellies Körper gleiten. »*Jetzt* scheint es das Warten wert gewesen zu sein. Als wir noch gewartet haben, sah es nicht danach aus.« Er stützte sich auf den Ellbogen. »Eine meiner vielen Eigenheiten ist, daß ich auf Sex einen Wahnsinnshunger bekomme. Was hältst du von einem Käsetoast? Mehr kann ich nicht bieten.«
»Mach drei, dann haben wir jeder einen und einen zum Teilen.« Sie beugte sich über ihn und küßte ihn. »Meine heimliche Leidenschaft sind Bratkartoffeln mit etwas Zwiebeln. Hast du Kartoffeln, mein Motorradfahrer, große, frische?« Sie lächelte.
»Ich habe Kartoffeln, meine Jellie. Und ich habe auch Zwiebeln und jede Menge Bier.«
»Das ist ja der reinste Festschmaus. Du machst die Sandwiches. Ich kümmere mich um die Kartoffeln. Einverstanden?«
»Einverstanden. Müssen wir uns dazu unbedingt anziehen? Ich seh dich so gern nackt.«
»Gott, nein. Wenn wir, wie ich schwer vermute – oder hoffe –, nachher weitermachen, wäre das doch die reine Zeitverschwendung.« Sie sprang vom Bett. »Na

dann, auf in die nackte Küche zu einem nackten Lunch. Wer war das gleich wieder mit dem *naked lunch*? Sollte ich eigentlich wissen. William –«

»Burroughs. Der wüste, alte William S. Eines seiner Bücher heißt so.«

»Nun hol schon das Brot und zeig mir, wo die Kartoffeln sind, Käpt'n America. Ich bin schon am Verhungern.«

Zwei Wochen später war sie fort. Sie hatte schwere Gewissensbisse wegen Jimmy gehabt, und Michael war es nicht anders gegangen. Einmal hatte sie beim Gedanken an Jimmy geweint. »Wie kann ich nur derart gefühllos sein? Und es ist mir auch noch egal! Ich will dich so sehr, daß mir alles andere gleichgültig ist. Ich fühle mich weder schuldig noch sonst was!« Aber irgend etwas war schief gelaufen in ihrer Ehe. Und das nicht erst in letzter Zeit oder seit dem Semester in England, das alles nur deutlicher gemacht hatte; jetzt war es nicht mehr zu übersehen. Michael fragte sie, ob es sich dabei nicht nur um Rationalisierungen handelte, die beschönigen sollten, was sie beide da machten.

Sie schüttelte den Kopf. »Ich muß immer wieder an das Wort *Trägheit* denken. Manchmal, glaube ich, bleiben Menschen nur aus Trägheit zusammen, nichts weiter. Ich habe das Gefühl, Jimmy und ich, wir sitzen auf einem müden Pferd und reiten nur noch weiter, weil uns nichts Besseres einfällt. Jimmy würde gern in die Universitätsverwaltung gehen, er wäre gern Dekan oder so was, und ich kann mich für den Gedanken einfach nicht begeistern, das nette Frauchen eines Verwaltungsbeamten zu sein. Ich habe ihm gesagt, ich würde gern meinen Magister fertig machen und dann auf den Doktor hinarbeiten, mir eine Dozentenstelle suchen. Alles, was er darauf gesagt hat, ist, daß wir uns schwer tun würden, die Stellen, die uns vorschweben, an derselben Uni zu finden. Wir haben uns in England ein paarmal schlimm gestritten deswegen.«

Michael ließ sie erzählen, sich durch all die komplizierten Regungen hindurcharbeiten, die sie fühlte. In gewisser Hinsicht war Jellie eine ganz traditionelle Frau. In manch anderer Hinsicht war sie die neue, emanzipierte Frau, die vorhatte, sich ihren Platz in der Welt zu suchen. Und als wäre das nicht schon genug, kam jetzt auch noch Michael dazu und komplizierte die ganze Geschichte. Trotzdem, als Michael das aussprach, war sie so nett zu sagen, er hätte mit diesem Chaos nicht das geringste zu tun. Aber das hatte er sehr wohl.

An Thanksgiving mußte Jellie nach Syracuse. Das Jahr zuvor waren ihre Eltern nach Cedar Bend gekommen, also war es jetzt an ihr, sie zu besuchen. Jimmys Eltern kamen von Rhode Island angereist. Jellie und Michael verbrachten am Tag vor ihrer Abreise den ganzen Nachmittag zusammen. Zu diesem Zeitpunkt spürte er etwas Neues in ihrem Verhalten, etwas, das ihn sofort zu verfolgen begann.

»Ist irgendwas, Jellie?«

Sie sah ihn liebevoll an. Keine Frage, was sie für ihn empfand – soweit er das beurteilen konnte. »Nein, eigentlich nichts.« Er ließ es gut sein damit, da er dachte, es würde sich wieder geben.

Das lange Thanksgivingwochenende verbummelte er; er zählte die Stunden, bis sie wieder bei ihm wäre. An dem Tag, an dem sich alle anderen ihrem Truthahn widmeten, machte er sich ein Thunfischsandwich und aß es, während er das Polaroid von Jellie an der Mauer in Irland betrachtete. Auf der Tastatur seines Computers sammelte sich der Staub, die Shadow hätte eine Wartung vertragen, aber er konnte sich zu nichts anderem aufraffen, als morgens zu joggen und an Jellie zu denken.

Am Sonntag abend rief der Leiter des Seminars an und fragte, ob Michael am folgenden Tag Jimmys Ökonometriekurs übernehmen könne. Jimmy sei in Syracuse aufgehalten worden, irgendein familiärer Notfall, mehr wisse er nicht. Michael drehte durch, lief in der Wohnung auf und ab, schlug gegen die Wände; Malachi und Casserole sahen ihm völlig verwundert zu.

Montag abend und noch immer kein Wort. Er ließ sich von der Auskunft die Nummer der Markhams geben und wählte. Eleanor Markham meldete sich. Herr im Himmel, ausgerechnet sie. Michael benutzte sein Einspringen für Jimmy als Vorwand und erkundigte sich, wie lange er wohl wegbleiben würde. Es war seicht und leicht zu durchschauen, aber er konnte einfach nicht klar denken.

Mrs. Markham gab sich kühl, ausgesprochen kühl – schneidend, um die Wahrheit zu sagen –, und erklärte ihm, Jimmy sei bereits auf dem Weg nach Cedar Bend. Sie hatte damals schon erkannt, daß zwischen Jellie und dem Mann mit dem Motorrad etwas war. Michael hatte so eine Ahnung, daß sie jetzt noch weit mehr wußte. *Jimmy*, so hatte sie gesagt, *Jimmy* sei auf dem Rückweg. Sie hatte weder beider Namen benutzt, noch im Plural gesprochen, um auszudrücken, daß beide zurückkämen. Alles in Michael schrie danach, sie nach Jellie zu fragen, aber sein Gefühl machte ihm nur allzu deutlich, daß Eleanor Markham keinerlei Interesse an einer Unterhaltung mit ihm hatte.

Er legte auf und drehte völlig durch. Eine Viertelstunde später klingelte das Telefon. Es war Jimmy. Er sei wieder da und würde gern vorbeischauen. Michael sagte: »Ja, kommen Sie gleich rüber, kein Problem, kommen Sie, sobald Sie wollen.« Er trug viel zu dick auf, aber für derlei Feinheiten hatte Jimmy im Augenblick kein Gespür.

Fünf Minuten darauf klopfte er an Michaels Tür. Michael brauchte ihn nur anzusehen, um zu wissen, daß etwas Ernstes passiert war. Keine Krawatte, zerknitterte Kleidung, zerzauste Frisur. Nicht eben der Jimmy Braden aus Newport, den Michael kannte.

»Michael, es ist etwas Schreckliches passiert, und ich habe niemanden, mit dem ich darüber reden könnte. Ich stehe kurz vor dem Zusammenbruch.«

Eine Stimme in Michaels Kopf schrie: »Jimmy Braden, du kleiner Bastard, was ist los? Wo ist Jellie?« Sie schrie so laut, daß Jimmy es hätte merken müssen, aber der hörte gar nicht hin. Er setzte sich auf einen der Küchenstühle, legte den Kopf in die Hände und heulte. Michael setzte sich ihm gegenüber – ruhig jetzt, ganz ruhig! Beruhige dich, und stell ihm die richtigen Fragen.

»Nun reden Sie schon, Jimmy, was ist passiert? Hat es was mit Jellie zu tun?«

Schluchzend bewegte er den Kopf auf und ab. Ein Ja. Nur keine Panik, jetzt heißt es, an die Informationen zu kommen, der Sache auf den Grund zu gehen, alle Nebensächlichkeiten wegzulassen. »Wo ist Jellie?« Jimmy hob den Kopf, er heulte herzzerreißend; dann rückte er damit heraus: »Sie ist nach Indien.«

»Was?« Michael hätte fast geschrien. »Indien? Wieso, zum Teufel? Was ist los? Nun kriegen Sie sich mal wieder ein, Jimmy, und reden Sie mit mir. Ich kann Ihnen schließlich nicht helfen, wenn Sie den Mund nicht aufmachen. Wieso ist sie nach Indien?«

»Ich weiß es nicht. Es ist nicht so, daß wir uns gestritten hätten. Samstag morgen sagte sie, sie habe über Verschiedenes nachzudenken, und daß sie nach Indien wolle. Großer Gott, Michael, ich habe sie angefleht, auf den Knien bin ich vor ihr herumgerutscht, ich habe ihr gesagt, egal, was es ist, wir würden eine Lösung finden, aber sie wollte nicht darüber sprechen. Nicht, daß sie bösartig oder kalt gewesen wäre, nichts dergleichen, nur so schrecklich distanziert. Als gehe ihr irgend etwas durch den Kopf. Es war eine

grauenhafte Szene, die absolute Hölle. Ihre Eltern schrien, meine Eltern schrien. Ich bin durchs Haus gestolpert, und Jellie packte ihren Koffer.«
»Okay«, sagte Michael. »Wir wissen nicht, *warum* sie weg ist, aber wissen Sie wenigstens, *wohin* sie ist? Sie hat einmal Pondicherry erwähnt, eine Stadt im Südosten. Ist sie da wieder hin?«
»Ich weiß es nicht.«
Jimmy schluchzte wieder. Michael suchte nach einer Packung Papiertücher, und als er keine fand, ging er aufs Klo und brachte eine frische Rolle Toilettenpapier mit. Jimmy riß eine Hand voll Blätter ab und bearbeitete sich damit die Augen; seine Stimme war verheult, sein Hals völlig belegt. Er schneuzte sich und sagte: »Ich habe herauszufinden versucht, wo sie hin ist, aber die Fluglinien geben einem keine Informationen über Passagiere. So riesig wie dieses Indien ist, kann man schwer sagen, wo sie steckt. Sie war mal eine Zeitlang in Pondicherry, das stimmt, als sie das erste Mal drüben war.«
Jimmy trank weder Kaffee noch Bier. Also goß Michael ihm ein Glas Orangensaft ein, steckte sich eine Zigarette an und ging hinüber zur Shadow. Er setzte sich in den Sattel und verschränkte die Arme. Er sah Jellies Bild an der Wand und dachte bei sich, daß es wohl nicht sehr gut wäre, wenn Jimmy es derart auffällig aufgehängt sah. Als Jimmy sich wieder mal die Augen wischte, nahm Michael es ab und steckte es unter einen Stapel Papiere auf dem Schreibtisch. Jimmy Braden hockte vornübergebeugt da, die Ellbo-

gen auf den Knien, an eben jenem Küchentisch, an dem Michael noch vor einer Woche mit seiner Frau gesessen hatte. Damals hatte sie gelacht.

»Wann ist sie abgereist, Jimmy? Mit welcher Linie ist sie von New York abgeflogen?«

»Samstag abend. Sie ist Samstag abend weggegangen. Sie flog von Syracuse zum Kennedy Airport. Noch nicht einmal zum Flughafen durften wir sie begleiten. Und sie wollte partout nicht sagen, mit welcher Linie sie von New York aus weiterflog.«

»Hört sich irgendwie gar nicht nach Jellie an«, sagte Michael. Die lächelnde, warmherzige, fürsorgliche Jellie.

»Ich weiß. Das macht das Ganze ja so merkwürdig, Michael. Es scheint so gar nicht zu ihr zu passen.«

Vielleicht aber doch, dachte Michael. Vielleicht hatte Jellie Braden Seiten, die keiner von ihnen kannte, oder wenigstens er und Jimmy nicht.

»Jimmy, ich möchte Sie mal was fragen. Sie brauchen mir natürlich nicht zu antworten. Ich muß es nicht unbedingt wissen, aber irgendwie habe ich das Gefühl, daß Jellie nicht gern über ihre Zeit in Indien redet. Ist ihr da drüben etwas passiert?«

Jimmy hob den Kopf. »Michael, darüber kann ich nicht sprechen. Ich würde es Ihnen sagen, wenn ich könnte, aber es geht einfach nicht. Ich kann nicht. Verstehen Sie das bitte.«

Michael rechnete ihm diese Einstellung hoch an und mehr noch, daß er daran festhielt. Nichts wäre einfacher gewesen, als die Geschichte in einem Augenblick wie diesem auszuplaudern, aber er tat es nicht. Michael kam zu dem Schluß, daß in Jimmy Braden womöglich mehr steckte, als er ihm zugetraut hatte.

»Na schön, dann frage ich mal so: Glauben Sie, daß das, was ihr in Indien zugestoßen ist, irgend etwas damit zu tun hat, daß sie jetzt wieder rüber ist?«

»Ich weiß nicht. Ich kann mir nicht vorstellen, warum, falls sie in diesem Punkt die Wahrheit gesagt hat. Ich kann darüber nicht sprechen, aber ich denke, ich kann doch sagen, daß das, was in Indien passiert ist, längst vorbei war, oder wenigstens habe ich das gedacht.«

Michael brauchte Zeit zum Nachdenken; er mußte allein sein, um seine Möglichkeiten auszuarbeiten. Andererseits wollte er Jimmy in diesem Zustand nicht allein nach Hause gehen lassen.

»Jimmy, wollen Sie, daß ich jemanden finde, der für eine Weile Ihre Kurse übernimmt, bis Sie sich wieder im Griff haben?«

»Nein, ich muß jetzt was tun. Im Herumsitzen und Grübeln war ich noch nie sehr gut. Nabelschau liegt mir nicht. Ich muß damit irgendwie fertig werden, und vielleicht hilft es mir ja, meine Kurse zu halten. Jellie braucht einfach Zeit zum Nachdenken, da bin ich sicher.«

Jimmy sank in Michaels Achtung weit mehr, als er eben noch gestiegen war. Herr im Himmel, dachte er, wie kannst du dir so was nur bieten lassen. Pfeif auf deine Kurse. Setz dich in die nächste Maschine nach Indien und mach dich auf die Suche nach deiner

Frau. Rede mit ihr, versuch das zu klären. Aber das war nicht Jimmy Bradens Art. Er legte sich hin, steckte ein, was kam, und gab die Hoffnung nicht auf.
Aber Jimmy Braden hatte eben nie das Öl im Wagen eines Bankiers gewechselt. Im Hochsommer, wenn der heiße Westwind einem die feuchten Klamotten an den Leib klebte. Er hatte seinen Kopf noch nie unter die Haube eines Autos gesteckt und auf das Drehen der Maschine gelauscht, während sein Vater torkelnd, eine Flasche in der Tasche, auf ihn einschrie. Ebensowenig wie Jimmy Braden noch nie einen scharfen Haken nach rechts geschlagen hatte, um dann mit einem geschwollenen Knie in die Luft zu schießen, während zwölftausend außer Rand und Band geratene Arschlöcher ihn anfeuerten oder niederbrüllten.
Jimmy hatte auf den Schwung vertraut, den Abstammung und Geld ihm mit auf den Weg gegeben hatten. Er war nie im Zwischendeck gereist, wo ein starkes Auftreten gefragt gewesen wäre – wenn man nicht mehr zu klettern braucht, dann hat man auch keinen Grund, es zu lernen. Aber Jimmy war nun mal so, und Michael verstand das.
Michael war anders. Und so empfand er in diesem Augenblick eine tiefe Traurigkeit für Jimmy Braden. Irgendwo in Jimmy mußte sie doch stecken, die zupackende Art, die wir vor vierzigtausend Jahren mitbekommen haben, draußen auf den Steppen, als wir vor der Wahl standen, für unser Eigentum zu kämp-

fen oder es uns von der Böswilligkeit um uns herum stehlen zu lassen. Die Zivilisation hatte seine Vorteile, aber sie hatte Jimmy und viele andere ihrer elementaren Instinkte beraubt.

Als sich die Dinge einigermaßen stabilisiert hatten, und Michael sicher sein konnte, daß Jellie Bradens Gatte die nächtliche Heimfahrt überstand, setzte er ihn in seinen Buick und schickte ihn auf den Weg. Jimmy meinte, allein davon gesprochen zu haben, sich wieder an die Arbeit zu machen, hätte ihm geholfen; immerhin, seine Arbeit hätte er ja noch, und vielleicht könnten sie sich ja tags darauf noch etwas unterhalten.

Außerdem rutschte ihm etwas Merkwürdiges heraus. Seiner Meinung nach, so sagte er, sei sein Schmerz vor allem eine Sache des verletzten Stolzes. So hatte er denn offensichtlich doch noch den einen oder anderen Rest der alten Instinkte aus den Steppen in sich; er vermochte nur den nächsten Schritt nicht zu tun. Noch bevor Jimmys Wagen um die Ecke verschwunden war, suchte Michael schon in den Gelben Seiten nach den Nummern der Fluggesellschaften.

8

Hat man es eilig, nach Indien zu kommen, geht man am besten zur Air India. Es ist die staatliche Fluglinie, und eine gute obendrein. Jeden Abend um halb neun startet Flug 102 vom Kennedy Airport, um tags darauf für einen zweistündigen Zwischenstop in London zu landen. Danach geht es nonstop entweder nach Delhi oder Bombay, je nach dem Tag, an dem man fliegt.

Nachdem er sich mit Hilfe seines Atlas vergewissert hatte, daß er auch tatsächlich wußte, wo Pondicherry lag, rief Michael Air India an. Man war für die nächsten vierzehn Abende völlig ausgebucht, erst am 11. Dezember wären zwei Plätze, am 13. einer zu haben, dann war man wieder voll belegt bis nach Weihnachten. Bedenkt man die Zahl unfreiwilliger Exilanten und ausgewanderter Inder überall auf der Welt, so verfügt Indien über relativ karge internationale Flugverbindungen, und da die Inder um die

Weihnachtszeit alle nach Hause wollen, wird es nach Thanksgiving ziemlich eng.
Er durchwühlte seine Bücherregale, bis er einen Weltflugplan gefunden hatte, der bereits drei Jahre abgelaufen war. British Airways bot einen Nonstopflug von Chicago nach London und von dort eine Anschlußmaschine direkt nach Madras an der Ostküste. Pondicherry lag etwa 150 Kilometer südlich von Madras am Golf von Bengalen. Um dieses letzte Stück machte Michael sich keine Sorgen; wenn er nach Madras kam, kam er auch nach Pondicherry. Das einzige echte Problem war, auf den indischen Subkontinent zu gelangen. Gemessen an der Zahl der Züge von hier nach da, hat Indien das beste Eisenbahnnetz der Welt. Und wo der Zug nicht hinfuhr, gab es den Bus. Wo es keinen Bus gab, fand man einen Wagen mit Fahrer. Und wenn es überhaupt nichts mehr gab, dann würde er eben laufen. Es spielte keine Rolle. Ihm ging es einzig und allein um Jellie Braden, die irgendwo unter Massen von Indern steckte. Falls sie nicht in Pondicherry war, war er natürlich aufgeschmissen. Sollte sie sich entschlossen haben, dort drüben unterzutauchen, war es so gut wie unmöglich, sie aufzuspüren. Aber, bei Gott, er würde es versuchen.
Er rief den gebührenfreien Anschluß der British Airways an. Ja, sagte die ausgesprochen angenehme, ausgesprochen britische und ausgesprochen weibliche Stimme am Buchungsschalter, den Flug gebe es noch, nur habe man die nächsten drei Wochen nichts

mehr frei. Ob Mr. Tillman auf die Warteliste gesetzt zu werden wünsche? Ja. Er rief noch einmal Air India an und ließ sich auch dort auf die Warteliste setzen; das Datum hielt er offen. Jederzeit, sagte er den Leuten, jederzeit.
Es gab viel zu tun. Zuerst seine Mutter. Er rief sie an, und sie unterhielten sich ausgiebig. Zwanzig Jahre lang hatte er nicht ein Weihnachtsfest mit ihr versäumt, aber er erklärte ihr, er müsse sofort nach Indien, und daß er nicht wisse, wann er wieder zurück wäre.
Ihre Ohren mochten nicht mehr so recht mitmachen, aber die Eindringlichkeit, mit der er sprach, machte ihr klar, daß es dringend war. »Michael, sag mir jetzt bloß nicht, daß du endlich die Richtige für dich gefunden hast? Ich habe deine Stimme noch nie so gehört. Ist es das?«
»Hör mal, Mama, die Antwort ist: vielleicht. Mehr kann ich nicht sagen. Es ist nur einfach schrecklich wichtig, daß ich nach Indien gehe, so ungern ich auch ein Weihnachten mit dir versäume, falls es dazu kommen sollte.«
»Michael, ich danke dir dafür, daß dir das nicht egal ist und daß du mich fragst. Ich bin schon froh, daß wir uns im Lauf der Jahre so oft gesehen haben. Geh du nur nach Indien und finde deine Frau, wer immer sie ist. Ich habe die Hoffnung noch nicht aufgegeben, eines Tages Enkelkinder zu haben, weißt du.«
»Mama, ich verspreche dir, ich komme raus zu dir

nach Custer, sobald ich wieder zurück bin, obwohl ich nicht sagen kann, wann.«
»Flieg du nur, Michael. Wenn das dein Augenblick ist, dann halt ihn fest. Hör auf, dich noch länger mit mir zu unterhalten, und geh nach Indien.«
Die Fachbereichssekretärin war ein Schatz; sie kannte das System nicht nur, sie wußte es auch zu umgehen. Michael schenkte ihr immer eine Flasche Wein zu Weihnachten und Blumen zum Ende des akademischen Jahrs. Sie erklärte sich bereit, seine Notenbögen für ihn auszufüllen und seine Unterschrift darauf zu fälschen. Sie fragte noch nicht einmal, warum. Er bat sie, niemandem etwas zu sagen, und sie erwiderte: »Keine Bange, Sie und ich, wir verstehen einander. Aber wo immer Sie so schnell hin müssen, da wäre ich gern Mäuschen.« Sie beendete ihren Satz mit einem wissenden kleinen Lächeln.
Jimmy Braden war am Montag abend wiedergekommen. Am Dienstag hatte Michael seinen Kursteilnehmern mitgeteilt, daß dies die letzte Stunde sei. Da er keine Abschlußklausuren halte, würde er jedem pro forma eine Note geben, die einen halben Grad besser sei als die derzeitige. Was soll's, jeder hatte ein Recht darauf, hin und wieder mal unzuverlässig zu sein. Mützen flogen durch die Luft, und aus der Tiefe des Klassenzimmers kam die Stimme einer jungen Frau: »Wir lieben Sie, Professor Tillman. Fröhliche Weihnachten.« Er schenkte einem seiner Fachstudenten für Betriebswirtschaftslehre hundert

Dollar, um sicherzugehen, daß Malachi und Casserole auch gut versorgt waren.
Er reiste gern mit möglichst wenig Gepäck. Er hatte einen Flug nach New York gebucht, darüber hinaus jedoch keine Reservierungen getroffen, so daß es gut möglich war, irgendwo auf dem Weg nach Indien hängenzubleiben. New York, Moskau, London, Kairo, Athen. Überall. Womöglich brauchte er eine ganze Woche bis nach Indien. Seinetwegen sollte Jimmy Braden in Cedar Bend sitzen bleiben und beten und Trübsal blasen, soviel er wollte. Jimmy hatte sein Leid mittlerweile wenigstens fünf anderen geklagt, so daß er mit Mitgefühl geradezu überschüttet wurde.
Michael dagegen ging nach Indien, um Jellie zu finden, und zwar sofort. Sie mußte doch einen Grund dafür haben, einfach so abzuhauen, und er konnte sich des Gefühls nicht erwehren, daß es etwas mit ihm zu tun hatte. Vielleicht auch nicht, aber er vermutete es stark. In Indien konnte man verlorengehen. Für viele ein guter Grund, nach Indien zu fliehen. Er mußte Jellie finden, bevor sie verschwand, aus welchem Grund auch immer, bevor sie sich in eine Bergkommune oder einen Ashram hinter dem Mond flüchtete, wo er sie niemals finden würde.
Der alte L.-L.-Bean-Rucksack. Drei Hemden, nur eines davon sauber. Ein Jeanshemd, das würde er anziehen. Jeans, eine zum Tragen, die andere kam ins Gepäck. Das Buschhemd würde er ebenfalls anziehen. Einen weiten, marineblauen Baumwollpulli.

Schuhe? Am besten, er zog die alten Armeestiefel an und packte auch die Sandalen ein. Wenn er noch etwas zum Anziehen brauchte, konnte er sich das auch in Indien kaufen; er hatte nichts gegen *khurtas*, die langen Hemden mit den schlafanzugartigen Hosen darunter. Weitere wichtige Dinge, einschließlich einer guten Karte des indischen Subkontinents, die er bei seinem letzten Besuch gekauft hatte und die die Eisenbahnstrecken und Inlandsfluglinien zeigte. Eine kleine Taschenlampe, ein alter Baumwollhut mit breiter Krempe.

Verdammt, keine Malariapillen. Geh das Risiko ein. Nein, er ließ den Arzt in der Apotheke anrufen und wollte sie auf dem Weg zum Flughafen abholen, obwohl er mit der Einnahme schon vor einer Woche hätte beginnen müssen. Er legte sich ordentlich ins Zeug, warf Kleidungsstücke durchs Schlafzimmer, faltete Hemden, rollte Jeans und Khakihemden um Unterwäsche und Socken; Malachi und Casserole sahen ihm zu. Obenauf quetschte er noch die Sandalen in den Rucksack; dann schloß er die Schnallen. Der Sack hatte einen Bauch. Er prüfte sein Gewicht – gar nicht so schlecht. Sonst noch was? Eine kleine Feldflasche. Man konnte in Indien lange unterwegs sein, bis man wieder an trinkbares Wasser kam.

Um acht Uhr morgens am Donnerstag kam das Taxi. Sechzig Stunden waren vergangen, seit Jimmy sich an Michaels Küchentisch die Augen ausgeheult hatte. Es war schon merkwürdig. Jimmy Braden schlich durch Bingley Hall und erzählte den Leuten in allen Einzelheiten, was Jellie ihm angetan hatte, indem sie ihm so einfach davongelaufen war. Und Michael war unterwegs, um sie zu suchen, was Jimmy freilich nicht wußte. Ein Halt an der Apotheke, ein weiterer an der Bank. Dreitausend Dollar in Reiseschecks, fünfhundert in bar.

Während er am Flughafen auf den Pendlerjet nach Chicago wartete, fiel Michael etwas ein, worum er sich nicht gekümmert hatte, und er rief seine Sekretärin an. Nachdem er auch das erledigt hatte, sagte sie: »Michael, für Sie ist eben ein Telegramm angekommen, per Boten.«

Er überlegte einen Augenblick. Eine heikle Geschichte, falls es von Jellie kam, und er hatte das Gefühl, daß das gar nicht so abwegig war. »Betty, lesen Sie's mir vor, aber Sie schwören mir, nie einer Menschenseele etwas über den Inhalt zu sagen. Abgemacht?«

»Wenn ich alles ausplaudern würde, was ich über die Vorgänge hier weiß, würde Bingley Hall in der größten Staubwolke implodieren, die die Welt je gesehen hat. Außerdem habe ich so eine Ahnung, was hier vor sich geht. Ich habe doch gesehen, wie sich Ihr Gesicht in den letzten Monaten verändert hat. Ist noch gar nicht so lange her, da habe ich Sie früh morgens auf Ihrem Motorrad draußen am Reihersee gesehen – und auch, wer hinten draufsaß. Aber ich habe niemandem was gesagt, und werde es auch nicht tun. Also, wenn ich jetzt noch das Geheule in Jimmy Bradens Büro – ach was, im ganzen Haus – dazunehme, dann braucht es kein Mathematikgenie wie Sie, um eins und eins zusammenzuzählen.«

»Betty, Betty, Betty ... Sie werden noch als eine der großen Lieben meines Lebens enden. Lesen Sie mir das Telegramm vor.«

»Okay. Also, dann mach ich den Umschlag jetzt auf. Dreizehn Uhr steht darauf. Lassen Sie mal sehen, das ist –«

»Das ist ein Uhr mittags, Betty. Wann wurde es abgeschickt.«

»Heute. Wie ist das möglich?«

»Durch den Zeitunterschied. Es wurde gegen halb zwei diesen Morgen abgeschickt, unserer Zeit nach. Was steht drin?«

»Es lautet: ›M. Bitte versuche zu verstehen. Gefühle in mir sind so stark, daß ich Zeit und Freiraum brauche, um mir über sie klarzuwerden. Melde mich irgendwann wieder. Ich verspreche es. J.‹«

Zum Teufel mit Zeit und Freiraum, dachte Michael Tillman. Manchmal mußte man den Umständen ihren Lauf lassen, so wie Jimmy das machte; manchmal jedoch galt es mitten hineinzuspringen und die Sache selbst in die Hand zu nehmen. Er hatte das Gefühl, daß Jellie ziemlich verwirrt war, und er hatte nicht die Absicht, sie, blind wie sie war, untergehen zu lassen. Falls er ihr Leben ruinierte, indem er nach Indien ging, um sie zu suchen, so würde sie damit leben müssen, genauso wie er. Auf keinen Fall würde er tatenlos in Cedar Bend herumsitzen und auf bessere Zeiten warten.

»Betty, wo kommt das Telegramm her, aus welcher Stadt?«
»Madras. Spreche ich das richtig aus?«
»Nein, aber es ist okay. Ganz Amerika spricht es falsch aus. Betty, laß das Telegramm bitte durch den Aktenvernichter laufen, ja?«
»Mach ich. Keine Bange. Und, Michael?«
»Ja?«
»Ich drücke Ihnen beide Daumen. Suchen Sie sie.«
»Danke, Betty. Was mögen Sie lieber, Kettchen oder Armreifen?«
»Sie wissen, daß das nicht nötig ist. Aber es wäre schön, mal einen Armreif aus irgendeinem exotischen Winkel der Welt zu bekommen, wenn Sie schon darauf bestehen.«
»Wird gemacht. Dann auf Wiedersehen und nochmals danke. Ich muß jetzt an Bord.«
»Tschüß, Michael. Viel Glück.«

Vom O'Hare aus rief er bei Air India an und ließ bei British Airways nachsehen, ob ein Platz frei geworden war. Nichts. »Wie ist es, wenn ich an den Flugsteig gehe und nachsehe, ob jemand nicht gekommen ist?« fragte er die Frau am Schalter von British Airways.
»Versuchen können Sie's.« Sie sah sich sein Ticket an. »Ihre Maschine nach New York startet aber noch vor unserer nach London. Wenn Sie warten, verpassen Sie also Ihren Flug nach New York.«
»Ich riskier's. Irgendwie habe ich das Gefühl, daß heute mein Glückstag ist.«

Sie zuckte die Schultern und tippte seinen Namen in die Warteliste des Computers. »Wir fliegen vom neuen United-Terminal ab, ganz hinten. Viel Glück.«
Er kaufte Zigaretten und Kaffee und ging dann zum United-Terminal. Noch eineinviertel Stunden bis zum Start von British Airways, Flug 42 nach London. Die Passagiere standen bereits in einer langen Schlange an der Wand entlang. Das Gepäck... Er hatte noch nie verstanden, wie Leute nur so viel mitschleppen konnten. Riesige, mit Schnüren zusammengebundene Koffer, Weihnachtsgeschenke, Bettrollen, müde Kinder mit Erkältungen und laufenden Nasen, die heulend an den Händen ihrer Eltern zerrten.
Die Schlange bewegte sich langsam. Noch fünfundzwanzig Minuten bis zum Abflug. Dann zwanzig. Nur noch zwei Leute fehlten. »Mr. Tillman, Mr. Michael Tillman, kommen Sie bitte in die Abfertigungshalle von British Airways.«
Er brauchte nur vier Sekunden.
»Mr. Tillman, wir haben einen Platz für Sie in der Maschine nach London, in etwa fünfzehn Minuten. Wir können Ihnen jedoch keinen Platz für den Flug 34 nach Madras bestätigen. Wollen Sie trotzdem heute abend mit uns fliegen?«
»Ja. Ich bezahle das Ticket mit meiner American-Express-Karte.«
Sechs Stunden später, im ersten Morgenlicht, blickte er auf Irland hinab und mußte an Jellie vor der Mauer

aus Feldsteinen denken, die irgendwo da unten sein mußte; an Jellie, die sich für ein Polaroid in Pose stellte, das schließlich an einer Pinnwand in Iowa gelandet war. Das heißt, im Augenblick hatte er es in der Tasche seines Buschhemds. Wenn man nach jemandem sucht, der verschwunden ist, kann sich ein Foto immer als nützlich erweisen. Er hatte im letzten Augenblick daran gedacht und das Foto mitgenommen.

Heathrow war wie immer ein einziges Chaos. Michael lief durch die Transit-Lounge hinaus in die Haupthalle, wo er den Leuten an den Schaltern in die Augen sehen konnte. Kein Problem. Eine der Frauen hinter dem Schalter sagte ihm, viele Leute buchten unter verschiedenen Namen mehr als nur einen Flug, so daß man bereits mehrere Absagen hätte.

»Wollen Sie auch gleich den Rückflug buchen, Mr. Tillman?«

Er erklärte ihr, sie solle ihn für den 12. Januar vormerken, einige Tage vor Beginn des Frühjahrssemesters. Indische Beamte sehen es ausgesprochen gern, wenn man ein Ticket für den Rückflug dabei hat, bevor sie einem ein Visum ausstellen. Eine Vorsichtsmaßnahme, die zum Teil noch auf die Zeit der Hippies zurückging, als die Kinder aus dem Westen auf der Suche nach Wahrheit und Erleuchtung ins Land strömten, um schließlich als kiffende Sozialfälle zum Problem für die indischen Behörden zu werden.

Michael holte seine American-Express-Karte heraus, erhielt sein Ticket und fand die U-Bahn Richtung

London. Er sagte einem Beamten, er brauche ein Visum für Indien, und man verwies ihn an die entsprechende Stelle. Drei Stunden später war er wieder in Heathrow, hatte die Kontrollen passiert und saß nun in der Transit-Lounge. Fünf Stunden noch bis zu seinem Abflug nach Madras.

Auf großen Flughäfen verging die Zeit ziemlich schnell. Michael sah sich gern das Kommen und Gehen der Leute an, las ein bißchen, hielt ein Nickerchen. Nachdem er sich auf der Toilette das Gesicht gewaschen hatte, kaufte er sich eine Londoner *Times*, mit der er es sich, die Füße auf seinem Rucksack, in einem Sessel bequem machte. Er konnte sich jedoch nicht auf die Zeitung konzentrieren und holte das Foto von Jellie aus der Tasche. So saß er da und sah es sich an, während die Lautsprecher die Leute zu ihren Flügen in ferne Länder riefen. Und irgendwo in den unendlichen Weiten da draußen war eine Frau namens Jellie Braden. Irgendwo da draußen... irgendwo... irgendwo.

9

Trotz der cleveren Bemerkung, die Michael einmal gegenüber Jellie gemacht hatte, war er alles andere als abgestumpft. Ein bißchen zynisch vielleicht, womöglich sogar mehr, als ihm zustand, aber nicht abgestumpft. Und er war es auch nie gewesen. Das war einer der Vorteile, die mit einer Kindheit wie der seinen einhergingen. Man wächst auf, ohne allzuviel zu erwarten, und wenn einem wirklich mal etwas Gutes widerfährt, kann man nur staunen, daß es so etwas überhaupt gibt. Bei großen Reisen zum Beispiel. Als der Pilot sich über den Lautsprecher meldete und sagte, sie überflögen eben Bagdad, blickte er von seinem Fensterplatz aus hinab und sah vierzigtausend Fuß unter sich eine braune Stadt in der Wüste.

Schon auf seinem ersten Flug nach Indien hatte er sich gedacht: Bagdad – ich hätte nie geglaubt, jemals über Bagdad zu fliegen. Dann holte er aus und zog die

Erinnerungen hervor: sah sich vor dreißig Jahren in der Werkstatt seines Vaters, bei der Arbeit an der Shadow.
Zwei Stunden vor Madras nahm Michael sein Rasierzeug aus dem Rucksack und ging in eine der winzigen Toiletten. Diese Art zu reisen hinterließ einen Schmierfilm auf Körper und Geist, so daß er es sich zur Gewohnheit gemacht hatte, sich vor der Landung zu waschen und rasieren. Und irgendwie reinigte das auch ein wenig den Geist.
Die Kabine lag noch immer im Dunkeln; die meisten Leute schliefen oder versuchten es wenigstens, hier und da brannte eine Leselampe. Die Stewardessen unterhielten sich leise in der Küche in der Maschinenmitte. Er steckte den Kopf durch die Tür und bat um eine Tasse Tee. Er erhielt sie und ging, die dampfende Tasse in der Hand, auf seinen Platz zurück; er fühlte sich im großen und ganzen ausgezeichnet, hatte jedoch jenen speziellen Knoten im Magen, der sich jedesmal einstellte, wenn er sich einem fernen Land, vor allem aber Indien, näherte.
Er hob die Jalousie und sah hinaus. Langsam tauchte unter ihm Indien auf, wie eine Frau beim Sonnenbad. Tageslicht, zerklüftete braune Hügel, Flecken grünen Dschungels. Das Kabinenlicht ging an, das Frühstück wurde angekündigt. Er hatte keinen rechten Appetit, aß jedoch etwas Obst und Toast, weil er wußte, daß es ein Weilchen dauern könnte, bevor er wieder etwas bekam.
Die Maschine senkte sich über dem weitläufigen

Chaos von Madras, der Hafenstadt am Golf von Bengalen. Geschätzte Einwohnerzahl: vier Millionen. Indien nimmt derlei Statistiken freilich nicht allzu ernst, da bei einem so rastlosen Volk in den Städten ein stetes Kommen und Gehen herrscht, vor allem ein Kommen. Indien befindet sich auf Wanderschaft, das war von jeher Michaels stärkster Eindruck gewesen. Egal, wo man hinsah, ob auf dem Land oder in der Stadt, überall waren Leute unterwegs, zu Fuß, auf dem Fahrrad, sie hingen an röhrenden Bussen oder lehnten sich aus dem Zug. Bewegung, wo man hinsah ... das war Indien.

Nach dem Aussteigen ging es an Männern mit Gewehren vorbei in die Halle. Vor dem Schalter für Passagiere mit ausländischen Pässen stand eine lange Schlange. Michael zwang sich zur Ruhe. In Indien beeilte man sich nicht. Indien hatte seinen eigenen Stil, seinen eigenen Rhythmus, und hypernervöse Besucher aus dem Abendland, die alles auf der Stelle und mit zackiger Effizienz erledigt sehen wollten, kamen hier nicht sehr weit. Es war warm und feucht, und Michael war froh, so wenig Gepäck dabeizuhaben. Das braune Gesicht über der dunkelgrünen Uniform warf einen Blick auf seinen Paß, prüfte das Neunzig-Tage-Visum und knallte seinen Stempel darauf.

Der Zoll war kein Problem, da Michael außer Bargeld und Reiseschecks nichts von Wert bei sich hatte. Da er jedoch mehr als tausend US-Dollar einführte, mußte er ein Formular ausfüllen. Indien liebte Formulare, obwohl Michael etwas skeptisch war, was deren Verbleib anging. Es schien ihm herzlich unwahrscheinlich, daß irgendwo ein für Währungen zuständiger Beamter saß, der die Millionen von handgeschriebenen Dokumenten aus den Federn fremder Reisender tatsächlich las: »Hmmm, wie ich sehe, hat Michael Tillman aus Cedar Bend, USA, am 2. Dezember dreieinhalbtausend Dollar mitgebracht. Den müssen wir unbedingt im Auge behalten – in diesem Land mit nahezu einer Milliarde Einwohnern und einem Telefonnetz, das günstigstenfalls so über die Runden kommt.«

Außerhalb des Schutzes, den ein großer indischer Flughafen bot, war Schluß mit den Regeln. Schlepper, Hunderte von Schleppern, die einem alles anzudrehen versuchten, was man sich nur vorzustellen vermochte. Vielleicht konnte man den langen Weißen mit dem Rucksack ja um ein paar Rupien melken. Aber er sah aus wie einer, der sich auskannte in der Welt, kein Gepäck; er sah aus wie einer, der viel reiste. Vielleicht doch besser, sich einen anderen zu suchen, einen, mit etwas mehr Speck auf dem Bauch. Tausende von Leuten bewegten sich scheinbar ziellos um ihn herum, sie kamen und gingen, und viele von ihnen waren nur wegen des Unterhaltungswerts gekommen, den ein so großer Flughafen bot. Die Polizei sorgte dafür, daß die meisten von ihnen draußen blieben, wo sie die Nasen gegen die staubigen Scheiben preßten und auf die herausdrängenden Passagiere warteten.

In der Lobby war doch tatsächlich ein Touristenschalter geöffnet, was nun wirklich etwas Neues war. Offensichtlich bemühte sich Indien, Weiße ins Land zu locken, die auf ihrer Durchreise etwas ausländische Währung daließen. Bei seinen ersten Besuchen hatte Michael eindeutig das Gefühl gehabt, daß sich kein Mensch darum scherte, ob man kam oder nicht, ob man in der Schlange vor der Zollabfertigung tot umfiel oder wieder nach Hause fuhr.
Der Mann am Schalter sprach ein verständliches Englisch. Michael sagte ihm, er wolle nach Pondicherry. Der Mann erwiderte, die Fahrt dauere drei Stunden mit dem Auto, wenn nicht allzuviel Verkehr herrsche, und daß er sich glücklich schätzen würde, Michael einen Wagen nebst Fahrer zu besorgen. Er sprach von dreißig US-Dollar. Michael fand das übertrieben für Indien, was er ihm auch erklärte.
»Oooh, aber Sie müssen verstehen, das sind hin und zurück sechs Stunden für den Fahrer, da er ja von Pondicherry leer zurückfahren muß. Also müssen Sie hin und zurück bezahlen.«
Doch Michael wußte Bescheid. Er ahnte, der Fahrer würde in Pondicherry herumlungern und vielleicht auch eine Fuhre zurück nach Madras finden. Was war mit den Taxis draußen?
»Oooh, ja, Sir, die sagen Ihnen, Sie fahren für einen viel niedrigeren Preis. Aber, Sir, sie sind nicht sehr zuverlässig, kann sein, daß sie Ihnen unterwegs das Geld abnehmen und Sie aussetzen.« Michael wußte, daß der Mann da nicht ganz unrecht hatte.

Wie es denn mit Bussen sei? Zügen? Der Touristenberater redete und redete, fuhr mit dem Finger ebenso schmierige wie komplizierte Fahrpläne ab, bis Michael sich dachte: Jetzt reicht es, Tillman. Was, um Himmels willen, soll das? Du fliegst in heller Aufregung hier herüber, um Jellie Braden zu finden, und dann stehst du rum und feilscht um ein paar lumpige Dollar. Einen Augenblick lang hatte der dumme Händlerstolz, der in den männlichen Genen zu lauern schien, ihn vom Weg abgebracht.
Der Berater besorgte ihm also einen Wagen nebst Fahrer und bat Michael, neben dem Touristenschalter zu warten. Michael fragte ihn, ob er einen Führer für Pondicherry hätte, Karten, irgend etwas. Der Mann brachte ein zerlesenes kleines Heft zum Vorschein, das er unter der Theke liegen hatte. Er behauptete, es sei sein einziges Exemplar (was Michael ihm glaubte), und begann es durchzublättern. Dann folgte ein Vortrag über Pondicherrys berühmten Ashram, den der Mystiker, Philosoph, Poet und Patriot Sri Aurobindo gegründet hatte, über die Hotels und Restaurants sowie über die Schönheit der Uferpromenade.
Gab es in dem Heft auch einen Stadtplan? Ja, es gab einen, in der Tat, Sir, einen sehr schönen sogar. Michael legte eine Fünf-Dollar-Note auf den Tisch, behielt sie aber unter der flachen Hand und sagte, er würde den Führer für Pondicherry gern mitnehmen. In kaum einer Sekunde hatte das Heft den Besitzer gewechselt, dann kam auch schon, lächelnd und in

schmuddeliger weißer Kleidung, sein Fahrer auf den Schalter zu.
Die Sonne vor dem Gebäude wirkte wie ein Hammer. Andere Taxifahrer rissen die Türen auf und sagten Michael, sie würden ihn für die Hälfte dessen fahren, was der Typ in der schmuddeligen weißen Uniform verlangte, egal, wohin. Michael lehnte dankend ab: er habe bereits einen Wagen. Worauf ihr Lächeln verschwand und er seine Freunde auf der Stelle wieder verlor.
Als Michaels Wagen losfuhr, rieb der Fahrer Daumen und Zeigefinger gegeneinander, das universelle Symbol für Zahlungsmittel, und deutete auf die Tankuhr, dazu sagte er mehrmals »Benzin«. Indische Taxifahrer fuhren grundsätzlich mit so gut wie leerem Tank, und jetzt brauchte er einen Vorschuß. Bei Michaels letzter Reise war gleich zweien seiner Fahrer das Benzin ausgegangen.
Ungeduldig tappte Michael mit dem Fuß, während der Tank gefüllt wurde. Er entdeckte einen Obststand in der Nähe und kaufte drei Bananen und zwei Orangen, die er in die Seitentaschen seines Rucksacks stopfte. Als er wieder im Wagen saß, bückte sich ein zerlumpter Mann, sah zum Fenster herein und zeigte ihm den grausigen Stumpf eines knapp über dem Ellbogen abgetrennten Arms. Michael gab ihm fünf Rupien, und der Bettler berührte seine Stirn und machte sich rückwärts davon.
Schließlich rollten sie durch den Lärm, den Rauch und den Staub, die Indien ausmachten und immer

ausmachen würden. Michaels Nase war noch immer damit beschäftigt, sich an die zum Schneiden dicken Gerüche zu gewöhnen – den Rauch aus Fabriken und offenen Herden, verbleites Benzin, Exkremente von Mensch und Tier; das alles zusammengenommen machte den dicken, penetranten Atem aus, der Indien definierte. Er war den Geruch nie wieder ganz losgeworden. Zu Hause in Cedar Bend, während eines Reiseberichts über Indien im Fernsehen, war ihm aufgefallen, daß sein Gehirn die alten indischen Düfte hervorgeholt hatte, von wo auch immer die Erinnerung solche Dinge speichern mag. Die Gerüche keines anderen Landes hatte sich ihm so nachhaltig eingeprägt wie die Indiens.

Die Frauen. Er hatte vorübergehend vergessen, wie schön die indischen Frauen waren, selbst die ärmsten. Man konnte sich mit Leichtigkeit alle paar Sekunden aufs neue verlieben. Orangefarbene Saris, grüne Saris, rote und blaue, dazu Gold am Körper, Reifen an den Armen, Kämme im Haar. Die Frauen waren geschmeidig, und man hätte meinen können, sie schwebten über der Erde. Bei einigen führten goldene oder silberne Kettchen von der Nase zum Ohr.

Er beobachtete sie, während der Fahrer auf seinem Zickzackkurs durch den Verkehr auf Ziegen, Rinder und Menschen einhupte. An den verkehrsreicheren Kreuzungen sahen sie sich von Polizisten auf kleinen Podesten weitergewunken. Auf einer zweispurigen Straße mit einer löchrigen Asphaltdecke fuhren sie

hinaus aufs Land. Lastwagen mit Arbeitern auf der Ladefläche; ihre Kopftücher wehten im Wind. Busse schwankten um die Kurven, Ochsenkarren folgten; auf der anderen Spur trat eine Frau in einer Art Rollstuhl in die Pedale, andere waren zu Fuß unterwegs, Ziegenherden schoben sich über die Straße.
Der Fahrer machte das Radio an, und Michael und er hörten eine Flöte über einem Teppich komplexer Tablarhythmen. Der Fahrer schlug auf die Hupe und kündigte anderen Fahrern gestikulierend an, was er vorhatte. Indien... Alles war in Bewegung, alles war Bewegung... Tablas, Flöten, Staub; die Straße vor ihnen sah aus wie eine bunt zusammengewürfelte Karawane aus sämtlichen Reisenden und Fahrzeugen der letzten fünfhundert Jahre.
Michael reichte seinem Fahrer eine Banane. Der nahm sie und schenkte Michael einen Blick auf seine blitzend weißen Zähne, legte sich auf die Hupe und schälte dabei die Banane. Durch die offenen Fenster drang brüllend heiße Luft. Sie kamen in eine Stadt, und Michael breitete seine Indienkarte aus. Mußte wohl Chengalpatu sein. Von hier aus sollte es in südwestlicher Richtung nach Madurantakam gehen, in Tindivanam würden sie südostwärts abbiegen, von dort aus führte eine kleine blaue Linie hinüber nach Pondicherry am Golf von Bengalen.
Michael blätterte den Führer von Pondicherry durch, der ihn fünf Dollar gekostet hatte. Er sah sich die verwirrenden Ausschnitte des Stadtplans an, las die Geschichte der Stadt. Die Stadt war Bundesterrain,

ein Stadtstaat, ähnlich der amerikanischen Hauptstadt. Im Westen grenzte der Bundesstaat Tamil Nadu an, im Osten lag der Golf. Französische Händler hatten dort im siebzehnten Jahrhundert gesiedelt, 1954 ging die Stadt zurück an Indien. Jellie, bist du dort? Irgendwo auf den Straßen von Pondicherry? Auf die unwahrscheinliche Möglichkeit hoffend, sie könnte mit demselben Chauffeur gefahren sein, falls sie überhaupt in Pondicherry war, holte Michael ihr Foto heraus und reichte es dem Fahrer.

Der sah es sich an, wandte ihm den Kopf zu, grinste und rief über Flötenmusik und Wind hinweg: »Schöne Frau. Sie sie in Pondy besuchen?«

Michael kramte sein Pidginenglisch hervor. »Frau mit das Auto hier fahren?« Er deutete auf die Jellie auf dem Foto, dann auf den Fahrer und das Innere des Autos, Michael wiederholte: »Schöne Frau mit das Auto hier fahren?«

Der Fahrer brauchte einen Augenblick, aber er kapierte und schüttelte den Kopf. »Nein, ich Frau nicht sehen.« Michael nickte und steckte das Foto in sein Buschhemd zurück.

Laut Stadtführer hatte Pondicherry 150 000 Einwohner, aber Michael wußte, daß das bestenfalls geschätzt war und weit unter der tatsächlichen Zahl lag. Wo sollte er anfangen? Wie alle indischen Städte würde sich auch Pondy als Irrgarten kleiner Sträßchen und weitläufiger, durch Übergänge und Gassen verbundener Gebäude entpuppen. Selbst wenn Jellie sich dort aufhielte, leicht würde es nicht sein. Der

Ashram zog Leute aus der ganzen Welt an, man studierte hier die Lehren Sri Aurobindos und seiner Lebensgefährtin, einer Französin, die man nur als »die Mutter« kannte. Beide lebten nicht mehr. Laut Führer jedoch blühte der Ashram. Vor der Stadtgrenze Pondicherrys hatte sich, angeblich auf der Basis der Lehren Aurobindos und der »Mutter«, seit über einem Jahrzehnt eine Siedlung von Visionären namens Auroville entwickelt. Man kannte sie auch unter dem Namen »Stadt der Morgendämmerung«. Der Führer zitierte die »Mutter«: »Auroville wird ein Ort der materiellen und spirituellen Forschung für die lebende Verkörperung echter menschlicher Einheit sein.«

Hörte sich ganz nach Jellie an. Anthropologen, wenn schon nicht alle, so doch viele von ihnen, haben einen starken Hang zu spirituellen Dingen, was wohl mit ihrem Metier zu tun haben mußte. Falls Jellie vor etwas davongelaufen war und nach geistiger Führung suchte, so wären der Ashram und Auroville ein guter Ausgangspunkt für seine Suche.

Da er eine Übernachtungsmöglichkeit brauchte, sah er sich in seinem Führer die Anzeigen an, während der Chauffeur weiter hupend und gestikulierend seinen Zickzackkurs fuhr.

Anjantha-Gasthaus – Eine Oase des Luxus
Hotel Aristo – Ein Hauch von Klasse, ein wahrhaft aristokratisches Erlebnis
Hotel Ram International – Eine ganz neue Welt

Für westliche Augen und Ohren neigt der Inder dazu, etwas dick aufzutragen, von schlichten Übertreibungen ganz zu schweigen, und so machte Michael bei seiner Lektüre tüchtig Abstriche. Nicht, daß er pingelig gewesen wäre. Er hatte viele Nächte in kleinen indischen Hotels zugebracht, wo ein Loch im Boden als Toilette diente und man, falls es überhaupt eine Dusche gab, nur kaltes Wasser bekam. Nach einigen Nächten jedoch vergaß er, daß es etwas anderes gab als kalte Duschen und Löcher im Boden, und die Sache war erledigt. Eine heiße Dusche würde in traditioneller südindischer Blumigkeit die Behauptung »ein wahrhaft aristokratisches Erlebnis« rechtfertigen.

Er konzentrierte sich auf Jellie und versuchte sich ins Gedächtnis zu rufen, wie sie war und was sie bevorzugte. Wo würde sie absteigen? Das Park Guest House gehörte zum Ashram und vertrat somit eine unerbittliche Haltung gegenüber Tabak, Alkohol und menschlichen Schwächen im allgemeinen. Wenn man ihrem Telegramm Glauben schenken durfte, war Jellie zum Nachdenken hergekommen; ein Gästehaus mit Gärten, vegetarischem Restaurant und meditativen Untertönen würde sich für ein solches Unterfangen durchaus anbieten.

Anfänglich war Michael davon ausgegangen, daß Jellie problemlos zu finden wäre, falls sie in Pondicherry war. Weiße Haut fiel einem in fast ganz Indien sofort auf. Aber die Stadt war viel größer, als er sich das vorgestellt hatte, und wie es im Führer hieß, kamen viele Menschen aus dem Westen, um im erhabenen Geiste Sri Aurobindos und der »Mutter« zu baden. Und dann, wie Michael bereits überlegt hatte, war es in Indien besonders leicht unterzutauchen, falls man darauf aus war. Indien konnte einem ein schweigendes, undurchdringliches Gesicht bieten, so daß man davor stand, ohne zu sehen, was sich in seinem Inneren abspielte. Jellie kannte sich in Indien aus, offensichtlich hatte sie gute Verbindungen; sie würde schon wissen, wie sie sich zu verstecken hätte, falls sie es sich in den Kopf gesetzt hatte.

War man in Eile, konnte Indien einen zur Weißglut treiben. In Madurantakam kam der Fahrer zu dem Schluß, hier wäre eine Mahlzeit angebracht, und hielt vor einem Lebensmittelstand. Michael hatte keinen Hunger, trank jedoch eine Tasse Tee und aß einen der Schokoriegel, die er in Heathrow gekauft hatte. Die Leute scharten sich um ihn, jedoch in respektvoller Distanz, und starrten ihn an; die übliche Neugierde, weiter nichts.

Die Sonne stand mittags hoch und war unerbittlich. Er zog sich den alten Baumwollhut über und erwehrte sich der Kinder, die weniger besonnen waren als die Erwachsenen und irgend etwas – egal, was – von ihm wollten. Er kaufte noch einige Orangen und verteilte sie, obwohl sich die Kinder größere Wunder erhofft hatten – einen billigen Kugelschreiber aus Amerika zum Beispiel. Schweiß tränkte sein Hemd und lief ihm über Brust und Rücken. Michael wischte sich Gesicht und Nacken mit einem roten Halstuch

ab, als sein Fahrer ihm Zeichen machte, daß es Zeit zum Weiterfahren war.
Eine Dreiviertelstunde später erreichten sie die Abzweigung, dann ging es südostwärts nach Pondicherry. Der Belag der neuen Straße war in noch schlechterem Zustand als jener, die sie eben verlassen hatten. Es handelte sich um eine Halbwüstenregion, und Palmen neigten sich über die Straße. Die Leute breiteten Getreidehalme auf der Straße aus, wo sie trockneten und die Reifen der Fahrzeuge als eine Art primitive Dreschmaschine dienten.
Endlich. Die Randbezirke von Pondicherry. Glaubte man der Karte, die hinten in seinem Stadtführer klebte, kamen sie auf der Jawaharlal-Nehru-Straße in die Stadt, offensichtlich eine der Hauptverkehrsadern. Michael entschied sich gegen das Gästehaus des Ashram, vor allem deshalb, weil er nicht sicher sein konnte, wie Jellie reagieren würde, wenn er plötzlich dort aufkreuzte. Falls sie ihn als erstes sah, zog sie sich womöglich mitsamt den Geheimnissen, die sie mit sich herumtrug, zurück; wußte sie erst einmal, daß er nach ihr suchte, würde er sie womöglich nie mehr finden.
Das Grand Hotel D'Europe, Rue Suffren 12, lag in der Gegend, in der der Ashram seine Werkstätten hatte, nicht weit vom Gästehaus. Ein alter Franzose führte es, ein gewisser Monsieur Maigrit, wie es im Führer hieß. Michael ging davon aus, daß die Verpflegung europäisch sein würde, was ihm nur recht sein konnte, da er bei einer rein indischen Ernäh-

rung für gewöhnlich rasch vom Fleisch zu fallen begann.
Michael machte seinem Fahrer Zeichen, anzuhalten, und zeigte ihm die Karte. Der Mann hatte Schwierigkeiten, sie zu lesen; er deutete nach vorn. Michael ließ ihn weiterfahren, und sie hielten an einer stark befahrenen Kreuzung, an der gut zweihundert Fahrräder an der Ampel auf Grün warteten. Der Fahrer nahm die Karte, stieg aus und sprach mit einigen Männern vor einem Teehaus. Es wurde gefuchtelt und gedeutet, Köpfe wurden geschüttelt. Das dauerte eine, zwei Minuten, dann kam der Fahrer wieder zurück. Er sagte etwas, das Michael nicht verstand, und machte dabei eine Zickzackgeste mit der Hand, was Michael als Zeichen dafür deutete, daß sie sich durch die Stadt arbeiten und dann nach rechts abbiegen sollten.
Ging man nach dem Stadtplan, schien das durchaus richtig. Also pflügten sie sich einen Weg die geschäftige Hauptverkehrsstraße von Pondy hinauf, bis sie in einer Rue St. Louis landeten, wo es nicht mehr weiterging. Der Fahrer stieg aus, die Szene mit den Armen, Händen und Köpfen wiederholte sich, dann kam er wieder. Einmal rechts, dann an einem großen Park vorbei, auf dessen Bänken, ihren Mützen nach zu urteilen, indische und französische Legionäre saßen. Noch einmal rechts, dann einige Blocks weiter, dann links. Auf einem Haus an der Ecke stand es gepinselt: *Rue Suffren.* Die Nummer 12 folgte einen halben Block später.
Michael klopfte an ein hohes Holztor. Ein alter Inder

in braunen Shorts und weißem Turban spähte heraus. »Zimmer?« fragte Michael.
Der Pförtner sah sich Auto und Fahrer an, dann wieder den großen und bis auf den Rucksack gepäcklosen Amerikaner in der zerknitterten Kleidung. Zögernd öffnete er das Tor und deutete Michael an, in den Hof zu kommen. Es war ein altes Haus voller Reben und Bougainvilleen. Maigrit, wenigstens hielt Michael den Mann dafür, erschien in der Tür. Michael verbeugte sich leicht. »Haben Sie ein Zimmer für einen müden Reisenden?«
Maigrit sah ihn an, antwortete jedoch nicht. Michael war gekommen, ohne zu reservieren, was er wahrscheinlich als schwerwiegenden Verstoß gegen die Etikette empfand. Michael konnte nur einige Brokken Französisch; was er als Voraussetzung für sein Doktorandenstudium hatte lernen müssen, war längst so gut wie vergessen. Aber er brachte ein ordentliches Lächeln aus dem mittleren Westen zustande, das ihn fast auf der ganzen Welt weiterzubringen schien, und machte einen weiteren Versuch: »Je voudrais une chambre?«
Maigrit erwiderte sein Lächeln; er erkannte Michaels Inkompetenz, honorierte jedoch seine Bemühungen. Ja, er habe ein Zimmer für 150 Rupien, etwa neun Dollar, die Nacht. Michaels Ansicht nach, hätte er mit einer Reservierung und etwas Gefeilsche ein Drittel oder gar die Hälfte weniger zu zahlen brauchen, aber er war müde, und das Haus sagte ihm zu.
Maigrit ließ ihn wissen, daß er mitten während der

täglichen Wassersperre gekommen sei, so daß er nicht baden könne, aber der *Boy*, der um die fünfundsiebzig war, würde ihm gern einen kleinen Eimer voll bringen, falls Monsieur Tillman sich frisch zu machen wünsche. Michael dankte ihm und sagte, das wäre ihm ausgesprochen lieb. Ob er etwas waschen lassen könne? Hemden könnten innerhalb von vier Stunden gewaschen und gebügelt werden, allerdings zum doppelten Preis. Der reguläre Preis sei achtzehn Cent pro Hemd.

Der *Boy* brachte Wasser, nahm die Hemden mit, und Michael wusch sich das Gesicht. Dann legte er sich auf das Bett und begann zu überlegen. Er war nun seit sechsundvierzig Stunden unterwegs, obwohl ihm sein eingebauter Abakus die Lüge auftischte, es wären weit mehr, einige Jahre vielleicht. Noch eine Woche zuvor war er in seiner Wohnung gesessen und hatte auf Jellies Rückkehr aus Syracuse gewartet. Noch vor zehn Tagen hatte sie nackt in seinem Bett gelegen. »Jellie, bist du irgendwo hinter diesen Mauern? Irgendwo in der Nähe – und lebst aus, was ich nie wissen durfte?«

10

Michael wachte kurz vor sechs auf, der alte Mann hatte ihn durch sein Klopfen geweckt. Er hatte fast vier Stunden geschlafen und stand steif, schwitzend und völlig erschlagen auf. Er öffnete dem Alten, nahm die Hemden entgegen und gab ihm ein Trinkgeld. Der alte Mann verbeugte sich und ging, sah Michael jedoch noch mit einem Blick über die Schulter nach.

Michael probierte die Wasserhähne aus. Das Wasser war wieder da, und er stellte zu seiner Überraschung fest, daß es aus dem linken Hahn warm tröpfelte. Er ließ die kleine Wanne vollaufen, rasierte sich und machte sich präsentabel: sauberer Körper, sauberes Hemd, frische Jeans.

Der Inhaber des Hotels saß auf der Veranda und las eine französische Zeitung. Was Michael als erstes brauchte, war ein flexibles Transportmittel. Ein Motorrad. Er hatte auf der Fahrt durch die Stadt einige kleinere Maschinen gesehen. Ja, ein kleines Motorrad könne er mieten, in einer Werkstatt an der Mahatma-Ghandi-Straße. Maigrit ließ den Pförtner eine Fahrradrikscha besorgen. Er sprach *tamil* mit dem Fahrer und gab ihm die Adresse. Maigrit erklärte ihm, die Fahrt werde einen Vierteldollar kosten, zehn Cent Trinkgeld seien angemessen.

Michael betrachtete die Muskelpakete an den Beinen des Mannes, der ihn durch die Straßen von Pondicherry radelte. Im Gegensatz zu so manchem aus der westlichen Hemisphäre, der nie in solchen Ländern gereist war und Rikschas mißbilligend fast mit Sklaverei gleichsetzte, sah Michael das anders. Würde man einen Rikschafahrer fragen, wie er darüber denke, er würde noch nicht einmal die Frage verstehen. Er verdiente damit seinen Lebensunterhalt, und solange man ihn bezahlte, fuhr er einen durchaus gern. Er hatte damit seinen Anteil am Wirtschaftsleben eines Ortes. Wie Michael einmal einem Kollegen erklärt hatte, dem derlei kolonialistisches Gebaren zuwider war: »Dann geben Sie doch dem Rikschamann, was Sie in New York für ein Taxi bezahlen müßten, vielleicht haben Sie dann das Gefühl, sich politisch korrekt zu verhalten.«

Indien ist in vielerlei Hinsicht ein »Abendland«. Gegen Ende des Tages legten sich Hitze und Staub, und die Straßen füllten sich. Die Geschäfte hatten bis in den späten Abend hinein geöffnet. Mit dem Einsetzen der Dämmerung begann die Zeit langer, gemächlicher Mahlzeiten und herzhaften Lachens in

den Cafés. In der Sastry Street bog der Rikschafahrer nach links ab und radelte dann schnurstracks auf die Gandhi Road zu. Michael fühlte sich ungeschützt; er wollte nicht, daß Jellie ihn vielleicht dabei sah, wie er durch die Straßen von Pondicherry rollte.
Herrgott, dachte er, wenn das nicht merkwürdig ist. Da suche ich nach einer Frau, mit der ich geschlafen habe, einer Frau, die mir zahllose Male gesagt hat, wie sehr sie mich liebt. Und trotzdem mache ich mir Sorgen, sie könnte mich sehen. Ist schon eine komische Welt, Michael Tillman.
Die Firma, die die Motorräder vermietete, befand sich in einer kleinen Garage gleich neben der Cool-Cat-Coffee-Bar; alles war voll Schmierfett, überall lagen Ersatzteile herum. Michael fühlte sich gleich wie zu Hause. An der Tür lehnten zwei Maschinen, zwei weitere hatte man drinnen zerlegt. Michael konnte eine der beiden an der Tür nehmen. Er sah sie sich an. Sie warem vom selben Holz wie die Straßen, auf denen sie fuhren, mit anderen Worten: ziemlich ramponiert. Die alte Kawasaki sah aus, als würde sie's tun, und nach einigen Versuchen sprang sie auch an. Der Inhaber stand dabei und sah ihm, die Hände in die Hüften gestützt, zu. Ein Lächeln gab es nicht. Michael deutete auf die Werkzeuge, die herumlagen.
Zehn Minuten später hatte er die Kette angezogen und den Vergaser nachgestellt. Der Mann von der Garage grinste. Technische Kompetenz verschaffte einem immer Respekt. Michael bezahlte eine Kau-

tion von fünfzig Dollar und stellte sich geistig schon mal auf den Linksverkehr ein. Dann schob er die Kawasaki hinaus in den Abendverkehr; es fuhr sich gut, nur daß er rasch das Gefühl hatte, ständig in die falsche Richtung zu fahren.

Er nahm dieselbe Strecke zurück zum Hotel, die er gekommen war, kaufte auf dem Weg zwei Plastikflaschen voll Wasser und parkte die Maschine im Hof des Hotels. An diesem ersten Abend wollte er zu Fuß gehen. Wenn er die Suche ausweiten mußte oder wenn er es eilig hatte, würde er das Motorrad nehmen.

Maigrit begrüßte ihn und machte ihm ein Kompliment für die schöne Maschine, die Michael sich ausgesucht habe. Michael holte Jellies Foto hervor und sagte, er sei auf der Suche nach ihr.

Maigrit sah sie sich an, dann wieder Michael und fragte schließlich: *»L'amour?«* Michael nickte lächelnd. Maigrit sagte, es tue ihm leid, aber er habe sie noch nie gesehen. »Es gibt hier viele Frauen aus dem Westen. Sie kommen in den Ashram. Auf der Suche nach Trost und innerem Frieden, vielleicht nach einer anderen Lebensweise.«

Der Franzose unterhielt zwar kein Restaurant mehr im Hotel, aber falls Michael europäische Küche wünsche, das Alliance Française sei nicht weit weg, gleich gegenüber dem Park Guest House. Es sei zwar ein Club, aber man nehme es mit den Regeln nicht allzu genau. Er solle einfach durchs Tor gehen, über den Hof und die Treppe hinauf.

Michael überlegte es sich zweimal, ob er hingehen sollte. Nicht, daß er sich allzu große Sorgen darum gemacht hätte, dort Jellie über den Weg zu laufen; schließlich dachte er ja, sie wolle wieder indisch leben und werde somit indisch essen oder, was noch wahrscheinlicher war, selbst kochen. Aber so schnell, wie sich in einer indischen Stadt etwas herumsprach, konnte er sich des Gefühls nicht erwehren, daß unter den Leuten aus dem Westen hier sofort die Nachricht die Runde machen würde, ein Mann in Jeans und Sandalen sei aufgetaucht, der jemanden zu suchen schien.

Aber da er Hunger hatte und auf die indische Küche noch nicht eingestellt war, ging er durch die ruhigen Straßen in die Richtung, die der Franzose ihm gewiesen hatte. In diesem Stadtteil saßen einige Leute auf den Stufen, aber die meisten Häuser waren von hohen Mauern umgeben. Zwei Weiße mit rasierten Köpfen und safranfarbenen Togen, die Beine von den Schenkeln abwärts bloß, kamen ihm entgegen und gingen vorüber, ohne auf ihn zu achten.

Als zwei weiße Frauen in indischer Kleidung den Bürgersteig entlangliefen, wandte er sich ab und ging die Straße zurück, die er eben gekommen war; er fühlte sich merkwürdig, gerade so, als sei er in eine internationale Spionageaffäre verwickelt. Jellie, was hast du nur aus mir gemacht? Ich war zufrieden, wenn auch nicht gerade im siebten Himmel, bevor wir uns kennenlernten, und jetzt laufe ich durch die Nebenstraßen Indiens auf der Suche nach dir, und

ein kleiner Teil von mir will dich noch nicht mal finden – aus Angst vor dem, was du sagen könntest, Angst vor den Plänen für den Rest deines Lebens.
Vor dem Tor der Alliance Française stand ein Posten. Michael deutete auf seine Brust, dann nach innen und sagte: »Restaurant?«
Der Posten nickte und wies ihn durch das Tor. Im Hof gab es Bäume und Blumen. Auf der einen Seite sah er eine gemauerte Plattform, auf der eine Inderin zum Rhythmus eines Trommlers tanzte, der mit gekreuzten Beinen im Schatten hinter ihr saß.
Außer den beiden war niemand im Hof, aber aus dem Haus vor ihm hörte er ein Akkordeon, das eine französische Melodie spielte. Michael sah der Tänzerin einen Augenblick lang zu. Sie war sich seiner Anwesenheit nicht bewußt, hielt einen Augenblick später inne und sprach mit dem Trommler, der daraufhin einen etwas anderen Rhythmus anschlug.
Im Erdgeschoß des Hauses gab es eine Toilette und eine Ausstellung von Schwarzweißfotos an den grauen Wänden. Aus der Etage darüber kamen Musik und Gelächter, also ging er hinauf und gelangte ins Restaurant. Es war zur Hälfte überdacht, die andere Hälfte lag unter dem Abendhimmel. Kellner in weißen Uniformen sausten herum, ein junger Inder in dunklen Hosen und lila Hemd kam auf Michael zu und sprach ihn auf Französisch an. Michael lächelte und sagte: »Dinner, please?«
»Eine einzelne Person?« Sein Englisch war ausgezeichnet.

Michael nickte.
»Ziehen Sie innen oder außen vor?«
»Außen, bitte.«
Der Oberkellner plazierte Michael an einem kleinen Tisch in der Ecke. Michaels Ankunft hatte dafür gesorgt, daß einige Neugierige den Kopf wandten, aber man nahm sowohl das Lachen, als auch das Essen und Trinken rasch wieder auf. Er bestellte sich ein Bier und einen Hähnchenspieß von dem offenen Grill auf der anderen Seite des Raums. Die Sterne waren aufgetaucht, und mit dem Nachtwind kam der Duft des Jasmins; er saß allein da und starrte auf seine Hände.
Das Essen war exzellent, es gab dazu Reis und französisches Brot. Danach Schokoladenkuchen mit einem guten, starken Kaffee. Er fühlte sich langsam wieder wie ein richtiger Mensch. Als er hinausging, hatte ein älterer Mann die Schicht des Oberkellners übernommen. Als Michael auf ihn zuging, lächelte er herzlich.
»Hat Ihnen das Essen geschmeckt?«
Michael sagte ihm, es sei ausgezeichnet gewesen, dann zeigte er ihm das Foto von Jellie. Der Oberkellner sah es an, dann Michael, wiederholte das Ganze und hörte auf zu lächeln.
»Haben Sie sie gesehen?« fragte Michael.
Der Oberkellner starrte ihn an, antwortete jedoch nicht.
»Ich suche nach ihr; es ist sehr wichtig, daß ich sie finde.«

Der Mann zündete sich eine Zigarette an, warf einen weiteren Blick auf das Bild und gab es Michael dann zurück. »Vor langer Zeit, vielleicht.«
»Wie lang? Eine Woche? Wie lang?«
»Lange. Zehn, fünfzehn Jahre. Schwer zu sagen. Die Frau, an die ich denke, war viel jünger. Entschuldigen Sie, ich habe zu tun.«
Michael holte tief Luft. Er überlegte. Der Mann hatte ihn und das Foto angesehen, und sofort war aus der Freundlichkeit eine kurz angebundene Abfuhr geworden, fast als hätte der Oberkellner Jellie erkannt und Michael so rasch wie möglich loswerden wollen. Als Michael durch die dunklen, stillen Straßen zu seinem Hotel zurückging, war er immer noch am Überlegen.
Zwei Tage lang wanderte er in Pondicherry umher, ohne einen Plan für seine Suche zu haben. Am dritten Tag fuhr er mit dem Motorrad hinaus nach Auroville, das jedoch aus kleinen Siedlungen und einzelnen Häusern bestand, die über viele Kilometer verstreut waren. Falls sie hier war, würde er sie niemals finden. An den frühen Abenden setzte er sich in der Nähe vom Hotel des Ashrams auf den Kai und beobachtete die Leute, die zum Essen kamen. Er versuchte mit der strengen Frau an der Rezeption des Gästehauses ins Gespräch zu kommen, aber es hatte keinen Sinn. Die Leute, die sich hier einmieteten, waren auf der Flucht, sie wollten ihre Ruhe haben. Als Michael ihr Jellies Foto zeigte, schüttelte die Frau den Kopf und widmete sich wieder ihren Kladden.

Er kam nicht weiter und bat Maigrit um den Weg zum College, von dem er in seinem Führer gelesen hatte. Maigrit fuhr mit dem Finger über den Stadtplan, zeigte Michael, wo es lag und wie er hinkam. Michael schob die Kawasaki aus dem Hof des Hotels, trat auf den Starter und fuhr in Richtung Norden davon.

Das College lag in einem schäbigen Viertel von Pondicherry. Als er auf dem kleinen Campus herumfuhr, erspähte Michael ein verwittertes Schild mit der Aufschrift »Schule für Management«. Zeit, seine Referenzen vorzulegen. Er stellte sich einer Sekretärin vor, der er sagte, wer er sei. Eine Situation, in der Titel halfen. Inder liebten Referenzen über alles, und Professoren kamen gleich danach. Sie ging den Flur entlang in ein Büro, und als sie nach kaum einer Minute wieder zurückkehrte, hatte sie einen kleinen, dicken Inder jenseits der Fünfzig im Schlepptau. Er trug eine Brille und eine Krawatte, die ihm noch nicht mal bis auf den Bauch reichte.

Ein freundliches Lächeln. »Ah, Dr. Tillman, wie schön von Ihnen, uns zu besuchen.«

Er wollte alles über Michaels akademischen Werdegang wissen. Michael zählte ihm seine Titel und Studiengänge auf, ungeduldig, endlich zum Grund seines Besuchs zu kommen. Aber in Indien legte man großen Wert auf Artigkeiten mit einem gerüttelten Maß an Pomp, so daß ihm nichts anderes übrig blieb, als die Fragen zu beantworten. Es dauerte nicht lange, und zwei Wirtschaftswissenschaftler gesellten sich zu ihnen; kurz darauf servierte die Sekretärin Tee. Einer der Professoren entschuldigte sich, er sei sofort wieder zurück. Als er wiederkam, trug er ein Exemplar des *Atlantic* in der Hand. Er hatte Michaels Artikel über Steueranreize aufgeschlagen. Er deutete darauf, dann auf Michael. »Haben Sie das etwa geschrieben, Dr. Tillman?« Michael nickte. Worauf der Professor lächelte – von einem Ohr zum anderen. »Eine ausgesprochen brillante Arbeit. Sehr gut, wirklich.«

Die Bestätigung seiner Glaubwürdigkeit verschaffte Michael eine solide Basis, und dann hatte er es hier mit gescheiten und braven Leuten zu tun. Ohne groß ins Detail zu gehen, erzählte er ihnen von seiner Suche nach Jellie; er sagte ihnen lediglich, daß es ungeheuer wichtig sei, sie zu finden. Auf dem Foto erkannten sie sie nicht, aber als Michael Jellies Interesse an Anthropologie erwähnte, ließ der Leiter des Seminars seine Sekretärin kommen und sprach mit ihr auf dem Flur.

»Ich habe meine Sekretärin gebeten, eine Kollegin aus der Anthropologie zu rufen, mit der Sie sich unterhalten können. Wir haben hier in Pondicherry im Augenblick eine ganze Reihe von anthropologischen Projekten laufen. Vor allem die Franzosen sind auf diesem Gebiet sehr interessiert. Sie haben vor einigen Jahren ein Institut ins Leben gerufen, mit dem unser College zusammenarbeitet.«

Zehn Minuten später erschien eine Frau auf der Schwelle. Sie war um die Vierzig und trug einen rosa

Sari. Der Seminarleiter stand auf und stellte sie als Dr. Dhavale vor, Professorin für Anthropologie. Jellies Foto lag auf dem Tisch. Es zeigte langsam, aber sicher die ersten Spuren der hundert Finger, durch die es während der letzten paar Tage gegangen war. Die Anthropologin nahm es sofort in die Hand, warf einen Blick darauf und sah dann Michael an.

Sein Herz wurde um zwanzig Schläge schneller. »Besteht die Möglichkeit, daß Sie die Frau auf dem Bild kennen?«

Die Miene der Professorin war unbewegt. »Sie sagen, Sie heißen Tillman? Michael Tillman?«

»Ja.«

»Aus einem Ort namens Cedar Bend?«

Sein Puls schoß um weitere zehn Schläge in die Höhe. »Ja.«

»Kann ich bitte mit Dr. Tillman einige Worte unter vier Augen sprechen?« Die Frage galt dem Seminarleiter.

»Aber selbstverständlich, Dr. Dhavale. Dr. Tillman, können wir Sie dazu überreden, ein oder zwei Vorträge zu halten, während Sie in der Stadt sind? Ich weiß, sowohl unsere Studenten als auch der Lehrkörper würden sich glücklich schätzen.«

Sie hatten ihm geholfen. Nein zu sagen, war ein Problem, nicht nur weil es unhöflich gewesen wäre, er war ihnen auch verpflichtet. »Dr. Ramani, irgendwann werde ich das mit Freuden nachholen. Vorerst jedoch darf ich keinen Augenblick zögern, Mrs. Braden zu finden. Wenn ich sie aufgespürt habe und wieder in Pondicherry sein sollte, kann ich mich dann mit Ihnen in Verbindung setzen und die Termine vereinbaren?«

»Ja, ja, gewiß. Wir verstehen das, auch wenn wir enttäuscht sind, daß Sie uns so eilig wieder verlassen müssen. Bitte lassen Sie uns wissen, wann Sie Zeit für einen Vortrag bei uns haben, wir gestalten dann einen hübschen Nachmittag mit anschließendem Empfang.«

Michael sagte zu und folgte dann Dr. Dhavale aus dem Gebäude, über einen Hof und schließlich in einen anderen Bau, in dem ihr winziges Büro lag. Zum ersten Mal seit zweiundsiebzig Stunden war er nicht müde.

Sie setzte sich ihm gegenüber hinter ihren Schreibtisch, ihre schwarzen Augen waren ebenso kühn wie kühl; sie schätzte ihn ab. »Jellie Markham und ich, wir haben uns vor vielen Jahren angefreundet, als sie wegen ihrer Dissertation hier war.« Sie benutzte Jellies Mädchennamen und sprach den Vornamen französisch aus: Jel-*leÿ*. »Wir haben all die Jahre korrespondiert und sind in enger Verbindung geblieben.«

Michael sagte nichts, aber er begann zu verstehen, wie dumm er die letzten drei Tage über gewesen war, Jimmys Namen zu benutzen und *Jellie* auf die amerikanische Art auszusprechen. Selbst wenn jemand sie gekannt hätte, er hätte die Namen nicht verstanden, wenn sie in Pondicherry unter der französischen Version lebte. Was natürlich nur logisch war, bedachte man die französische Atmosphäre, die die ganze Stadt durchdrang.

»Dr. Dhavale, ich bin dreiundvierzig. Ich habe viele Jahre gebraucht, bis ich soweit war, für jemanden das empfinden zu können, was ich für Jellie empfinde. Ich liebe sie, ich muß sie finden, und ich brauche Ihre Hilfe dazu.«

Die Anthropologin musterte ihn, als versuche sie sich zu entscheiden, welche Note sie ihm für seine Semesterleistung geben sollte. »Ich möchte Jellies Vertrauen nicht mißbrauchen, so daß ich nicht sicher bin, wieviel ich Ihnen sagen soll, Mr. Tillman. Aber ich weiß, daß Jellies Gefühle für Sie sehr stark sind. Ihr Leben war kompliziert, komplizierter, als Sie es sich vorstellen können. Aber diese Dinge muß sie Ihnen selbst erzählen, falls sie das will. Sie hat Ihnen einen Brief geschrieben, in dem Sie Ihnen meinen Namen und meine Adresse genannt hat, für den Fall, daß Sie mit ihr in Verbindung treten wollen. Aber ich glaube nicht, daß sie geahnt hat, wie schnell Sie auf meiner Schwelle stehen würden. Haben Sie ihren Brief bekommen?«

»Nein. Ich muß wohl abgereist sein, bevor er in Cedar Bend ankam. Ich habe Sie ganz zufällig gefunden.«

»Ich sehe mich in einer schwierigen Lage, Dr. Tillman, bitte verstehen Sie das. Ich möchte Ihnen helfen, aber ich möchte Jellie nicht verärgern und unsere Freundschaft aufs Spiel setzen, indem ich Ihnen sage, was ich nicht sagen sollte. Ich weiß, es war schmerzlich für sie, sich nicht richtig von Ihnen verabschiedet zu haben.« Chitra Dhavale blickte zum einzigen Fenster hinaus, das der Raum hatte, ein verstaubtes Fenster, dann wandte sie sich wieder Michael zu. »Sie ist vor einigen Tagen nach Thekkady abgereist. Haben Sie schon mal davon gehört?«

»Nein.«

»Das ist ein Dorf ganz in der Nähe des Periyar-Sees, einer wunderschönen Gegend. Jellie hat mir erzählt, Sie hätten eine Zeitlang in Südindien zugebracht, da dachte ich, Sie hätten vielleicht davon gehört. Sie wohnt bei einer Familie Sudhana in der Nähe von Thekkady.«

»Darf man fragen, was sie dort macht? Wissen Sie das?«

»Ich weiß es, aber das gehört zu den Dingen, die zu sagen mir nicht zustehen, und ich fürchte, ich habe ihr Vertrauen bereits mißbraucht, indem ich Ihnen das erzählt habe.«

»Wie komme ich am besten dorthin, nach Thekkady? Welches wäre die beste Route?«

»Sie könnten wieder zurück nach Madras fahren und dann nach Cochin oder Madurai fliegen, und von dort einen Wagen nehmen. Besser, wenn auch anstrengender, wäre es wahrscheinlich, gleich hier von Pondicherry aus den Nachmittagszug zu nehmen. Es ist nur eine Schmalspurbahn, so daß Sie damit lediglich bis zum Knotenpunkt Villupuram kommen. Der liegt etwa vierzig Kilometer von hier. Von dort aus nehmen Sie den Postzug nach Trivandrum Richtung Süden bis Madurai. Dann können Sie mit dem Bus fahren oder einen Wagen mit Fahrer mieten, der Sie nach Thekkady bringt. Es ist eine beschwerliche Reise, Dr. Tillman, aber wahrscheinlich auch die schnellste Route. Ihre Alternative, der Flug von Madras aus, könnte sich als frustrierend erweisen. Womöglich kommen Sie dort an und finden einige Tage lang keinen Platz in der Maschine.« Sie sah auf die Uhr. »Es ist kurz vor zwölf. Wenn Sie sich beeilen, Dr. Tillman, dann bekommen Sie noch den Ein-Uhr-Zug nach Villupuram. Ich kann mich des Gefühls nicht erwehren, daß Sie es kaum noch erwarten können, wegzukommen, habe ich recht?« Sie schenkte ihm ein warmes Lächeln. »Falls Sie Jellie Markham finden, dann erzählen Sie ihr bitte von meinem Zwiespalt und bitten Sie sie, mir zu vergeben, falls es ein Fehler war, Ihnen zu sagen, wo sie ist.«

»Das werde ich. Ich danke Ihnen, Dr. Dhavale.«

Als er schon auf der Schwelle ihres Büros war, rief Chitra Dhavale: »Dr. Tillman?« Er blieb stehen und wandte sich um.

»Kann sein, daß Jellie sich weder Braden noch Markham, sondern Velayudum nennt. Fragen Sie mich nicht, warum. Akzeptieren Sie einfach, was ich Ihnen gesagt habe. Und eines sollte ich vielleicht noch hinzufügen: Falls Sie sie finden, so mögen Ihnen die Umstände vielleicht etwas befremdlich erscheinen; vielleicht sind sie sogar eine herbe Enttäuschung für Sie – zumindest aber werden Sie sie als beunruhigend

empfinden. Wie ich schon sagte, Jellie hatte ein kompliziertes Leben.«
Womit endlich alles geklärt war: Er würde den Postzug nach Trivandrum südwärts bis Madurai nehmen und dann ein Auto Richtung Westen.

11

Thekkady liegt an der Grenze zwischen den beiden Bundesstaaten Tamil Nadu und Kerala im südwestindischen Hochland. Am Stadtrand steht ein Tor mit einer roten Schranke über der Straße, die Michael an den alten Checkpoint Charlie in Berlin erinnerte. Der Fahrer hielt an und trat in ein kleines Büro gleich an der Straße. Michael hätte sich nicht gewundert, Richard Burtons Stimme mit einem Satz aus einem Le-Carré-Roman zu hören – irgend etwas über einen Mann, der heute abend aus dem Osten herüberkäme. In dem Büro war auf einmal der Teufel los. Der Fahrer hatte zwar seine Papiere vorgezeigt, aber offensichtlich war das Überschreiten einer inneren Grenze eine nicht weniger große Angelegenheit als das Überschreiten einer Staatsgrenze. Nach dem, was Michael so mitbekam, weigerten sich die Behörden Keralas, den vielgepriesenen indischen Einheitsführerschein anzuerkennen.

Michael stieg aus und lehnte sich gegen den Wagen. Weitere Worte, die schließlich in Geschrei und vermutlich auch Drohungen ausarteten. Er deutete auf die Schranke, hob seinen Rucksack und fragte in Zeichensprache, ob er passieren dürfe. Aber es war komplizierter, als er gedacht hatte: Erst eine Zwanzig-Dollar-Note auf die Hand des Grenzers verschaffte ihm die Erlaubnis. Vorher bezahlte er noch seinen Fahrer. Bakschisch nennt man so etwas; das ist überall so und ist immer so gewesen.

Kühle Bergluft und eine dünne gelbe Sonne, ein stilles Dorf am Nachmittag, eine staubige Straße. Michaels Stiefel hinterließen tiefe Abdrücke. »He, Boß, du wollen fahren See?« Ein junger Inder neben einem Jeep.

Michael warf einen Blick auf den Namen, den er sich in sein Notizbuch geschrieben hatte, dann ging er auf den Mann mit dem Jeep zu und sagte: »Vielleicht. Erst Leute finden. Sudhana.«

»Nein, Boß, wir nur fahren See.« Er schlug gegen die Seite des Jeeps. »Zweihundert Rupien für die Fahrt. Ist schön da.«

Es mochte schön sein, aber Michael wollte nun mal nicht hin. Er hielt drei Hundert-Rupien-Noten hoch. »Erst Haus von Sudhana finden. Dann noch zweihundert, wenn ich zu See will.« Wie sich herausstellte, mußte der Jeep ja vielleicht doch nicht unbedingt zum See.

Der junge Mann jedenfalls hatte es nicht eilig und begann sich mit einigen anderen zu unterhalten, die nur herumstanden. Sie sahen Michael an und lachten. Diese jungen Burschen fühlten sich immer stark in Gruppen. Sie wußten, daß er Geld dabei hatte, viel Geld für ihre Begriffe. In seinem Gürtel unter dem zerknitterten Buschhemd trug er ein kurzes Jagdmesser, das er in diesem Teil der Welt stets mit sich führte. Er spürte den Griff, der ihm ins Kreuz drückte.

Vor einigen Jahren, am späten Abend, hatte er das Messer in Mysore, nördlich von hier, einem Taxifahrer an den Hals gehalten, als es zur Sache ging, weil eine Horde junger Witzbolde den Fahrer anstachelte, Michael und seine Begleiterin aus dem Taxi zu werfen. Als der Fahrer aus Mysore die Klinge an der Haut spürte, ließ er die Kupplung kommen, als hätte er einen Muskelkrampf, so daß sich zwei der vorlauten Bengels auf das Hinterteil setzten.

Ein älterer Mann kam aus einem Laden und rief etwas. Soweit Michael verstand, gehörte der Jeep ihm; er befahl den jungen Kerlen, sich zu benehmen und wieder an die Arbeit zu gehen. Es folgte ein Geplapper in mehreren Dialekten, wobei mehrmals der Name *Sudhana* fiel. Der ältere Mann schrieb etwas auf ein Stück Pappe und reichte es dem jüngeren, der Michael »Boß« genannt hatte. Er kam zum Jeep herüber, grinste, klopfte auf den Rücksitz und deutete Michael mit einer Kopfbewegung an, einzusteigen. Der junge Kerl und einer der anderen Flegel im selben Alter setzten sich auf die Vordersitze.

Dann holperten sie auch schon die ungeteerte Straße

entlang, bis sie in südlicher Richtung auf eine andere Straße abbogen, die hoch über einem reißenden Gebirgsbach entlangführte. Eine Schleife nach der anderen ziehend, schlängelte sich die Straße um einen niederen Berg; dann ging es links eine kleinere Straße hinauf. Vor einem Haus, dessen Dach und Wände mit Blech geflickt waren, sprang er auf die Bremse. »Sudhana, da!« Er wies auf das Haus. »Zigaretten?«

Michael gab jedem der beiden eine amerikanische Zigarette, die in diesem Teil der Welt puren Luxus darstellten. Die beiden steckten sie sich sofort an, und Michael ging auf unsicheren Beinen auf das Haus zu. Die alten Zweifel? War er hier richtig? War es richtig, was er da tat? Jellie, schick mich nur nicht weg, alles, nur das nicht. Was immer hier vor sich geht, laß mich daran teilhaben.

Stirn und Augen einer alten Frau erschienen über dem Fensterbrett, verschwanden aber sofort wieder, als sie einen stattlichen weißen Mann auf sich zukommen sah. »Sudhana?« rief Michael. Nichts. »Jellie? Jellie, ich bin es, Michael.« Noch immer nichts. Dann öffnete sich die Tür einen Spalt, und die Alte spähte heraus. Sie sagte etwas, aber so schnell, daß er nichts verstand. »Jellie ... Jel-*leÿ*. Jellie ... Jel-*leÿ*.« Er sagte ihren Namen immer wieder, dann fügte er noch den Nachnamen an, den sie laut Dr. Dhavale angenommen haben könnte. Die Worte kamen ihm merkwürdig vor. »Jellie *Velayudum*. Jel-*leÿ Velayudum*.«

Die Frau schüttelte den Kopf; sie sprach rasch und krächzend und wies dabei auf das Haus. Großer Gott, es war doch hoffentlich nichts passiert, oder? Lag Jellie im Haus?
Der Fahrer stolzierte herüber zu Michael, der die Mauer zwischen zwei Kulturen zu überklettern versuchte. »Zigarette, Boß? Ich weiß, was die alte Frau sagt.« Wieder ein Bakschisch. Auf die Dauer ging einem das etwas auf die Nerven. Es waren ihm dabei weder das Geld noch die Glimmstengel wichtig, es war die verfluchte Arroganz, die ihn aufbrachte, die Erpressung.
Michael schenkte ihm eine halbe Schachtel Merits. »Sie sagen, Frau mit Namen Jel-*leÿ* ist in altes Jagdhotel in Mitte von See, heißen Lake Palace Hotel. Sie wollen hin?«
Michael nickte, und der Fahrer warf sich in seinen Jeep. Sie fuhren um den Berg herum und kamen wieder auf die Straße, die den Fluß entlangführte. Sieben Minuten später rumpelte der Jeep über eine Kuppe, und sie hatten in der Ferne, blau und still, den Periyar-See vor sich.
Am Aranya Nivas, einem Hotel, hundert Meter vom Ufer des Sees entfernt, ließ der Fahrer Michael aussteigen. Er wollte weitere Zigaretten, doch Michael sagte ihm, er solle sich zum Teufel scheren. Michael Tillman hatte diese aufgeblasenen jungen Kerle satt, egal, aus welchem Land sie kamen, und das erklärte er ihm auch. Er war zu passiv gewesen, viel zu sehr darauf bedacht, Jellie zu finden, um sich gegen derlei

Unfug zu wehren. Angesichts des Zorns auf Michaels Gesicht, zog der Fahrer sich zurück und manövrierte den Jeep rückwärts die Zufahrt zum Hotel hinaus. Michael ging hinein, schmutzig und müde. Die Frau an der Rezeption war perfekt gestylt, türkisfarbener Sari und ein Gesicht, hinter dem daheim in den Staaten sofort tausend Porschefahrer hergewesen wären. Sie war höflich und effizient; genau das, was ihm langsam, aber sicher gefehlt hatte. Er erkundigte sich nach dem Lake Palace. Sie sagte ihm, es handle sich um das ehemalige Jagdhaus eines Maharadschas mit nur sechs Gästezimmern, die von hier, vom Aranya Nivas aus, zu reservieren seien. Während sie das Buch durchblätterte, starrte Michael auf ein Foto an der Wand hinter ihr. Es war eine schon etwas verblaßte, aber nach wie vor wunderschöne Aufnahme eines Tigers, der an einem dunstigen Morgen aus dem Steppengras lief. Es war mit *Robert Kincaid* signiert.

Die Angestellte sagte, für die kommenden vier Nächte seien Zimmer frei. Danach sei es für eine ganze Woche ausgebucht. Drei europäische Mahlzeiten pro Tag seien im Preis enthalten.

Die große Frage. Er stellte sie. »Ich soll im Lake Palace eine Frau treffen. Ich frage mich, ob sie wohl schon da ist. Sie heißt Jellie ... Jeh-*leÿ*. Ich nehme an, sie hat sich unter dem Namen Velayudum eingetragen, obwohl sie auch unter Markham oder Braden abgestiegen sein könnte.« Es hörte sich alles ziemlich verdächtig an, nach Heimlichkeiten, aber er hatte sich nun einmal entschlossen, nichts unversucht zu lassen.

»Drei der Zimmer sind im Augenblick belegt.« Sie hob den Kopf. »Und Sie sagen, Sie wollen sich mit jemandem treffen?«

»Ja. Es war nur nicht ganz sicher, wann ich kommen würde.«

»Ich habe hier Gäste namens Velayudum. Zwei Leute sind unter dem Namen eingetragen.«

Michael taumelte. All die Monate, all die Meilen, all die Träume. Dreiundvierzig, und jetzt stand er da wie ein Idiot, weil Jellie unter einem indischen Namen abgestiegen war und das Zimmer mit jemandem teilte – höchstwahrscheinlich mit einem Mann namens Velayudum, den sie noch von ihrer Zeit in Indien her kannte. Jellie – was gibt es sonst noch, was ich nicht weiß?

Michael würde nie vergessen, wie allein er sich in diesem Augenblick gefühlt hatte, unglaublich allein und einsam und weggeworfen. Man mußte es ihm angesehen haben, da die Frau ihn fragte: »Sir, wollen Sie noch ein Zimmer im Lake Palace?«

Er konnte zurück nach Madurai, nach Madras fliegen und seinen Rückflug umbuchen lassen. Dann dachte er: Das ist doch nur deine törichte männliche Eitelkeit, Tillman. Du denkst einfach nicht klar, du hast Angst, was du da mitten auf dem See vorfinden könntest. Du wirst nirgendwo hinfahren. Du fährst zu diesem Hotel hinaus und bringst diese Geschichte – koste es, was es wolle – zu Ende.

»Tragen Sie mich bitte für eine Nacht ein. Das Hotel liegt auf einer Insel, ist das richtig?«
»Ja, wir nennen es eine Insel. Ein schmaler Streifen Sumpf verbindet sie mit dem Festland. Von der Anlegestelle sind es zwanzig Minuten mit dem Boot.«
»Mit welchem Boot, welcher Anlegeplatz?«
»Wenn Sie zur Tür hinausgehen, rechts und dann den Weg hinab. Sie sehen dort ein kleines Haus mit einem Schild, »Naturschutzgebiet Periyar«. Dort kaufen Sie Ihre Karte. Der Angestellte wird Ihnen das richtige Boot zeigen. Die Insel ist eines der größten Tigerreservate Indiens, und da Sie dort bleiben, müssen Sie außerdem Eintritt für das Reservat bezahlen. Wenn Sie eine Safari in den Dschungel mitmachen wollen, können Sie sich am Bootsschalter auch gleich einen Führer bestellen. Ohne Führer dürfen Sie den Grund des Hotels nicht verlassen, da es dort viele große Tiere gibt, so daß das zu gefährlich wäre.«
Als Michael sich zum Gehen wandte, fragte er: »Wurde das Foto hinter Ihnen hier aufgenommen?«
»Ja, auf der Insel, wo das Lake Palace liegt. Ich habe gehört, der Fotograf, der es gemacht hat, kam bis vor einigen Jahren oft hierher und stieg dabei immer im Lake Palace ab.«
Er lief den Weg zum Reservierungsbüro hinunter. Hunderte von indischen Touristen wimmelten auf dem Anlegesteg weiter unten; auf dem Wasser schaukelten mehrere Ausflugsdampfer. Michael reichte dem Wildhüter im Büro den Beleg über sein Zimmer. Er übergab ihm ein Ticket für das Boot und sagte,

Michael solle den Beleg des Hotels dem Steuermann der *Miss Lake Periyar* zeigen. Der würde ihn dann am Hotel absetzen.

Das reinste Chaos. Reisen war nie einfach in Indien, aber das hier war ein Problem für sich. Es gab drei Ausflugsdampfer, zwei von ihnen nahmen eben Ladung und Passagiere an Bord, der andere war bereits voller indischer Touristen. Zweihundert künftige Passagiere, Träger und deren Anhang drängten sich auf dem Steg. Das bereits beladene Boot hatte die *Miss Lake Periyar* auf der Steuerbordseite stehen.

Er kämpfte sich durch die Menge, ging an Bord und zeigte einem der Matrosen den Beleg des Hotels. Was diesen nicht weiter zu interessieren schien, aber er nickte und deutete Michael mit einer Kopfbewegung an, sich einen Platz zu suchen. Das alles beherrschende Gefühl einer Indienreise ist, nie genau zu wissen, was los war, und Michael hatte ernsthafte Zweifel daran, daß der Steuermann benachrichtigt und man ihn am Hotel absetzen würde.

Das Boot hatte zwei Decks, ein verglastes unten und ein offenes oben. Es gab keine Sitzplätze mehr, aber dafür um so mehr Geschrei, Gelächter und Rufe für jene, die auf dem Anlegesteg zurückgeblieben waren; es war infernalisch. Kinder rannten die Treppen zwischen den beiden Decks hinauf und hinunter; Leute stiegen noch einmal aus, um sich mit den Zurückbleibenden zu unterhalten, dann kamen sie wieder an Bord.

Der Matrose, mit dem Michael gesprochen hatte,

machte vernünftigerweise den Versuch, die Menge unter Kontrolle zu bekommen, scheiterte jedoch kläglich. Der Andrang war einfach zu groß. Wie, so überlegte Michael, wollten diese Leute vom Boot aus am Ufer Tiere sehen, falls das der Hauptgrund für die Rundfahrt war. Der Kahn würde sich anhören wie die übersetzende Armee eines Pharao.
Als sich die Maschine zu drehen begann, griff der Matrose schließlich hart durch und befahl den Leuten, sich auf ihre Plätze zu begeben und hocken zu bleiben. Michael blickte sich ein weiteres Mal um, aber sämtliche Sitze waren belegt. Schließlich ließ er sich auf der Treppe zum Oberdeck nieder, zusammen mit einem Jungen, der nur eine Stufe unter ihm saß. Der Junge verdrehte den Hals, um einen Blick auf Michael werfen zu können, während Michael auf das Wasser hinausstarrte.
Das Boot bewegte sich von der Anlegestelle weg und tuckerte langsam auf den riesigen schmalen See hinaus, ein Wasserreservoir, das sich über viele Meilen hinter dem Periyar-Damm erstreckte, den die Briten 1895 gebaut hatten. Aus kleinen Lautsprechern, die hier und da auf dem Schiff montiert waren, klangen Erklärungen, manchmal auf Englisch, manchmal in einer der vielen indischen Sprachen. Man sagte den Passagieren, es bestünde die Möglichkeit, daß sie verschiedene Tiere zu sehen bekämen, von Leoparden über Tiger und Elefanten bis hin zu Wildschweinen. Michael dachte, wenn sie überhaupt Tiere zu sehen bekämen, dann welche, die sich kugelten vor

Lachen beim Anblick der merkwürdigen Säuger in diesem alten grünen Kasten, der schon vor zwanzig Jahren abgesoffen sein müßte.
Es war mittlerweile später Nachmittag. Michaels Boot und die beiden, die hinterherfuhren, absolvierten die letzten Rundfahrten des Tages. Die Ufer säumte dichter Dschungel, den nur hin und wieder eine knapp zwanzig Meter breite Schlammschneise durchbrach, die ans Wasser führte. Michael stand einen Augenblick auf und sah einen hohen baumbestandenen Hügel, der aussah, als befinde er sich mitten auf ihrem Kurs.
Zehn Minuten später rüttelte der Matrose Michael am Knie und sagte: »Lake Palace.« Michael war so verkrampft, daß sein Atem stoßweise kam; man hätte meinen können, er hätte einen langen Sprint hinter sich, was wohl in gewissem Sinn auch zutraf. Michael Tillman kam an einem Dezembernachmittag über das von der Sonne erleuchtete Wasser Indiens, ängstlich angesichts dessen, was er wohl vorfinden würde.
Ein hölzerner Anlegesteg ragte etwa fünf Meter aus dem Ufer der Insel; dahinter sah er eine breite Steintreppe im dichten Wald verschwinden. Durch Lükken im Laub war ein langes rotes Schindeldach zu sehen, und auf dem Steg stand ein indischer Junge von vielleicht fünfzehn Jahren. Die Rezeptionistin vom Aranya Nivas hatte per Funk im Hotel Bescheid gesagt, daß mit der *Miss Lake Periyar* ein Gast kommen würde.
Der Steuermann brachte das Boot gekonnt längsseits

des Stegs, und Michael sprang von Bord. Der Junge deutete auf den Rucksack an Michaels Schulter, und Michael reichte ihn ihm. Sie machten sich an den langen Aufstieg hinauf zum Hotel, das etwa fünfzig Meter über ihnen thronte. Auf halbem Weg berührte Michael die Schulter des Jungen und machte ihm Zeichen, daß er einen Moment anhalten wolle.

Er setzte sich auf eine hölzerne Bank neben der Treppe, legte den Kopf in die Hände und dachte nach. Er versuchte sich vorzustellen, was ihn am Ende der Treppe erwarten würde, und überlegte, wie er, was auch immer es wäre, damit umgehen sollte. Der Junge stand geduldig da und spähte in den Dschungel.

Nach einer oder zwei Minuten stand Michael auf, und sie setzten ihren Weg fort. Oben angekommen, folgte er dem Jungen über einen Saum roten Lehms, den man rund um die Herberge aus dem Dschungel geschnitten hatte. Zu Michaels Rechter saß ein indisches Paar auf der Veranda vor ihrem Zimmer. Sie tranken Tee, hielten aber inne, um den Neuen zu beobachten, der über den Lehmgürtel und auf die Veranda zukam. Der Geschäftsführer erschien mit einem Zimmerschlüssel, musterte Michael und sagte, Abendessen werde um sieben serviert; zwanglose Kleidung, so fügte er hinzu, sei angebracht. Er fragte Michael, ob er etwas zu trinken wünsche. Michael bestellte zwei Bier, Kingfisher, und folgte dem Jungen die Veranda hinauf.

Das Zimmer war geräumig, hatte ein Doppelbett und

im Hintergrund ein abgetrenntes Bad; die Einrichtung bestand aus leicht ramponierten weißen Rattanmöbeln. Zwei große Fenster mit schweren hölzernen Läden, die im Augenblick geschlossen waren, führten auf die Veranda hinaus; über ihm drehte sich ein Deckenventilator. Auch ein kleineres Fenster im Bad war mit den gleichen schweren Läden versehen. Der Junge stellte Michaels Rucksack auf eines der Betten und huschte dann durchs Zimmer, um die Lampen anzuschalten. Michael gab ihm ein Trinkgeld, und schon war er verschwunden, freilich nicht, ohne die Tür hinter sich zu schließen.

Michael warf einen Blick auf seine Uhr. Noch drei Stunden bis zum Abendessen. Er duschte und zog sich frische Kleidung an, Khakihemd und Jeans; seine Stiefel tauschte er gegen die Sandalen aus. Dabei trank er sein Bier und wappnete sich für das, was da kommen mochte. Er war bereit, falls man überhaupt bereit sein konnte für das, was er zu finden erwartete. Da er keinerlei Ausrede dafür hatte, noch länger in seinem Zimmer herumzuliegen, ging er hinaus auf die Betonveranda, die nun leer war.

Jenseits des offenen Lehmgürtels, direkt vor dem Dschungel, umgab das gesamte Hotel ein Graben von vielleicht eineinhalb Metern Tiefe und einem Meter Breite. Michael war ziemlich sicher, daß er dazu diente, unzuverlässiges Getier mit gefletschten Zähnen und kurzen Beinen sowie schuppiges Kriechzeug mit flinken Zungen auf Distanz zu halten.

Das indische Paar, das er bei seiner Ankunft gesehen

hatte, stand am anderen Ende des Hotels auf der Kuppe eines Hügels, von dem aus es steil zum See hinabging. Durch ein Fernglas beobachteten sie etwas am anderen Ufer. Sie riefen den Jungen zu sich und fragten ihn etwas. »Wildschweine«, sagte er.
Vom Dach rankten sich Blüten in Farbtönen zwischen Violett und Blau. Weit entfernt hörte Michael ein lautes Trompeten. Er brauchte eine Weile, bis ihm klar wurde, daß es sich um einen Elefanten handelte. Er setzte sich an das Südende der Veranda, steckte sich eine Zigarette an und machte sich an sein zweites Bier. Er fühlte sich wie ein Krieger kurz vor der Schlacht.
Hinter sich, auf dem nördlichen Abschnitt der Veranda, hörte er, wie sich eine Tür öffnete, und schließlich Stimmen, eine davon Jellies, wie er meinte. Die Adrenalinwelle, die ihm durch die Adern schoß, war gewaltiger und rasender als alles, was er seit seinen Tagen als Basketballspieler erlebt hatte. Der Krieger war gekommen, um um seine Frau zu kämpfen. Sein Körper wappnete sich.
Der Augenblick war da. *Jetzt*, Tillman, jetzt. Bring es hinter dich, regle deine Angelegenheiten, gleich hier im Dschungel. Wo sonst haben Männer ihre Angelegenheiten seit Urzeiten geregelt? Er drehte sich um und sah eine junge Inderin, fünfzehn, sechzehn Jahre alt, in der offenen Tür stehen. Ihr schwarzes Haar war zu einem langen Zopf geflochten; der Sari, den sie trug, war von einem satten Orangeton, an den Armen und an einem der Fußgelenke hatte sie

Reifen, dazu silberne Zehenringe und strohfarbene Sandalen.
Hinter ihr trat Jellie Markham/Braden/Velayudum oder wer immer sie an diesem Tag sein mochte, aus der Tür und warf einen Blick über den Lehmsaum auf den Dschungel. »Ein wunderschöner Abend, Jaya«, hörte Michael sie sagen.
Die junge Frau antwortete: »Ja. Und das ist der schönste Ort, den ich in meinem ganzen Leben gesehen habe. Die Bergluft ist so sauber und kühl nach der Hitze unten auf der Ebene. Ich habe mich immer gefreut auf unsere Zeit hier oben.«
Jellie blickte die Veranda entlang, ihre grauen Augen schweiften über die Szenerie, streiften beiläufig einen Mann, der allein an einem der Tische saß. Die junge Frau wollte eben etwas sagen, als sie Jellies Gesicht sah und ihrem Blick folgte. Beide starrten einen Augenblick in dieselbe Richtung, dann hing der Blick der jungen Frau wieder an Jellies Gesicht; Jellie jedoch nahm ihre Augen nicht einen Moment von Michael Tillman. Er wartete darauf, einen Mann namens Velayudum aus der Tür treten zu sehen, der Jellie einen Arm um die Schultern legte, aber es kam niemand.
Jellie stand wie versteinert. Michael erwiderte ihren Blick. Sie trug die traditionelle Kleidung der Inderin, *salwar kameese* genannt – eine lange Tunika und eine weite Hose, deren Beine knapp über den weißen Sandalen gerafft waren, das Ganze im zartesten Lavendelton, den man sich nur vorstellen konnte. Um den

Hals trug sie ein rotes Tuch, dessen Enden ihr über die Schultern auf den Rücken hingen. Wie die junge Frau trug sic dazu einen Reifen am Knöchel und Ringe an den Zehen. Ihr Haar leuchtete im Zwielicht der Veranda; sie trug es lang und offen und an der Seite gescheitelt – wie zu Hause in Cedar Bend, wo sie es zuweilen unter einer Tweedmütze versteckte.

Cedar Bend? Wo, zum Teufel, lag das? Gab es diesen Ort überhaupt noch, hatte er überhaupt jemals existiert? Vielleicht... vielleicht irgendwo in einer anderen Zeit, irgendwo weit, weit hinten die gewundene Kette von Leben, Liebe und Arbeit entlang, hatte es diesen Ort einmal gegeben. Daneben, ebenfalls vergessen, eine andere Welt aus der Vorzeit, Custer, Süd-Dakota, wo ein Junge sich bis spät in die Nacht hinein mit einem Basketball und einem alten englischen Motorrad beschäftigte, das ihn über die Straßen seines Lebens tragen sollte, bis schließlich eine Frau namens Jellie auf den Sozius gestiegen war.

Jellie nahm das Mädchen bei der Hand und kam auf ihn zu. Er stand auf, ohne etwas zu sagen, sein forschender Blick in den ihren versenkt, der ihm nicht eine Sekunde auswich. Sie ließ die Hand des Mädchens los, legte ihm die Arme um die Taille und den Kopf an seine Brust. Er berührte ihr Haar. Sie hob das Gesicht und küßte ihn.

Sie wandte sich zu dem Mädchen um. »Jaya, das ist Michael Tillman, der Mann, von dem ich dir erzählt habe.« Dann richtete sie ihre Augen wieder auf Michaels Gesicht; ihr Blick war völlig ruhig. »Michael, das ist meine Tochter, Jaya Velayudum.«

12

Dhiren Velayudum – Revolutionär, Angehöriger einer radikalen Separatistengruppe, die gegen alles und jeden kämpfte, der etwas mit der indischen Zentralregierung zu tun hatte. Und Jellie Markham, in der Mitte der sechziger Jahre jung und idealistisch und in Indien, um ihre Dissertation zu schreiben. Der Stoff, aus dem man Filme macht: bengalischer Revolutionsdichter lernt junge Amerikanerin voller Träume kennen. Im Grunde jedoch war Dhiren Velayudum ein Terrorist, und Jellie wurde seine Geliebte und Vertraute; auch wenn es in Liebesnächten und Tagen voll schwärmerischer Visionen einer großen, nicht aufzuhaltenden revolutionären Bewegung nicht nach Terrorismus aussah. Sie heiratete Dhiren in einer traditionellen indischen Zeremonie. Der Totentanz ihrer Eltern zu Hause in Syracuse war bis nach Indien zu hören.

Es lief nicht allzu gut für die Radikalen, und so folgten Monate der Flucht mit Dhiren, in denen sie sich in Städten und Dörfern verkrochen. Dann, eines Nachmittags auf einer hochgelegenen Straße in die Westghats, derselben Straße, die Michael Jahre später nehmen sollte, passierte es. Das Auto mit Dhiren und Jellie an Bord bewegte sich langsam um die Haarnadelkurven.

Auf einmal stieß Dhiren Jellie an und schrie, sie solle aussteigen und sich verstecken. Jaya in den Armen, sprang sie aus dem Wagen und verbarg sich hinter einigen umgestürzten Bäumen. Dhiren warf sich aus dem Auto und rannte, eine russische Neun-Millimeter in der Hand, auf den Wald gegenüber zu. Automatische Waffen begannen zu rattern, spuckten Kugeln in den Staub; ein Tier mit hundert Klauen schien ihm zu folgen, kam näher, kroch ihm die Beine hinauf und dann über den ganzen Körper. Dhiren drehte sich um die eigene Achse und taumelte in den Wald.

In dieser Nacht im Lake Palace saßen Jellie und Michael, nachdem Jaya zu Bett gegangen war, noch zwei Stunden auf der Veranda. Sie erzählte ihre Geschichte, alles, ohne auch nur das geringste auszulassen. Von ihren Gefühlen Dhiren gegenüber, ihren Erinnerungen an ihn. Wie sie nach Dhirens Tod ihr Baby über die nächtlichen Straßen Indiens getragen hatte; die ganze Nacht war sie gelaufen, um nach Thekkady zu gelangen, wo es einige Sympathisanten der Radikalen gab. Wie die indische Regierung sie bestrafte, indem man Jaya die Ausreise verweigerte,

so daß sie sie nicht mit in die Staaten nehmen konnte.
Sie erzählte ihm, daß Leonard Markham eigens nach Delhi gereist war, um sie abzuholen. »Laß uns nach Hause fliegen, Jellie. Wir werden Mittel und Wege finden, dein Baby nach Amerika zu holen.« Sie starrte in die Nacht hinaus. »Erstaunlich, was Eltern einem alles vergeben können.«
Jellie berichtete von den Jahren ihres vergeblichen Kampfes um ein Visum für Jaya; ihr Vater hatte ihr geholfen, indem er den Behörden von Washington bis Neu-Delhi Dampf zu machen versuchte. Aber Indien setzte eine undurchdringliche Maske des Schweigens auf, und nichts passierte.
Jellie saß da, die Knie an die Brust gezogen, die Arme um die Beine geschlungen, während sie sprach. »Hier in Indien kümmerte sich Chitra um alles. Ständig schrieb sie, es sei noch immer nicht möglich, von der Regierung die nötigen Papiere für Jaya zu bekommen. Ich versuchte zurückzufliegen, aber die indischen Behörden verweigerten mir ein Visum.
Kannst du dir meine Qualen vorstellen, Michael? Drei Jahre ging das so. Ich beantragte ein Visum nach dem anderen, und dann – ich könnte heute noch nicht sagen, warum – stellte man mir plötzlich eines aus. Ich nehme an, nach einer Weile war ich ihnen einfach nicht mehr wichtig genug.
Ich hätte meine amerikanische Staatsbürgerschaft aufgeben und vielleicht sogar die indische annehmen können, aber so weit war ich noch nicht, außerdem

bin ich mir nicht sicher, ob Indien mich überhaupt genommen hätte. Ich glaubte noch immer, Jaya aus dem Land schleusen zu können. Ich habe sogar daran gedacht, sie herauszuschmuggeln, aber egal, wem ich davon erzählte, alle meinten, ich riskierte, für Jahre in einem indischen Gefängnis zu verschwinden, so daß Jaya überhaupt keine Mutter mehr hätte.«
Michael nickte mit ernster Miene. Wenn etwas wichtig und Aufmerksamkeit gefragt war, dann war Michael Tillman ein Weltklassezuhörer. Und jetzt hörte er sich an, was Jellie Braden zu sagen hatte. Er kniff die Augen zusammen und rieb sie dann mit den Handballen, als er Dinge zu verstehen versuchte, mit denen er nicht gerechnet hatte. Langsam und schmerzlich begann es ihm zu dämmern: Er hatte Jellie unterschätzt. Sie war nicht nur einfach die hübsche und gescheite Frau eines Kollegen. Statt dessen hatte sie ein Leben gelebt, das er sich in seinen kühnsten Träumen nicht hätte ausmalen können. Sie war weitaus erwachsener, als ihm klar gewesen war, weitaus reifer und weltklüger, als er es je sein würde. Sie sprach von einer anderen Jellie, einer, die bereits vor ihm gelebt hatte, eine, die er nie verstehen, nie kennenlernen würde, egal, wie sehr er über all das nachdachte. Großer Gott, Maschinenpistolen und Bergstraßen, ein Mann, der ihr im Strudel von Flucht und revolutionärer Doktrin ein Kind geschenkt hatte. Sie hatte mit diesem Mann gelacht und geweint, ihn wild und bedingungslos geliebt, sie hatte sein Baby getragen, während sie mit ihm floh. Er verspürte eine

merkwürdige Mischung aus Traurigkeit für sie und Neid auf Dhiren Velayudum, der in ihr gewesen war, wie Michael Tillman es nie im Leben würde sein können. Was für ein verdammt dummer Witz, dachte er. Wie falsch waren alle seine Spekulationen über sich und Jellie gewesen. Seine Vorstellung davon, wie Jellie ihn sah ... Da hatte er nun ein ganzes Jahr lang Michael Tillman an Jellie Braden gemessen, anstatt an einem Mann mit der Macht und dem Geist eines Dhiren Velayudum; an einem Mann, der genau die richtige Zeitspanne gelebt hatte und genau im richtigen Augenblick gestorben war, um in der Erinnerung von Jellie Braden ein überlebensgroßes Bild zu hinterlassen. Ein Bild, das nie wieder seinesgleichen finden würde, weil es nie durch die Plackerei einer gewöhnlichen Alltagsexistenz geschmälert worden war. Michael atmete lang und tief aus, während Jellie wieder zu Atem kam und fortfuhr.

»Aus Jaya war inzwischen ein kleines indisches Mädchen geworden. Ich kam zu dem Schluß, da es vielleicht das beste wäre, sie als Inderin aufwachsen zu lassen. Mir schien ja nichts anderes übrig zu bleiben. Also traf ich die Entscheidung: Jaya würde weiterhin bei den Sudhanas bleiben, bis sie alt genug für ein Internat wäre, und ich würde sie so oft wie nur möglich besuchen.

Ich schickte den Sudhanas Geld und quälte mich all die Jahre mit dem Gedanken, nicht hier sein und sehen zu können, wie mein kleines Mädchen groß wurde. Und trotz allem, ich weiß nicht, ob es besser hätte kommen können. Jaya ist eine großartige junge Frau. Aber ich habe sie jedes Jahr besucht, und wir kamen immer eine Weile hier ins Lake Palace. So hat sie ihre richtige Mutter wenigstens ganz gut kennenlernen können, obwohl wir beide wohl eher wie Schwestern als Mutter und Tochter sind. Ich habe immer den größten Teil meines Einkommens aus den diversen Jobs gespart, und alles ging nach Indien an die Sudhanas und an Jaya. Mit sechs kam sie in ein Internat, das sie noch immer besucht.

Als ich Jimmy Braden kennengelernt und geheiratet habe, sagte ich ihm nur, daß ich mit einem Inder zusammen gewesen wäre, der nicht mehr lebe, und daß ich noch immer viele Freunde hier in Indien hätte, die finanzielle Hilfe bräuchten. Die Lüge lag in dem, was ich ihm nicht gesagt habe. Ich erklärte ihm, ich würde jedes Jahr zu Besuch herfliegen, aber allein. Ich glaube, Jimmy hätte sich mit allem einverstanden erklärt, solange ich ihn nur heiratete – ich weiß, das hört sich schrecklich an, aber es ist wahr –, und so meinte er, es sei kein Problem. Er hat sich nie über meine Indienreisen beschwert, ebensowenig, wie er danach gefragt hat, was ich hier mache. Wie gesagt, Jimmy hat seine Qualitäten.«

Michael stand auf, trat hinter sie, legte die Arme um sie und küßte ihr Haar. Jellie Braden starrte in die Nacht hinaus. Vielleicht fünfzig Meter vor dem Haus kam polternd etwas Großes durch den Dschungel.

Jellie erhob sich und sah zu ihm auf. Sie legte ihre Hände auf sein Gesicht. »Michael, Dhiren hatte viel

Ähnlichkeit mit dir, in gewisser Hinsicht, aber ich möchte nicht, daß du denkst, du wärst nur eine Art später Ersatz für ihn. Das stimmt überhaupt nicht, und du mußt mir einfach glauben, wenn ich dir das sage.«

Er lächelte. »Ich glaube dir, Jellie«, sagte er, obwohl er nicht ganz so sicher war, wie er sich anhörte.

»Diesmal bin ich nach Indien gekommen, weil ich Zeit brauchte und mit Jaya über dich sprechen wollte. Ich wollte mir über meine Gefühle klar werden. Außerdem sollte sie mich verstehen. Als du mich heute abend gefunden hast, Michael, war ich so gut wie auf dem Heimweg. Auf dem Heimweg zurück zu dir, Michael.«

In seinem Zimmer legte er sie aufs Bett und küßte jeden Zentimeter ihrer warmen, erhitzten Haut. Später kam ein schweres Kratzen von der Tür, und sie spürten, daß sich etwas Großes und Schweres über die Veranda bewegte. Michael setzte sich auf.

»Was, zum Teufel, ist das? Hört sich an wie ein Bär.«

»Wird wohl auch einer sein. Ich habe ihn heute nacht schon mal gehört.«

»In den Black Hills hatten wir eine ganze Menge Bären. Die machten auch so einen Krach. Ich habe Obst im Rucksack, das riecht er wahrscheinlich. Der geht nach einer Weile wieder.«

Der Bär verschwand tatsächlich, dafür erklang das Tick-Tick-Tick geschwinder kleiner Füße auf den Dachziegeln. Michael und Jellie lagen nebeneinander im Dunkel. »Hört sich an, als wäre mal wieder ganz Indien unterwegs«, flüsterte er in ihr Ohr.

Eine Stunde vor Tagesanbruch kehrte Jellie in ihr Zimmer zurück. Michael lag wach auf dem Bett und dachte über all das nach, worüber sie gesprochen hatten. Kurz vor der Dämmerung zog er sich an und ging hinaus in den schweren, triefenden Dunst, der die Herberge umhüllte, offene Flächen undurchdringlich erscheinen ließ und den Dschungel in kaum auszumachende, bedrohliche Silhouetten in grauer Tarnkleidung verwandelte. Am anderen Ufer – hier, wo die Insel den See teilte, war es nur hundert Meter weit entfernt – schrie ein Affe, und es hörte sich sehr einsam an. Der klassische Dschungelschrei aus alten Tarzan-Filmen. Dann wieder Elefanten, jetzt näher als zuvor. Der Affe kreischte noch einmal, einige andere schlossen sich ihm an, dazwischen die vereinzelten Schreie erwachender Vögel.

Seine kleine Taschenlampe führte ihn die steinerne Treppe hinab ans Wasser. Warum er das machte, hätte er nicht sagen können. Es hatte etwas mit seiner Liebe zu Jellie und dem Wissen zu tun, welchen Platz er in ihrem Leben hatte: eine kleine frühmorgendliche Feier ganz für sich allein; eine kurze Andacht, um seine Ansichten über sie im Lichte dessen zu revidieren, was sie ihm über ihre frühen Jahre in Indien erzählt hatte. Er setzte sich auf einen der Pfähle des Stegs, von dem aus er die andere Seite des Sees und ein Stück des Ufers zu seiner Rechten sah. Dort saß er und wartete, lauschte auf die Geräusche über dem

Schmatzen der kleinen Wellen. Das erste Licht kam und brachte den Nebel zum Leuchten.
Er starrte in die Leere, ohne etwas Spezielles wahrzunehmen, und dachte an Jellie und Jaya, die in der Herberge schliefen. Der Nebel wallte in einer frühen Brise und begann sich in gelblichen Dunst zu verwandeln, als die Sonne durch einen Spalt in den Hügeln im Osten spähte.
Der Tiger sah Michael, bevor Michael ihn sah. Die Wildkatze befand sich etwa dreißig Meter weiter am Ufer; Wasser tropfte ihr von der Schnauze, als sie nach dem Saufen im See den Kopf wieder hob. Reglos stand das Tier da, den großen Kopf in Michaels Richtung gewandt, sein Körper noch immer im rechten Winkel zum See. Eine lange rote Zunge wischte die Tropfen vom weißen Kinn.
Sein Plan? Welcher Plan? Blöd, Tillman, saublöd, dachte Michael. Die Herberge befand sich eine Dreiviertelminute entfernt, wenn er die groben Stufen hinaufsprintete, noch weiter war sie weg, wenn er den Weg durch den Dschungel nahm. Ein Bengaltiger in vollem Lauf schaffte hundert Meter in vier Sekunden. Falls der Tiger ihn haben wollte, könnte Michael nicht das geringste dagegen tun. Weglaufen wäre zwecklos. Und kläglich.
Aus irgendeinem Grund jedoch machte Michael sich keine Sorgen. Wenn er daran zurückdachte, hätte er nicht sagen können, warum. Es war einfach so. Im Gegenteil, er dachte daran, daß jeder begeisterte Tierbeobachter auf Lebenszeit sein Schmetterlings-

netz aufgegeben hätte für eine Erfahrung wie diese. Langsam, aber sicher hatte Michael seine Freude daran, den Blick des Tigers zu erwidern, Freude an der schlichten Tatsache seiner Existenz, Freude am Wissen, daß Eigentumswohnungen und Supermärkte noch nicht alles Starke und Wilde ausgemerzt hatten. Der Gedanke, daß es noch Kreaturen gab, die durch Gräben krochen, die in der Dunkelheit gegen Fensterläden bummerten oder einen von einem dunstigen Ufer aus anstarrten, hatte etwas Wohltuendes, Erfrischendes. Und daß sie nicht das geringste Interesse an seinen vergänglichen Freuden und Kümmernissen hatten. Daß sie jederzeit in den Dschungel zurückkehren konnten, wenn sie wollten.

Der Tiger senkte den Kopf, schlabberte etwas Wasser und sah dann wieder zu Michael herüber. Schließlich schlurfte er in entgegengesetzter Richtung das Ufer hinauf. Fünfzig Meter weit entfernt drehte er sich noch einmal um und starrte Michael wieder an. Nach hundert Metern wandte sich die große Katze nach links in den Dschungel. Die Sonne zog die Flagge hoch, unerbittlich und strahlend, der Nebel lichtete sich.

»Guten Morgen, Michael.«

Es waren Jellie und Jaya, beide mit einer Tasse Tee für sich selbst und einem großen Becher Kaffee für den Tigerfachmann. Michael erzählte nichts von dem Tier, er dachte, sie wären dann nur enttäuscht, es verpaßt zu haben; er wollte ihnen den erstklassigen Sonnenaufgang nicht verderben. Als er ihnen später

davon berichtete, waren sie sowohl enttäuscht als auch froh – enttäuscht, den Tiger verpaßt zu haben, und froh, nicht dabei gewesen zu sein.
»Michael« – ihre grauen Augen waren voller Liebe –, »wir haben noch gar nicht über Reisepläne gesprochen. Jaya und ich haben noch für drei weitere Tage gebucht. Kannst du bleiben?«
Bleiben? Er hätte sich mit dem Bengaltiger um das Privileg gerauft! »Jellie, ich habe bis Mitte Januar frei. Mein Rückflug ist für den zwölften reserviert. Wie sieht denn euer Programm aus, wie man in Indien so schön sagt?« Jaya lächelte.
»Tja ...« Jellie zögerte etwas. Er spürte, daß es um Geld ging.
»Ich mache euch einen Vorschlag. Ihr habt hier einen Kerl vor euch, der in einer billigen Wohnung haust, ein dreißig Jahre altes Motorrad und einen fünfzehn Jahre alten Dodge fährt und dabei ganz passabel verdient. Wenn euch beiden danach ist, dann laßt uns doch reisen. Wir fahren hin, wohin ihr wollt. Wir können mit dem Kanalboot die Flußmündungen an der Küste Keralas hinauffahren, uns oben in Goa auf die faule Haut legen, dann den Dampfer nach Bombay nehmen und im Hotel Taj absteigen. Ich bezahle.«
»Das wird ganz schön teuer.« Sie beugte sich über ihn und gab ihm einen Guten-Morgen-Kuß.
Er flüsterte: »Das können wir dann zu Hause in Cedar Bend im Schlafzimmer besprechen.«
Sie verdrehte die Augen. »Womit mein neuer Beruf ja

wohl klar wäre.« Dann lachte sie, und Jaya fiel ein, obwohl sie nicht so recht zu wissen schien, warum. Aber Michael glaubte es zu wissen: Sie lachte, weil ihre Mutter lachte, weil ihre Mutter glücklich war und einen Mann liebte und keine Angst hatte, es ihr zu zeigen. Nach einer Weile würde sie wohl dahinterkommen.

Schließlich machten sie genau das: sie reisten. Sie blieben noch drei Nächte im Lake Palace, dann ging es nach Kerala, um die berühmten chinesischen Fischernetze zu sehen. Sie stiegen im Malabar ab, wo sie im Pool schwammen und sich an der Bucht auf weißem Leinen nächtliche Soupers servieren ließen. Sie fuhren nach Goa, faulenzten am Strand, nahmen den Dampfer nach Bombay, wo sie für fünf Tage im Taj abstiegen. Dann flogen sie nach Jaipur, um sich die Rosa Stadt anzusehen, und unternahmen eine Kamelsafari in die Wüste von Rajasthan.

Am 5. Januar setzten sie Jaya in ein Flugzeug nach Cochin, denn sie mußte wieder zur Schule, und Jellie und Michael hatten noch eine Woche für sich. Diese verbrachten sie in Pondicherry, wo sie in Maigrits Hotel abstiegen (»Ah, Monsieur, wie ich sehe, haben Sie sie gefunden. Wenn ich in aller Höflichkeit bemerken darf, sie war die Suche wert.«) und in den kleinen Restaurants der Stadt zu Abend aßen. Eines Nachmittags wanderten sie den Strand besonders weit hinauf und liebten sich im Sand; dann schwammen sie nackt im warmen Golf von Bengalen und liebten sich noch einmal im Wasser. Und natürlich

hielt Michael die versprochenen Vorträge, um seine Schuld gegenüber Dr. Ramani zu begleichen.
Jellie war gerührt, daß Michael für den 12. Januar gebucht hatte. Das hieß, daß er bereit gewesen wäre, über sieben Wochen lang nach ihr zu suchen. Er bestätigte es ihr, und es war ihm ernst damit: »Wenn ich dich nach der sechsten Woche nicht gefunden hätte, ich hätte zu Hause angerufen, um zu sagen, sie sollen sich nach einem Ersatz für das Frühjahrssemester umsehen. Ich war – und ich meine das ganz im Ernst, Jellie – absolut bereit, so lange aus meinem Rucksack zu leben, bis ich dich gefunden hätte, egal, wie lange es gedauert hätte.«
Am 12. Januar flogen sie mit British Airways nach Heathrow, lasen, lachten und hielten Händchen. Mitunter waren sie aber auch ernst und bereiteten sich darauf vor, Jimmy das alles beizubringen.
Zwischen London und Chicago, irgendwo über dem grönländischen Packeis, legte Jellie den Kopf an Michaels Schulter. Er sah ihr in die grauen Augen und fand sie nachdenklich.
»Was ist, Jellie?«
»Ich habe nur vor mich hingeträumt. Die Leute haben Dhiren einmal den ›Morgentiger‹ genannt.«
Dann schlief sie, an ihn gelehnt, ein. Er zog sachte sein Notizbuch aus der Tasche und schrieb: »Der Morgentiger wird ewig leben.«

13

James Lee Braden III. war ein Vernunftmensch mittlerer Qualität. Was nicht empirisch zu beweisen war, das existierte nicht. Eine Ausnahme war Gott, der Immunität gegenüber rationalistischen Inspektionen genoß und sonntags bei den Presbyterianern abgehandelt wurde. Ein Schlüssel drehte sich im Schloß, das Schloß klickte, und Jimmy hob den Kopf aus John Maynard Keynes' Autobiographie, die er gerade las. Seine Frau kam herein, hinter ihr Michael Tillman.

Diesmal heulte Jimmy nicht. Und so überrascht war er nun auch wieder nicht. Die Parallelität der Ereignisse – das Verschwinden Jellies und Michaels Abreise einige Tage danach. Schaukeln im Park, die Frau eines Kollegen, die Jellie und Michael zusammen aus dem Ramada hatte kommen sehen, Spekulationen im Büro. Dinge, denen er zunächst keine Beachtung geschenkt hatte, an die er sich später, als die Zeit reif war, aber sehr wohl erinnerte – unvollständige Informationen, keine harten Fakten, aber nichtsdestoweniger Informationen, sprich: Daten. Induktion und vorläufiger Schluß: Vielleicht waren Jellie Braden und Michael Tillman mehr als nur Freunde.

An einem Januarabend 1982 verlor dieser Schluß seinen Vorläufigkeitscharakter. Jimmy sagte, er verstehe, daß Jellie und Michael sich voneinander angezogen fühlten. Seine Hauptsorge, so sagte er, sei, »wie es nun weitergehen soll«. Er schien fast erleichtert; er sorgte sich mehr um die Form als um die Substanz.

Jellie war in diesen Augenblicken weit weniger rational und auf Form bedacht als ihr Gatte. Sie war elf Jahre mit Jimmy Braden verheiratet gewesen, und das war nicht einfach vom Tisch zu fegen. Sie war ganz aufgelöst, als sie Jimmy sagte, wie leid ihr das alles tue und daß ihr Verhalten nicht richtig gewesen sei. »Unsere Entscheidung war damals sicher richtig, aber Menschen verändern sich nun mal. Es hat doch keinen Sinn, mit Entscheidungen von Menschen zu leben, die man seit elf Jahren nicht mehr kennt.«

Jellie sammelte sich und ihre Siebensachen zusammen und zog bei Michael ein. Sie strichen seine alte Wohnung und machten daraus nach und nach etwas, womit sie beide leben konnten. Die Shadow blieb im Wohnzimmer. Sie war weder Gegenstand für Debatten noch für Kompromisse. Jellie machte den Vorschlag, ein Tuch auszulegen, um den schönen Ei-

chenboden vor den schmierigen Werkzeugen zu schützen. Michael meinte lächelnd, das sei ein großes Zugeständnis, erklärte sich jedoch damit einverstanden.
Er stürzte sich in sein Lehramt und arbeitete sich durch die Brandung aus Seitenblicken und Tratsch, der schließlich seinen Platz in der Legende der Universität finden sollte. Jellie nahm wieder ihren Mädchennamen an, machte ihren Magister und wurde zum Doktorandenstudium bei den Anthropologen zugelassen. Und Jimmy? Der ging. Arthur Wilcox fand für ihn eine Stelle als stellvertretender Dekan an einer Privatschule im Nordosten, nicht weit von Jimmys Eltern entfernt. Und so waren alle zufrieden.
Nun, nicht alle. Eleanor Markham war entsetzt und sollte in Michael zeitlebens den gesellschaftlichen Außenseiter sehen, der eine Ehe zerstört hatte. Besonders entsetzten sie seine Reisegepflogenheiten, und zufällig sah sie eines Nachmittags aus dem Fenster ihres Hauses in Syracuse, als die Black Shadow die Auffahrt hinaufgerollt kam. Damit war die Maschine nicht länger ein amüsantes Abstraktum im Wohnzimmer eines wahnsinnigen Professors. Sie war Realität, und hinter dem Wahnsinnigen saß ihre vierundvierzigjährige Tochter. Wahrscheinlich waren es Jellies Lederjacke, die Stiefel und die verspiegelte Sonnenbrille, die ihr wirklich aufstießen. Sie blickte auf ein langes Leben zurück und hatte sich Besseres erhofft.
Michael und Jellies Vater flüchteten an die Forellen-

bäche. Leonard Markham hatte für nichts und niemanden ein hartes Wort, und Jimmy erwähnte er in Michaels Gegenwart nur ein einziges Mal. Es gelang ihm nach einigen eleganten Rutenschlägen eine »Royal Coachman« zu plazieren. Vorbildlich sanft landete die Fliege unterhalb eines großen Felsens, wo das Wasser einen Strudel bildete. Er sog paffend an seiner Pfeife, ließ die Fliege zucken und sagte: »Jim Braden hatte Angst vor dem Wasser. Können Sie sich das vorstellen, Michael?« Michael erwiderte nichts. Leonard ließ die Fliege ein weiteres Mal zukken. Eine Bachforelle stand daneben, überlegte es sich jedoch noch mal anders und ließ den Köder in Ruhe, genau so, wie Leonard Markham das Thema Jimmy Braden ruhen ließ und nie wieder darauf zurückkam.

Einmal im Jahr reisten Jellie und Michael nach Indien. 1984 brachten sie Jaya mit zurück, um sie ihren Großeltern vorzustellen. Anschließend besuchten die drei Michaels Mutter, die inzwischen in einem Pflegeheim in Rapid City lebte. Sie war alt und herzlich schwach auf den Beinen, bekam jedoch immer noch das meiste um sie herum mit. Ruth Tillman nahm Jayas Hand und hielt sie lange in der ihren; dabei lächelte sie. Es war das Beste, was Michael in Sachen Enkelkinder zuwege gebracht hatte, und aus irgendeinem unerfindlichen Grund war es Ruth Tillman genug.

Und so ging es weiter. Keine ungetrübte Idylle, aber zuweilen, ja meistens, durchaus zum Aushalten. Michael Tillman war ein Einzelgänger; er hatte etwas von einem Einsiedler, das war immer so gewesen und würde immer so sein. Immer wieder ließ er Jellie allein, manchmal floh er auf der Shadow, manchmal nur in Gedanken. Und Jellie nahm es ihm übel.

»Menschen sind keine Motorräder, Michael. Da kannst du nicht einfach die Kette abnehmen und sie über den Stuhl hängen, bis du mal Zeit dazu hast.«

Er grinste sie an. »Du hast recht. Du hast in diesen Angelegenheiten immer recht. Frauen wissen Dinge, die Männer nicht wissen, wenn es um die Schnittstellen zwischen den Geschlechtern geht... Großer Gott, wenn das kein Psychogeschwätz ist... die Schnittstellen zwischen den Geschlechtern. Eh du dich's versiehst, werde ich zu einem ›zwischengeschlechtlichen Versöhnungsfaktor‹. Das habe ich neulich in einer Zeitschrift gelesen. Da draußen gibt es berufliche Möglichkeiten, die ich mir noch nicht mal hätte träumen lassen.«

Sie verdrehte die Augen und verschränkte die Arme. »Ich glaube nicht, daß dich die Versöhnung der Geschlechter auch nur im mindesten interessiert, weder hier noch sonstwo.«

»Womit du gleich noch mal recht hättest, größtenteils, was das ›Hier‹ anbelangt. Ich bin in gewisser Hinsicht ein unverbesserlicher Kerl aus der guten, alten Zeit. Nadia Koslowski hat einiges geleistet, mich zu zähmen, aber sie ist gegangen, noch bevor sie fertig war. Du hast weitergemacht, wo Nadia aufgehört hat, und schon festgestellt, daß ich auf diesem Gebiet nur bedingt erziehungsfähig bin. Ich bin an einer friedlichen Koexistenz interessiert, aber ich begeistere mich nun mal auch für meine Arbeit, fürs Angeln und für meine Ausflüge auf Schatten, zweirädrigen wie anderen. Meine Interessen verändern sich. Meine Umlaufbahn ist oval wie die des Merkurs. Ich gebe mir alle Mühe, mich zu bessern, ehrlich. Aber viel besser werde ich wahrscheinlich nicht mehr. Und ich bin mir nicht sicher, ob du überhaupt willst, daß ich mich derart verändere. Schließlich könnte es dir passieren, daß du plötzlich mit einem schlappen Softie dastehst, an dem dir nicht das geringste mehr liegt.«

»Michael, manchmal denke ich, ich sollte dich in Kunstharz eingießen, um dich genau so zu erhalten, wie du in solchen Augenblicken bist. Wir könnten dich dann ins Museum stellen – mit einem Schild um den Hals: *Homo hoffnungslosus.* Damit dich künftige, aufgeklärtere Generationen anstarren können. Carolyn hatte ganz recht, als sie dich unverbesserlich nannte.«

Er hob die Hände zum Zeichen der Kapitulation. »Hol's der Teufel, ich bekenne mich schuldig im Sinne der Anklage. Ich habe gelernt, daß man sich leichter tut, wenn man sich immer und überall schuldig bekennt. Man erspart sich eine Menge Streitereien. Und obwohl ich dein Vertrauen in die Weisheit künftiger Generationen nicht teile, der Gedanke mit dem Museum gefällt mir irgendwie. Aber sieh bitte

zu, daß ich auf der Shadow sitze, eine Angelrute in der Hand. Und vergiß nicht, an Dhiren zu denken und wie glücklich du mit ihm warst. Und wie unglücklich mit Jimmy Braden. Du hast mir mal gesagt, Jimmy sei so nachgiebig und ambivalent, daß es dich schier verrückt macht. Du bist in vieler Hinsicht eine starke Frau, Jellie Markham, aber du hast deine Männer nun mal lieber ein bißchen wild und ungezähmt. Trotzdem möchte ich – und das in vollem Bewußtsein meiner Unzulänglichkeiten und allgemeinen Unwürdigkeit – wie fast jede Woche auch diese meinen Heiratsantrag nicht versäumen.«
Sie scharrte mit ihrem Tennisschuh über den Boden und blickte hinab. In gewisser Hinsicht hatte er ja recht. Sie hatte noch keine Lösung gefunden, was Kompromisse anging. Die Männer, die ihr wirklich etwas bedeuteten, machten sie einerseits glücklich, andererseits jedoch auch wieder unglücklich. Den Blick noch immer auf ihren Schuh gerichtet, sagte sie: »Ich habe dir doch schon gesagt, daß mir zweimal verheiratet völlig genügt. Dreimal scheint mir ein bißchen zuviel.« Sie beruhigte sich wieder und lächelte ihn an. »Trotzdem: danke für den Antrag. Ich bin dir jedesmal wieder dankbar, wenn du fragst. Vielleicht überrasche ich dich ja eines Tages und sage ja.«
»Ich halte das Angebot aufrecht. Wie wär's mit zwei Fingerbreit Jack Daniels, einem Bad und der Art von Versöhnung, die wir so gut zu beherrschen scheinen?«

»Erst brauchen wir was zu essen. Du wirst ja immer so hungrig danach.«

Grinsend zog er sich seine Lederjacke über. »Ach, und du? Als Buße für meine vielen Sünden geh ich einkaufen. Hast du eine Liste?«

»Nein, du vielleicht?«

»Nein. Dann nehm ich eben Bier, Kartoffeln und was immer mir unterwegs noch einfällt.«

Eine Stunde später saßen sie zusammen in der kleinen Wanne, das heiße Wasser tief und schaumig. Er sagte ihr zum tausendsten Mal, daß sie die herrlichsten Brüste im Universum habe. Sie sah ihn über den Rand ihres Glases hinweg an und mußte lachen.

»Warum lachst du? Dein Busen ist eine ernste Angelegenheit.«

»Schon gut. Mir fiel nur eben deine Kunstharzplastik im Museum ein. Ich glaube, ich mach das, wenn du mal völlig betrunken bist und dich nicht wehren kannst.«

»Mir soll's recht sein. Du kannst ja Arthur Wilcox neben mich stellen – mit ein paar Blaupausen in der Hand.« Er lehnte sich zurück. »Wechseln wir das Thema. Erinnerst du dich an die hübsche Gegend in den Black Hills, den White Bear Canyon? Ich habe ihn dir mal gezeigt.«

»Ja.«

»Warum ziehen wir nicht da raus, wenn du deinen Doktor hast? Ich gebe mein Lehramt auf, laß mir meine Pension auszahlen und schreibe ein bißchen. Ganz in der Nähe gibt es ein kleines College – Spearfish State. Vielleicht könntest du da einen Job als Dozentin an Land ziehen, wenn es dir zusagt.«

»Schon möglich. Ich werd's mir später überlegen.«

Sie rutschte auf seinen Schoß, legte die Arme um seinen Hals. »Im Augenblick bin ich eher an einem Umzug ins Schlafzimmer interessiert.« Sie legte den Kopf zurück und schüttelte ihn. »Ach, Männer! Ihr seid alle so was von verrückt!«

Michael küßte sie lange und zärtlich auf den Mund. »Nicht alle ... nur die, die du liebst.«

1987 machte Jellie ihren Doktor. Man gestattete Michael, der Zeremonie in voller akademischer Festmontur beizuwohnen, obwohl die Robe und das sechseckige Barett, beides seit Jahren unbenutzt, zweimal durch die chemische Reinigung mußten, bevor sie präsentabel waren. Als Jellie auf die Bühne kam, um ihre Promotionsurkunde in Empfang zu nehmen, wäre er fast in Ohnmacht gefallen vor Stolz. Er wußte, wieviel es ihr bedeutete. Michael gab ihr zu Ehren eine kleine Party in der Wohnung und trank eine ganze Flasche Champagner, während er grinsend auf der Shadow saß und ihre grauen Augen betrachtete, als die Leute ihr gratulierten. Jellie Markham war wieder ein ganzer Mensch, wenigstens in beruflicher Hinsicht.

Später, als die Gäste davongestolpert waren, kam sie in Akademikerrobe und Doktorhut aus dem Bad. Michael saß noch immer auf der Shadow, barfuß, in T-Shirt und Jeans, eine Flasche Champagner auf dem

Tank. Er sagte: »Frau *Doktor* Markham, nehme ich an.«
Sie setzte ihr anzüglichstes Grinsen auf und schlug dann die Robe auseinander, um ihm zu zeigen, daß sie darunter nackt war. »Dr. Markham ist bereit, ihr Geschenk in Empfang zu nehmen, falls es Dr. Tillman angenehm ist.« Das war es in der Tat, und sie beendeten den Abend auf angemessene Weise.
1988 starb Michaels Mutter. Acht Monate später rief ein Makler an, der ihm sagte, er habe einen Käufer für das kleine Häuschen in Custer. Die Kurse begannen erst in einer Woche, und so startete Michael die Shadow und fuhr hinaus.
Es ging alles glatt, und er kehrte mit der Shadow zurück nach Cedar Bend. Er nahm dabei die Route über die Black Hills und hielt sich die ganze Strecke über auf Nebenstraßen. Ein Stück östlich des Missouri geriet er in einen schweren Regenschauer, aber da die Zeit knapp war, fuhr er weiter. Sein gelber Regenschutz flatterte im Wind. An der Grenze nach Iowa überraschte ihn schließlich die Nacht.
Er blickte auf seinen alten Freund hinab und tätschelte den Tank. Die Maschine war direkt mit dem Rahmen verschraubt, so daß die Vibrationen bis in die kleinste Zelle zu spüren waren. »Na dann, Alter, wollen wir ein bißchen aufdrehen. Mal sehen, was du noch drauf hast an deinem Vierunddreißigsten.« Die Shadow reagierte und lief wie eine schwarze Katze über den nassen Asphalt; in den Kurven wischte der Scheinwerfer über das Unterholz.

Es passierte in den Hügeln östlich von Sioux City. Der Sattelzug kam um eine nicht einzusehende Kurve und geriet auf die andere Spur. Michaels Brille war etwas beschlagen, und seine Sehkraft war nachts auch nicht mehr das, was sie mal war. Er blinzelte, dann kniff er die Augen zusammen. Der Lkw war zu schnell in den Händen eines schläfrigen Fahrers, der mit seinem Fahrzeug und einem Anhänger voller Traktorenteile vierzig Tonnen in Richtung Omaha donnern ließ. Der Mann war schlagartig hellwach, als der Truck ins Schleudern geriet, und gab sich alle Mühe, seinen Zug unter Kontrolle zu halten – und dann sah er den gelben Regenschutz gut dreißig Meter in genau der Richtung, in die seine Kühlerfigur zeigte.

Michael war von den Scheinwerfern geblendet, der Laster kam näher, und er sah nicht die geringste Möglichkeit, die Shadow flachzulegen und aus dem Weg zu rutschen. Aus irgendeinem Grund dachte er in diesem Augenblick an Jellie und den Tiger, dann riß er die Shadow von der Straße und raste mit hundert Sachen in die Bäume. Ein gelbes Etwas schoß zehn Meter tief in den Wald... dreißig Meter... fünfzig...

Michael lächelte, und einen wilden, vergänglichen Augenblick lang, der rasch zu einem Nichts zerrann, glaubte er, er würde es schaffen. Dann wurde das gelbe Etwas zu einem Schmetterling und verschwand.

Während der Phasen, in denen er bei Bewußtsein

war, hörte er das Summen der Maschinen, die ihn am Leben hielten. Ein schwaches, aber unablässiges Hintergrundgeräusch. Hin und wieder schaltete sich eine weitere Maschine zu, und das Geräusch wurde lauter. Es paßte ihm nicht, aber er konnte nichts dagegen tun.

Er war ziemlich übel zugerichtet. Die Ärzte redeten nicht lange herum: Beckenbruch, zwei gebrochene Arme, ein komplizierter Bruch an einem der Beine, innere Verletzungen. Er dachte, er würde sterben, wie übrigens auch die Ärzte, und so versuchte er sich schon mal damit abzufinden; er wollte durchhalten, bis Jellie käme, um sie noch ein letztes Mal zu sehen. Er konzentrierte sich auf Jellies Gesicht, stellte es sich vor, kühl und scharf, brachte sie dazu, für ihn zu lächeln, und so weilte er denn auch am nächsten Morgen noch unter den Lebenden.

Von der Aufnahme der Intensivstation direkt vor seinem Zimmer hörte er vage eine übernervöse Stimme. »Wo bitte liegt Michael Tillman, ich bin seine Frau.« Seine Frau – er hatte sie nie als seine Frau betrachtet.

Sie beugte sich über ihn. »Ach, Michael ... Michael. Ich bin so schnell gekommen, wie ich konnte. Michael, werde nur wieder gesund, ich werde mich um dich kümmern. Immer und ewig. Keine Angst, es wird alles gut.«

»Jellie, leg deine Hand auf mein Gesicht.« Er hatte einen Schlauch im Hals, konnte nur flüstern, und auch das nur heiser, aber sie hörte ihn und strich ihm über die Wange. Er spürte, daß ihm Tränen, große Tränen, aus den Augen liefen. Es war nicht Selbstmitleid ... nun ja, vielleicht doch ein wenig. Er fühlte ihre Hand auf seinem Gesicht, dachte, wie sehr er sie doch liebte und daß es nun aus sei mit ihren süßen und heiteren Liebesstunden; nie wieder würde er sie auf dem Sozius der Shadow mit hinaus an den Reihersee nehmen können; nie wieder würden sie auf der Veranda des Lake Palace sitzen und nach Tigern Ausschau halten, von denen er wußte, daß es sie gab, weil er an einem nebeligen Morgen, als die Welt sich in seine Richtung zu drehen begann, einen gesehen hatte.

Jellie weinte, versuchte es jedoch vor ihm zu verbergen. Tagelang war er immer wieder bewußtlos, aber schließlich entschlossen sich seine alten Knochen, ihm noch eine Chance zu geben. An einem verregneten Dienstag öffnete er blinzelnd die Augen. Sie saß an seinem Bett und blickte lächelnd zu ihm hinab. »Willkommen unter den Lebenden, Michael.«

Wenige Wochen später war Michael wieder auf den Beinen, wenn auch nur mit Jellies Hilfe; wie ein unbeholfener Schneemann sah er aus mit all dem Gips am Körper. Er war kein geduldiger Patient; während sein Körper noch nach Ruhe verlangte, rief sein Verstand schon nach Taten. Nachdem die diversen Gipsverbände entfernt waren, fand ihn Jellie, wenn sie von ihrem provisorischen Job an der Uni nach Hause kam, Liegestütze übend oder über seinen Schreib-

tisch gebeugt, um die Muskeln in seinen Armen wieder ans Tippen zu gewöhnen.
»Um Himmels willen, Michael, ich rackere mich ab, damit's dir wieder besser geht, und du hilfst aber auch kein bißchen dazu. Ich habe meine Kurse, ich muß einkaufen, und ich kümmere mich um dich, damit habe ich wirklich alle Hände voll zu tun. Da mußt du schon ein bißchen mithelfen und es langsam angehen, wie der Doktor gesagt hat. Und erspar mir deinen schlechtgelaunten Jungenblick, ich bin zu beschäftigt für solchen Unsinn.«
»Ich komme mir wie ein halber Mensch vor, das ist alles. Und stinkfaul. Hier den ganzen Tag rumzuliegen und bei der Versicherung abzukassieren.«
»Stell dir vor, du übst wieder den Sprungwurf, Michael. Investiere jetzt, ernte später.«
»Zu logisch, Schwester Jellie, zu logisch.«
»Du bist der Logiker, Michael, außer dann, wenn es um dich selbst geht.«
»Was mich zu einem absolut normalen Menschen macht, oder nicht? Und das ist das erste Mal, daß mir das passiert, und es schmeckt mir ganz und gar nicht.«
»Tja, ob es dir nun gefällt oder nicht. Ich gehe jedenfalls in die Bibliothek. Ich muß mich sechs Stunden auf den Statistikkurs vorbereiten.«
Sie zog den Mantel über und stapfte hinaus. Zwei Stunden später rief sie ihn von einem Münzfernsprecher der Bibliothek aus an. »Bist du in Ordnung?«
»Ja. Der kleine Junge ist nicht mehr schlecht gelaunt

und wird sich alle Mühe geben, daß das auch so bleibt. Das ganze Theater tut mir leid. Herrgottnochmal, ich hab mir das selbst eingebrockt, und jetzt lasse ich das Resultat meiner Dummheit an dir aus.«
»Michael, ich liebe dich, ehrlich. Aber es ist nicht immer leicht. Das verstehst du doch, oder?«
»Ja. Mußt du dich wirklich sechs Stunden auf deinen Kurs vorbereiten?«
»Nein. Ich mußte nur ein Weilchen aus dem Rehabilitierungszentrum an der Walnut Street ausbrechen. Ich denke, ich komme nach Hause und mache uns was zu essen.«
»Falsch. Ich werde sehen, ob sich eine Suppe oder dergleichen auftreiben läßt, und wenn du kommst, köchelt sie schon.«
Schließlich konnte Michael wieder tippen, Ideen formten sich, und der Bildschirm seines Computers leuchtete Abend für Abend. Nach drei Monaten ging er erstmals allein nach draußen, und einige Wochen später begann er wieder langsam zu joggen. Das Lachen kehrte zurück, und die beiden liebten sich wie früher.
Mit Michaels intensiver Art zu leben, war freilich nicht leicht. Jellie hatte das schon vor dem Unfall gewußt, und nach seiner Genesung war es schlimmer denn je. Sie ließ nicht einen Augenblick nach, diese Intensität, sie war unerbittlich, ein nie endendes Drängen an die Grenzen von Geist und Verstand; an Grenzen, die er sofort neu definierte, kaum daß er sie erreicht hatte, so daß sie zurückwichen und die Jagd

von neuem beginnen konnte. Michael jagte Grenzen, und Jellie half ihm, hinter den Dingen her zu sein, die er dabei verlor oder verlegte, weil seine Gedanken ständig woanders waren; nie paßte er auf, wo er seine Autoschlüssel oder seine Schecks oder die neueste Fassung eines Artikels hinlegte.
»Michael, du suchst einfach nicht richtig. Du wühlst den nächstbesten Stapel durch, schiebst auf dem Kühlschrank irgendwas von hier nach da, und das nennst du dann suchen. Und schließlich schreist du: ›Jellie, hast du dies oder jenes gesehen?‹«
»Ich gehe bei der Suche nach verlegten Gegenständen nach derselben Methode vor, wie man entlaufene Pferde sucht.« Er aß eben einen Apfel und hatte gerade wieder mal gejammert, daß er seinen Gehaltsscheck vom letzten Monat nicht finden könne, den er auf die Bank bringen wollte, sobald er seine Wagenschlüssel und die Handschuhe gefunden hätte.
»Wie sucht man denn ein entlaufenes Pferd?«
Er hielt den Apfel mit den Zähnen, während er auf dem Kühlschrank herumkramte, und sprach dabei ziemlich undeutlich an ihm vorbei. »Wenn man ein Pferd verloren hat, dann fängt man mit der Suche dort an, wo man es zuletzt gesehen hat.«
»Und was ist, wenn du dich nicht daran erinnern kannst, wo du das Pferd zuletzt gesehen hast? Dann würde dein System ja wohl nicht funktionieren, oder?«
»Alle meine Methoden haben ihre Fehler.« Er grinste, warf den angebissenen Apfel hinter seinem Rük-

ken über die Schulter und fing ihn mit der anderen Hand vorn wieder auf. »Nun hilf mir schon, den verdammten Scheck zu finden, Jellie, damit ich nach den verdammten Schlüsseln suchen und die verdammten Handschuhe finden kann. Bitte, Jellie. Du hast es hier mit einem zu tun, der eine Behinderung hat, wenn es ums Suchen geht. Alle Männer leiden daran; das ist nur einer der vielen Mängel im Y-Chromosom.«

Jellie arbeitete weiterhin als Dozentin mit befristetem Vertrag, und das Lehren machte ihr Spaß. Michael dagegen wurde von Tag zu Tag unglücklicher mit den Zwängen einer akademischen Bürokratie, die – wie er es sah – reiner Selbstzweck war: Sie arbeitete für ihr eigenes Überleben, weiter nichts. Jellie konnte das ignorieren und freute sich lieber an ihren Studenten und ihren eigenen Forschungsprojekten. Für sie war das alles neu; Michael ertrug es schon über zwei Jahrzehnte lang.

1990 zogen sie, nachdem sie es ein weiteres Mal diskutiert hatten, in den White Bear Canyon. Jellie hatte ihre Zweifel an diesem Schritt und knabberte daran, ihren Beruf den Eingebungen von Michael zu opfern. Aber er war nun mal unglücklich an der Universität, und es bestand die Möglichkeit, daß sie am Spearfish College eine Stelle bekam. Das Leben im Canyon war ruhig und angenehm, doch Jellie war rastlos. Michael arbeitete allein und hatte seine Freude daran; Jellie dagegen brauchte eine Institution, einen Ort, an dem sie unterrichten und ihrer konventionellen akademischen Forschungsarbeit nachgehen konnte.

Im Jahr darauf reiste Jellie allein nach Indien. Die Geburt von Jayas zweitem Kind erwies sich als schwierig, und Jaya brauchte danach noch jemanden, der ihr zur Hand ging. So blieb Jellie länger als geplant. Erst zwei Monate, dann drei. Indien begann wieder an ihr zu zupfen. Elsa Markhams Gene lockten sie in Richtungen, die weit entfernt waren vom White Bear Canyon und den Problemen im Zusammenleben mit einem schwierigen Mann. Ein französischer Architekt aus Auroville lud sie zum Essen ein. Er war attraktiv und ein echter Mann von Welt. Sie ging mit ihm ins Alliance Française, lehnte aber eine zweite Einladung ab. Es schien ihr Michael gegenüber nicht fair. Der Architekt rief weiterhin an. Er schickte Blumen, hängte ihr Nachrichten an die Tür.

Michael wußte nichts von dem Franzosen, machte sich jedoch Sorgen. Er rief an und fragte: »Wann kommst du denn nach Hause?« Seine Stimme war ernst.

»Ich weiß nicht«, sagte sie ebenso ausdruckslos wie unverbindlich.

»Die haben hier in Spearfish ab nächsten Herbst einen Job für dich. Sie haben vor zwei Tagen angerufen.«

»Ich weiß es im Augenblick nicht. Das ist alles, was ich sagen kann.«

Das Spearfish College gegen die Anregung eines

kosmopolitischen Lebens in Pondicherry. Abendessen im Alliance Française; ein hübscher, eleganter Franzose, der sie mit Aufmerksamkeiten überhäufte und den Gefühlen einer Frau verständnisvoll und aufgeschlossen gegenüberzustehen schien. Sie ging wieder mit ihm aus. Er wollte ihr Paris zeigen. So zu leben, war einfach und unkompliziert. Es gab keine Probleme. Und sie konnte bei Jaya und ihren Enkeln sein, was ihr ermöglichte, Buße dafür zu tun, als Mutter nie da gewesen zu sein. Die Universität in Pondicherry bot ihr eine halbe Stelle an, und eines Abends, als die trägen Winde aus dem Golf von Bengalen den süßen Duft des Jasmins hereintrugen, wäre sie fast mit dem Franzosen ins Bett gegangen. Erst im letzten Augenblick machte sie einen Rückzieher. Sie verfiel einem Leben, das so ganz anders war als ihr altes. Das nächste Mal würde sie ja sagen.

Michael rief erneut an. Seine Stimme war kühler, als sie sie in Erinnerung hatte. Er hatte schon vor ihr allein gelebt, er könnte wieder allein leben, das wußte sie. Er war ihr einmal nach Indien nachgereist, er würde es nicht ein zweites Mal tun. Als sie sich verabschiedeten, veränderte sich seine Stimme, sie wurde weicher und trauriger.

»Du fehlst mir Jellie/Jeh-*leÿ*.«

Sie weinte, ohne zu wissen, warum.

In der weißen Sonne eines indischen Morgens wirkte die Kaimauer von Pondicherry, die sich sanft gekrümmt in der Ferne verlor, geradezu mediterran. Am Abend, wenn Straßen und Häuser noch die Hitze des eben vergangenen Tages ausatmeten, promenierten hier die Einheimischen. Nach Michaels Anruf lief Jellie zur Kaimauer und saß stundenlang einfach so da. Der Mond hing als gelbe Scheibe am Himmel; irgendwo da drüben mußte Burma sein.

Wieder zu Hause angekommen, stellte sie sich vor den Spiegel und betrachtete sich. Einundfünfzig. Der Franzose sagte, sie sehe keinen Tag älter aus als vierzig. Noch immer drehten sich Männer nach ihr um. Sie bürstete sich das lange, schwarze Haar, zog das Halstuch gerade und trat wieder an den Spiegel. Sie flüsterte: »Jellie Markham ... Jellie ... das Lied ist fast aus. Was, zum Teufel, treibst du nur hier, wo der einzige Mann, der dir wirklich etwas bedeutet, eine halbe Welt entfernt ist?«

Zwei Tage später spazierte sie über eine kurvenreiche Gebirgsstraße in der Nähe von Thekkady. Dhiren schien wieder bei ihr zu sein. Fünfundzwanzig Jahre waren vergangen, seit sie an jenem blutigen Tag der Angst in dem Staub gekniet hatte, der jetzt ihre Füße verdeckte. Die Nachmittagsbrise hob ihr Haar, während sie sich auf einen Baumstamm setzte und an ihren poetischen Revolutionär zurückdachte, an ihn und seine Art, sie zu berühren, seine Flucht in den Wald. Am selben Abend noch besuchte sie eine alte Frau namens Sudhana. Bei einem schlichten Mahl sprachen sie über eine andere Zeit.

Chitra Dhavale fuhr mit Jellie zum Flughafen in

Madras. »Du wirst mir fehlen, Jellie, aber ich bin froh, daß du wieder zurückgehst. Du tust das Richtige.«
»Was für ein merkwürdiges, chaotisches Leben habe ich hinter mir, Chitra. Und so völlig verantwortungslos.« Jellie hatte Tränen in den Augen. Sie standen vor dem Flugsteig von Jellies Maschine.
Chitra umarmte sie und sagte: »Ja... merkwürdig und chaotisch... und in gewisser Weise, nehme ich an, auch verantwortungslos. Das schon, aber auf der anderen Seite auch wunderbar, wenn du mal recht überlegst. Hängt ganz davon ab, wer es beurteilen will und nach welchen Maßstäben. Aber wenigstens weißt du, wie es ist, wenn einem ein prächtiges Gefieder wächst und einen der Südwind davonträgt. Die meisten von uns kennen das nicht und werden es auch nie erfahren. Wenn jemand eine große Liebe im Leben findet, kann er sich schon glücklich schätzen. Du hattest zwei. Eine als Mädchen, die andere als Frau.«
Worauf Jellie lächeln mußte. »Die eine ein Revolutionär und die andere ein Mann mit einem Motorrad. Gott steh mir bei.« Sie lachten miteinander, während sie sich die Tränen abwischte, und vierzig Minuten später hob die Maschine der Air India ab. Chitra Dhavale sah noch das Blitzen der Morgensonne auf den Tragflächen der 747, als diese sich Richtung Süd-Dakota wandte.

Jellie hatte Michael nicht informiert, daß sie kam, so daß sie allein mit dem Taxi von Rapid City aus in die

Black Hills fuhr. Auf der Veranda vor dem Haus im White Bear Canyon stand ein zerlegtes Motorrad, die Shadow II. Michael hatte sie vor sechs Monaten auf einem Treffen von Motorradfans entdeckt und war dabei, sie zu restaurieren. Er wußte, sie würde nie den Platz der alten Shadow einnehmen, die den Unfall nicht überstanden hatte. Das Original war ein Symbol seiner Jugend gewesen, und mit ihrem Verschwinden war auch etwas von dem Jungen in ihm verschwunden. Er trauerte beidem nach.

Die Hütte war leer. Aber sie roch noch Spuren von Pfeifentabak. Im Gästezimmer stand der Koffer ihres Vaters. Michael hatte ihr erzählt, daß Leonard Markham zum Forellenfischen kommen wollte. Auf dem Küchentisch lagen Päckchen mit Angelschnüren, künstliche Fliegen und andere Köder. Daneben eine Flasche Jack Daniel's und Michaels arg mitgenommene Mütze mit der Aufschrift *Richtige Männer bleiben allein.* Sie hatte ihm die Mütze zum ersten Geburtstag nach seinem Unfall geschenkt. »Das ist in keiner Weise eine Kapitulation vor dem unverbesserlichen Mannsbild in dir«, hatte sie gesagt, als sie ihm die Tüte mit der Mütze überreichte. »Daß das mal klar ist. Ich dachte nur, sie würde dir gefallen.«

Nun stand sie reglos da und sah sich um. Sie kam sich etwas fremd vor, aber andererseits stellte sich auch eine beruhigende Vertrautheit ein. Casserole lag auf Michaels Schreibtisch, alt geworden, aber offensichtlich noch immer wohlauf. Jellie ging hinüber und streichelte sie. Die Katze streckte sich gähnend. Malachi stand im Garten hinter dem Haus und bellte auf weiß Gott was ein.

Michaels erster Roman, *Reisen mit Pythagoras*, lag auf dem Schreibtisch. Er hatte ihn aus der Sicht der Mutter des griechischen Philosophen geschrieben, die ihren Sohn der Legende nach auf seinen Reisen durch Ägypten und Babylonien begleitet hatte. Für einen Erstling hatte er sich ganz gut verkauft: dreißigtausend Exemplare. Sie nahm das Buch zur Hand und las die Widmung auf der ersten Seite: »Für Leonard Markham, der mir eine Frau zum Lieben gab.« Daneben Michaels zweites Buch, *Algebra der Illusionen*, ein Sachbuch über philosophische Probleme in der angewandten Mathematik.

Unter den beiden Büchern lag ein Manuskript. Sie starrte auf das Titelblatt – *Der Morgentiger* – und legte die Bücher schnell wieder obenauf. Sie wußte, Michael hatte unterschwellig das Gefühl, daß er Dhiren nie und nimmer ersetzen könnte. Vielleicht war das hier seine Art, dieses Gefühl zu exorzieren. Jellie nahm an, er würde ihr von dem Manuskript erzählen, wenn er soweit war.

Sie öffnete die Fliegentür zur Rückseite des Hauses und spähte durch die Bäume auf den Forellenbach, etwa fünfzig Meter vom Haus entfernt. Ihr Vater stand gebückt am Ufer und hatte an seiner Angelrute zu tun. Michael, mit Sonnenbrille, die Ärmel seines blauen Jeanshemds bis zu den Ellbogen hochgerollt, watete im tiefen Wasser, eine Zigarre zwischen den

Zähnen und das Gewicht natürlich auf das Bein verlagert, das er sich bei seinem Unfall verletzt hatte. Er war dreiundfünfzig, und das Bein würde ihm für den Rest seines Lebens Ärger machen. Sie hielt einen Augenblick den Atem an, als er stolperte und ins Taumeln geriet, aber dann hielt er sich an einem Felsen in der Mitte des Baches fest.

Er richtete sich auf und begann die Angel auszuwerfen. Jellie Markham lehnte sich gegen den Türrahmen und beobachtete ihn. Sie mußte daran denken, was Chitra über prächtiges Gefieder und südlichen Wind gesagt hatte, über poetische Revolutionäre und Männer mit Motorrädern. Dann schüttelte sie den Kopf und lachte leise in sich hinein. »Gott steh mir bei.« Sie schlüpfte aus ihrer indischen Kleidung und lief in Jeans, einem alten Pulli und Wanderschuhen hinunter zum Bach. Malachi sah sie und kam hüpfend und bellend angerannt. Leonard Markham hörte den Hund und sah auf, nahm die Hand vor die Augen und winkte ihr dann zu. Hinter ihm spritzten Wassertropfen wie Edelsteine von Michael Tillmans Angelschnur, als er im letzten Sonnenlicht eines blauen Abends in den Bergen die Rute hob.

DANK

Ein Dankeschön den üblichen Verdächtigen – Georgia Ann, Rachel, Carol, Shirley, Gary und Kathe, Susan, J. R., Linda, Mike, Bill und Pam –, die so freundlich waren, die verschiedenen Fassungen meines Manuskripts zu lesen und zu kommentieren. Mein Dank auch an Maureen Egen und die anderen netten Leute bei Warner Books – für ihre Geduld mit einem alten Herumtreiber. Es gilt die übliche Erklärung: All diese Menschen haben meine Arbeit verbessert; die Schwächen gehen allein auf mein Konto. Und selbstverständlich vielen Dank an die Agentur Aaron Priest und all die Leser draußen in der Welt, die mir dieses merkwürdige Leben in der Einsiedelei der Worte und der Phantasie ermöglichen.

Robert James Waller — Cedar Falls, Iowa